LOS SILENCIOS DEL MÁRMOL

Juan Adriansens Menocal (La Habana, 1936), hijo de padre español perteneciente a la carrera diplomática y de madre cubana, ha vivido en países como Estados Unidos, Bélgica, Holanda, Francia, Uruguay y Jordania. Estudió parte del bachillerato en Suiza, lo terminó en España y se instaló definitivamente en Madrid en 1954. Tras acabar la carrera de Derecho estudió la de Pintura en la Escuela de Bellas Artes de San Fernando. Pintor profesional desde 1968, ha realizado exposiciones en diversos países y ha sido el primer artista español vivo al que la Academia española de Bellas Artes de Roma ha dedicado una muestra monográfica, en 1987.

Comentarista de radio desde 1983 —colabora actualmente en el programa *Julia en la Onda*, en la tarde de Onda Cero—, ha participado asimismo en numerosos programas de televisión. Cuenta con varias distinciones y es autor de un libro de sonetos dedicado a las catedrales de Castilla y León. También ha escrito un estudio sobre el discípulo español de Leonardo, Fernando de Llanos, y ha publicado *La seducción*, *Adúlteras* y *La vida extrema*.

JUAN ADRIANSENS

LOS
SILENCIOS
DEL MÁRMOL

punto de lectura

© 2010, Juan Adriansens
© De esta edición:
2011, Santillana Ediciones Generales, S.L.
Torrelaguna, 60. 28043 Madrid (España)
Teléfono 91 744 90 60
www.puntodelectura.com

ISBN: 978-84-663-1562-3
Depósito legal: B-16.328-2011
Impreso en España – Printed in Spain

Ilustración de cubierta: © Epica Prima / Alejandro Colucci

Primera edición: mayo 2011

Impreso por **black**print
A CPI COMPANY

Al marqués de Sade, turista de una Italia negra, que, en el verano de 1767 visitó el palacio de los Sangro, y cuya sombra planea, tal vez con demasiada frecuencia, sobre gran parte de este relato.

4

Índice

Cristo velado, capilla San Severo, Nápoles

Prólogo

Información para el lector

La capilla San Severo, también conocida como la capilla de la familia Sangro, y lugar donde transcurre parte de este relato, se halla situada en el corazón del viejo Nápoles, y constituye hoy una de las perlas del patrimonio artístico de esta ciudad, y uno de los hitos más admirados por el visitante, que allí acude cada vez en mayor número.

Menospreciado durante largo tiempo, este hermosísimo ejemplar del barroco tardío provocó, desde el momento en que la perfección, en arte, dejó de ser una cualidad, incontables críticas y reticencias varias. Los censores puristas le reprochaban su decidido aire cortesano, e insistían en que la pasmosa habilidad del acabado de muchas de las esculturas que allí se conservan no eran más que ejemplo, unas veces descarado, y otras veces obsesivo, del más irritante y vacuo virtuosismo.

Incluso la obra cumbre de la capilla, la efigie de un Cristo yacente, cubierto todo él por un velo, fue tildada de obra blanda, melindrosa y, sobre todo, sentimental.

A pesar de ello, los habitantes de Nápoles nunca retiraron su admiración, ni tampoco su devoción a este Cristo velado, ya que sabido es que los juicios del pueblo suelen tener más peso y sensatez, y sus opiniones mayor constancia y continuidad, que esas alambicadas elucubraciones formuladas por remilgados eruditos.

Pero ocurrió que la sorprendente calidad de esta pieza escultórica y la perfección técnica de su ejecución fue calificada por algunos como obra imposible de realizar con las técnicas entonces conocidas, lo que dio motivo a que surgiesen las más diversas leyendas en torno a ella, y en torno al creador de la capilla, que no fue otro que Raimundo di Sangro, príncipe de San Severo, grande de España, alquimista, masón, y amigo y colaborador del rey Carlos III, cuando éste ocupaba el trono de Nápoles.

Era don Raimundo hombre de vida misteriosa y uno de los más grandes cerebros de la Europa de entonces, aunque deberíamos dejar constancia aquí de que en los extraordinarios saberes e inventos de este príncipe se conjugaron los últimos hallazgos de la ciencia exacta con otros elementos heredados de la antigua alquimia y que parecen lindar con lo paranormal.

Poseemos la enumeración de sus hallazgos, pero sólo eso: la enumeración, ya que todos los manuscritos donde el príncipe anotó y explicó sus sorprendentes logros o bien se perdieron, o bien fueron destruidos ex profeso, y si alguno quedó, la indiferencia primero y luego el olvido los borró de la memoria colectiva.

Cierto es que la conducta del propio príncipe contribuyó a tan triste final, ya que don Raimundo volcó toda su atención en sus varias y absorbentes ocupaciones, olvidándose de sus hijos, que llegaron a detestarle. La venganza de éstos fue no prestar atención alguna al grandioso legado de su padre...

En realidad, la figura de este singular personaje parece flotar en un espacio inconcreto, cuajado de extrañas luces, pero también de densas sombras. A través de ciertos rasgos suyos, cuyos ecos han llegado hasta nuestros días, podríamos pensar que, además de sabio, fue el príncipe de San Severo hombre generoso y compasivo, pero otros rumores, demasiado persistentes como para no ser ciertos, nos lo descubren como persona despótica, cruel y capaz de llegar, en determinadas ocasiones, hasta el crimen; crimen que de haber ocurrido formaría parte del gran secreto que encierra la capilla que él erigió. Sobre la sospecha de este crimen se ha tejido el argumento de esta novela, cuya acción se prolonga, inevitablemente, hasta la época actual.

PRIMERA PARTE

Capítulo

I

EL ALBERGO AURORA

E l taxi arrastraba tras de sí una nube de polvo, al bajar dando pequeños saltos por la estrecha calle, mientras sus amortiguadores crujían de manera lastimosa cada vez que el coche tropezaba con algunas de las desniveladas losas de piedra que cubrían el pavimento; desniveles que los propios conductores napolitanos juzgaban difíciles de detectar, ya que las ropas tendidas de un lado a otro de los balcones impedían, con su flamear oscilante y multicolor, advertir desde una prudente distancia los abundantes fallos del pavimento.

El joven ocupante del taxi contemplaba, un tanto consternado, los envejecidos inmuebles que bordeaban aquella calle en cuesta, intentando encontrar el caserón ocupado por el Albergo Aurora, pensión de cierta categoría, situada en pleno barrio viejo de Spaccanapoli, en la cual había resuelto hospedarse después de que un amigo suyo se la recomendase con insistencia. «Verás —le había asegurado aquel aprendiz de fotógrafo enamorado del barroco meridional—, ese albergo es toda una sorpresa. Te asombrará encontrar una casa de huéspedes tan limpia y bien atendida en medio del abandono que reina en ese rincón de Nápoles, de tanta solera pero de tan sorprendente descuido. Además, está a un paso de tu nuevo trabajo».

Cuando el taxi se detuvo, el ocupante del vehículo paseó, nada más bajarse, una atenta mirada sobre el conjunto de vetustas fachadas que tenía ante sí. Éstas, con sus revestimientos de yeso a mitad desprendidos, y con las persianas desvencijadas o rotas, constituían un elocuente ejemplo de lo que el tiempo y la desidia son capaces de lograr en edificios, antaño nobles y ahora degradados y desatendidos. Algunos inmuebles de reciente restauración, con sus muros pintados casi siempre de rojo y gris, colores característicos de Nápoles, acentuaban aún más, una vez recobrada su primitiva lozanía, el chocante deterioro de las otras construcciones. ¿Pobreza, abandono o simple indiferencia?

—*Siamo arrivati* —aseguró el taxista—. *Questo quartiere di Spaccanapoli è, da vero, genuino e popolare. E cosi pittoresco! A me, mi piace moltissimo!*

—Sí —asintió con voz débil el recién llegado, poco convencido de su afirmación. Pero no quería desengañar, y menos herir, a aquel napolitano entusiasta. Pintoresco, lo que se dice pintoresco, sí que lo es, pensó, ¿pero un pintoresquismo tan crudo y tan primario no resultaría, a la larga, indigesto?

De pronto Mauro, que así se llamaba el ocupante del vehículo, se fijó en el taxista, un hombre tosco, de silueta maciza, torso poderoso y rostro ancho, con barba de tres días, la frente y las mejillas surcadas por amplias arrugas, y con un par de espléndidos ojos verdes, de mirada oblicua y penetrante. Y esos ojos observaban, con expresión algo despreciativa, a aquel forastero desorientado, un tanto asustado ante el deteriorado paisaje urbano que le rodeaba.

—*Senti, signore, è li!* —exclamó por fin el taxista, y repitió—: *È li* —mientras señalaba una amplia puerta pintada de verde oscuro, que unas elegantes pilastras de piedra, rematadas por sendos capiteles corintios, enmarcaban con señorial distinción. Un hermoso mascarón de dios marino remataba el arco de medio punto que coronaba la portada del edificio, señal evidente de que aquella mansión, ahora convertida en casa de vecindad, había protagonizado tiempos mejores y más prósperos.

Incrustada en la pared, junto a una de las pilastras, una placa de bronce dorado, inusualmente brillante, decía tan sólo: «Albergo Aurora, primo piano». Debajo de la placa, un timbre. Mauro se sintió algo más tranquilo al observar la limpieza y el cuidado que mostraba aquel portón. Si el fotógrafo madrileño le había recomendado este lugar, algún motivo tendría.

—*Quanto le devo?*

El taxista se lo pensó, o al menos, fingió pensarlo.

—*Ci abbiamo messo più d'un ora ad arrivare. Allora... diciamo venticinque euro. D'accordo?* —Mauro se sorprendió al escuchar la cantidad. Nada más salir de la nueva terminal del aeropuerto de Capodichino, aquel taxista que ahora tenía frente a sí le había interpelado, luego perseguido, y por último convencido, tentándole con una tarifa bastante menor que la usual, y asegurándole que lo llevaría hasta el centro de Nápoles por sólo dieciséis euros.

—*Ma non era questo la somma convenuta!* —protestó Mauro.

El individuo, impertérrito, se limitaba a mirar al suelo, pero como el cliente siguiera protestando:

—*Allora, diciamo venti* —concedió finalmente el taxista, luego de meditarlo un poco.

Mauro tentado estuvo de proseguir con la discusión, pero cansado como estaba, le pudo el deseo de llegar pronto a su habitación para tenderse boca arriba sobre la cama.

—*Prendi* —suspiró—, *ecco le venti!*

El taxista, que se esperaba una discusión más prolongada, y sobre todo, más entretenida, pareció desilusionado ante tan abrupto final. En aquel momento una de las motos que surcan, a altísimas velocidades, el intrincado callejero de Nápoles, y que toman la ciudad como un circuito de entrenamiento para las más arriesgadas acrobacias, pasó tan cerca de Mauro que casi le tumba la cartera que éste había sacado de su bolsillo. Al taxista pareció divertirle aquello, cosa que irritó a Mauro, pero para sorpresa de éste, una vez que el importe de la carrera le fuera satisfecho, el hombre no se movió; seguía de pie, junto al taxi, contemplando, con redoblada insistencia, a su cliente. A juzgar por su acento, se trata sin duda de un español, pensaba el taxista...

Éste, por un instante, creyó su deber ayudar al forastero, haciendo uso de los pocos jirones de castellano aprendidos durante dos veranos en tierras alicantinas, e indicarle su despiste, pero al final se abstuvo. ¡No había que facilitarle demasiado las cosas al turista!

Mauro, que, a su vez, seguía observando al hombre, sólo entonces se dio cuenta de las amplias manchas de sudor que convertían la camiseta del taxista en un caprichoso mapa bicolor, cuyos sinuosos perfiles se extendían a lo largo y a lo ancho del torso, recio y velludo, del individuo.

Un tío macizo, pensó Mauro, que a pesar suyo, sentía que aquel personaje, bronco y desaliñado, despertaba en él determinados apetitos, sin duda poco espirituales...

Pero el individuo seguía sin moverse, y Mauro, que ya se encontraba junto al portón del *albergo*, le preguntó con cierta aspereza:

—*Alcuna cosa di più?* —Aquella situación comenzaba a irritarle.

—*Mi sembra che si* —fue la respuesta del napolitano—. *Per caso il signore non a bisogno delle sue valigie?*

22

—¡Joder, si se me olvidaba el equipaje!

El taxista sonrió, socarrón, y, con andar lento, se dirigió hacia el maletero del coche, de cuyo interior extrajo un primer bulto que entregó a Mauro. A aquél siguió otro, bastante mayor que el primero, y que el chófer colocó cerca del tubo de escape. Al darse la vuelta, chocó, sin querer, con el joven cliente, que se había acercado de nuevo al taxi para prestar una posible ayuda. Los efluvios del napolitano, opuestos a cualquier fragancia delicada, golpearon a Mauro en el rostro, pero después ocurrió lo de siempre. Tras un rechazo inicial, aquel típico olor a hombre no le desagradó del todo… «¡No empecemos!», se reprochó a sí mismo.

—*Eccola!* —exclamó el taxista, alzando la maleta, y apoyándola contra el pecho del español.

—*Questo e tutto!* —añadió. Pero al ver que Mauro no parecía reaccionar, le preguntó con tono irónico—: *Cosa devo fare, lasciare la valigia a terra?*

—*No, no, la prendo io* —respondió éste, que casi se excusó por su distracción y falta de reflejos. Pero al ir Mauro a tomar la maleta de las manos del chófer, éste realizó un gesto brusco e inesperado, alargando el brazo que le quedaba libre, con la intención, al menos aparente, de agarrar la cintura de su sorprendido cliente, aunque, ante el asombro del español, el taxista pareció arrepentirse, y entró, rápido, dentro de su vehículo. Antes de arrancar, el hombre miró hacia atrás, y después de unos segundos, al contemplar la expresión asombrada de Mauro, intentó arreglar el incidente a su manera:

—*Forse ci vedremo pronto! Si, sicuro che ci vedremo…* —fue lo único que Mauro le oyó decir, a través de la ventanilla entreabierta del coche. Momentos después, el taxista y su taxi desaparecieron, calle abajo…

Aquel individuo era, en verdad, extraño, y más extraño aún resultaba su comportamiento. Esa última frase que lanzó,

¿constituía un ofrecimiento o una amenaza? ¿O quizá tan curioso repertorio de palabras y gestos formaban parte integrante del pintoresquismo napolitano? De pronto, al pensar de nuevo en aquel torpe intento por sujetar su cintura, Mauro creyó encontrar la respuesta: «¡Bah! —se dijo—, habrá querido arrancarme la cartera del bolsillo, y luego, no lo juzgó posible…».

No quiso Mauro darle más importancia al asunto, ya que tenía prisa por conocer su nuevo alojamiento. Llamó al timbre situado debajo de la placa de bronce, y segundos después, el portón se abría…

* * *

El patio del edificio donde se alojaba el Albergo Aurora fue, sin duda, en otros tiempos, un espacio señorial. Aun hoy y a pesar de fallos evidentes en su mantenimiento, conservaba ciertos restos de su antigua majestad y esplendor. «Sospecho —pensó Mauro— que mucho de lo que he de ver por estos pagos fue sin duda fastuoso en sus días de gloria, pero ahora su magnificencia forma parte del recuerdo. Temo que sea Nápoles una ciudad cuya grandeza ha quedado tan en manos del pasado, que el presente parece haberla omitido de su lista de prioridades».

En el extremo del patio, en penumbra y casi escondido tras unas macetas llenas de plantas inútiles, se adivinaba un sarcófago de época romana que ahora hacía las veces de fuente. El tiempo y el verdín habían desdibujado los relieves de su hermoso, pero gastado friso funerario, labrado sin duda a principios del siglo III y poblado de pintorescas divinidades menores, afanadas en cumplir con las imprecisas tareas que el paganismo imponía a los oficiantes del más allá… A un lado, en la esquina del fondo, se iniciaba el arranque de una escalera; junto a ella, y a metro y medio del suelo, otra placa advertía, por segunda vez: «Albergo Aurora, primo piano»…

Mauro comenzó a subir los gastados peldaños de mármol, pero al pisar uno de ellos, agrietado en su mitad, a punto estuvo de perder el equilibrio, aunque con un gesto rápido, logró agarrarse a la balaustrada, a pesar de llevar la maleta pequeña en la otra mano. Prefirió dejar la mayor al pie del primer escalón; le resultaba difícil subir ambas a la vez, y no creía probable que en aquel recinto cerrado alguien tuviese, en el brevísimo tiempo que pensaba dejarla allí, la tentación —y la ocasión— de llevarse tan pesado talego…

Al alcanzar el rellano, vio Mauro una puerta de madera barnizada, de recargado estilo 1900. Sin duda, databa de cuando aquella enorme mansión fue dividida en pisos, a los que se añadió un ático, para ser luego vendidos como propiedad horizontal. Casi todos los inmuebles de aquel barrio habían sufrido, a lo largo de los últimos cien años, avatares paralelos y metamorfosis parecidas.

Tocó Mauro el timbre situado al lado de la puerta, y ésta se abrió de forma mecánica, dejando ver un vestíbulo iluminado, y allá en su centro, la silueta de una mujer ya madura, pero que aún conservaba evidencias ciertas de lo que fuera su considerable atractivo. Un poco a la manera de Nápoles, pensaba Mauro, al recordar días después aquella primera impresión que su patrona le causara. Al escuchar el sonido de la puerta, la mujer giró la cabeza, y sus ojos rasgados, de color incierto, escudriñaron al nuevo huésped con evidente curiosidad.

—Esta mujer me observa de modo parecido al que lo hiciera el taxista —concluyó Mauro—. ¿Acaso tendré monos en la cara?

—*La signora Candelario?* —preguntó el recién llegado, casi seguro de la respuesta.

La mujer, después de unos instantes, sonrió e hizo un gesto afirmativo con la cabeza:

—*Si, sono io.*

—*Allora, buon giorno, benché siamo già nel pomeriggio* —precisó el español.

—*Lei e Mauro Beltrán, non e certo?*

—*Si, io stesso. Mi scuso si sono arrivato un po' piu tarde dall'ora prevista. C'era un tráffico spaventoso nei dintorni del aeroporto.*

—El tráfico es siempre espantoso en torno a ese dichoso aeropuerto —contestó la dueña del *albergo* en un fluido español—. Además, ¡el nuevo edificio principal a pesar de su apariencia vanguardista ha quedado ya desfasado!… ¡Como tantas cosas en Nápoles!…

—¡Pero… pero habla usted un castellano perfecto!

—¡Lo cual no es de extrañar! ¡Resulta, señor Beltrán, que soy castellana! De Cuenca, sí, y de la misma capital, para más señas. Mi nombre es Lucía, y mi apellido Revenga.

—¿Entonces lo de Candelario…?

—Era el apellido de mi marido, de mi difunto marido, para más precisión. —Los incómodos recuerdos de una áspera y estéril relación marital alteraron, por un momento, la voz de doña Lucía.

—Lo siento, no quería…

—¡Pues no lo sienta; es más, olvídelo!

Mauro se sintió algo avergonzado, aunque la imprudente alusión al marido de doña Lucía no fuera más que una involuntaria metedura de pata, de escasa importancia. Más le sorprendía el hecho de que su amigo, al recomendarle el Albergo Aurora, no le hubiera mencionado que la dueña era española.

—Sin duda nada le dijo —comentó doña Lucía—, para así no chafarle la sorpresa… Me acuerdo muy bien de ese amigo suyo, siempre con su cámara en ristre… Se llamaba Daniel, ¿era ése su nombre, verdad? ¡Sí, Daniel! Un chico bastante reservado… Antes de marcharse, me mostró algunas de las fotografías que hizo aquí; me pareció interesante la expresividad que lograba infundirle a la arquitectura napolitana, sobre todo a la barroca… ¡Pero usted no es fotógrafo! ¡Ahora recuerdo, me dijeron que era…!

—¡Restaurador! ¡Sí, pero, ojo, restaurador de obras de arte! Mi especialidad es salvar pintura antigua deteriorada, e incluso casi perdida. Hago esta precisión porque cada vez que pronuncio la palabra «restaurador» todos piensan que soy cocinero. ¡Y además partidario de la *nouvelle cuisine,* que es cosa que aborrezco!…

—¡Pues si es usted restaurador de arte, en Nápoles no le va a faltar trabajo! ¡Aquí, arte hay en exceso! Incluso existen napolitanos que se quejan de que tanto arte les abruma. ¡Por supuesto no comparto esa opinión! Pero ocurre que al menos la mitad de ese estupendo patrimonio que poseemos necesita de urgentes cuidados, ya que o se restaura pronto o se pierde. Me atrevo a afirmar que el abandono al que Nápoles ha estado sometido durante estos últimos cincuenta años no tiene parangón en la Europa occidental, aunque, en parte, se empiece a ponerle remedio.

—¿Y en parte no ha sido esto también culpa de los propios napolitanos?

—En buena medida, sí —admitió doña Lucía—, que los fallos hay que reconocerlos, sobre todo cuando son nuestros. Y digo nuestros, porque yo, después de tantos años afincada aquí, me considero un miembro más de esa extraña tribu que puebla esta confusa y singular ciudad… Pero también, ¡quien lo diría!, despertamos mucha envidia, señor Beltrán. Sí, envidia por parte de la Italia del centro y del norte; porque cuando decidieron unir la totalidad de esta península, cosieron sus diversas partes mediante un zurcido tosco y apresurado. Los italianos de arriba han manejado y exhibido su arte y su cultura, como si lo uno y lo otro fuesen de su exclusivo monopolio, pero, como está ahora de moda afirmar, el sur también existe, con una cultura y un arte igualmente espléndidos...

Mientras hablaba, doña Lucía observaba, cada vez con mayor atención, al joven que tenía ante sí, y al fin, exclamó:

—¡Pero resulta evidente, mi apreciado restaurador de arte, que a usted no hay que restaurarle nada! No se asuste por lo que le digo, pero es usted un mozo francamente guapo. Y uso el término «guapo» en el sentido que en España se le da, que aquí en Nápoles, esta palabra conserva aún su viejo significado, el de hombre valiente, aunque también jactancioso y camorrista. ¿No recuerda haber oído alguna vez ese dicho que reza: «A ver quién es el guapo que se atreve a esto o a lo otro». A los «guapos» aquí, hay que seguir temiéndolos, aunque más por el uso que dan a sus navajas que por su capacidad de seducción...

La dueña del *albergo* y su nuevo huésped prolongaban aquella charla sin moverse del coqueto recibidor de la pensión; ambos se mantenían allí de pie, ella apoyada sobre el mostrador y él con la maleta pequeña entre los tobillos.

—Por cierto, don Mauro, préstame su documento de identidad, para así anotar sus datos, gracias. Bien. ¿No cree que va siendo hora que le muestre su cuarto? Pero antes, dígame: ¿tiene idea del tiempo que va a permanecer aquí?

—No se lo puedo decir con precisión. Ignoro lo que puedan durar los trabajos de restauración que me han encargado...

—¿Que son?

—Los de la bóveda de la capilla San Severo. ¿No se lo explicaron las personas que apalabraron con usted mi estancia?

—¡No recuerdo que me mencionasen el nombre de la capilla! —afirmó Lucía, después de un leve titubeo—. Si lo hubiesen hecho, no se me habría olvidado. Los que contactaron conmigo sólo me informaron de que usted se alojaría aquí durante un tiempo que no llegaron a precisar, en régimen de media pensión…

—Efectivamente, eso fue lo que yo les pedí. Pero ¿quiénes eran, con exactitud, las personas que contactaron con usted?

Doña Lucía tardó unos segundos en responder.

—En primer lugar, si no recuerdo mal, dos individuos de la *Sopraintendenza alle Belle Arti*, y luego la concejala de Cultura del ayuntamiento. Parecían todos muy interesados en tenerle a usted en Nápoles. ¡Hasta me pidieron que le tratase lo mejor posible! ¡Empiezo a sospechar que es usted un personaje de considerable relevancia!… Pero volviendo al hospedaje: con respecto a las condiciones de su estancia en este albergo, me especificaron que determinados gastos extraordinarios, como alguna comida de más, o el consumo de determinadas bebidas alcohólicas, correrían, señor Beltrán, por su cuenta. No así los refrescos, el vino de mesa y el agua mineral, ya que esas tres cosas van incluidas en el acuerdo, lo cual no es poco ahorro, ya que en Nápoles, el agua del grifo suele ofrecer a veces un sabor no demasiado agradable…

—Bien, las condiciones me parecen justas. ¡Todo sea por la capilla San Severo!

—Pues si su trabajo va a tener que ver con esa capilla —y el tono de voz de doña Lucía se hizo reservado, casi conspirador—, tenga cuidado con lo que haga allí dentro. Consejo de amiga y de napolitana, aunque esto último lo sea de adopción… ¡Esa capilla no es como las otras, don Mauro, hay un no sé qué de especial en ella! Es… ¿cómo lo diría? ¡Una capilla mágica! Sí, no me mire así, que en ella suceden cosas bastante extrañas…

¿Acaso ignora que don Raimundo di Sangro, príncipe de San Severo y grande de España, además del inspirador de la célebre capilla que lleva su nombre, fue el más poderoso mago y más prestigioso alquimista de su tiempo?

—¿De veras? —exclamó Mauro, que no pudo evitar darle a aquella breve respuesta una entonación de considerable escepticismo.

—¡Veo que no me cree!

—¡Cómo no! —respondió el restaurador, cada vez más irónico—. O sea, que no sólo tendré problemas con el fragmento de la bóveda que he de restaurar, sino también con algún que otro *poltergeist* que ronde por ahí, y quizá con un poco de suerte, con el fantasma del propio príncipe.

—¡Ríase, ríase! ¡Ya verá cómo acaba dándome la razón! ¡Pero no paro de hablar! No vaya a creer que soy de esas tímidas compulsivas que, cuando por fin se deciden a largar, ya no saben cómo detenerse... Ocurre que cada vez que se me presenta la ocasión de practicar el español con alguien, la aprovecho a fondo. Y conste que no vivo agobiada por la añoranza del terruño, quizá porque esta ciudad sucia, caótica e imposible, pero que he llegado a querer mucho, es todavía una ciudad española en un cincuenta por ciento. En cada esquina se encuentra uno con los recuerdos y vestigios que nuestros reyes y virreyes han dejado por aquí. Desde Alfonso el Magnánimo hasta Carlos III, tan querido y admirado aún hoy por los napolitanos, las distintas banderas que han ondeado sobre esta ciudad han sido, salvo deshonrosas excepciones, símbolos del poder y de la presencia de España. No hay gran diferencia entre vivir aquí o vivir en una ciudad andaluza... ¡Pero la lengua, ay, la lengua!... El idioma italiano posee, sin duda, una sonoridad suave y cantarina, pero si he de serle sincera, me parece un idioma un tanto paleto, incluso pueblerino. Cuando lo hablo, tengo la impresión de estar utilizando una lengua aún no del todo desarrollada… los expertos afirman que la culpa de este insuficiente desarrollo la tuvo el Dante, culpa involuntaria, por supuesto. La lengua romance que empleó para redactar su *Divina Comedia* pareció, en su época, tan perfecta, y sin duda lo era en comparación con los otros dialectos que entonces se hablaban, que los escritores que llegaron después apenas se atrevieron a tocarla… ¡El italiano, señor Beltrán, al menos el italiano literario, apenas ha cambiado en los últimos siete siglos!…

Mauro escuchaba a Lucía un tanto sorprendido. No se esperaba encontrar, en la persona de una dueña de pensión, alguien que disertase sobre cuestiones literarias y lingüísticas de forma tan cabal. Y no pudo menos que trasladar su extrañeza a su interlocutora.

—Pero, señor Beltrán, ¿acaso ignora que incluso ciertas dueñas de pensión han frecuentado la universidad? ¡Lo uno y lo otro no son incompatibles! Yo estudié los tres primeros años de Filosofía y Letras en la Complutense… Me encanta leer, bien novelas de carácter histórico o bien libros de historia en sentido estricto. Volviendo al tema que tratábamos, a mí lo que me atrae del castellano es su rotundidad, su… ¿podríamos definirlo como hidalguía? El castellano es un idioma serio, señor Beltrán, y en mi opinión, seriedad es lo que le falta al italiano. En cuanto a la capilla San Severo…

—Capilla que nunca he contemplado personalmente —quiso aclarar Mauro—, ya que es la primera vez que visito Nápoles. Cuando hace dos años bajé de Roma para visitar Herculano y Pompeya, pasé de largo por esta ciudad, pecado del que, humilde y arrepentido, me acuso…

—¡Acepto su arrepentimiento! Pero hizo mal. Esta capilla es una de las maravillas de Italia —afirmó doña Lucía, con énfasis del todo meridional—. ¡No, no me mire de ese modo, que no exagero! Si esta obra maestra del último barroco se encontrase en cualquier ciudad al norte de Roma, colas de turistas se formarían ante ella para contemplarla. ¡Por desgracia, se encuentra en Nápoles!... Esta capilla, don Mauro, es... —y la patrona intentaba buscar la expresión adecuada— un espacio sublime. ¡Sí, eso es lo que es, sublime! Pero debo de ser una napolitana muy distraída, ya que me enteré del percance ocurrido al techo de la capilla sólo unos pocos días antes de que me anunciaran que venía usted a Nápoles y se alojaría en el Albergo Aurora. Y eso que hablamos de un lugar que se encuentra a menos de 600 metros de aquí... Pensándolo bien, *non so da cuanto tempo non vado in questa cappella!...*

—¡Pues su cierre ocurrió hace ya tres meses! —puntualizó Mauro—. Me informaron asimismo de que la capilla había sido ya limpiada y restaurada una primera vez hacía cinco o seis años, pero que una grieta en el tejado, causada, parece ser, por uno de esos breves temblores de tierra, tan frecuentes por estos lugares, propició que se formara una bolsa de agua de lluvia encima del cascarón de la bóveda, lo que ha provocado que unos pocos metros cuadrados de ésta se desprendiesen y cayeran al suelo, en pedazos tan pequeños, que ha resultado casi imposible juntarlos y ensamblarlos.

—¡Espero que ese desprendimiento no incluya alguna zona principal de la pintura! —suspiró doña Lucía.

—¿Y si así fuere? —contestó Mauro, con aire retador—. ¡Acepto cualquier apuesta a que dejo la parte accidentada en perfecto estado! Soy un excelente restaurador, y lo puedo afirmar sin falsa modestia. De no ser así, ¿habría sido invitado a trabajar aquí? Además, quizá pueda contar con la inapreciable ayuda de don Raimundo di Sangro, siempre que tan sabio príncipe, desde allí donde se encuentre, me lo permita y no obstaculice mi tarea...

—¡Hágame caso, no se burle! —volvió a advertir Lucía.

—¡Seré bueno! —respondió Mauro, contrito en apariencia, aunque aquel fingido arrepentimiento escondiese no poca guasa.

—¡Bien! ¿No le parece que va siendo hora de que le enseñe su cuarto? Ande, vamos. ¿Pero ha venido con una sola maleta por todo equipaje?

—¡Santo cielo! —gritó Mauro—. ¡He olvidado la grande allí abajo, en el patio, al pie de la escalera! ¡Qué cabeza la mía! A punto estuve ya de dejármela en el taxi…

Doña Lucía, sorprendida, contempló durante unos segundos a su nuevo huésped, y exclamó:

—Pero criatura, ¿en qué lugar del mundo cree que se encuentra? ¿Acaso en Suiza? En este caserón habitan varias familias, y gente de todas clases entran y salen de continuo. ¡Angioina, Angioina!

La sirvienta así llamada apareció, luego de unos segundos. Se trataba de una muchacha muy joven, de rostro candoroso, cuerpo frágil y pechos no muy voluminosos, pero altos y redondos, además de tiernos y sabrosos como una fruta madura, pechos que atrajeron, de inmediato, la atención de Mauro. «Unos bonitos senos de mujer merecen siempre que una mirada cuidadosa y apreciativa se pose en ellos», pensó el joven restaurador.

—*Angioina, va cercare, ràpido, la valigia di questo signore! Forse la troverai nel cortile, presso al inizio della scala… Ma ti prego di non andare scalza! Va porre le tue babbuce!…*

—Perdón, doña Lucía —terció Mauro—, pero debo bajar con ella. Me remordería la conciencia si dejase que esa pobre chica cargase con mi maleta ella sola. Pesa bastante. ¿No habrá ascensor, verdad?

—¿Ascensor? ¿Ascensor en estas viejas mansiones del barrio de Spaccanapoli, uno de los más vetustos y destartalados de la ciudad? ¡Ande, baje, pero mientras ambos discuten sobre quién ha de cargar la dichosa maleta, puede, si le apetece, intentar ligar con la chica!… Le resultará bastante fácil. Angioina siente pasión por todo lo español y tanto el jamón serrano como el hombre hispano van incluidos en el mismo paquete de productos ibéricos… Respecto a los varones carpetovetónicos, por el simple hecho de serlo, los venera como si cada uno fuese una auténtica reencarnación de Don Juan Tenorio. Sospecho que tiene complejo de Doña Inés —concluyó doña Lucía, no sin cierto desprecio, aunque la mirada de reproche que Mauro le dirigió, hizo que la dueña de la pensión se sintiese un tanto culpable.

—¡Pobre niña! —admitió, in extremis—. Se encuentra muy sola, ¿sabe? ¡Acaba de perder a sus padres en un terrible y absurdo accidente!…

* * *

La maleta, por suerte, se encontraba allí donde Mauro la había dejado. «¡Nápoles no será Suiza, pero no todos los napolitanos son ladrones!», concluyó aquél, mientras bajaba la escalera acompañado de Angioina. Ésta ni tan siquiera intentaba ligar con el guapo español que tenía a su lado. Se limitaba a admirarle, de refilón, silenciosa y extasiada… Mauro logró alcanzar la maleta, y después de un breve forcejeo con la chica que pretendía participar en el esfuerzo, empezó a subir aquel pesado bulto, arrastrándolo escaleras arriba, dando, eso sí, algún que otro traspiés con el borde irregular de los escalones.

—¡Bien, no se han llevado la maleta! —exclamó aliviada doña Lucía al verlos entrar—. *Ma, Angioina, perché non ai aiutato al nostro óspite a portare la sua valigia?*

—*Ma signora* —se quejó, llorosa, la pobre sirvienta—, *ho provato a portarla, ma non reisci ad alzare, io sola, questa grande borsa di viagio! E troppo pesante!* —Y mientras contemplaba, admirativa, los fuertes brazos de Mauro, que éste llevaba al descubierto, la pobre muchacha subrayó—: *Inoltre, questo giovane signore è cosi possente!*

—*Bah, quanta sciochezza e quanta scusa!* —fue el desaborido comentario de la señora Candelario, que, decididamente, no parecía apreciar demasiado a Angioina. Luego de encogerse de hombros, miró otra vez al nuevo huésped, y a guisa de orden, más que de sugerencia, le señaló el pasillo.

—¿Y si nos dirigiésemos por fin a su habitación, señor Beltrán? Si no me equivoco, es la tercera vez que se lo sugiero… ¡Tengo entendido que desea alojarse usted aquí…! ¿O me equivoco?

El corredor por el que se adentraron, ancho y profundo, exhibía, como única decoración, una amplia colección de grabados de estilo imperio, con vistas de lugares arqueológicos de la Campania[*]. Las estampas conservaban sus elegantes marcos de época, con el oro ya gastado en ciertas partes, y el yeso visible en alguna que otra esquina levemente desportillada.

—*Sono belle, queste incisione, non e vero?* —comentó doña Lucía, utilizando esta vez su idioma adoptivo—. ¿Cómo se dice *incisione* en español? ¡Ah, sí, grabados! ¿Sabe que a veces se me olvidan ciertas palabras de mi propia lengua?

Llegaron ambos ante una puerta, afeada por una reciente capa de esmalte blanco, de excesivo brillo. Doña Lucía introdujo una llave en la cerradura, y con un gesto brusco, empujó la puerta, cuyos bordes se habían pegado ligeramente al marco.

---

[*] La Campania es el nombre de la región donde se asienta Nápoles.

—*Et voilà* —exclamó la patrona con aire triunfal.

Entró Mauro detrás de doña Lucía, y al divisar la amplia y cuidada estancia, no pudo menos que proferir un comentario admirativo.

—¡Qué hermosa habitación! ¡La esperaba más pequeña, y… y menos lujosa!

—¡Me alegro de que le guste, ya que le he reservado la mejor de todo el *albergo!* Fíjese en los estucos del techo, tan típico de las grandes mansiones del siglo XIX. Hice restaurar esos frisos hace apenas dos años. Me presionaron para que me decidiera a enriquecer ciertos relieves con pan de oro, pero me pareció un alarde excesivo, además de un gasto innecesario. Al final, decidimos realzarlos con unos toques de gris. ¡El gris resulta siempre tan elegante! Pero lo mejor de este cuarto son los muebles. ¡La cómoda es bellísima, *e non soltando bella, ma auténtica!* ¡Trátemela con cuidado, ya que, si no, tendrá que restaurármela usted! Pero no es la cómoda, sino la cama la joya de esta habitación. ¡Una verdadera obra de arte! Además, su anchura fue pensada para que dos personas durmiesen, con toda comodidad, en ella. Como puede comprobar, este dormitorio que le ofrezco es de doble uso, aunque para usted será de uso sencillo. No, no tiene que darme las gracias, lo hago con sumo gusto.

Se le olvidaba añadir a la patrona que, aunque destinada de momento a uso unipersonal, el precio que ésta le indicara a la concejala por la habitación equivalía, exactamente, al de una *camera doppia,* que no es lo mismo ser buena que tonta, había pensado doña Lucía, atenta siempre a su bolsillo…

—Y tras esa puerta se encuentra el aseo —encadenó la mujer—. Se trata de un cuarto de baño antiguo, pero bien cuidado y lleno de encanto. Hace un año, ordené redorar los viejos grifos, que han quedado hechos una preciosidad. ¡Ya verá cómo disfruta descansando en esa enorme bañera de casi dos metros de largo!

A Mauro, el cuarto de baño, con aquel colosal artilugio, anacrónico y enternecedor, le pareció salido de una película de época. «¡Ya se me ocurrirá algo para darle a este armatoste un uso no sólo original, sino, sobre todo, pecaminoso!», pensó. De pronto, se dirigió hacia Lucía:

—¿Tiene este dormitorio una buena vista?

Doña Lucía pareció dudar, y como respuesta, se acercó a la ventana de la habitación.

—Vista propiamente dicha, no. Esta ventana se asoma a otra ventana situada en el edificio de enfrente; sólo un callejón separa a las dos… ¡El viejo Nápoles es así! Por suerte, acaban de restaurar las fachadas de esa casa, que en gran medida son del siglo XVIII. ¡Hermosa arquitectura, como podrá comprobar!

Y doña Lucía abrió las contraventanas para que Mauro pudiese contemplar aquellas renovadas muestras arquitectónicas; sin embargo, lo que contempló le hizo proferir una no muy delicada exclamación, que procuró ahogar de inmediato. La ventana de enfrente, abierta de par en par, dejaba ver una espaciosa alcoba, con un gran lecho de hierro en su centro. Sobre la cama, debidamente desordenada, un hombre ancho y fuerte hacía ondular, rítmicamente, su espalda, mientras sodomizaba, con evidente entusiasmo, a una hembra treintañera que, mientras esto sucedía, agitaba de un lado a otro su cabeza, aureolada por unos cabellos de un rojo violento, algo maltratados por una encrespada permanente. La mujer gimoteaba de placer, y acompasaba sus alborozados quejidos con los resoplidos, hondos y poderosos, de su pareja. De pronto, el hombre se retiró de la hembra, y se echó de espaldas sobre la cama, mientras la mujer se colocaba de cuclillas sobre el pene tenso del varón, pene que el esfínter, al parecer insaciable, de aquella engulló con pasmosa rapidez y con voracidad parecida a la de una flor carnívora…

A nuevas posturas, nuevas exigencias, y también renovadas energías; e iban así aumentando los jadeos y resoplidos de ambos amantes, cuando doña Lucía se volvió hacia Mauro:

—¿Acaso desea usted contemplar el acto hasta su gloriosa culminación, que aún puede tardar, o podemos dar por concluido el entremés pornográfico?

—¡Por concluido lo daremos! —respondió Mauro con un suspiro… y de pronto pensó que Nápoles le empezaba a gustar…

—*Ah, l'amore, l'amore!* —murmuró doña Lucía, que, con ese comentario, intentaba otorgarle cierta dignidad moral al acto recién contemplado.

—¡Ay, el sexo, el sexo! —replicó Mauro, con menor afán moralista y, sin duda, mayor exactitud.

—Bien —cortó doña Lucía—, sea sexo o amor, ambas cosas han tenido, en Nápoles, una importancia nunca negada. Incluso en la capilla San Severo, el sexo, o el amor, o ambas cosas a la vez, han intervenido de forma decisiva. Al menos, eso es lo que cuentan los enterados… Incluso la muerte parece… ¡Pero, Dios mío, escuche ese timbre! ¡Me reclaman en recepción! Debo dejarle, don Mauro. Feliz estancia… ¡Ah, y también, felices vistas!

Mauro, una vez solo, comenzó a inspeccionar su nuevo dormitorio con detenimiento. Los pesados muebles decimonónicos, que tan excesivos parecen cuando colocados en un piso moderno de bajos techos y habitaciones reducidas, se veían allí precisos y preciosos, bajo las recargadas y suntuosas escayolas que rematabán el alto cielo raso. Pero lo que más atrajo la atención de Mauro fue la cama, complicada estructura de sorprendente y desinhibido virtuosismo. Lejos de despreciar una ornamentación que muchos tacharían de excesiva, el nuevo huésped se entretuvo, primero, en admirar, y después en acariciar cuantos pétalos y hojas enriquecían las guirnaldas que recorrían la cabecera del lecho, así como las volutas arquitectónicas y los rebuscados capiteles que intentaban estructurar la abigarrada superficie de aquel imponente respaldo. Además de constituir una colosal *pièce de résistance,* aquella cama, pensó Mauro, se configuraba como una altisonante declaración de intenciones. ¿Pero cuáles eran, en último término, esas intenciones? ¿Acaso aquel grandioso lecho nupcial pretendía glorificar la institución del matrimonio burgués, pilar y eje de todas las viejas sociedades patriarcales, tan empeñadas en exhibir, a la menor ocasión, su prosperidad crematística, o era aquella una muestra triunfal de las fastuosas voluptuosidades que brindaran, durante la *belle époque,* los lujosos burdeles que prestigiaban las grandes capitales europeas?

Mientras meditaba sobre todo esto, Mauro se echó, cuan largo era, sobre la colcha de color arena, tejida a mano, y que cubría, de lado a lado, la superficie del lecho. Se quitó los cómodos, aunque polvorientos mocasines de piel vuelta que llevaba, para así restregar sus talones contra los bordados relieves de la colcha. Pero una vez liberados sus pies de esa molesta cárcel, que es en lo que se convierten, en verano, casi todos los zapatos, por ligeros que sean, Mauro los notó ardientes e incluso hinchados. Volvió a fijarse en la colcha, planchada y limpia, y concluyó que los exquisitos bordados de ésta merecían recibir sobre ellos unos pies libres de todo sudor. Aunque cansado por las horas que hubo de permanecer haciendo cola durante las prolongadas esperas en los aeropuertos, y también por aquel largo rato de charla en el recibidor del Albergo Aurora, aquella enorme y suntuosa cama parecía estar llamándole, incluso apremiándole para que descansase sobre ella. Decidió entonces dirigirse al cuarto de baño y no dejarse seducir por la tentación de la pereza. Allí, semiescondido en un rincón, discreto en su emplazamiento pero no en su volumen, harto generoso, ni en su forma, curvilínea y opulenta, esperaba el bidé. Mauro se acercó a él, abrió el grifo indicativo del agua fría, y allí metió, primero uno y después el otro, sus pies cansados que parecieron revivir al contacto de aquel líquido fresco y transparente. Volvió a repetir la operación, y una vez concluida ésta, tomó una mullida toalla y secó, con cuidado, sus extremidades inferiores, de las cuales se sentía legítimamente orgulloso. Salió del cuarto de baño, llegó hasta la cama, y en ella se tiró, como quien se tira a una piscina. Sintió el limpio frescor de la funda de la almohada rodear su cráneo, su cuello y también su rostro. Pero acostado en esa posición, se dio cuenta de que ésta le impedía contemplar aquel triunfal y apoteósico cabecero... Decidió entonces invertir su postura, y arqueando la espalda, dio un giro total a su cuerpo, colocando la cabeza en el extremo inferior de la cama. Luego, con un suspiro de satisfacción, descansó por fin sus pies sobre la funda de la almohada, para así situado, poder deleitar su vista con aquella ampulosa apoteosis de ebanistería. Juzgado de pésimo gusto durante décadas, un progresivo cambio de apreciación a punto estaba de elevar aquel esfuerzo artesanal a la todavía inestable categoría de obra de arte singular...

«Guste o no —concluyó Mauro—, resulta inútil negar la rotundidad y entusiasmo de tan monumental propuesta estética». Y mientras el joven restaurador se entretenía con estas consideraciones, alzó sus pies hasta tocar la parte superior de la cabecera, y así recorrer las elaboradas curvas y los complicados salientes de aquel profuso entramado decorativo. Cerró los ojos para intentar adivinar, al toparse sus dedos o sus plantas con algún acusado relieve, si aquel tropiezo lo causaban unas hojas, unos pétalos de flor o un determinado ornamento arquitectónico...

De pronto, el recuerdo de aquella pareja vecina, ensayando, entusiasta, actos de tan antigua tradición amatoria, desplazó de su cerebro la abigarrada hojarasca que sus extremidades inferiores se habían entretenido en explorar. Y la mano de Mauro, sin él apenas ser consciente de su gesto, comenzó a vagabundear en círculo en torno al bulto prometedor que se ocultaba bajo su braguata. Pronto, lo allí escondido fue, primero, desperezándose, para luego, al crecer, exigir una pronta salida para determinadas ansias que se hacían cada vez más tensas...

Desató entonces Mauro su pantalón vaquero, e introdujo su mano por la cintura desabrochada, para rescatar de su encierro a aquel inquieto trozo de carne, que tan dispuesto se mostraba ante la perspectiva de un inmediato festejo seguido de un pronto alivio. Y resuelto estaba Mauro a prestar ayuda a aquella animosa impaciencia cuando, sigiloso y sin avisar, el sueño le asaltó y le rindió, convirtiendo lo que hubiese debido ser una alegre masturbación, seguida de una corta siesta, en un sopor envolvente y profundo, que duró casi toda la tarde...

Capítulo

II

AVISOS Y ADVERTENCIAS

A la mañana siguiente, los rayos oblicuos del sol que se filtraban por las persianas despertaron a Mauro apenas despuntado el día. A pesar de lo temprano de la hora, el joven se sentía descansado y contento. Pero aunque no sintiese ganas de seguir durmiendo, quiso permanecer inmóvil durante un largo rato, cubierta la parte inferior del cuerpo con una sábana que envolvía sus muslos, y cuyo extremo inferior, antes de arrastrarse por el suelo, se había enredado en uno de sus tobillos. Temía Mauro que cualquier movimiento, por pequeño que fuese, pusiese en peligro aquella sensación de bienestar que le inundaba. En momentos como éste, don Mauro Beltrán se daba cuenta de que el mero hecho de sentirse vivo procuraba, por sí solo, gozo suficiente para justificar el hecho de existir. Con innegable grandilocuencia, Mauro definía aquello como la voluptuosidad de ser...

Y mientras éste se esforzaba en seguir disfrutando de aquella inmóvil espera, su mente se entretenía recordando las diversas conversaciones mantenidas la noche anterior, durante la cena, así como ciertas anécdotas que le precedieron.

Mauro, la tarde previa, luego de entretenerse paseando sus pies por los acusados relieves que adornaban la cabecera de su cama, había caído en un sueño tan profundo y compacto, que consiguió que, a pesar del ruido de las suelas, fuera incapaz de escuchar los pasos de Angioina, que entraba en la habitación con el propósito de despertarle para la cena.

—*Sveglia il tuo bello spagnolo. I cannelloni saranno pronti... in diecci minuti più o meno* —había ordenado doña Lucía. Pero ya dentro del dormitorio, al contemplar aquel hermoso cuerpo de hombre entregado al sueño, con la cabeza volcada hacia atrás, los pies desnudos descansando sobre la almohada y, sobre todo, con aquel pantalón desabrochado, y ese pene gozoso que la bragueta entreabierta apenas escondía, Angioina empezó a comprender lo que la palabra éxtasis significaba. Y como aquella estremecida contemplación, a la cual era incapaz de sustraerse, se prolongase durante unos minutos, las manos de la muchacha, que no se resignaban a permanecer quietas, comenzaron a pasearse por el cabello oscuro y ensortijado del español. Después, con la yema de sus dedos inseguros pero ansiosos, se atrevió a rozar aquellas pestañas negras y apretadas, para luego seguir el dibujo de unos labios animados por un rojo quizá demasiado intenso. Rodeó después Angioina el contorno del mentón, y dando un salto por encima de la camiseta de Mauro, acarició, por fin, el vello sedoso que crecía en torno al ombligo del joven restaurador. De allí bajó hasta recorrer el reverso de la mano, cuyos dedos se adentraban y perdían en el interior de la bragueta y, por último, después de sortear la gruesa tela del pantalón, acarició, con respeto casi religioso, el contorno de los pies del joven, pies cuya hermosura fue para ella una sorpresa y cuyas plantas llegó a rozar con un beso...

Aquel contacto provocó en Mauro unas cosquillas que le despertaron. Luego de unos instantes de desconcierto, preguntó, con engañosa ternura, y utilizando un lenguaje, mezcla anárquica de español e italiano:

—¿Qué, te gustan mis pies? *Sono carini, questi piedi miei. Devo riconoscere che mi piacciono anche a me!* Pero está prohibido tocarlos sin mi permiso, *mia cara ragazza.* Sí, Angioina, me has oído bien. *Vietato toccare! Capisci?* —Y de pronto el tonó de su voz se endureció—. ¡Repito, estos pies míos, como también otras partes de mi cuerpo, se miran, pero no se tocan!

Al escuchar estas palabras, la expresión del rostro de Angioina pasó, en tan sólo unos segundos, del arrobo contemplativo al sofoco y la vergüenza. Y también por unos segundos, Mauro sintió compasión por la chica; pero la tentación de la crueldad resultaba demasiado fuerte como para desecharla, lo que obligó a Angioina a escuchar revelaciones mucho más dolorosas. Mauro, que al incorporarse y posar sus plantas desnudas sobre el suelo, sintió el frescor del mármol subirle por los tobillos, sonrió ante la desolación que sus últimas palabras habían hecho aflorar en el rostro de la muchacha, y decidió insistir:

—*Inoltre* —dijo, señalando esas dos extremidades suyas que tanta devoción habían suscitado en la muchacha—, *posso no toccare questa parte precioza d'il mio corpo soltanto due persone: Prima di tutto, la mia madre, e, in un secondo posto, il mio amante. Si, cara fanciulla:* lo has comprendido perfectamente: *il mio amante!* Aunque el último, *un bel giovanotto biondo,* ¡un poco soso, quizá!, *l'ho lasciato piangendo a Madrid.* ¡Pues que llore, qué puñetas, que llore! *I'ho gia dimenticato! Perché l'amore, Angioina, si comporta così:* llega sin avisar, habita entre nosotros, hasta que se aburre y entonces se marcha, por mucho que le supliquemos que se quede a nuestro lado un rato más. *Forse Angioina, sei troppo giovane per capire come e perché l'amore, dopo un tempo, a l'usanza di andar via.* Incluso los más expertos no lo saben explicar del todo. *Per quanto riguarda il mio futuro amante, sicuro che pronto lo troveró in questa citta, cosi speziale e invitante...*

Al escuchar aquella última frase, la infeliz muchacha no quiso soportar por más tiempo tan explícito rechazo, y salió casi corriendo del cuarto, mientras lanzaba un sollozo confuso y desolado...

* * *

—¡No debería haber asustado así a una criatura tan simple como Angioina! ¡La humillación que le hizo sufrir en su habitación me parece una canallada! La *poverella* vino a mí hecha un mar de lágrimas.

—¡Si no ha sido más que una broma! —Mauro se arrepentía ahora del mal rato que había hecho pasar a la pobre sirvienta, pero le molestó y, sobre todo, le irritó sobremanera sentir a aquella chiquilla rondar su cama y palpar su cuerpo, sin pedirle permiso alguno...

—¿Broma? —exclamó, irónica, doña Lucía—. ¡Ahora que me fijo bien en usted, no creo que lo que le dijo a Angioina fuese una broma! Sé que no debería intervenir en esto, pero no he sido yo la que ha iniciado el juego; lo más que puedo hacer es continuar jugándolo. Sin embargo, tampoco quiero ofenderle —Lucía parecía dudar si seguir o no con la conversación; aunque al fin se decidió—: Usted, don Mauro, en su aspecto exterior, parece un joven normal, ¿pero acaso esa palabra conserva hoy en día algún significado?, aunque algo hay en su mirada que me debería haber hecho sospechar...

—¿Y qué le ocurre a mi mirada? —respondió Mauro, con tono todavía amable, pero donde se percibía un comienzo de irritación.

—¡A ver si sé explicarme! ¡Pero sobre todo, no se me enfade, señor Beltrán!… Verá, tiene usted unos ojos preciosos, de un bellísimo tono violáceo, y esas asombrosas pestañas suyas, las envidié nada más verlas. Pero he observado su mirada, y es inquieta, además de impertinente. Y a esas miradas que van saltando de un lugar a otro les delata una característica: ¡cuando se posan en nosotras las mujeres, apenas nos ven!

—¿De veras mi mirada es así? ¡Y yo sin enterarme! —Mauro dejó escapar una breve carcajada, quizá no demasiado alegre…

—¡Oh, no se ría! Bueno, ríase si quiere. Pero reflexionando, recordé que esa manera de mirar suya es la misma que he observado en muchos homosexuales… ¡No, si no le estoy criticando! Después de los últimos y espectaculares cambios de criterio que se han producido en las sociedades occidentales, hacerme ahora la estrecha, o peor, la intransigente, respecto a la cuestión homosexual me parecería una actitud tan inútil como grotesca. ¡Sé muy bien en qué siglo vivo, señor Beltrán! Además, tengo varios amigos homosexuales. Sí, amigos de verdad, con los cuales no sólo me llevo bien, sino que me encuentro cómoda entre ellos. Las mujeres solas siempre tenemos amigos de esa clase. Uno de ellos me regala, cuando puede, entradas para el San Carlo, ya sabe, la ópera de aquí. De otro modo, ¿cómo podría disfrutar de mis arias favoritas? Aquí, en Nápoles, cuando se anuncia algo bueno o de cierta importancia, las entradas desaparecen, pero él, que es hombre influyente en el mundo del arte, casi siempre me las consigue…

—¿Y no me las puede también conseguir a mí? —interrumpió Mauro.

—No se da cuenta de lo que está diciendo —comentó, misteriosa, doña Lucía. Pero de pronto, cambiando de tono—: Insisto —exclamó la patrona—, lo que acaba de hacer con la pobre Angioina me parece de una crueldad manifiesta. Hacía seis meses que la criatura no encontraba un solo español que llevarse a la boca, o al menos a los ojos, y de pronto llega usted. Sí, llega usted y al punto renacen las esperanzas de la muchacha. Pero nada más instalarse usted aquí, con sólo dos palabras destruye todas las ilusiones que empezaba a abrigar la *povera ragazza*. ¡Le repito, crueldad en estado puro!

—¡Qué persona tan extraordinaria es usted! —observó Mauro, que empezaba a divertirse con aquella conversación—. ¡Hace ya un rato que me está riñendo, y aún no he logrado averiguar si su regañina va en serio o en broma!

—¡Va un poco de lo primero, y otro poco de lo segundo!… En todo caso, le hago a usted responsable de los trastornos domésticos que me pueda causar el triste estado de ánimo de Angioina. ¡Verá como no me saldrá gratis el desengaño de esa chica! ¡Cuánto plato roto y cuánta fuente desportillada voy a tener que reponer! ¡Menos mal que no tenemos, en la cocina, horno para pizzas! De lo contrario, con tantas lágrimas, me las aguaría.

Doña Lucía no dejaba de menear la cabeza.

—¡Así que es usted gay! ¡Que difícil lo tenemos las mujeres respecto a las relaciones que intentemos mantener con los hombres! Los que en la cama todavía nos desean, en cuanto salen de ella, se manifiestan, al menos en esta zona de Italia, como machistas impenitentes y fanfarrones; los otros, los gays son, las más de las veces, encantadores, y además, en las disputas entre sexos, suelen estar de nuestra parte, pero en la práctica, ¿de qué nos sirve esto último?

—¡Pues, por ejemplo, para que le regalen a usted entradas para la ópera! ¡Y también servimos, doña Lucía, para escucharos!…

Doña Lucía rió:

—¡Qué manera tan elegante de indicarme que me calle!…

—¡En modo alguno! Incluso…

—¡No lo niegue, señor Beltrán! Además, se me ocurre una razón urgente para concluir, por mi parte, esta conversación. ¡Los espaguetis! ¡Espero que no se hayan pasado!…

* * *

Mauro, echado aún en la cama, recordaba aquella mañana, y con no poca añoranza, los espaguetis de la víspera. Tras haberlos saboreado, dispuesto estaba a suscribir lo que en el barrio se afirmaba: ¡los verdaderos, los mejores espaguetis de Nápoles y por tanto del mundo se preparan en Spaccanapoli, o no se preparan! Y Mauro, que aquella noche sentía un voraz apetito, había hecho honor a los espaguetis de doña Lucía, hasta no dejar uno solo en el plato.

—¡Por supuesto que están deliciosos! —contestaba la patrona, al escuchar durante la cena los elogios de Mauro—. ¡Menos mal que por fin dice usted algo sensato esta noche! ¿Sabe que ciertas vecinas me profesan un odio infinito, tan sólo porque preparo la pasta mejor que ellas?

—¿Y cómo saben esas ilustres vecinas que los espaguetis suyos son mejores que los que ellas preparan?

—¡Porque sus maridos, cuando se hartan de ellas, lo van proclamando por ahí! —Ésa fue la respuesta, sincera y provocadora, de doña Lucía. Y los ojos de la patrona brillaron con una chispa especial, chispa que sin duda los alumbró de continuo en tiempos más guerreros… ¿pasados ya del todo?…

Mauro, cómplice, le hizo un guiño a doña Lucía:

—Ya le dije, hace unos instantes, que era usted una mujer extraordinaria. La verdad, no comprendo cómo ciertas recatadas damas napolitanas no le han exigido al Papa que modifique el noveno mandamiento, para dejarlo más o menos así: «¡No desearás a los maridos de tus prójimas, ni harás los espaguetis mejor que ellas!». Pero reconocerá, doña Lucía, que la reacción de esas esposas napolitanas nada tiene de extraño o de sorprendente. ¿Cómo reaccionaría una cocinera valenciana si viese llegar, de pronto, a una oronda napolitana, y ésta le demostrase que sus paellas eran mejores que las autóctonas? ¡La indignación sería, cuando menos, considerable! Y variando un poco el tema, ¿qué dirían ciertos machos de este lugar si yo les demostrase con algunas chicas de aquí que un servidor, una vez metido en faena, sabe hacer el amor con ellas bastante mejor que muchos *guappi* locales, que se pasean, ufanos, marcando paquete, por las calles de esta ciudad?

—¿Y podría usted demostrarlo? —preguntó doña Lucía, que parecía encontrarle un nuevo interés a la conversación.

—Mire usted, mi querida señora, la acera por la que transito me produce, desde hace tiempo, toda clase de satisfacciones y placeres, pero también puedo asegurarle que no tengo inconveniente en pasear por el centro de la calle, e incluso recorrer, durante un buen rato, la acera opuesta…, ¡siempre que esa acera valga la pena, claro está!

—¿De veras? —exclamó, divertida, doña Lucía—. ¿O sea, que además de ser usted uno de esos gays que no recuerda lo que es un interior de armario, es también algo parecido a un… agente doble?

—¿Doble, por qué no? ¡Y triple, si hiciera falta! —ironizó Mauro, exagerando un tanto sus diversas disponibilidades, mientras exhibía su sonrisa más encantadora—. Por otra parte —añadió, bajando algo la voz—, cuento con un buen aliado para tales menesteres, aliado del que hasta ahora nadie ha tenido la menor queja.

—¿Y cuál es ese aliado?

—Uno siempre dispuesto a presentarse cuando se le reclama, y al que le asisten veinte importantes razones, una detrás de la otra. ¡Razones que quizá no sean apabullantes, pero sí dignas de tenerse en cuenta!...

—¿Veinte razones? No entiendo lo que... ¡Pero si seré tonta! ¡Lo que hace la falta de costumbre! ¡Vaya, don Mauro Beltrán, así que veinte razones!... —Y a pesar de que Lucía dudase unos segundos si escandalizarse o tomar el asunto a broma, su risa, casi involuntaria, llenó los más distantes rincones del *albergo*—. ¡Pues felicidades, don Mauro Beltrán, por esas veinte... razones!... Pero, dígame, ¿esa información que me acaba de confiar, he de considerarla *top secret,* o he de hacer partícipe de ella a más personas?

—Eso lo dejo a su buen entendimiento, querida señora —respondió Mauro.

—Si se lo pregunto, estimado huésped, es sobre todo por un motivo: ¡si esto llega a oídos de algunas de mis hambrientas vecinas, el tropel de *fans* esperando en la puerta podría resultar agobiante!

—¿Pero tan derrengada está por estos pagos la cosecha de hermosas bellotas?

—¡Deficiencias existen por ahí, que la verdad, por triste que sea, hay que admitirla!

—Entonces... —Y Mauro pareció meditar unos segundos—. ¡Entonces, dígaselo solamente a Angioina!

—¡Pero... pero qué malo y perverso es usted! ¡Y yo que no sabía que iba a alojar a un demonio en mi casa!

* * *

Mauro sonreía, evocando de nuevo la cena de la víspera, mientras contemplaba desde la cama, de la que aún no le apetecía levantarse, la luz del nuevo día hacerse más cálida y más intensa, mientras el sol abandonaba la línea del horizonte, para escalar, poco a poco, un cielo dispuesto a tornarse agresivamente azul. Al joven español le divertía repasar las anécdotas que habían salpicado la velada del día anterior. ¡Era sin duda una mujer lista, esta conquense a la salsa napolitana! Pero sobre todo le agradaba el hecho de que doña Lucía fuese española. Fuera de su país, también a él le resultaba un descanso charlar con otra persona en su propia lengua. Mauro se defendía bastante bien en italiano, pero ese italiano suyo no era más que un lenguaje de turista, sólo que algo mejorado… Cubría sus necesidades cotidianas de comunicación, pero lo sabía insuficiente para conversaciones de mayor calado. Parecido problema lo tenía con los otros dos idiomas en los que lograba expresarse con cierta soltura, el inglés y el francés. En cambio, el alemán, que había intentado chapurrear durante su estancia en la ciudad austriaca de Gratz, se le había resistido con irreductible altivez…

—¡Bien! —exclamó por fin Mauro en voz alta—, ¡ya es hora de levantarse! —Aquella frase no la pronunció para que los huéspedes del Albergo Aurora se enterasen de cuál iba a ser su inmediata decisión, sino para convencerse a sí mismo de la necesidad de realizar, cuanto antes, tan poco apetecible esfuerzo, ya que pronto vendría alguien a buscarle, que le enseñaría la capilla San Severo, y debía encontrarse listo para entonces. Se incorporó emitiendo un largo suspiro y se dirigió hacia el baño. Con sus pies descalzos sobre el suelo, volvió a sentir bajo sus plantas, igual que en la tarde anterior, la superficie, siempre fresca, del mármol. «¡Qué sensación tan distinta —pensó— produce el deslizarse sobre este material pulido y refinado, a la que genera el contacto, vulgar e indiferente, de las baldosas industriales!». Mauro se había vuelto experto en valorar los placeres y las sensaciones que los distintos pavimentos le procuraban, ya que detestaba utilizar zapatillas, ese símbolo cutre, aunque universal, de la dócil y uniformada clase media. Pero al dirigirse hacia el baño, notó que la parte inferior del pijama tiraba de él y le molestaba. Se detuvo y observó que el cordón del pantalón se enredaba en su pene, tenso aún a causa de la dilatada, tanto en el tiempo como en el espacio, erección matinal. Aquello le oprimía a cada paso que daba—. ¡Fuera el pantalón! —murmuró, y lo dejó caer sobre el piso, justo en medio del dormitorio. Entró por fin en el cuarto de aseo, se contempló en el espejo, y se encontró feo y desaliñado, con los ojos hinchados y la expresión de éstos opaca y soñolienta. Se rascó el cráneo, primero con gesto suave, después con ahínco, revolvió, furioso, sus oscuros mechones, siempre rebeldes, bostezó dos veces; y luego colocó, encima del borde del lavabo, su cepillo de dientes, observó con detenimiento su dentadura, de la que apenas tenía queja, la frotó a conciencia con un dentífrico que acababa de salir al mercado, y que a pesar de la publicidad, juzgó casi idéntico a otros muchos. Sintió, por fin, ganas de orinar, y se colocó frente al retrete. Tomó su pene, ya relajado, con una mano, y lo observó, agradeciéndole una vez más su incondicional predisposición a los más repentinos alzamientos; retiró la piel del prepucio y contempló, satisfecho, su glande colorado y rotundo. Después de unos instantes, de allí surgió el líquido dorado que se acumulaba en la vejiga, lo que le hizo recordar ciertas duchas, también doradas, que, durante un tiempo, se divirtió en verter sobre ciertos cuerpos expectantes y ofrecidos…

—Hola, compañero, ¿cómo te encuentras esta mañana? —apostrofó Mauro, saludando a aquella parte preciada de su persona—. Me temo que hoy no pueda ofrecerte un menú mínimamente apetecible. ¡Pero no te preocupes, que tu fortuna ha de cambiar más pronto que tarde! —Mauro contempló, por último, la enorme bañera, triste porque vacía, y no quiso resistirse al impulso de verla rebosante de agua, y así hundirse en ella un buen rato. Abrió los grifos. El agua brotaba de ellos con sorprendente presión, convertida en humo y espuma… «Y ahora —se prometió Mauro—, ¡a gozar como un emperador en su baño privado!».

* * *

—¡*Buon giorno*, doña Lucía! —saludó, eufórico, Mauro, con su cuerpo y su mente refrescados por el baño.

—*Buon giorno* —respondió la interpelada—. ¿Cómo se encuentra su señoría, y sobre todo, cómo ha transcurrido su primera noche en cama tan singular?

—¡He dormido como un rey!

—¿Y su amigo? ¿También ha pasado él buena noche?

Mauro arrugó el entrecejo.

—¿Qué amigo? —contestó, un tanto desorientado ante la pregunta de la patrona.

—¿Pues cuál va a ser? Ese que siempre va con usted. ¡Sí, hombre, el de las veinte razones!

—¡Ah, ése! —exclamó Mauro, a la vez divertido y aliviado—. No estoy seguro del todo, pero sospecho que ese amigo, inseparable y abnegado, aunque un tanto irresponsable, ha dormido menos que yo. Las dos veces que me desperté, una para orinar y otra para beber agua, me pareció que estaba intentando alguna que otra diablura… Y es que hay amigos en los que uno no debería confiar, sobre todo cuando es noche cerrada. Pero al final, harto de esperar algún acontecimiento festivo, que nunca llegó a producirse, debió optar también él por dormirse. ¡Pensándolo bien, no tenía otra opción!…

—¿Y no será que ese amigo suyo se siente un tanto impresionado por dormir en cama tan apoteósica?

—Si así fuere, ¿qué quiere que yo le haga? Si no se siente a gusto en un lecho como ése, será que no entiende de estilos. ¡Ya entiende bastante de otras cosas!…

—¡Pues lenguas perversas insinúan por ahí que el problema no es que no entienda de estilos, sino que confunde los géneros!

—*Pace, pace!* —suplicó Mauro en italiano, como si intentara tararear el último dúo de *Las bodas de Fígaro*—. ¡No me obligue a ser ingenioso y ocurrente a las ocho y media de la mañana!

—De acuerdo, mi querido huésped. Pero querrá desayunar, ¿no es así? Pues *la prima colazione* la servimos ahí, en el saloncito de la izquierda. Siéntese en el sitio que prefiera, que allí le llevaré el café con leche y todo lo demás.

Y doña Lucía, alzando la voz, ordenó:

—*Angioina, ti prego, porta il caffè e la sua brioche, la marmellata, e una spremuta d'arancia al signore Beltrán. Vuole prendere súbito la sua prima collazione.* ¿El huevo cómo lo quiere? —preguntó, volviéndose hacia Mauro—. ¿Pasado por agua? Bien, *lo porto in un attimo.*

Transcurrieron unos minutos, y por fin apareció Angioina. Entró con los ojos bajos, para así no tener que mirar a aquel monstruo de depravación al que se veía obligada a servir. Llegó hasta el puesto donde Mauro se había sentado, y con un gesto que intentaba expresar tanto su orgullo como su desprecio, dejó caer, bruscamente, sobre la mesa, la bandeja de metal plateado donde llevaba el desayuno. El choque de ésta sobre el mármol produjo un considerable estruendo, que sobresaltó a los pocos huéspedes que tomaban allí su primer café de la mañana. Angioina iba a retirarse, cuando Mauro, incorporándose a medias, alargó sus brazos, consiguiendo sujetar las muñecas de la muchacha.

—Ven, sí, ven aquí, niña mía. —Y aquellas palabras no sólo eran un juego, sino sobre todo una manifestación de ternura. Mauro alzó entonces la barbilla a la chica, y obligó a Angioina a mirarle a los ojos…

—¿Sabes que eres muy bonita? *Sei molto bellina.* ¡Sí! —Y llevando a su boca las manos de la muchacha, abrió sus dos palmas y depositó un beso en cada una de ellas. Después siguió mirándola, y con toda suavidad, le dijo—: *Conserva questi bacci! Sono soltanto per te.* ¿Me has entendido? ¡Son sólo para ti!

—¡Déjela en paz! —Era la voz irritada de doña Lucía, quien así imponía su autoridad; y dirigiéndose de inmediato a la sirvienta—: *E tu, vai in cucina!* —le señaló. La orden no admitía réplica.

Angioina se retiró, confusa. Más huéspedes entraron en el pequeño salón, y más desayunos se sirvieron, pero ni Mauro ni doña Lucía volvieron a intercambiar palabra alguna, hasta que aquél, antes de abandonar el lugar se dirigió a la patrona.

—Doña Lucía, vuelvo a mi habitación y ahí me quedaré. A las nueve y media vendrá a buscarme un señor, español por más señas. Creo que se trata del coordinador de los trabajos de restauración de la capilla San Severo. ¿Tendría la amabilidad de avisarme cuando llegue?

—No se preocupe, ya le avisaré —fue la escueta respuesta de la patrona. Pero después de un cortísimo rato, como si quisiera dar por terminado aquel enfado momentáneo, se dirigió otra vez a Mauro con una breve súplica—: Señor Beltrán, por favor, respétela, se lo ruego.

—¡Pero si no era mi intención faltarle al respeto! Creí que Angioina…

—¡Pero si no hablo ahora de Angioina! —exclamó Lucía, impaciente—. ¡Hablo de la capilla San Severo! Cuídela y trátela con el mayor cariño y respeto posible. Hay aquí gente, y gente muy importante, que se lo agradecerá de veras. —Y después de decir esto, salió nerviosa del comedor.

Mauro permaneció unos segundos pensativo. No acababa de entender todas esas advertencias, unas obvias y explícitas y otras veladas, que tenían siempre como destinatario inevitable la capilla de los Sangro. «Bah —decidió por fin—, típicas supersticiones locales. Nápoles no sólo se complace en ellas, sino que incluso las utiliza como reclamo publicitario...».

Antes de abandonar, definitivamente, el saloncito del desayuno, Mauro buscó, con la mirada, a Angioina. La descubrió, semioculta, detrás de una columna, desde donde vigilaba a los huéspedes. De pronto la joven se dio cuenta de que la mirada de Mauro se había posado en ella... Pero no se movió, como tampoco se movió él, hasta que la muchacha, con un leve movimiento de cabeza, hizo una señal de asentimiento al español. Y aquel gesto afirmativo bastó para que Mauro se sintiese perdonado...

Capítulo

III

LOS SABERES DE UN PRÍNCIPE

El hombre que había venido a buscarlo aguardaba en el patio, resguardado del calor por la parcela de sombra que protegía, a esas horas, la fuente romana.

—¿Don Mauro Beltrán?

El que así preguntaba era un individuo de unos treinta y cinco años, moreno, delgado, y de rasgos no del todo armónicos. Ni guapo ni feo, recordaba a uno de esos personajes que aparecen en determinadas películas, y que el espectador apenas tiene en cuenta, hasta que por capricho del director o del guionista, ese actor, de presencia hasta entonces desvaída, se convierte, con nuevo y acusado relieve, en protagonista de alguna secuencia importante.

—Sí, soy Mauro Beltrán, y usted es…

—Alberto Miralles. He venido a recogerlo para acompañarlo a la capilla San Severo.

—De acuerdo, ¿iremos a pie, no es así?

—Sí, siempre que no tenga inconveniente. La capilla de los Sangro se encuentra cerca de aquí, aunque estas viejas calles de complejo trazado la hagan parecer algo más distante. Aun así, el recorrido es de tan sólo unos minutos… ¡Pero no hay prisa! ¿Le importaría si nos detenemos en el café de la esquina? Cuando me levanté, al poco de amanecer, aún no tenía ganas de desayunar. ¡Ahora sí que me apetece tomar algo! Además, el café al que vamos es un lugar curioso; en todo caso, muy napolitano…

—No hay, por mi parte, el menor inconveniente —contestó Mauro, que de pronto, se encontró animado y de excelente humor, ya que el día que se iniciaba se presentaba lleno de interés, con las diversas interrogantes que rodeaban a la capilla San Severo como eje y acicate de la jornada. El joven restaurador, mientras andaba junto a Miralles, observaba el espectáculo que el barrio ofrecía en aquella hora, todavía temprana. La serena luz matinal prestaba a aquel descuidado conjunto urbano un aspecto de austera dignidad, que los resplandores cálidos y sensuales del atardecer revestirían horas después de un dorado y engañoso esplendor. En aquellas estrechas calles, donde la humedad refrescante, que se acumulaba durante la noche, tardaba en desaparecer, los vecinos solían aprovechar estos últimos momentos de suave temperatura, para bajar hasta los portales, en pijama o en ropa interior, y una vez allí, enfrascarse en discusiones que insistían, con escasas variantes, en temas ya abordados en días anteriores… Casi todo lo cotidiano, en aquel barrio, se revestía de acentos recurrentes y repetitivos, como un eco más de los clásicos *ritornelos* napolitanos…

—Alberto, ¿me permites que te tutee, verdad? Gracias. Me asalta una curiosidad: ¿desde cuándo vives en Nápoles? Aunque no te sientas obligado a contestarme, si por alguna razón, no te apetece hacerlo.

Miralles pareció dudar, pero después de unos segundos se confió a Mauro:

—Verás —respondió, entornando los ojos, como si ese gesto le ayudase a visualizar los recuerdos—, vivo en Nápoles desde hace once años. Y no te repetiré la tan manida expresión «parece que fue ayer». ¡No, qué presente tengo cada episodio de estos últimos tiempos que se han ido! ¡Once años, sí!... ¿Pero por qué estoy yo aquí? Verás, mi familia paterna es de origen catalán, de Montblanch, para más señas. Muy pronto, me fui a vivir a Barcelona, y allí me casé... ¡Recién cumplidos los diecinueve años! Aquel matrimonio, como era de esperar, salió mal, y cuando mi mujer, Elena, que así se llamaba mi media y ácida naranja, me pidió el divorcio, utilizó todas las armas que pudo en contra mía. Logró, y esto fue lo que más daño me hizo, que nuestra hija me dejara de querer, y que incluso me despreciara...

»¡Y Dios sabe cuánto quería yo a esa hija! Me ganaba la vida, por aquel entonces, como transportista, actividad que sigo ejerciendo a ratos. Unos amigos, que solían trabajar para el museo de Arte de Cataluña, me propusieron acercar hasta aquí una parte considerable del contenido de una exposición a la que entonces se le dio gran relieve, y cuyo tema era el de los Borbones napolitanos. Casi todo el material que llegó de España estaba relacionado con Carlos III, rey que en esta ciudad es todavía figura no sólo querida, sino incluso añorada. Sigue siendo, en Nápoles, el monarca que se utiliza como referencia, ¡que aquí, a Carlos III aún se le denomina *il nostro re!*

»Durante los días que permanecí aquí, conocí a una chavala estupenda, Bianca se llama, diez años menor que yo. Ella es ahora mi compañera, y digo compañera, porque nunca estuvo en sus planes casarse conmigo. ¡Prudente que es! Además, le gusta demasiado su libertad, aunque no sé muy bien por qué, ya que hasta ahora nos hemos sentido muy compenetrados el uno con el otro. Los fines de semana, nos reunimos ella, nuestra hija y yo, y los días que pasamos juntos suelen er una auténtica delicia..., al menos hasta el momento. Sí, son esos días los que me han enseñado lo que significa la palabra felicidad. Pero no es sólo ahora cuando me siento a gusto aquí. A los pocos días de llegar empecé a experimentar esa sensación de despreocupado bienestar que, aun hoy, sigo sintiendo. Trabajo para don Álvaro Fontanarosa, mi muy ilustre patrón, que luego conocerás y que es hombre clave en el Nápoles de hoy. Pero a pesar de que le sirvo con no poca devoción, ni él ni nadie cronometran mis idas y venidas, como tampoco determinan mis horarios… Sí —prosiguió Alberto, haciendo en torno a él un amplio barrido con la mirada—, poco a poco, casi sin darme cuenta, este Nápoles sucio y desaliñado me ha ido envolviendo y hoy me considero un napolitano más. Desde que me afinqué aquí, sólo he vuelto dos veces a Cataluña, y cuando lo he hecho me he encontrado con una hija distante y despreciativa, y una ex mujer que no sabe hacer otra cosa que herir y molestar. Mi hija trabaja en una *boutique* de lujo de Barcelona. ¡Ni te imaginas lo finolis que se ha vuelto!… Lo siento, quizá te choque lo que te voy a decir, pero desde hace ya tiempo, paso tanto de mi hija como de su madre. Esta ciudad, por extraño que te parezca, se ha convertido en mi hogar. Sé que la primera impresión que un forastero suele tener de Nápoles no es precisamente positiva, pero resulta, cuando vives aquí, un lugar sorprendente a la vez que divertido, y esto a pesar del aparente caos y suciedad que preside su acontecer diario. Yo, por ejemplo, nunca viviría en Roma, que no es sino una ciudad más del *mezzogiorno,* rebosante, eso sí, de absurdas pretensiones de santidad. Menos aún residiría en Florencia. No niego su belleza, pero no conozco en toda Europa una ciudad mas pagada de sí misma, a excepción de París… No soporto, sobre todo, a los florentinos; ¡se comportan como si la mayor parte de ellos fuese descendiente de los Médici!… Aquí somos más normales, más… independientes. Sí, ésa era la palabra que buscaba. El estado italiano nos ha dejado solos. Y como resultado, Nápoles apenas depende del resto del país, y sí mucho de los propios napolitanos. Ése es su triunfo, y por supuesto, también su derrota y su desastre… En todo caso, aquí me siento bien. Ya sabes el dicho: ¡La verdadera patria es aquella donde se vive feliz!

—Si no me equivoco —precisó Mauro—, esa frase, más que un dicho, es un aforismo, y su autor no sería otro que Voltaire.

—¡Pues bravo por Voltaire, si fue él quien la acuñó! Por cierto, ¿qué quieres tomar?

Habían penetrado ya hacía unos minutos en el café que Alberto señalara. La primera impresión que daba el local era la de ser un salón viejo y ahumado, sin demasiados atractivos, y decididamente pasado de moda, hasta que el usuario descubría el primor de la talla de los paneles de madera que recubrían sus paredes, paneles que más parecían haber salido de las manos de un consumado y virtuoso tallista, que de las de un simple artesano. «¿Quién —pensó Mauro al fijarse en ellos— sería capaz de realizar hoy una labor parecida?». La excelencia de los silenciosos y abnegados oficios manuales es algo que la modernidad ha hecho desaparecer, como para siempre han desaparecido tantas otras cosas…

Se les acercó un camarero que aparentaba los mismos años que aquel vetusto local.

—¿Qué quieres tomar? —preguntó Miralles, dirigiéndose a Mauro.

—Gracias, Alberto, no deseo nada. Acabo de desayunar en la pensión.

—*Allora* —dijo Miralles, dirigiéndose al camarero—: *Prenderó un cappucino… sí, un cappuccino con una brioche per me, e una bottiglia di acqua minerale di mezzo litro per il signore. Grazie!* Por cierto Mauro —añadió Alberto, dirigiéndose a su compañero—, quisiera preguntarte dos cosas, aunque si te hago estas preguntas, es porque tú me acabas de hacer otras dos. Dime: ¿de dónde provienes?, esto es, ¿cuál es tu patria chica?

—¿La mía? Mis raíces son mallorquinas. La rama de los Beltrán a la que pertenezco es de origen balear. Pero mi abuelo, el primero de la familia en convertirse en funcionario del Estado, se trasladó a vivir a Madrid, aunque este alejarse de las islas fue juzgado, por los que quedaron allí, como una deserción... Yo nací en Madrid, pero no me considero especialmente madrileño, ni exclusivamente español. Si he de serte sincero, me considero ante todo europeo. ¡Me entusiasma este continente!, e igual me da residir en Italia que en Francia, en Austria que en España. He trabajado en esos cuatro países, y en los cuatro me he sentido como en casa...

—A mí me ocurre un poco lo mismo, al menos con respecto a Italia... Y ahora te hago la segunda pregunta: ¿qué impresión te ha producido tu nuevo alojamiento?

Mauro se sorprendió, ya que se esperaba otro tipo de pregunta.

—¿El Albergo Aurora? ¡Bien, muy bien! ¡La dueña, que me parece una mujer interesante además de guapa, me ha dado una habitación estupenda!

—¿Sí?, ¡me alegro! Doña Lucía es, sin duda, una mujer hermosa, y lo fue mucho más hace tan sólo unos pocos años. No la conozco mucho, pero hemos coincidido en diversas reuniones unas cuantas veces. Además, ahí trabaja una chavala, Angioina creo que se llama, que es un auténtico *boccone di cardinale*. ¡Aunque según parece, a los antiguos cardenales les gustaba más el *boccone* masculino que el femenino!

—¡Pues, mira por dónde, a mí también me ocurre los mismo! Aunque mi afinidad con los cardenales, antiguos o modernos, se detiene ahí...

La afirmación de Mauro era escueta, pero sin equívoco posible.

—¡Ah! —fue toda la respuesta de don Alberto Miralles.

—Verás —puntualizó Mauro después de unos segundos—, he aprovechado tu comentario porque quiero dejar las cosas claras desde un principio. A mis casi treinta años, me resulta muy aburrido, además de humillante, fingir que me extasío ante cualquier hembra pechugona que pase cerca de mí. Por otra parte, a estas alturas, disimular, ¿para qué? ¡Sencillamente, no me da la gana! Si te molesta lo que soy, trátame lo imprescindible. En caso contrario, creo que podríamos ser buenos amigos, o al menos, buenos compañeros.

—¡Pues claro que lo seremos! ¡Joder, tío, no te coloques tan a la defensiva! Como acabas de señalar, vivimos ya en pleno siglo XXI…

—Que yo sepa, no he mencionado siglo alguno —puntualizó Mauro, sonriendo.

—¿Ah, no lo has hecho? ¡Pues lo hago yo! Y este siglo que comienza va a ser, según parece, vuestro siglo. ¡Algún siglo tenía que ser!…

Miralles frunció el ceño, como si de pronto, evocase algún recuerdo no del todo agradable. Durante breves momentos, pareció dudar, pero por fin se decidió a hablar:

—Sabes, Mauro, yo también te seré sincero, ¡qué puñetas! A mí, ¡qué le voy a hacer!, me gustan las mujeres…, ¡vaya que si me gustan! No albergo la menor duda respecto a mis apetencias sexuales, que son, no sé si por fortuna o por desgracia, bastante fuertes, aunque la edad comience a serenarlas un poco. Pero cuando me divorcié, empecé a sentir tal rencor hacia la mujer en general que… bueno, decidí intentar una experiencia con un hombre. Y la tuve, aunque tan sólo una vez. Fue con un chico majísimo, transportista como yo, chaval con un físico agradable, aunque más agradable aún era su trato. Pero la experiencia me gustó muy poco… ¡En realidad, no me gustó nada! Aquello resultó ser un completo fracaso. Puse, no creas, todo mi empeño en que me gustase… pero no conseguí superar la sensación de desconcierto que me produjo el ver, y sentir, aquel cuerpo desnudo de hombre tendido a mi lado. Al final le pedí perdón a aquel chico por el mal rato que ambos pasamos. —Miralles suspiró, movió la cabeza y luego prosiguió—: Hoy, si volviera a intentar lo mismo, creo que el resultado sería muy parecido, aunque tantas personas he conocido en estos últimos años con claras apetencias hacia su propio sexo, que casi me asombro de no haber participado alguna vez en una de esas tumultuosas excursiones a los dominios de Sodoma, que ahora tanto se estilan… Pero Mauro, no nos engañemos: hay cosas que por mucho que te empeñes, no te gustan, y ya está. Ahora bien, te puedo asegurar que no siento la más mínima prevención hacia los que…, ¿cómo lo diría?, juegan sólo con los de su mismo equipo. Aunque eso sí, no me hacen demasiada gracia esas locas exhibicionistas que se pasean por las televisiones y que se han puesto tan de moda…

—¡A mí tampoco, Alberto, a mí tampoco! —contestó Mauro—. Y aclarado este asunto, ¿qué te parece si por fin conozco ese recinto embrujado donde confluyen todos los misterios?

—¡Un instante todavía, Mauro, no tan deprisa! Tenemos tiempo. Si te cité tan temprano, fue para aprovechar la ocasión de ponerte en antecedentes de ciertos hechos. Los operarios que ahora trabajan en la capilla no llegan hasta después de las diez. ¡El madrugón y el arte no hacen buenas migas! Pero antes de que conozcas la capilla, y ya que tú también vas a trabajar en ella, hay una serie de detalles de los que te quiero informar. Dime, ¿qué sabes exactamente de esta capilla San Severo que es, en realidad, la capilla mortuoria de la familia Sangro?

—Conozco algunos datos... Me los enviaron a Gratz, donde terminaba unas restauraciones en el palacio de Eggenberg... También he escuchado, nada más llegar, ciertas habladurías y leyendas, de esas que tan comunes son en Nápoles, aunque, a partir de ahora, tal vez las deba llamar de otro modo —rectificó Mauro, al constatar la expresión que ponía Miralles—. También he visto, fotografiadas, algunas de las esculturas que se encuentran allí.

—Si quieres ese tipo de datos sobre la capilla, puedo ofrecerte muchos, muchísimos. ¡Casi podría sepultarte con ellos! Pero no te asustes, no lo haré, ni creo que te hagan falta, al menos de momento. En cuanto a lo que te empeñas en denominar como habladurías y leyendas, pocas explicaciones exactas podría aportarte, pero también puedo afirmar que muchas de las cosas que por ahí se cuentan son... ¡lo siento por ti!..., del todo ciertas. Sí, Mauro, exactas y ciertas; y te sugiero que omitas esa continua expresión de incredulidad que exhibes... Como de sobra sabes, don Raimundo di Sangro fue un personaje importantísimo en esta ciudad durante el reinado de Carlos de Borbón, el futuro Carlos III de España y de su hijo y sucesor, don Fernando. Fue don Raimundo un gran amigo de esos dos reyes, a los que sirvió con gran devoción y eficacia. La familia Sangro demostró siempre una total fidelidad a la monarquía española. Inútil añadir que don Raimundo era hombre de gran fortuna y que parte de ella la empleó en la completa y radical reconstrucción de la capilla familiar fundada, allá por 1590, para servir de sepultura a la ilustre y numerosa estirpe de Gian Francesco di Sangro, duque de Torremaggiore. Ah, y detalle que no se me debe olvidar: don Raimundo fue, como otros muchos amigos y consejeros de Carlos III, un convencido masón, y llegó a ostentar, en su logia, el grado más alto.

—No me sorprende lo que me cuentas —comentó Mauro—. Resulta curioso constatar cómo don Carlos de Borbón, tanto aquí, cuando tan sólo era rey de Nápoles, con el nombre de Carlos VII, como después en España, cuando era ya el gran Carlos III, se apoyó siempre en ministros y consejeros masones, a pesar de ser él mismo un católico ferviente y practicante.

—Sí, Carlos era, como bien dices, un católico fervoroso, aunque esto no le impidió tomar medidas que hoy se considerarían claramente anticlericales, como el prohibir, y éste es sólo un ejemplo, erigir nuevas iglesias. Argumentaba que con las ya construidas, existían suficientes… Creo —continuó Miralles— que Carlos fue un soberano inteligente y abierto a su época, cualidades no muy frecuentes entre nuestros monarcas, y debió de darse cuenta de que la religión católica, en la cual él nunca dejó de creer, se encontraba no ya anquilosada, sino incluso desfasada respecto a una sociedad, entonces en rápida transformación. Sí, el rey debió comprender, como también lo comprendieron otros soberanos de su época, que los nuevos tiempos necesitaban de nuevos fervores… En cuanto a don Raimundo debo advertirte que su nueva fe, ¿o quizá debería decir su fe paralela?, influyó, aunque de forma muy sutil, no sólo en la decoración de la capilla, sino también en su planteamiento iconográfico. Pero eso ya lo irás viendo poco a poco… Ahora bien, este príncipe de San Severo era, sin duda, un individuo singular, un espíritu raro y complejo. Don Raimundo poseía una mente abierta a los nuevos tiempos, ya que muy pronto se interesó por las ideas ilustradas que comenzaban a dominar las mentes de los más importantes espíritus de la época, pero también investigó y estudió los viejos saberes medievales. Fue, en realidad, un ser a caballo entre dos mundos. ¿Me sigues, Mauro?

Mauro le seguía, pero casi más sorprendido por el modo culto y didáctico con el que Miralles exponía todos aquellos detalles, que por el propio relato. «¡En España —pensó—, los transportistas no hablan así!». Y le vino a la mente la conversación que en torno a la capilla San Severo había mantenido con doña Lucía. Tampoco las dueñas de pensión españolas solían expresarse de aquel modo. ¿Acaso el caos cotidiano de Nápoles ayudaba a que el cerebro expresase las ideas de esa forma? Pero Mauro comprendió que debía atender a Miralles…

—¡Sí, por supuesto que te sigo! ¿Pero entonces, qué fue en realidad don Raimundo di Sangro? ¿Un masón alquimista? ¡Extraña combinación!

—¡Pues extraña o no, eso es lo que fue! Un alquimista con gran sentido práctico, un iniciado que supo evitar la tentación de perderse en un mundo de ensoñaciones imposibles y de utopías inalcanzables… Don Raimundo buscaba resultados, y resultados que fuesen tangibles y también comprobables, referidos a aspectos concretos de la vida cotidiana.

Era tal el entusiasmo, incluso el fervor que Miralles infundía a sus palabras, que a Mauro le resultó muy difícil introducir una nota de humor en aquel discurso. Sin embargo, lo intentó:

—¿Resultados referentes a la vida cotidiana? ¿Acaso con sus inventos puso a punto la leche que no se corta, el pan que no se endurece, el vino que no se avinagra, incluso la carne, que en plena canícula, no cría gusanos?

Miralles lo contempló con algo de irritación, pero decidió pasar por alto los irónicos interrogantes de Mauro. Y continuó:

—¿Sabes que fue don Raimundo el inventor de una imprenta que, sobre una hoja de papel, fijaba los cuatro colores de una sola tirada? ¿O que San Severo le donó al rey Carlos un abrigo o sobretodo para la caza hecho de una tela impermeable que acababa de crear? Aquella prenda entusiasmó al monarca, que así pudo practicar su deporte favorito, sin mojarse en los días de lluvia. Se lo llevó consigo a España, y se empeñó en aparecer, con ella puesta, cuando Goya pintó su retrato. Pero si abordamos temas ligados a la capilla, y por lo tanto, de carácter más hermético, te aseguro, querido Mauro, que don Raimundo di Sangro consiguió modificar, e incluso alterar, determinados materiales, como, por ejemplo, el mármol; y la capilla que por fin vas a conocer es la comprobación, fácilmente verificable para el que sepa ver, de todo lo que te estoy contando.

Mauro, que retenía a duras penas una sonrisa que sabía cargada de ironía, fijó sus ojos en los de Miralles.

—¿Alberto —le dijo—, no me estarás tomando el pelo?

—No, don Mauro Beltrán, en absoluto. Aunque si te tomara el pelo, no creo que se notase mucho. ¡Tienes tal cantidad encima de tu cráneo!

Pero Mauro, indiferente a los elogios dirigidos a su espesa cabellera realizada por un hombre de calvicie prematura y un tanto vergonzante, volvió a insistir:

—¿Pero en qué se advierte esa alteración de los materiales?

—En primer lugar, en determinados revestimientos de apariencia marmórea que adornan la capilla. No son de mármol, aunque lo parezcan. Tampoco son de estuco a la manera centroeuropea, sino que fueron obtenidos a partir de huesos triturados de animales, a los que el príncipe les añadía tintes de diferentes colores. Después del tratamiento al que don Raimundo les sometía, aquellos huesos tomaban la apariencia y la dureza de mármoles y de piedras semipreciosas de distintas clases, como el pórfido, la malaquita, el lapislázuli y el jaspe. Pero esa alteración se nota, sobre todo, en el mármol de las estatuas…

—Y ¿qué les sucede a éstas? ¿Acaso las estatuas se vuelven de pronto de carne y hueso, toman vida y se pasean por ahí, como si se tratara de una invasión de zombis de estilo barroco? ¡Me apunto al espectáculo!...

—¡Mauro, chaval, un poco de respeto! Sólo pretendo avisarte, para evitarte, luego, ciertas sorpresas. Las estatuas no se tornan de carne y hueso, pero algunas de ellas sudan al aumentar la temperatura. ¡Sí, sudan de verdad y no bromeo! Ya lo comprobarás tú mismo. Lo más curioso de este asunto radica en el hecho de que este fenómeno dura desde hace 250 años. Y si estas estatuas sudan, no lo hacen por algún efecto milagroso o sobrenatural, sino porque fueron sometidas a un tratamiento capaz de ablandar y modificar la consistencia del material. ¿Cómo si no? Y fue porque don Raimundo di Sangro encontró una fórmula para ablandar la piedra, por lo que artistas y artesanos que trabajaron esos mármoles pudieron realizar determinadas filigranas y hacer alarde de virtuosismos tan extremos, que aun hoy nos asombran, nos desconciertan y nos plantean enigmas que todavía somos incapaces de resolver.

—¿Y me aseguras, Alberto, que dentro de unos minutos podré ver sudar a esas estatuas?

—Con toda probabilidad, sí.

—¡Pues confío que alguien les haya pasado un poco de desodorante por la zonas de mayor riesgo! —exclamó Mauro.

—Veo que sigues con tus ironías, aunque sospecho que pronto vas a cambiar de opinión —se limitó a decir Miralles.

Se produjo un corto silencio, que Mauro interrumpió:

—¿Y se ha conseguido averiguar cuáles fueron las sustancias empleadas para alterar o transformar esos materiales? —Mauro comenzaba a sentir curiosidad por la información que le venía suministrando su guía e interlocutor.

—Por desgracia, Mauro, hoy nada sabemos. —Y Mauro notó una cierta tristeza en la voz de Miralles al afirmar aquello—. Todas esas fórmulas —añadió—, anotadas con sumo cuidado por el propio príncipe en extensos manuscritos, o bien se han extraviado, o bien han sido destruidas, quizá a propósito, aunque esto último sea difícil de probar. Don Raimundo di Sangro, y lo que te voy a decir ha sido comprobado por diversos estudiosos, dejó varios códices donde anotó la casi totalidad de sus descubrimientos, explicando el proceso a seguir, así como las fórmulas exactas a emplear. Un día te hablaré con más detalle sobre todo esto; no quiero agobiarte hoy con una serie de anécdotas que poca relación tienen con tu trabajo. Ahora bien, parece que su entrega y dedicación a esa extraña mezcla que el príncipe logró establecer entre la alquimia del pasado y la química del futuro le aislaron de sus amigos y de su familia. Todo lo que le distrajera de sus investigaciones le aburría y le estorbaba. Don Raimundo se convirtió, ya en la madurez de su vida, en un hombre huraño, encerrado en sí mismo, y su temprana condición de viudo acentuó su aislamiento. Eso fue, al menos, lo que de él comentaron y escribieron algunos contemporáneos suyos.

—¿El príncipe no se volvió a casar?

—No parece que añorara demasiado el matrimonio. San Severo parece haber sido uno de esos maridos a quien le sobra la mujer, aunque la que tuvo, una prima suya llamada Carlota Gaetani, dejó pronto de estorbarle. Falleció a temprana edad. Pero además de un marido distraído, el príncipe fue, sobre todo, un padre que se olvidó de que, a su lado, unos hijos, huérfanos de madre, necesitaban de su cariño y de su atención; aunque el príncipe encontró tiempo para engendrar algunos bastardos, nacidos de las sirvientas que mejor sabían complacerle. Esto, que hoy podría escandalizarnos, era comportamiento usual en aquella época, y que a pocos sorprendía, ya que los más poderosos y ricos terratenientes, y don Raimundo era uno de ellos, apenas habían abandonado ciertas costumbres que hundían sus raíces en un feudalismo que, sin duda, todavía añoraban.

A estas alturas del relato, Miralles juzgó prudente detenerse. ¿Debía contar ciertos episodios poco edificantes de la vida del príncipe, o extender un piadoso silencio sobre algunos aspectos de su conducta? Después de pensarlo unos segundos, decidió atenerse a los escasos datos comprobados que existían sobre Di Sangro y dejar a un lado aquellos rumores, envueltos en brutalidad y vejaciones, que de forma clandestina habían conseguido llegar hasta el presente… ¿Acaso no eran esto simples fábulas de escasa fiabilidad?

—¿Decías, Alberto?

—Perdona, Mauro; reordenaba datos en mi cabeza… Creo que te hablaba de los hijos de don Raimundo…, de los legítimos, claro está. Como consecuencia de la actitud del padre, estos hijos, con la única excepción de Vincenzo, el mayor, que se ocupó de concluir los trabajos de la capilla, fueron sintiendo, atendidos tan sólo por los criados, un creciente desapego hacia aquel progenitor que tan poco caso les hacía. Murió el príncipe, cambiaron los tiempos, y estalló en Francia la revolución. Tras ella, las tropas napoleónicas se extendieron por todo el territorio italiano, tropas que transformaron, en poco tiempo y de forma drástica, el panorama político de la península. Como sin duda sabes, el entonces rey de Nápoles, Fernando I, hermano menor de Carlos IV de España, huyó de aquí y se refugió en Sicilia, donde logró permanecer como rey, gracias a la protección de Nelson y de su flota. Si allí el antiguo régimen se mantuvo, mal que bien, durante todo el periodo napoleónico, aquí, a la sombra del Vesubio, la situación era bien distinta. Después de algunos años de episodios a la vez confusos y sangrientos, José Bonaparte fue por fin proclamado rey de Nápoles y aquel cambio en la titularidad del poder hizo que también el dinero cambiase de manos, lo que resultó fatal para la familia Sangro. Ya te señalé que la prosperidad que ésta disfrutó durante largo tiempo se debió, en parte, a la complicidad que las autoridades españolas mantuvieron respecto a los manejos financieros de los sucesivos príncipes de San Severo, pero esa complicidad protectora desapareció, una vez instaurada la nueva dinastía bonapartista. Ésta se rodeó de gentes muy distintas a aquellas que habían sostenido a los Borbones napolitanos. Privados de apoyo oficial, los hijos de don Raimundo se fueron arruinando sin prisa, pero sin pausa, y aunque después de 1815, el rey Fernando retornó a Nápoles, el monarca, en esta nueva etapa, se encontró con demasiadas dificultades, incluso en el plano sentimental, como para esforzarse en paliar los problemas de otros. En todo caso, fueron no los hijos, sino los nietos de don Raimundo quienes, arruinados ya del todo, se vieron obligados a vender el palacio familiar, que hoy ha sido convertido en una pensión no desprovista de encanto, pero que es triste final para mansión tan señalada.

»Cuando llegó el momento de efectuar la mudanza —prosiguió Miralles—, los nietos de San Severo se encontraron con una enorme biblioteca donde se amontonaban todo tipo de legajos. Un grupo de éstos contenía las numerosas y complicadas anotaciones del príncipe; ahí se guardaban las fórmulas y se describían los experimentos realizados por éste, y que constituían la suma de su saber. Ojearon aquellos escritos, llenos de enrevesados apuntes, extrañas fórmulas químicas, símbolos desconocidos y recetarios incomprensibles, y claro está, no entendieron nada. Luego, al llegar la hora de vaciar el palacio, no encontraron mejor solución que tirar a la basura todo aquel colosal legado, gesto, por cierto, muy napolitano, ya que es ésta una ciudad que padece recurrentes episodios de renuncia y desidia… Habrá quien se pregunte todavía si la pérdida de esos textos constituyó un gran menoscabo para la ciencia. Pocas dudas pueden existir sobre esto, pero mayor pérdida ha sido para una cabal comprensión de ese siglo XVIII, capital para la historia de la humanidad, que si fue definido como siglo de las luces, también fue cuna, o al menos refugio, de muy hondas y sangrientas tinieblas. Aquellas décadas prodigiosas vieron el nacimiento de un fenómeno de tan colosales consecuencias como la Ilustración, y también de esa Biblia de los tiempos modernos que fue la Enciclopedia, pero durante esos años también se buceó en el lado más oscuro del ser humano, y si no, piénsese en esa bajada a los infiernos del deseo, descrita, con tan feroz exactitud, por el marqués de Sade…

—Sí, sexo, placer, sufrimiento y muerte —acertó a decir Mauro, que cada vez se asombraba más ante el discurso, de brillantez casi académica, que venía desgranando, desde hacía un rato, el transportista Alberto Miralles. Pero no se atrevió a realizar comentario alguno, sólo preguntó—: ¿Es cierto, como he leído en algún libro, que el marqués de Sade tuvo trato con el príncipe cuando aquél visitó Nápoles, y que existió una amistad un tanto perversa entre ellos?

—Sí, eso se dice, y parece que fue cierto, admitió Miralles. Algún rastro de ello queda en los escritos de Sade, sobre todo en su larguísima novela *Juliette, o las prosperidades del vicio*, título que por cierto, constituye todo un programa. Al menos, eso me han contado, aunque pocas dudas existen de que Sade y San Severo se conocieron, incluso se sabe el año. Pero de ahí a que trabaran una estrecha amistad… Sin demasiada base, algunos han afirmado que el príncipe sirvió de guía, o al menos de acompañante, al marqués y a sus amigos a lo largo de todos aquellos terribles episodios que Sade supo luego describir con tan escalofriante eficacia. El Nápoles de la Ilustración parece haber coexistido con ese otro Nápoles oscuro y miserable, caldo de cultivo de las más diversas indignidades, y cuyo submundo aflora, aún hoy, con excesiva frecuencia. Pero casi todo lo referente a San Severo no son más que habladurías, murmuraciones, en definitiva, leyendas urbanas, o como decimos en Nápoles, meros *fattarielli…* Ese separarse del mundo, que fue la actitud por la que optó don Raimundo di Sangro, dio pie a determinadas historias más o menos disparatadas. Nápoles es ciudad propensa a imaginar sucesos fantásticos y tremebundos, para después creerse a pie juntillas lo que ella misma ha inventado. Nuestro príncipe, recluido en su palacio, llegó a convertirse, para la fantasía enfermiza de ciertos napolitanos, en algo parecido a un Tiberio urbanita, protagonista de innumerables y sangrientas perversiones. Casi todo es pura invención, y cuando no lo es, sí febril exageración, lógico resultado —concluyó Alberto con un suspiro— de mentes reprimidas y a la vez obsesionadas por el deseo carnal. Estas mentes suelen concretar en una persona previamente elegida, todos los deseos ocultos y todas las inconfesables aberraciones que nunca se hubiesen atrevido a poner en práctica, por mucho que lo deseasen… Ocurre, Mauro, que el cerebro es el más seguro refugio de nuestros horrores más privados…

Seguía teniendo lugar aquella larga conversación en el viejo café en el que penetraron para que Miralles pudiese desayunar; allí los dos hombres mantenían su dilatada charla, el uno acodado frente a una taza de café ya vacía, el otro frente a un vaso de agua aún a medio consumir. Algunos parroquianos, reclinados en sillas cuyos respaldos se apoyaban en la pared, echaban una breve cabezada, arrullados por el rumor, si no rítmico, sí al menos continuado, de los diversos sonidos que se producían en aquel salón, presididos todos por el incesante tintineo de las cucharas al chocar con la porcelana de las tazas. A Mauro, aquel ruidoso murmullo le provocaba un agradable, pero creciente sopor, y necesitó realizar cierto esfuerzo para superarlo...

—Poco o nada tiene de extraño lo que me cuentas, Alberto. Los viejos y tenebrosos demonios intentan siempre una última y desesperada batalla antes de desaparecer; aunque me temo que esos demonios habiten entre nosotros, todavía con singular fuerza. ¡Quien lo dude, que eche una ojeada a cualquier página de sucesos!... Ahora bien, por lo que me dices, don Raimundo di Sangro parece haber encarnado, de modo casi arquetípico, la transición entre un mundo que se moría, dominado no tanto por la fe como por la superstición, y ese sistema nuevo que comenzaba a despertar, enaltecido por la razón, aunque ésta pronto se verá manchada por ese torrente de sangre que, en Francia, provocó el terror revolucionario. ¿Por qué la historia de la humanidad asumirá siempre perfiles tan paradójicos y contradictorios, tan equívocos además de tan repetidos?

—¿Y por qué —encadenó Miralles—, siglo tras siglo, ha optado la historia por emprender un camino tan confuso, tan zigzagueante, y por desgracia tan cíclico?

—Ni la historia es unidireccional, ni los siglos son unívocos, querido Alberto —fue la respuesta de Mauro.

—Ni lo son los seres humanos —remató aquél.

—Alberto —exclamó Mauro, que ya no quiso silenciar por más tiempo su extrañeza—, apenas hace una hora que te conozco, y a cada minuto que pasa, mi sorpresa va en aumento, sorpresa que ya sentí frente a mi patrona, doña Lucía. Cuando salí del *albergo*, mientras bajaba las escaleras, traté de imaginar al individuo con el que me encontraría. Pensé en una persona agradable, de mediana cultura, y con una educación también de tipo medio; en definitiva, un ser corriente, sin aristas, de mediocre interés..., y resulta que me enfrento a un individuo no sólo culto, sino que podría presumir de filósofo de la historia. ¡Te repito, anonadado estoy, querido amigo!

Miralles adoptó, mientras escuchaba a Mauro, una expresión seria. Parecía sentirse incómodo, y quizá también preocupado, como si temiera haber dejado entrever cosas que debían permanecer escondidas en la sombra, o al menos seguir allí disimuladas. Al final, optó por remediar la situación con una carcajada.

—¡En Nápoles, querido Mauro, todos somos un poco filósofos! En una ciudad con tan alto paro laboral, al menos eso es lo que indican las estadísticas oficiales, lo que sobra es tiempo para pensar. Aquí, los fastos del pasado alternan, de manera tan teatral con las miserias del presente, que el espectáculo de la vida cotidiana constituye una estupenda propuesta para la meditación. Además, en cuanto a mí, trabajo desde hace unos años para una persona enamorada de la cultura y del arte, enfrascada incluso en saberes más altos; que, junto a otros individuos me han enseñado primero a expresarme, y después no sólo a contemplar las cosas a través de un prisma nuevo, sino incluso a intuir algunas de sus más secretas esencias, esas que se esconden tras la omnipotente oscuridad, variantes de un saber que poco tienen que ver con los actuales conocimientos técnicos... ¡De eso, Mauro, puedes estar seguro!

—¡Qué misterioso te has vuelto de repente! Hablas de esencias ocultas... Personalmente, no creo mucho en ellas... De todos modos, dime: ¿quiénes son esas gentes que te han hecho descubrir, o al menos intuir, algunos de esos conocimientos ahora escondidos?

—¿Quiénes? ¡No te sabía tan curioso! Quizá podríamos agruparlos bajo el término de filántropos. Pero ya sabrás más de ellos cuando llegue el momento, si es que ese momento llega, y te quieran hacer partícipe de esos principios que afirman, se mantienen inmutables, en ese tiempo sin tiempo en el que parecen residir.

—¡Menudo lío cronológico me estás describiendo! Pero mientras ese extraordinario tiempo viene y se va, no quiero esperar más tiempo para ver la capilla de los Sangro. Por cierto, se me olvidó preguntarte: además de ese fragmento de bóveda que se desprendió, ¿acaso existen otras áreas de la pintura que hayan sufrido algún daño?

—¿Otros daños? Déjame pensar... Si existiere alguno más, sería de ínfima cuantía. Pero ya lo verás tú mismo... Aunque sabrás, supongo, que no se trata de un fresco en sentido estricto...

—Eso ya lo sé. Fue lo primero que me advirtieron al ponerse al habla conmigo aquellas personas que deseaban que yo llevara a cabo esta restauración. Sé que me voy a encontrar ante una pintura, realizada directamente sobre la bóveda, utilizando para fijar el pigmento una emulsión desconocida, cuya fórmula por lo visto se ha perdido, como tantas otras cosas inventadas por don Raimundo di Sangro...

—Así es. La fórmula no sólo se perdió, sino que aun hoy se desconocen los componentes que la formaban. Aquí logró el príncipe algo que a primera vista parece un imposible o un contrasentido: ¡el fresco seco! Como en cualquier fresco verdadero, el pigmento ha penetrado más de dos centímetros dentro del yeso que cubre el armazón de la bóveda. Sí, yeso, un material que resulta un auténtico disparate emplear en un fresco normal. Para colmo, parece que esa mezcla de pigmentos y sustancias desconocidas ha mantenido los colores inalterables. ¿Sorprendente, no es así?

—Sí, sorprendente —concedió Mauro—, aunque en el palacio de Eggenberg, junto a Gratz, donde ya te dije trabajé antes de venir aquí, me encontré con un caso no igual, pero sí parecido. Allí, las pinturas, en su mayoría muy deterioradas, que adornaban los techos y paredes de las habitaciones habían sido ejecutadas, a fines del siglo XVII, utilizando una extraña mezcla, cuyos componentes hoy también se desconocen, fórmula que se creyó resistiría mejor las humedades y rigores de un clima prealpino, que no un fresco ejecutado a la manera italiana. Hicieron mis compañeras, todas ellas chicas catalanas, experimentos que muchos considerarían herejías. El resultado no fue malo, incluso diría que fue muy bueno. Y yo también cometí unas cuantas de esas herejías, de las que no me arrepiento, ya que, cuando vieron el trabajo concluido, las autoridades austriacas nos felicitaron efusivamente. A veces, para obtener algo, no hay más remedio que transgredir ciertas reglas… Pero ¿y si por fin nos marchamos de aquí? ¡Como nos quedemos los dos charlando y charlando, nos puede dar la noche!

—¡Buena idea! *Prego* —gritó Miralles, haciendo señas al viejo camarero—. *Quanto?* No, Mauro, no te tomes la molestia de sacar la cartera. Hoy, por ser tu primer día, eres mi invitado. ¡Además, sí sólo has consumido un poco de agua mineral! Hoy… no, hoy ya no, pero sí la semana próxima, ya que el fin de semana suelo tenerlo ocupado, quiero llevarte a cenar a una pizzería curiosísima, donde sirven la mejor pizza Margherita de todo Nápoles. ¡Ya lo comprobarás!…

Salieron los dos españoles del café, y nada más alcanzar el exterior, Mauro hubo de protegerse los ojos con la mano. La tamizada luz matinal había dejado paso al violento resplandor, ya próximo, del mediodía.

—¿No llevas gafas de sol contigo? Te presto las mías. No están graduadas. Debes llevar siempre un par en el bolsillo; las necesitarás. Los napolitanos afirman que este sol, que a veces más que calentar, abrasa, es el verdadero e insustituible oro de Nápoles. Hoy hará calor, y mucho —añadió Miralles, al observar el horizonte, que como un gran cartel pintado, se abría al final de la calle—. Pero no te preocupes —dijo, volviéndose hacia Mauro—; dentro de la capilla hace siempre fresco. ¡Como que fue a mediados del siglo XVIII cuando instalaron allí el aire acondicionado!…

Mauro sonrió ante la *boutade* de Miralles. «¡Me cae bien este tío —pensó—, voy a llevarme bien con él!». Y comenzó a pisar con cuidado las desniveladas losas de piedra, con su mano apoyada en el hombro de su reciente amigo.

Después de andar unos pocos metros. Beltrán y Miralles desembocaron en la plaza del Gesù Nuovo.

—¡Curiosa fachada la de esta iglesia! —observó el joven restaurador—. Debe de ser algo único.

—Si no única, sí muy poco frecuente —contestó Alberto—. Los jesuitas, aquí, aprovecharon la fachada de un palacio preexistente, en la que introdujeron tan sólo algunos cambios imprescindibles. Pero, Mauro, si el exterior de la iglesia resulta un tanto frío y adusto, el interior es apabullante. Así, como suena. Pocos, muy pocos templos barrocos pueden rivalizar con éste, tal es su lujo y esplendor. Esta severa fachada que contemplamos actúa como máscara que despista y engaña. Pero no entremos ahora. Tenemos poco tiempo ya, y si nos ponemos a contemplar detenidamente esa fantástica apoteosis que se esconde allí dentro, la capilla San Severo, que es una auténtica preciosidad, te parecerá poca cosa. Ven, sígueme, vayamos hacia Porta Casanova, que por ahí acortamos un poco, ya que el antiguo *Decumanus* se encuentra todo él en obras…

* * *

Las calles del viejo barrio de Spaccanapoli mostraban ya la animación habitual de las horas próximas al mediodía. Majestuosas portadas se abrían, que dejaban ver patios antaño señoriales, ahora a menudo en estado semiruinoso, con frecuencia ocupados por talleres mecánicos, donde coches, motocicletas y alguna lancha motora se amontonaban en confuso desorden, en espera de que unas hábiles manos les devolviesen esa cruda imitación de la vida que es el movimiento. Algunas antiguas caldererías habían también logrado sobrevivir en aquel vecindario. En ellas, hombres de brazos fuertes, manos tiznadas y torsos sudorosos, batían el cobre necesario para fabricar cubos, tinajas, cacerolas y sobre todo calderos de diversos tamaños, imprescindibles, hasta hace unas décadas, en toda cocina napolitana digna de ese nombre, pero que hoy eran adquiridos, casi en exclusividad, por turistas y decoradores en busca de pasados pintoresquismos. También abundaban, en aquellas calles, diversas carpinterías y ebanisterías, donde excelentes artesanos reconstruían, o simplemente falsificaban arcas, aparadores, armarios y camas, que al salir de allí, serían declarados antiguos, para luego venderse a precios altísimos en los anticuarios de Milán, Roma o Florencia, mientras las piezas más toscas irían a parar a las cercanas almonedas de Via Constantinopoli, allá en la parte alta de la ciudad, junto al museo arqueológico...

Mauro seguía, obediente, a Alberto, pero mientras lo hacía no dejaba de observar el variado panorama de la calle. Contempló cómo un camarero de un bar cercano, que arrastraba sus pies planos con expresión dolorida, colocaba una humeante cafetera en una cesta que, amarrada a una larga soga, colgaba allá en lo alto, de los hierros de un balcón. Además de la cafetera, añadió el camarero un jarro con leche, un azucarero y una *brioche,* palabra que en Nápoles se utiliza para designar ese diminuto trozo de Francia que es el *croissant.* Una vez cargada la cesta, una mujer oronda y apaisada, que cubría sus amplias carnes con una bata estampada de colores chillones, comenzó a tirar hacia arriba aquel tentempié de media mañana. Lentamente, y con sumo cuidado, lo fue izando hasta su balcón, procurando conjurar los riesgos de aquella precaria ascensión mediante la callada invocación a algún santo intercesor.

—Son muy pocas las casas del barrio antiguo que tienen ascensor —explicaba Miralles, repitiendo a Mauro lo que doña Lucía le dijera el día anterior—, y bajar cinco o seis pisos que luego habrá que subir de nuevo puede resultar agotador para toda persona con más de medio siglo a la espalda. Las bandejas o cestas que se descuelgan desde los balcones de los pisos superiores constituyen, Mauro, una magnífica alternativa a unas escaleras interminables, de peldaños casi siempre gastados…

El intento de no chocar con algunas de aquellas cestas, que otras hembras, igualmente orondas y maduras, hacían bajar y subir en inestable equilibrio mientras acompañaban tan delicada operación con gritos, risotadas y chascarrillos, hizo pensar a Mauro que, de todas las ciudades que hasta ahora había conocido, Nápoles era aquella que más se ajustaba a su propia leyenda.

Alberto pareció adivinar el pensamiento de su acompañante.

—Sí —dijo de pronto, como si continuase con una conversación previamente interrumpida—. Nápoles es tanto más real cuanto más tópico… Por cierto —dijo, haciendo una discreta señal a Mauro—, ahí tienes, para completar el paisaje urbano, a aquel chaval; sí, ése, el que se sabe guapo y exhibe su torso realzándolo con una camiseta estratégicamente desgarrada. ¡Fíjate cómo te observa, mientras se frota con suavidad, y también con insistencia, su digamos que voluminosa flauta de pico!

—Ese espectáculo, Alberto, no es sólo napolitano, sino que te lo encuentras, repetido, en muchas ciudades italianas, tanto del norte como del sur. Mozos como ése, pretendiendo lo mismo que ese zagal pretende ahora, los verás en Venecia, en Milán, en Roma y también, cómo no, en Catania o en Palermo, que en ese campo alguna experiencia tengo. ¡Pero si ese chapero que nos observa espera iniciar conmigo un dúo de flautas, ya sean dulces, ya de pico o traveseras, va listo el pobre! Nada me apetece menos en estos momentos. ¡Anda, Alberto, sigamos, que ya tengo ganas de conocer la capilla!

—¡Pero qué serio te has puesto! En cuanto a mí, Mauro —precisó Miralles, mientras iba aflojando la marcha, hasta detenerse en una esquina de piazza Miraglia rematada por una columna romana—, te puedo asegurar que las únicas flautas que sé apreciar son aquellas que escucho en la orquesta municipal. Ahora bien, te confieso mi gran pecado: me apasiona, y también me conmueve, el trasiego cotidiano de esta ciudad. ¿Te urge conocer la capilla? Ahí la tienes —dijo, señalando un pequeño edificio todavía algo distante, ahogado entre otros edificios de mayor altura. Sí, ahí está esa elaborada culminación y también, ese broche final del barroco napolitano. Una muestra más de este arte espléndido que embellece nuestras iglesias, decora nuestros palacios, adorna nuestros teatros y desborda nuestros museos—. Pero el verdadero Nápoles —prosiguió—, el Nápoles paradójico, milagrero e inverosímil, el Nápoles más auténtico y genuino, lo encontramos en la calle. ¡Eso, Mauro, no lo dudes nunca! Una calle a la vez cordial e imposible, cristiana, sin duda, pero también pagana hasta en sus más ocultos rincones, calle a menudo pobre, sucia, incluso miserable, pero también en ocasiones, monumental e imponente. Calles todas rebosantes de esa extraordinaria savia que es la cultura popular, que se manifiesta de mil maneras; y si acaso no me crees, ahí están los primorosos arreglos de cientos de puestos de venta ambulantes, y ahí están los sorprendentes pesebres barrocos que se venden en el entorno de San Gregorio Armeno[*] y sobre todo, ahí está el fastuoso espectáculo de las ropas tendidas y puestas a secar. En cualquier otra ciudad, Mauro, esas ropas deslucirían las fachadas, afearían las calles, degradarían los barrios. Aquí, sucede lo contrario, y observa, si aún no te has fijado, en el innato sentido del color con el que han sido colgadas y desplegadas. ¡Toda esa ropa tendida, esas prendas interiores, esas camisas, camisetas, camisones y pijamas, esas toallas, manteles, colchas y cortinas, más parecen gualdrapas o reposteros desplegados para la visita de algún rey, que el resultado de cientos de humildes y repetidas coladas!… ¡Sí, eso es lo que son, estandartes que ondean para un rey!… ¡Sólo que, aquí, ya no hay rey! Por fortuna o por desgracia, ni siquiera rey tenemos, que el nuestro tuvo que huir, cuando nos impusieron uno venido del norte que jamás nos quiso ni nos comprendió. ¡Pero las gualdrapas y los reposteros siguen ahí, ondeando! ¡Fíjate, Mauro, cómo la brisa los mece y los agita! Y ondean, para que ahora sea el pueblo el que pase por debajo de ellos, ese pueblo de heroicos supervivientes de la agotadora lucha cotidiana, ese pueblo formado por mujeres ajadas, que le han dado todo a la vida, aunque la vida les haya devuelto tan poco, y por hermosas muchachas que exhiben, con orgullo, su rotundo vientre de preñadas y también por viejos de carnes raídas, tan raídas como sus zurcidas camisetas, y que esperan no se sabe qué, sentenciados desde hace tiempo por la suerte, como pronto lo serán por el fallo de sus cansados corazones, y, cómo no, por jóvenes guapos y garbosos, pero inquietos y desilusionados, en busca de un empleo improbable, y que han aprendido a utilizar, para sobrevivir, esas armas carnosas, secretas y preciadas, que guardan, dispuestas a todo, bajo unos pantalones demasiado ajus-

---

[*] San Gregorio Armeno es una de las iglesias señeras del barroco napolitano.

tados, como pudiste comprobar hace unos minutos, cuando te cruzaste con uno de ellos...

—¡Alberto! —interrumpió Mauro, emocionado—. ¡No sabía que amaras tanto a Nápoles, ni que lo sintieras con tanta vehemencia!

—¿Cómo no lo iba a amar y sentir, si esta imposible y mítica ciudad me salvó de la desesperación? Ahora bien —continuó Miralles, tras unos segundos que aprovechó para tomar aliento—, Nápoles también tiene su lado oscuro, ¡vaya que si lo tiene! Y si ojeas ese lado oscuro, te encontrarás con ese pulpo de mil tentáculos que es la Camorra y su extenso catálogo de crímenes, abusos, además de otros riesgos y peligros. Hoy te quiero señalar al menos uno de ellos, ya que has juzgado conveniente confiarme algo de tu intimidad. ¡Cuidado con los chicos de la calle, de esos que parecen salidos de la imaginación de Pasolini, y que se venden, se alquilan o incluso se regalan por un puñado de droga! Los encontrarás apostados en las esquinas de la ciudad vieja, ensayando sonrisas e insinuando gestos. No te confíes, sobre todo, cuando se acerquen a ti en son de amigos. Esos chicos son gente inestable y peligrosa; sienten gran afición por las navajas, el arma típica de Nápoles, y puedo asegurarte que conocen bien su manejo. Al menor contratiempo, a la más leve negativa, las sacan a relucir. Aléjate sobre todo de los muelles y de la estación marítima. ¡Cuanto más cerca del puerto se encuentren esos chicos, más querrán llevarte al huerto, tanto por las buenas: como por las malas! Intentarán, por lo pronto, vaciarte los bolsillos, si es que luego no se les ocurre algo peor...

Mauro sonrió.

—¿Llevarme al huerto? ¡No albergue preocupación alguna su señoría, que huertano no soy, ni a eso aspiro!

Y Beltrán y Miralles se miraron, para luego echarse a reír, satisfechos ambos de aquella recién nacida complicidad.

Capítulo
IV

LA CAPILLA SAN SEVERO

Por fin esas dos personas, compañeros recientes y ya amigos, se encontraron frente a la entrada de la capilla.

—Como podrás ver, Mauro, la fachada, después del derrumbe provocado por el terremoto de 1889, presenta un aspecto algo anodino. La familia Sangro, entonces única propietaria del edificio, carecía del dinero suficiente como para realizar una adecuada reconstrucción. Pero ven, entremos de una vez. ¡Ah, y ahora, quítate las gafas!

Mauro obedeció a Miralles, y tal fue su sorpresa, que una vez dentro, luego de mirar a su alrededor, se apoyó de nuevo en Miralles, para no perder el equilibrio. El espectáculo que, deslumbrado, contempló durante un tiempo que no supo calcular, le llenó no sólo de admiración, sino incluso de asombro. Aquella sinfonía de fastos marmóreos le pareció tan noble y armoniosa, que no tuvo otro modo de manifestar su estupor, que exclamar, a la vez desconcertado y conmovido: «¡Qué maravilla!».

En efecto, era aquel recinto, y lo es todavía, y sin duda lo seguirá siendo, siempre que las heridas y los ultrajes del tiempo, unido a la incuria de los hombres, no lo dañen en exceso, un lugar de inesperada y majestuosa belleza. *A thing of beauty* la hubiese definido el poeta inglés, un prodigioso estuche de mármoles, de exquisito diseño y perfecta combinación, ideada para encerrar en él no sólo los restos mortales de la familia Sangro, sino también el último aliento, la postrera manifestación del barroco agonizante. Poco después de concluida esta capilla napolitana, el culto y refinado espíritu del neoclasicismo llenaría de añoranzas arqueológicas, y también de frío y estudiado equilibrio, el alma, hasta entonces ardiente, del arte europeo.

Mauro, superados los primeros instantes de asombro, se dirigió hasta el centro de la breve y única nave y paseó su mirada de un lado a otro, como queriendo saciar sus ojos con aquel esplendor acompasado y solemne. Y así siguió durante dos o tres minutos, ensimismado en su contemplación, cuando al examinar el altar, advirtió, delante de éste, un andamio metálico que se elevaba hasta la misma bóveda. En su parte superior, y sobre una plataforma, un hombre ya mayor, de pelo gris y barba mal afeitada, se afanaba en retocar, acompañado por un joven ayudante de aspecto jovial, una zona tendida de yeso blanco, en el ángulo preciso donde se iniciaba el arqueo de la bóveda, ya que era allí donde, debido al agua embolsada, se había producido el desprendimiento de una porción de la pintura del techo.

Miralles se colocó enseguida al lado de Mauro.

—Te presento —le explicó—, al maestro Renato Mancaglia, el mejor y más reputado escayolista de toda la región de Campania, y que ha sabido reproducir, con rigurosa exactitud, y sin utilizar molde alguno la curva de la enjuta, que luego tendrás que pintar tú.

El aludido Mancaglia envió, desde lo alto, un breve y frío saludo a Beltrán, para de inmediato volver a su trabajo y corregir según pudo observar Mauro, un apenas perceptible abultamiento del yeso.

—¡Pero Alberto! —se quejó Mauro, procurando bajar la voz—, ese yeso parece demasiado húmedo como para pintar sobre él de inmediato. Si lo hiciese, la pintura que aplicase allí comenzaría a descascarillarse al cabo de unas pocas semanas...

—Cálmate, Mauro, eso ya lo sabemos. —E inmediatamente, también él bajó la voz—: Hemos padecido cierta falta de coordinación. Te lo explicaré en otro momento... —Y alzando de nuevo la voz—: No te preocupes, esa área la vamos a secar con un chorro de aire caliente. Supongo que conoces los aparatos que ahora existen para eso...

—¡Por supuesto, yo mismo los he utilizado en Gratz!...

—Pues esta tarde, nos traerán uno. De todos modos, se trata de secar una superficie reducida. Calculo que el lunes próximo podrás comenzar tu trabajo...

—*Ces messieurs sont d'une telle grossierté! Personne que je sache, ne nous a presenté.* (¡Estos señores son de una grosería tal! Nadie, que yo sepa, nos ha presentado aún). —Así se quejaba un señor, ya mayor, que se había acercado a los dos españoles.

—*Bonjour, professeur, comment ça va?* (Buenos días, profesor, ¿cómo le va?) —exclamó Miralles, en un francés áspero y rocoso—. Mauro, tengo el honor de presentarte al profesor André Médard. Es un gran especialista de las enfermedades de la piedra, y sabe todo del mármol. Está aquí para eliminar ciertas manchas de humedad, que aparecen y se repiten en estos revestimientos, sobre todo en aquellos que han sido tratados con esas sustancias de las que te he hablado. El profesor Médard ha realizado, antes de venir a Nápoles, auténticos prodigios en los mármoles de una iglesia barroca en un pueblo del Veneto...

—*Ah, oui, un petit bourg fortifié, non loin de Padue, appelé Cittadella. Mais, si j'ai pu la bas faire des marveilles, comme vous dîtes, c'est qu'il s'agissait de marbres non seulement d'une grande beauté, tel qu'on ne les trouve qu'en Italie, mais aussi d'une qualité vraiment exceptionnelle. Vous comprenez le français, n'est ce pas, monsieur Beltrán?* (Oh, sí, un pequeño pueblo fortificado llamado Cittadella. Pero sí, como afirmáis he podido hacer allí maravillas, se debe a que los mármoles no sólo eran de gran belleza sino de una calidad excepcional. Comprendéis el francés, ¿no es así, señor Beltrán?).

—*Oui* —contestó Mauro, con un marcado acento hispano—, je *le comprends et je le parle sans trop de difficulté, mais je n'aime pas m'entendre, car mon accent est fort mauvais. Mais mon Dieu, comme c'est beau ici, n'est ce pas?* (Sí, lo comprendo y lo hablo sin demasiada dificultad, pero me desagrada escucharme, ya que mi acento es malo. Pero Dios mío, qué hermoso es esto, ¿no es así?).

Mauro volvió a alzar la mirada, para contemplar la amplia bóveda, aunque los haces de luz que entraban por las claraboyas impedían una visión nítida de la pintura que la revestía. La enorme cantidad de partículas de polvo en suspensión conferían a estos haces una apariencia pastosa, casi sólida, y aquello le trajo a la mente, con la rapidez desconcertante del recuerdo, lo sucedido un verano, en la casa familiar de Mallorca. Era Mauro aún muy niño, cuando se atrevió a subir él solo al misterioso desván que se extendía, interminable, bajo el amplio tejado de la casa. Después de abrir, con indisimulado temor pero enorme curiosidad, la vieja puerta de madera, cuyos goznes chirriaron con un amplio repertorio de quejas y gruñidos, el largo, larguísimo espacio que se extendía ante él apareció como asaetado por numerosos haces de luz que se filtraban a través de un techo al que los últimos vientos del invierno habían privado de numerosas tejas. Y aquellas columnas de luz que descendían por entre las calvas de la techumbre le habían parecido tan sólidas y tan reales al niño Mauro, que éste se había precipitado hacia ellas, con la intención de sujetarlas entre sus brazos…

Pero ahora no estaba en Mallorca, sino en una capilla napolitana que esperaba de su habilidad para restañarle alguna que otra herida... La pintura, que los ojos ya acostumbrados de Mauro comenzaban a percibir con nitidez, resultaba decorativa en extremo, y tenía por tema la gloria celestial, aunque observada con detenimiento, no parecía poseer un especial mérito artístico. El dibujo fallaba en ciertas figuras de ángeles que, incansables a pesar de todo, revoloteaban por entre nubes de tonos rosas y dorados, si bien los fragmentos de arquitectura fingida que rodeaban el motivo central de la composición mostraban determinados recursos ilusionísticos de efectos en verdad sorprendentes...

—¿Cuál es tu opinión? —preguntó Miralles, después de que dejase a Mauro examinar, durante un tiempo, aquella complicada creación pictórica—. ¿No está mal, verdad? ¿Qué, no dices nada?

—Recuérdame el nombre del pintor —fue la prudente respuesta de Mauro.

—Francesco María Russo, artista muy poco conocido, no sólo ahora, cuando pocos datos sabemos de su vida, sino también en su época, ya que del conjunto de su obra sólo quedan noticias esporádicas. No era un gran pintor, en eso estamos de acuerdo. Cuando San Severo ordenó erigir esta capilla, había pasado ya el tiempo en que se podía elegir, en Nápoles, entre un Lucas Jordan y un Francesco Solimena... Lo pintado de este techo tampoco parece haber entusiasmado al príncipe, que se arrepintió, repetidas veces, de su elección. Pero... —y Miralles juzgó más prudente callarse.

—¿Acaso ocurrió algo? —inquirió Mauro.

—Sí y no —contestó aquél a regañadientes—. Sucedió que varios fresquistas napolitanos se negaron a trabajar a las órdenes de don Raimundo, a pesar de ser éste buen pagador.

Parece que el príncipe apenas les dejaba libertad para crear… Casi todos los artistas que operaban bajo la férula de San Severo se quejaban de lo mismo… Pero si en la pintura de la bóveda el dibujo, a veces, falla, el color, en cambio, me parece sumamente agradable, y la entonación de las nubes, en un amarillo asalmonado, es en mi opinión un acierto… Otro ejemplo: ¿no crees que esos toques verdes y grises de los falsos remates arquitectónicos, enmarcan de manera eficacísima el motivo central de la Gloria? ¡Mauro, por favor, no me contemples con esa cara de asombro! ¿Tan sorprendente te parece que intente hablar contigo de pintura?

—¡Pero hablas de pintura como un experto!

—¡Más bien como un aficionado! O quizá sólo como un entrometido. Perdóname, me debería de haber callado.

—¡Por favor, Alberto!, ¿qué tengo yo que perdonarte? ¡Te aseguro que escucharte me produce un gran placer! —Y como gesto afectuoso, Mauro deslizó su mano por el hombro y el brazo de Miralles. El contacto con aquel cuerpo le produjo cierta sorpresa, ya que la poca anatomía que logró palpar de su amigo le pareció dura como el hierro. Iba a hacerle un comentario al respecto, cuando Alberto, con no poca guasa, pero con gesto perfectamente serio, exclamó—: ¡En cuanto al fragmento desprendido, confiemos, Mauro, que lo que allí logres rehacer no desdiga demasiado del resto de la bóveda!…

Y Mauro por un momento cayó en la trampa.

—¿Qué quieres decir? —exclamó con tono indignado—, ¿que no voy a ser capaz de igualar con mi pintura lo ya pintado? ¡En todo caso, lo mejoraré! —Tuvo Mauro la intención de proferir algún comentario más fuerte, pero decidió callarse. Algo más sereno, después de unos momentos de pausa—: ¡Ya verás —afirmó— cómo el nuevo pie de ese ángel que se ha quedado cojo, y la nueva mano de ese otro ángel que se ha quedado manco estarán mejor dibujados y pintados que esas manos y esos pies originales que hay regados por toda la bóveda!

—¡Pero Mauro, si lo que acabo de decir era tan sólo una broma! Jamás dudaría de tu buen hacer… En todo caso, mi más sentido pésame por el fallecimiento de tu abuela —exclamó Miralles, riendo—. Por cierto —preguntó, poniéndose serio otra vez—, ¿tienes idea de qué técnica vas a emplear en la restauración?

—Como no sabemos cuál fue la original, y después de observar la bóveda, creo que optaré por la solución del mural al óleo, eliminando del pigmento la mayor proporción posible de aceite, y así evitar que vire el color. Probablemente, me ayude con alguna emulsión. En cuanto a éstas, cada cocinero tiene sus recetas, si no secretas, sí, al menos, reservadas. Una vez terminada la restauración, quizá recubra lo pintado por mí con un barniz a la cera, para igualar el brillo, ya que la pintura original de la bóveda brilla un poco, cosa que por supuesto, no ocurre en los frescos auténticos… De todos modos, tendré que realizar varias pruebas sobre el yeso… ¡Supongo que existirán fotografías de la parte ahora perdida!…

—¡Claro que existen, Mauro, y son francamente buenas! Están guardadas en el archivo que hemos colocado en la sacristía…

—Bien, me gustaría…

—*Oh Sapristí!* —se escuchó en aquel momento protestar al profesor Médard—. *Cet ange a couvert de goutes de sueur les rares cheveux qui me restent!* (¡Caray, este ángel me ha llenado de gotas de sudor los pocos pelos que me quedan!).

—*Quoi* —se asombró Mauro—, *cet ange vous transpire dessus? Professeur Médard, je veux voir ça* (¿Que este ángel suda encima de usted? Profesor Médard, ¡quiero ver eso!) —exclamó el joven restaurador en un francés abrupto, pero correcto.

—*Et bien, venez! Vous voyez ces ailes et ces mains? Elles transpirent, c'est tout dire! Regardez, une nouvelle goute est en train de se former sûr cette plume. Touchez, touchez donc!* (Pues bien, ¡venga usted! ¿No ve esas alas y esas manos? Sudan, no hay más que decir. Mire, una nueva gota se está formando sobre esa pluma. ¡Toque usted, toque!).

Y Mauro tocó aquella pluma labrada con primor con la yema de sus dedos, que se humedecieron al contacto del líquido que exudaba el mármol. Se llevó los dedos a la nariz, pero aquella sustancia, levemente grasienta que empapara sus dedos, no olía a nada.

—¿Y esto qué es? —preguntó.

—*Mais voilà* —respondió el francés—, *on ne sait pas ce que c'est!* (¡Pues ahí está la cuestión, no sabemos lo que es!).

De entre las sombras, brotó de pronto una voz masculina, hermosa y profunda:

—*Certo, non lo sapiamo;* y quizá, señor Beltrán, ¡no lo sepamos nunca! *Ma questo angelo è là, giorno dopo giorno, anno dopo anno, seculo dopo secolo, e questo pezzo di marmo suda e suda;* y a la hora del crepúsculo, cuando el sol se esconde tras los montes, y la luz da paso a la oscuridad, *questa statua si torna più morbida e più traslucida...* como si en vez de mármol estuviere tallada en alguna variedad del alabastro. Sorprendente, ¿verdad?

Aquella voz que así decía, voz redonda y bien timbrada, aunque de típica cadencia italiana, surgió del extremo de la capilla que permanecía sumida en la penumbra. Y el hombre al que pertenecía aquella voz salió de la zona oscura, y se dirigió hacia Mauro con la mano tendida.

Pudo entonces Mauro contemplar al individuo.

Alto, delgado, de anchas espaldas, y aún en su temprana madurez, la persona en cuestión vestía, cuando todavía las campanas de las iglesias no habían anunciado el ángelus del mediodía, un traje de tarde azul marino, de impecable corte clásico. Una corbata de finísima seda, de color acero, se destacaba sobre el blanco inmaculado de la camisa. Mauro, después del primer vistazo, observó con detenimiento el rostro del recién llegado. Dos grandes matas de pelo oscuro enmarcaban, con descuido tan sólo aparente, unas facciones demasiado equilibradas para resultar tranquilizadoras, otorgándole al rostro un cierto aire artificial. Una barba corta y sedosa, donde despuntaban unas primeras canas, cuyo posible teñido no había sido tomado en cuenta por su dueño, servía para suavizar el perfil de unos maxilares quizá demasiado enérgicos y para darle a aquel rostro el seductor aspecto de un retrato renacentista. Una nariz, poderosa aunque proporcionada, daba mayor energía aún a aquel conjunto. Pero fueron sus labios, perfectamente dibujados, y también sus ojos, grandes y de un curioso tono gris, los rasgos que más llamaron la atención de Mauro. Sin embargo, por un momento, creyó percibir algo ficticio en aquel hombre, como si su apariencia física, igual que su rostro, tuviese un cierto aire de irrealidad. «¡Parece salido de una revista de moda masculina!», pensó, pero luego de soportar la mirada inquisitiva con la que aquel individuo le escrutaba, Mauro, incluso antes de racionalizar su impulso, sintió primero curiosidad, e inmediatamente después, deseo hacia aquel hombre, sentimientos a los que acompañaba una vaga sensación de peligro.

Mauro observó que Miralles, al contemplar a su patrón, lo hacía con ojos humedecidos por el fervor; aunque Alberto, al ver que Mauro no rompía el silencio, se vio obligado a hacerlo él.

—Mauro, este señor que ves ante ti no es otro que nuestro gran protector. Mucho de lo que por fin se está llevando a cabo en esta ciudad es directa consecuencia de su entusiasmo, de su tesón, y de su generosísima ayuda financiera, ya que…

—Señor Miralles —interrumpió el aludido, alzando su mano para indicar basta—, ¡no me sonroje con sus elogios! *Diciamo le cose con piú di esatezza. Sono soltanto il figlio spirituale di nostro protettore a tutti, il príncipe di San Severo.* En cuanto a mí, señor Beltrán, que sólo aspiro a proteger el patrimonio artístico que las generaciones pasadas han legado a nuestra querida Nápoles, no tengo otro mérito que el de amar con pasión a mi ciudad. Pero hablo y hablo, y aún no le he dicho mi nombre. Me llamo Álvaro Fontanarosa.

Aquel nombre poca emoción despertaba en Mauro, pero notó que en aquel lugar, rodeado por aquel esplendor marmóreo y bajo aquella amplia bóveda, un murmullo, apenas perceptible, acompañó, como un eco, el enunciado de la identidad de aquel personaje, sin duda ilustre.

—*E il mio nome e Mauro, sí, Mauro Beltrán.* —Al oír esta respuesta, unos conatos de risa burlona, pero también nerviosa, se escucharon en la capilla.

Aquel grupo de gente parecía encontrar divertida la afirmación de Mauro. Éste, sorprendido, comprendió al instante: si aquel hombre que tenía ante sí era el gran patrón de todo aquello, ¿cómo no iba a conocer su nombre? Y así se lo dijo:

—*Sicuro, signor Fontanarosa, che lei già conosce il mio nome, e probabilmente, anche una parte de la mia vita. Certo o mi sbaglio?* —El tono de voz de Mauro sonaba, quizá no irritado, pero sí impertinente. Pero don Álvaro Fontanarosa no pareció hacer caso a la pregunta de Mauro y respondió al joven restaurador con otra interrogante.

—¿Qué le parece la capilla? ¡Creo que ha valido la pena luchar por ella! ¡Este conjunto es tan hermoso y tan compacto y tan coherente además de único! ¡No hay nada igual en el resto de Italia!

A Mauro, el castellano de Fontanarosa le sorprendió por su total corrección, aunque al pronunciarlo, el acento napolitano de éste arrastrase una inconfundible entonación local.

—Me parece una auténtica joya. *Non posso rispondere d'un altro modo* —afirmó el joven.

—¡Y esto lo dice usted cuando aún no ha conocido lo mejor que hay en ella! ¿Lo querría ver?

Y Fontanarosa se dirigió hacia el lado izquierdo del altar, donde se encontraba un gran bulto vertical, recubierto de una pesada tela protectora colocada junto a un hermoso plinto de mármol. Allí, don Álvaro y su espontáneo ayudante, el joven escayolista que había bajado del andamio donde trabajaba, retiraron, no sin cierto esfuerzo, el gran paño que protegía una estatua, y que, al caer al suelo, produjo un ruido sordo, además de levantar una considerable polvareda. Esto indujo al joven escayolista, siempre solícito, a buscar un cepillo oculto en la zona alta de una estantería llena de diversos utensilios de limpieza, cepillo que le permitió frotar con cuidado el traje de su patrón, que había recibido buena parte de aquel polvo inoportuno… Mientras el escayolista se afanaba en torno a él, Fontanarosa señalaba:

—Aquí está una de esas maravillas. *Éccola,* señor Beltrán.

Apuntaba el patrón a una figura de mujer, labrada en un mármol blanquísimo. Su cuerpo desnudo se trasparentaba a través de un velo que, pegado a la piel, no sólo no ocultaba, sino que realzaba la silueta voluptuosa de la hembra. La escultura, labrada con asombrosa maestría, constituía una muestra elocuente de ese erotismo católico, un tanto enfermizo, perturbador porque hipócrita e inquietante porque disimulado, características que animan, de manera más o menos evidente, algunas de las obras más representativas no sólo del barroco napolitano, sino también del resto de Italia.

—*Questa statua, in realtà una evocazione di Cecilia Gae-tani, madre di San Severo, rafigura la pudicizia, cioè, la modestia* —afirmó Fontanarosa. La réplica de Mauro, al escuchar semejante afirmación, llegó de inmediato.

—¿A esto, don Álvaro, lo llama usted modestia? Pero... ¡pero si más parece la imagen de la tentación! ¿Modestas, esas caderas insinuantes, esos pechos firmes y turgentes, pechos de pezones desafiantes y endurecidos? ¡Si eso es modestia, yo soy santa Úrsula, virgen y mártir!

Aquella espontánea salida de Mauro hizo reír a todos, incluso al profesor Médard, que se había acercado al grupo, y que unos meses antes, había restaurado una santa Úrsula tardogótica, que dormitaba, medio olvidada, en una capilla de la catedral de Autun...

—De acuerdo, señor Beltrán —concedió Fontanarosa—, *questa' bellisima statua, come personificazione de la modestia, non è molto riuscita ne presentativa. Ma non possiamo dimenticare che, nel barocco, religiosità e sensualità andavano spezzo insieme.* No juzguemos, pues, esta imagen desde un punto de vista moralizante, sino tan sólo como obra de arte. Contemplándola desde ese ángulo, ¿no la encuentra magnífica?

—¿Magnífica como obra de arte? No me atrevería a afirmar tal cosa. Se trata, sin duda, de una obra realizada con un virtuosismo sorprendente, pero también lastrada por un considerable amaneramiento. Por un lado, me inclino ante su ejecución, de una perfección absoluta, pero la emoción y el pálpito que me produce como obra de arte, me atrevería a decir que son mínimos. Siento no poder ser más entusiasta...

Al escuchar aquel severo juicio de Mauro, Fontanarosa adoptó un gesto del todo teatral y de sabor marcadamente italiano: alzó su mirada y sus manos hacia el cielo, esto es, hacia la Gloria pintada en la bóveda, Gloria que le ayudó a invocar nada menos que al espíritu del creador de aquella escultura:

—*Maestro Corradini, dimenticate tutto quello che un barbaro e ignorante spagnolo a proferito sotto questa venerable volta! Sí, uno spagnolo ignaro, senza nessuna sensibilitá,* y que apenas entiende de belleza.

Dijo Fontanarosa esta coletilla en castellano, para que Mauro se diera por bien enterado, y prosiguió:

—*Tuttavia, è vero che davanti a questa statua, ognuno dice una cosa diversa… Per tanto, come tutto reo a diritto a una última difesa…* y como soy persona de corazón generoso, ¡quiero ofrecerle a este lamentable joven una nueva oportunidad!…

Resultaba obvio que el napolitano se divertía intensamente con la representación de aquella palinodia que le venía ofreciendo al joven restaurador. «¡Cómo está disfrutando su pequeño monólogo», observó Alberto, en silencio. Con otro cualquiera, Fontanarosa hubiese iniciado una discusión acerca de los méritos de la obra allí mostrada, incluso tal vez hubiere manifestado un cierto enfado, pero ante Mauro, la forma de reaccionar de don Álvaro parecía bien distinta. Fue entonces cuando Miralles tuvo la convicción de que al recién llegado se le permitirían muchas cosas vedadas para otros, e intuyó que aquel muchacho, guapo y despierto, se convertiría para Fontanarosa en la persona elegida para en él depositar todas sus complacencias…

—Por lo tanto, don Mauro Beltrán —continuó don Álvaro—, le enseñaré otra estatua que espero sea por fin de su agrado. ¡Si responde con acierto y sentido común, la penalización le será reducida de forma drástica!… Se le quedará tan sólo en una pequeña multa.

—¿Ah, sí? ¿Y cuál será esa multa? —Mauro, de pronto, comenzó a sentirse seguro de sí mismo. Comprendió que estaba ganando la partida, aunque no supiese del todo cuáles eran las reglas con las que jugaba en aquel momento.

—¡Ah, la multa, sí, la multa! Eso, ya lo discutiremos más tarde, señor Beltrán. ¡Bien, pongámonos serios!

Fontanarosa volvió a cruzar el espacio frente al altar, y se dirigió hacia el otro gran bulto de tela arrugada que cubría la escultura que hacía pareja con «la modestia», tan criticada por Mauro.

—Abilio —dijo don Álvaro, dirigiéndose al joven escayolista que seguía dando vueltas en torno al patrón—: *aiutami a ritirare questo panno, é abastanza pesante. Attenzione!*

—*Anch'io voglio aiutare* —gritó Mauro, que no consideró decente limitarse al papel de espectador, y fue a situarse junto a Fontanarosa, para así colaborar en el esfuerzo. Pero de las cuatro esquinas del paño, dos aparecían pilladas por la base de escultura. ¿Cómo retirar aquel lienzo tan grueso de debajo de la estatua, y cómo conseguir mover aquella pieza tan pesada?

—No lo hagamos por la fuerza, podríamos dañar la pieza —advirtió Fontanarosa, que, dirigiéndose a Mauro, le explicó—: Comprenderás mi temor a estropear esta obra cuando la hayas contemplado. ¡Se trata de una auténtica filigrana!

A Mauro le agradó aquel tuteo espontáneo. ¡Con ello, don Álvaro le hacía subir un peldaño más! Abilio y él intentaron entonces, mediante un extraordinario esfuerzo, levantar, aunque fuese por unos segundos, la pesada base, para liberar primero una de las esquinas del paño y luego la otra. Pero a pesar de la presión ejercida, ni la tela se soltaba, ni la estatua se movía.

—¡Pesa demasiado! —exclamó Mauro.

—¡Bien! —dijo Fontanarosa, examinando la situación—. Lo que necesitamos son unas tijeras grandes y bien afiladas, para así poder cortar el lienzo y destapar por fin la estatua. *Ab-*

biamo bisogno di un paio de forbici! E delle fórbici di grande dimensione! Non c'é nessuna?

Miralles se acercó:

—*Scusate, don Álvaro, ma voglio provare auch'io. Tentare non nuoce!*

¿Era Miralles el que así se ofrecía? Mauro contempló al que ya consideraba su amigo con no poca sorpresa. Nunca hubiere pensado que Alberto intentara lidiar con aquel problema, ya que nada hacía sospechar que aquel hombre poseyera la fuerza y la energía necesaria para tan arduo empeño, aunque a Mauro, al toparse con Alberto unos minutos antes, le hubiere sorprendido lo recio del hombro y del brazo que había rozado. En todo caso, Miralles no parecía ser un insensato. ¿Podría su físico engañar hasta tal punto? Cierto era que con aquella camisa de manga larga, amplia y veraniega, que ahora llevaba, y que más que ceñir el cuerpo, flotaba en torno a él, la musculatura del torso quedaba totalmente disimulada, tanto que Mauro, siempre interesado en anatomías masculinas, apenas le había echado una rápida ojeada a aquel hombre, desde que lo viera por primera vez, esa misma mañana en el patio de la pensión.

Alberto, que se había arrodillado en el suelo, frente a la efigie tapada, ordenó a Mauro sentarse junto a la base.

—Bien —continuó Miralles—, ahora sujeta la tela; agárrala con todas tus fuerzas, pero no tires de ella hasta que yo te lo diga. *E tu, Abilio, ferma li, capisci?*

—Alberto, no creo que puedas mover este bloque. ¡Debe de pesar una tonelada!

—¿Una tonelada? ¡Algo menos será! Pero estate atento.

Miralles cerró los ojos, e intentó trasladar a sus brazos y a sus puños las diversas energías repartidas por su cuerpo. Logrado esto, al grito de «¡ya!» empujó la base de la estatua. El bloque se movió, pero no lo suficiente, ya que a pesar de que Mauro tirase de la tela con todas sus energías, ésta seguía pillada por una esquina del plinto. Alberto entonces volvió a contemplar aquel bulto, se recogió de nuevo, concentró otra vez todas sus fuerzas en sus dos brazos y cuando creyó acumulada la necesaria tensión, gritó de nuevo: «¡Mauro, ya!».

Éste creyó percibir, en aquel instante, algo parecido a un estallido, a una descarga que, al salir del cuerpo de Miralles, se expandió y fue a impactar, con enorme violencia, sobre la estatua tapada que se erigía ante él. Y Mauro, sin entender del todo lo ocurrido, se encontró con una de las esquinas del lienzo, por fin suelto, entre sus manos. Se escucharon algunos aplausos. Y tras un breve descanso, Miralles se preparó para un segundo intento. Se oyó un nuevo «¡ya!», esta vez dirigido a Abilio, y la otra esquina de la tela quedó también libre, como si alguna fórmula mágica hubiese obrado el milagro. Sonaron de nuevo los aplausos, mientras Alberto guiñaba un ojo a Mauro, y le preguntaba:

—¿Qué, ahora me consideras un poco más? ¿A que empiezo a parecerte incluso guapo?

—¿Me permites que te abrace? —fue la respuesta de su asombrado compañero, que, sin esperar el permiso de Miralles, lo apretó entre sus brazos. Al hacerlo, volvió a sentir, compactos y fuertes, el torso recio y los potentes brazos de ese desconcertante y curioso individuo que acababa de conocer.

—*Pas mal, pas mal!* —siguió insistiendo Mauro, entre burlón y admirativo—. Por cierto, don Alberto Miralles, ¿tendría usted inconveniente en acudir la próxima vez en camiseta, como lo hacen tantos otros napolitanos? ¡Una buena ración de vista nunca sienta mal!

—¿Quiere usted dejar de mariconear conmigo, inquieto forastero, o acaso sea mucho pedir? —fue la respuesta de Alberto, y ambos, Miralles y Beltrán, volvieron a abrazarse sin dejar de reír.

—*Ma questi due innamorati* ni tan siquiera piensan atenderme! —Era don Álvaro, que mitad burlón, mitad de veras, así se quejaba—. ¡Ha caído el paño que envolvía la estatua y estos dos aprendices de Cupido ni se han dignado echarle una ojeada!

—¡Me encuentro ya un poco viejo para hacer de Cupido, mi señor don Álvaro! —se excusó Miralles, mientras se esforzaba en dejar de reír…

Lo que los dos amigos debían contemplar era una curiosa escultura que representaba a un hombre de mediana edad, con un cuerpo desnudo no demasiado hermoso, y que, aprisionado por una doble red de pescador que lo cubría casi por completo, intentaba librarse de ella.

—*Ti piace, mio gentile spagnolo?* —Fontanarosa contemplaba a Mauro con redoblada atención.

«¿Qué convendría responder?», se preguntó éste, que no comprendió bien la insistencia de aquel hombre en llamarlo *gentile spagnolo* delante de todos. Procuró contestar con una respuesta inteligente, pero sólo consiguió proferir unos cortos e inconexos balbuceos…

—¡Mauro, tranquilízate! No tienes por qué dirigirte a mí en italiano, si no lo deseas. Ante todo, quiero que te sientas cómodo. —Mientras hablaba, la voz de don Álvaro se hacía tierna, casi acariciadora—. Háblame en español, idioma que creo conozco bien y en el cual me gusta expresarme. Conversar contigo me ayudará a perfeccionarlo… —Este último ofrecimiento constituía una gentileza de Fontanarosa hacia Mauro, ya que el castellano del primero podía considerarse como casi perfecto. Pero esta humildad ficticia por parte del onorévole no era más que un modo de estrechar lazos con su nuevo restaurador—. ¿No te han dicho —añadió— que poseo negocios en España, además de algunas fincas rústicas, aunque al menos una de ellas la haya cedido, hace ya bastantes años, a sus aparceros?...

Mientras esto decía, Fontanarosa echó una rápida mirada a Miralles, como buscando algo parecido a una complicidad. Como Alberto no se la brindase, Fontanarosa continuó su explicación:

—Además, un poco de sangre española sí que corre por mis venas, como le sucede a otros muchos napolitanos. Más de tres siglos de dominio hispano no se borran así como así...

Mientras pronunciaba estas últimas palabras, los ojos de Fontanarosa no miraban ya a Miralles, sino que escrutaban el rostro de Mauro, con tal intensidad e insistencia, que éste comenzó a sentirse molesto.

—¿Qué representa esta escultura, alguna alegoría?

—¿No lo adivinas? ¡Te creía más perspicaz! Representa el desengaño.

—¡Ya! —contestó Mauro, un poco enfadado consigo mismo—. ¡Debería haberlo adivinado!, ya que el mensaje resulta bastante obvio —reconoció en alta voz—. ¿Pero en qué material han esculpido esta pieza?

—*Mi sembra evidente...* ¡O tal vez no lo sea tanto!

Mauro no sabía qué responder.

—*Allora*, Beltrán, por cierto, ¿no te importa que te llame por tu apellido? Lo prefiero a tu nombre, que sin duda es muy hermoso... *Guarda questa statua e scrútala bene!*

—¡Ya lo estoy haciendo! Y vamos por partes. Admitamos que esta escultura ha sido tallada en un único bloque de mármol. ¿Cómo, entonces, se ha podido tallar desde el exterior el cuerpo desnudo de este hombre, si aparece rodeado todo él, no ya por una red sencilla, sino por una doble malla de pescador?

Para ello, hubiere sido necesario primero, desbastar el bloque de piedra hasta lograr que éste adquiriese una silueta aproximada a la que el escultor tenía en mente. Se labraría entonces la malla exterior, y luego se tallaría la segunda red. Por último, a través de los huecos dejados por esa doble red habría que ir esculpiendo el cuerpo, perfectamente reproducido, de un ser humano desnudo… ¡Imposible!

—¡Bien! Entonces, para utilizar tu expresión, vayamos por partes —continuó don Álvaro—. La persona aquí representada resulta ser, ¡nada menos!, que don Antonio di Sangro, padre del príncipe. *Questo padre aveva vissuto una vita di pecato, di vizio, perfino di diletti anormali o contranatura, come si diceva allora. Alla fine della sua vita, don Antonio trovó il tempo e l'occasione di pentirsi.* ¡Sí, Mauro, aquí, en Nápoles, existe la costumbre, cuando la muerte se aproxima, de arrepentirse de lo bien que lo hemos pasado en vida!… Naturalmente, *lo facciamo solo per caso.* ¡Por si acaso, como se dice en español! Claro que ese arrepentimiento *in extremis* entra dentro de la singular lógica católica. Es ésta una religión que pone un sin número de trabas a todo lo que significa gozar de la vida, ya que pretende que lo de aquí abajo continúe siendo, hasta el final, un valle de lágrimas, para luego, como compensación, tratar de tentar a sus fieles con la ilusión de una supuesta vida eterna, lo mas prometedora y espectacular posible. En la estatua que aquí contemplas, el padre de nuestro príncipe aparta las redes que el mundo, el demonio y la carne, ¡esos tres enemigos del hombre que tan buenos ratos nos suelen brindar!, han tejido en torno a él, para así ver la luz de la verdad, representada por ese geniecillo alado que revolotea en torno a don Antonio, geniecillo bastante feo, por cierto. ¡Y es que la verdad es casi siempre ingrata! Esto, en cuanto al significado de la alegoría. Respecto al modo en que ha sido esculpida, una pregunta: *gen-*

tile spagnolo, come si ha potuto fare questa meraviglia? Ebbene, non lo sapiamo! Ci sono delle ipotesi, delle congetture, ma in realità, non lo sapiamo...

—¡Qué extraño! —murmuró Beltrán.

—*Abbiamo la verità in mano, ma non la vogliamo vedere!* De todos modos, *facciamo lo sforzo di pensare:* existía, en alguna parte, un gran bloque de mármol, y aparece un escultor, en este caso el genovés Francesco Queirolo, que comienza a tallar el bloque, aparentemente sin dificultad alguna, y desbasta, perfila y cincela una primera red, luego una segunda, y después de haber concluido con las dos redes, consigue, también sin aparente esfuerzo, reproducir con toda corrección la anatomía de un cuerpo masculino, que esculpe a través de los muy exiguos huecos que dejan las dos mallas superpuestas. Al menos, la mayor parte de los críticos e historiadores de arte afirman que así fue como se hizo. Pero, dime, ¿tú crees que fue así? ¿No, verdad? *Ne anche io lo posso credere...* ¡Y no me creo esta versión de los hechos, porque de ese modo jamás hubiera podido hacerse! Esta pieza tuvo que ser ejecutada de otra manera, con otra técnica, con otros medios...

—¿De veras no tiene idea, don Álvaro, de cómo se hizo?

—*Io? Nessuna idea... perché?*

Mauro empezaba a sentirse confuso: incluso algo mareado. Allí, ante él, se alzaba una escultura, que en pura lógica, no debiera encontrarse allí ni en ninguna otra parte, por una muy sencilla razón: ¡su existencia no parecía posible! Pero al mismo tiempo, tan posible era, que allí estaba, como objeto tangible y real, y no como fruto de una extraña fantasmagoría...

Tan enredado estaba Mauro en sus propios pensamientos, que apenas se dio cuenta de que don Álvaro Fontanarosa, el respetado y poderoso patrón de todo aquello y de otras muchas cosas, se había colocado a su lado, para apoyar su mano de largos dedos y uñas perfectamente cuidadas, sobre uno de los hombros del joven español...

—¿Quieres venir conmigo, mi hermoso restaurador? *E anche tu, mio caro Abilio.* Adesso, Beltrán, prepara tus ojos y sobre todo tu mente. *Abilio, rimuove questa tela così pesante. Io ti aiuterò. Sì, sta bene così. Vieni cui!* Y tú, Beltrán, colócate ahí; de pie, sí... *Abilio, attenzione, uno, due e tre!*

Y con manos seguras, don Álvaro y Abilio retiraron, los dos a un tiempo, la extensa manta que cubría aquello, dejando por fin a la vista lo que bajo ella se hallaba escondido.

Y Mauro casi pierde, de nuevo, el equilibrio, al contemplar una sobrecogedora efigie yacente: la de un Cristo muerto cubierto por un sudario, y que, abandonado sobre un colchón de piedra, exhibía, patético casi en demasía, un cuerpo derrotado por el sufrimiento, y que, aprisionado allí en el mármol más perfecto e impoluto que se pudo hallar, convertía en dolorosa eternidad la siempre exhausta e insondable experiencia de la muerte.

Fontanarosa, al darse cuenta de que Mauro parecía a punto de perder otra vez el equilibrio, le gritó a Alberto:

—*Bisogna tenere stretto il tuo compagno. Mi sembra che va cadere all'indietro!...*

—¡Pero... pero qué cosa tan maravillosa! —logró por fin exclamar Mauro—. ¡Sí, maravillosa y emocionante! —Y el joven español repitió la palabra «maravillosa» varias veces, como alguien, que hipnotizado, se mostrara indiferente ante cualquier otra circunstancia u objeto que le rodeara. Intuyó, de forma confusa, que, al menos durante un rato, no le sería posible apartar su mirada de la imagen que tenía ante sí, ya que aquella figura yacente provocaba tal fascinación en él, que todo lo demás le parecía superfluo, inútil y redundante. También comprendió que aquella figura de hombre vencido producía en él no sólo una profunda emoción estética, sino un desasosiego que poco tenía que ver con la significación religiosa de la imagen. Sentía como si un invisible cordón umbilical, una inmaterial atadura le uniere, de manera inexplicable, a aquel dramático símbolo del padecimiento, ya que no era sólo aquel Cristo muerto, envuelto en su asombroso sudario transparente, lo que le causaba tan honda inquietud, sino que era también la desconocida identidad de la persona que sirviera de modelo lo que le provocaba tan angustiosa zozobra. Aunque por el momento, aquel mármol permanecía silencioso, sabedor sin duda de que aún no había llegado el momento de descubrir su secreto...

La voz de Fontanarosa le sacó de aquel trance.

—¡Sí! —afirmaba don Álvaro—. *É veramente una meraviglia! Questa scultura provoca nel spettatore una impressione stranea, un doloroso fascino, uno sbalordimento che si torna, finalmente, in una turbazione difficile di controlare. Alcuni lo chiamano il mal di Stendhal.*

Mauro movió la cabeza.

—No, don Álvaro, no se trata del mal de Stendhal. Eso ya lo he experimentado alguna vez que otra. Esto es algo distinto, que no acierto a comprender...

Por fin, tras aquella contemplación que realizara a cierta distancia, y que tanta confusión y desconcierto le había provocado, Mauro se atrevió a situarse junto a la figura yacente, para así admirar mejor los pormenores de aquel velo o sudario que, fingiendo estar humedecido por los diversos ungüentos que solían verterse sobre los miembros de los fallecidos, se adhería, con pasmoso realismo, al rostro, al tronco y a las extremidades de la figura, subrayando cada uno de los detalles anatómicos de aquel exangüe y martirizado cuerpo. Los innumerables pliegues de la tela producían una ilusión de tan desconcertante veracidad, que Mauro llegó a experimentar, durante unos segundos, la urgencia de levantar el amplio velo, para mejor contemplar aquella figura que se entregaba, sin rebeldía aparente, al hambriento abrazo de la muerte…

¡Con qué fervor, siquiera momentáneo, hubiere querido rozar y besar las cinco heridas que horadaban sus pies, sus manos y su costado! Pero Mauro pronto reaccionó ante aquel súbito impulso devocional. Esa mística voluptuosidad, esa ensangrentada ensoñación barroca, ¿no era acaso la consecuencia de alguna contaminación ambiental, generada por la propia capilla? Mauro, aunque todavía conmovido, no se dejaba arrastrar fácilmente por impulsos de difícil catalogación metafísica…

De nuevo las palabras de Fontanarosa interrumpieron aquella fantasía mortuoria.

—¡Vuelve a este mundo desde allí donde te encuentres, mi joven españolito, pero sobre todo tranquilízate! *Sei veramente impressionabile, caro Mauro!* Te veo como desorientado. —Se notaba, en la voz de don Álvaro, un cierto tono de satisfacción, aunque también de inquietud. En todo caso, la turbación del joven restaurador venía a corroborar algo que, por fortuna o por desgracia, ya sabía…

—Te comprendo muy bien —añadió Fontanarosa—, *perché questo imagine che stai ammirando cui, non e soltanto una opera di arte… è qualche cosa di più*, aunque también tengamos que considerarlo desde un punto de vista artístico. Esta figura, Mauro, fue tallada por el único escultor napolitano que trabajó para el príncipe. Se llamaba Giuseppe San Martino, y ésta fue la única obra de arte señera que realizó en su vida. Sus otras obras son las de un escultor aplicado, con un sólido oficio, pero sin verdadera inspiración… Habría que preguntarse, como primer interrogante, por qué entre esta obra que aquí ves, y sus otras creaciones, existe tal diferencia en lo que podríamos llamar inspiración artística. Por otra parte, las guías turísticas afirman que este Cristo velado fue tallado en el bloque de mármol más perfecto que pudo encontrarse por entonces en los montes de Carrara. Repito: esto es lo que aseguran las guías turísticas. ¡Ay, esas guías! ¡Qué suma de incompetencias, errores y superficialidades son capaces de almacenar! No lo puedo evitar: la estupidez de alguna de sus afirmaciones me indigna. Esas guías insisten en explicar esta obra de arte a través de un mero virtuosismo escultórico, aunque algunas llegan a hablar de alucinante habilidad. ¡Pero nada más dicen! ¡Como si no hubiere algo más! Han ido repitiendo la expresión «virtuosismo escultórico» una y otra vez, hasta convertirlo primero en tópico, y por último, en dogma. ¿De veras no hay en esta figura otra cosa que habilidad y oficio? Este velo, esta sábana que, con escalofriante realismo, cubre, de la cabeza a los pies, el patético cuerpo de Cristo, y que va moldeando, envolviendo y también acariciando los miembros de ese cadáver doliente, sin que se produzca, *Mauro, attenzíone a questo!*, confusión visual alguna entre los innumerables pliegues de la tela y los diversos accidentes de la anatomía. ¿Crees tú, Mauro, que este milagro, no tanto de la técnica como de la sensibilidad, es sólo producto de un mero esfuerzo virtuosista, realizado con los instrumentos disponibles en aquella época, o bien hay algo más que subyace en todo esto? Contéstame, si no es mucho pedir, quiero conocer tu opinión.

—¿Mi opinión, don Álvaro? ¿Y por qué se imagina que tengo ya una, lista y preparada, para servírsela a usted? Me parece, o más bien, podría… —Y de pronto a Mauro le resultó imposible seguir hablando. Antes de que atinase a dar una respuesta coherente, sintió que le invadía de nuevo una extraña sensación de mareo. El interior de la capilla comenzó a desdibujarse ante sus ojos, luego a dar vueltas, mientras que desde el lugar donde se encontraba la figura yacente, surgían unos gemidos confusos e incomprensibles, pero que llegaron a repercutir con tal intensidad en los oídos de Mauro, que consiguieron provocarle un dolor considerable. Apartó la vista de allí, buscando con la mirada a Miralles. Pero éste y Médard, el viejo profesor francés, y también Abilio, el joven escayolista, comenzaron a flotar en el espacio, a varios palmos del suelo, como péndulos oscilantes que, dotados de una curiosa ingravidez, parecieran moverse a las órdenes de un amenazador Fontanarosa, que, estricto y dictatorial, iba marcando el ritmo.

Mauro dejó escapar una exclamación de angustia, tal vez incluso de miedo, que consiguió disimular transformándola en un quejido, sordo y apagado. Sin darse bien cuenta de lo que hacía, se dirigió, titubeante, a don Álvaro, para suplicarle:

—¡Señor, no puedo permanecer aquí! ¿Podría salir un momento?

Fontanarosa arrugó el entrecejo.

—¿Salir, por qué? —Pero al darse cuenta de que Mauro tiritaba, agitado por un temblor que parecía no poder dominar, comprendió—: La contemplación de este Cristo ha constituido para ti una verdadera sacudida, ¿verdad? —Y don Álvaro sonreía…

Aquello, más que una pregunta, parecía una constatación.

—¡Pues claro que puedes salir! —añadió—. *Questo non é una prigione!* ¡Miralles, acompáñame! Vamos a ayudar a este frágil ser humano, que se nos está desmayando por un exceso de emoción estética, a salir de este espacio que le sofoca.

Mauro, sin prestar atención a las ironías de don Álvaro, se dejó caer en brazos de los dos hombres, aunque fue Alberto quien sostuvo la casi totalidad del peso del joven restaurador. Y por segunda vez aquella mañana, éste volvió a comprobar la muy considerable fuerza que se disimulaba en el cuerpo de su amigo, ya que éste parecía cargar a su compañero con la misma facilidad y también con la misma delicadeza que hubiese demostrado al sostener a un niño, aunque de pronto, Mauro percibió un extraño temblor que agitaba a Miralles.

Pasaron unos segundos, y de nuevo se escuchó a Fontanarosa preguntar:

—*Il mio caro ristauratore si trova per caso un po meglio?*

¿Había todavía burla o ya sólo ternura en su voz? Pero Mauro no estaba para tales cavilaciones, aunque sí para intentar justificarse:

—Perdóneme, don Álvaro, detesto parecer un histérico y un melindroso, pero ahí dentro me he sentido mal, se lo aseguro, a pesar de que no consiga explicarme el porqué de este mareo…

—Mauro, no te preocupes. *Hai bisogno di un po di riposo, forse di un pisolino. Alberto, prendi la mia machina e porta questo giovanotto al suo albergo. Ma, dopo riposarti* —dijo, volviéndose hacia Mauro—, *farai bene di prendere un po d'aria.* Sabes, muchacho, los que todavía trabajan en la capilla hubiesen deseado intercambiar información contigo, respecto a la restauración de la bóveda… Pero les diré que te reunirás con ellos otro día…

Al escuchar el comentario de Fontanarosa, Mauro se incorporó, con la intención de entrar de nuevo en la capilla, pero don Álvaro le retuvo.

—¡No, necesitas unas horas de reposo, ya te lo he dicho! Y no sólo debes descansar tu cuerpo, sino sobre todo tu mente. Además, yo ya he visto lo que quería ver —añadió, con cierto aire de misterio—. *Spero che ti remetti pronto!* No, no insistas, ¿sabes que tienes que aprender a obedecerme? ¡Ahora soy tu patrón!…

Don Álvaro, mientras hablaba, acarició con suavidad las mejillas de Beltrán, y también, durante unos instantes, pasó una mano por el cabello revuelto de éste.

—No te preocupes —volvió a insistir el napolitano, e inclinándose hacia el joven, le rozó la frente con los labios. Segundos después, esos labios se posaron, casi por sorpresa, sobre los párpados de Mauro, mientras Fontanarosa murmuraba, como si se tratara de una jaculatoria secreta:

—*Gli occhi tuoi, gli occhi tuoi!* —Finalmente, alzó su cabeza, para dirigirse, por última vez en aquella mañana, a su nuevo restaurador—: Si los que trabajan ahí dentro se enfadan contigo, *io faró l'avvocato!* Vete ahora con Miralles... *Ci vedremo prontissimo. Sono convinto che questo malessere passera in un attimo...*

Y Alberto le hizo un guiño a Mauro, mientras Fontanarosa entraba de nuevo en la capilla, no sin antes esbozar un último gesto de despedida hacia los dos españoles...

—¡Cómo te quiere! —comentó, con evidente envidia, el bueno de Miralles, una vez que el patrón hubiere desaparecido—. ¡Ese desmayo, digamos que apreciativo, y que experimentaste al contemplar el Cristo, creo que le ha complacido sobremanera!...

—Alberto —logró responder Mauro, con voz todavía insegura—, ignoro el porqué, pero este Cristo yacente me ha revuelto por dentro de un modo extrañísimo. Mientras lo contemplaba, escuché algo parecido a unos quejidos, sí, quejidos que parecían provenir de la propia escultura. No logro comprender lo que me sucedió ahí dentro. Empiezo a creer que hay algo de cierto en lo que me advirtió doña Lucía. En esa capilla suceden cosas un tanto inexplicables...

—Sí, todos hemos sido testigos de lo conmovido que te sentiste allí. Conmovido y desorientado. Pero resulta curioso, Mauro, comprobar que la persona que menos se sorprendió ante tu reacción fue, precisamente, Fontanarosa. Parecía incluso esperarlo. Cuando te vio tan alterado, se limitó a sonreír, y era ésa una sonrisa que me atrevería a describir como de satisfacción, incluso de triunfo. Por cierto, no quiero levantar un falso testimonio, pero es evidente que le agradas mucho…

—¿Yo? ¿Pero acaso Fontanarosa?…

—A don Álvaro, querido Mauro, que es hombre que todo ha probado, todo también le gusta, siempre que aquello que saboree tenga cierta calidad. Y tú tienes esa calidad. No soy, desde luego, un experto en hombres, pero ciego habría de ser para no darme cuenta de que eres un chico guapo, atractivo y listo. El patrón, querido amigo, no sólo quiere probar un plato de degustación, sino deleitarse con la prueba. ¡Y por supuesto, querrá probarte, ya que intuyo que el examen visual lo has superado con creces! Lo he podido leer en sus ojos, que por ser grandes, son de fácil lectura… ¿Y a ti, te gusta él?

Lo directo de la pregunta tomó a Mauro por sorpresa. Empezó a tartamudear, para, casi de inmediato, detenerse.

—Bien, no me contestes, si no te apetece. Pero te advierto que Fontanarosa está acostumbrado a conseguir, en este campo como en otros, si no todo lo que ansía, sí, al menos, una parte considerable de lo que desea. Nada extraño, si tenemos en cuenta que don Álvaro es hombre de espléndida apariencia, como habrás podido comprobar tú mismo, y poseedor de una fortuna difícil de cuantificar… ¡Pero hablo demasiado! No debería cansarte con tanto comentario… ¿Te encuentras mejor? ¿Sí? Pues *andiamo, mio caro,* te llevaré a tu *albergo.*

Alberto y Mauro se habían subido al coche del patrón, un magnífico Hispano-Suiza del año 32 totalmente restaurado, y con el motor rehecho. El coche era una joya, además de una belleza. Miralles lo puso en marcha con indisimulada satisfacción.

—¡Da gusto conducir un coche como éste y andar por Nápoles montado en una auténtica pieza de museo. A Fontanarosa no le gustan los coches actuales, los encuentra vulgares, por eso posee cuatro o cinco de este tipo, que quitan el hipo a cualquiera!

De pronto, Alberto se echó a reír.

—¡Mi camioneta también tendría que figurar en un museo, pero en uno arqueológico, y mucho más por su vetustez que por sus méritos intrínsecos. *Il mio camioncino, proverello*, pasa por estas calles dando tumbos, y sus amortiguadores se quejan tanto, que sus lamentos me parten el alma!…

—¿Y por qué no le exiges una camioneta nueva a don Álvaro?

—¿Crees que no ha insistido en regalarme una? Pero yo no la he aceptado. Yo quería un préstamo, y él exigió que fuese una donación; no nos pusimos de acuerdo.

Mauro contempló el rostro de Alberto. Éste no podía ocultar su entusiasmo por conducir un deportivo tan apoteósico.

—Pídele a don Álvaro que te dé un día a probar esta maravilla; si la petición viene de ti, es muy probable que consienta.

—No creo que me atreva a hacerla, Alberto. Además, siento decepcionarte, pero no me gusta conducir. La verdad es que los coches me interesan muy poco, aunque el que ahora conduces sea una pieza excepcional. ¡No me mires como a un bicho raro! ¡Qué quieres, me suelen atraer más los chóferes que los coches!…

—¿Quieres dejar de decir majaderías e inconveniencias? ¿Qué te sucede, que todavía no has superado tu fase de *enfant terrible*?

—No soy un *enfant terrible,* Alberto, sólo soy sincero.

—Quizá, aunque no olvides que la sinceridad, cuando excesiva, también puede resultar terrible… y además, ¡peligrosa!

Miralles había detenido el coche.

—Bájate —ordenó éste a su compañero—. Nos vendrá bien un alto en el camino... ¿Y por qué no aquí, en Piazza Bellini, en mi opinión la plaza más agradable de la ciudad vieja? ¡No te preocupes por el coche, nadie se atrevería a tocarlo! Todo Nápoles sabe a quién pertenece este espléndido cacharro. ¡Y poco importa dónde lo deje aparcado!; ¡los policías lo único que desean es poder contemplarlo de cerca! Lo tocan y lo palpan como lo harían con una moza apetecible...

—¡Algunos habrá que lo tocarían como si se tratase de un tío bueno!

—¡Veo que insistes! ¡Allá tú! ¿Pero no te parece que esta plaza posee un cierto encanto? ¡Huele a Nápoles, sí, pero también a Europa! Aunque sea una Europa venida a menos. ¡Da la impresión de estar situada en una ciudad algo desvencijada, pero, al fin y al cabo, normal! Aquí, la huella española es grande. La plaza se creó bajo el virreinato de don Pedro de Toledo, y allí, no, Mauro, allá, puedes ver el palacio Conca: ¡los bustos que adornan la fachada son retratos de la familia real española!... Cuando me muevo en torno a Spaccanapoli, procuro hacer un alto aquí, en el café Moenia. Éste es el punto de reunión emblemática de los intelectuales napolitanos, ¡ah, también de los gays! ¡Los camareros que ves, entienden..., todos los idiomas!; incluso los más íntimos y secretos. Para situarte, éste es un poco el café Gijón de esta ciudad... ¿Sí? Bien, ¿qué quieres tomar, un amaretto? *Allora* —dijo Alberto, dirigiéndose al camarero que se había acercado—, *puo portarci due amaretti? Ah, e si possibile, che i bicchieri non sembrano vuoti!* Bueno, Mauro, ahora que hemos conseguido sitio en este apacible lugar, desearía cambiar de tema, siempre que me lo permitas.

—Tienes mi permiso, Alberto.

—Pues ahí va mi pregunta. ¿Mauro, cómo es que estás aquí?

—¿Aquí? No entiendo bien lo que quieres decir...

—Pues te lo repetiré de distinta manera. ¿Por qué has sido tú el elegido para realizar esta restauración?

—¡Ah, eso! Pues a pregunta directa, respuesta, en lo posible, también directa. Si te interesa, te repetiré lo que me dijeron cuando me contactaron.

—¿Te contactaron? ¿En qué fase? —Alberto le contemplaba sonriendo.

—¡No me hagas reír! No eran alienígenas, aunque sí del todo ajenos. Es decir, que no los conocía de nada.

—Pero, al final, ¿quiénes eran?

—¿Quiénes? Ah, ellos, supongo, es decir, los que deciden estas cosas... Sí, ellos, aunque, por favor, no me sometas a un exhaustivo interrogatorio para que te especifique, con exactitud, quiénes eran ellos, porque no lo sé. Te explicaré la situación: diversas revistas especializadas publicaron, allá por el 2002, varios artículos sobre la restauración de los murales y los techos del palacio de Eggenberg, ya te hablé de esa enorme mansión situada en las afueras de Gratz y de lo compleja que resultó la restauración de su decoración pictórica. Allí, tuve la satisfacción de realizar un buen trabajo. Fue, en el mundillo del arte, una restauración muy comentada y también muy discutida, ya que había que operar sobre unos lienzos, muchos de ellos de formato panorámico, que se encontraban en pésimo estado de conservación.

—¿Debido a? —preguntó Miralles.

—Se juntaron varios motivos, tales como la humedad reinante en aquel enorme caserón que permaneció vacío durante demasiados años, o como los numerosos desperfectos causados por los avatares de la última guerra mundial. A ésta le siguieron décadas, si no de abandono, sí, al menos, de una considerable falta de atención. Te puedo asegurar que debido a todas estas causas, ciertas zonas de aquellos lienzos apenas conservaban huellas de lo que un día en ellos se pintó.

—¡Ah, sí, *gli amaretti!* —exclamó Miralles dirigiéndose al camarero—. *Grazie.* Bueno, la cantidad que contienen los vasos me parece esta vez suficiente —observó aquél, después de contemplarlos al trasluz—. Pero prosigue, Mauro, y perdóname esta interrupción.

—Bien —continuó éste—, como te iba explicando, me tocó reconstruir, o simplemente repintar de nuevo figuras enteras, basándome en unas fotografías, todavía en blanco y negro, de no muy buena calidad, tomadas a principios del año 38, justo antes de que se produjera el *Anschluss* de Austria con la Alemania nazi. Modestia aparte, aquel trabajo me salió bien, es más, recibí numerosas felicitaciones por él, aunque el mérito principal recayera en el conjunto del equipo, que formábamos un servidor más un joven especialista austriaco, y sobre todo, el trío de excelentes restauradoras catalanas de las que creo te hablé. ¡Sentían esas chicas una auténtica vocación por su oficio! A raíz de todo esto, me encontré con una carta que me entregó el alcalde de Gratz, poco antes de marcharme de allí, enviada por…, espera, que se me ha olvidado el nombre exacto de aquel firmante. Bueno, da igual. En aquella carta se me preguntaba si me interesaría realizar determinados trabajos de restauración en la bóveda de la capilla San Severo, para luego explicarme, con notable exactitud, lo que esperaban de mí. ¡Y lo que esperaban de mí me pareció tan fácil! Pronto nos pusimos de acuerdo y… ¡aquí estoy!

—¡Ya! ¿Y en aquella carta que te enviaron, o en algún comunicado posterior, no te mencionaban al señor Fontanarosa?

—Nnnooo —contestó Mauro, dubitativo—. El encontrarme con él aquí ha constituido una sorpresa para mí.

—Pues bien, Mauro, a pesar de esa inexplicable omisión, o más bien a causa de ella, te informo sobre el personaje, y lo que te voy a decir, tenlo siempre presente: don Álvaro Fontanarosa, además de poseer una de las fortunas más cuantiosas del sur de Italia, fortuna que pocas complicidades mantiene con la Mafia o la Camorra, dato que estimo de capital importancia para la valoración del personaje, resulta ser uno de los más influentes ciudadanos de esta capital. Utilizando términos que suelen emplear los norteamericanos, a Fontanarosa se le considera un miembro ejemplar de la comunidad... y en muchos aspectos, sin duda lo es... Te repito asimismo, que goza de un gran poder, y eso también es cierto. No te diré que lo puede todo, ya que esto sería una exageración, pero sí puede mucho en áreas muy variadas, aunque su ocupación favorita sea, en estos momentos, el defender, revalorizar, y por supuesto, restaurar el magnífico patrimonio artístico que encierra Nápoles, patrimonio hasta ahora tan desatendido, cuando no abandonado, e incluso, menospreciado...

»Además —continuó Miralles—, don Álvaro pertenece, aunque sería más exacto decir "lidera", a pesar de no ser él ni noble ni de ascendencia española comprobada, una vieja institución, fundada hace más de cuatro siglos, titulada "Real Hermandad de Nobles Españoles", cuya misión ha sido la de mantener viva, en esta ciudad, las tradiciones y caracteres hispano-napolitanos, tan pisoteados a partir de 1860. También se dieron como misión el mantener a raya, en este antiguo reino, la influencia de los Saboya, dinastía que abanderaba, de forma más teórica que real, una modernidad de importación, que poco caso hacía de las peculiaridades propias de esta tierra. Una parte de los napolitanos consideraron siempre a los Saboya como una dinastía usurpadora... Hoy, con el establecimiento de la administración autonómica, y con los Saboya relegados, por fin, a los anaqueles de la historia, la "Real Hermandad de Nobles Españoles" ha cambiado sus objetivos, y después de haber atravesado por una etapa lánguida y casi moribunda, se ha transformado, bajo el liderazgo de Fontanarosa, en una entidad dinámica, volcada en financiar actividades y empresas culturales, netamente napolitanas. Don Álvaro ha donado, para ello, cuantiosas sumas de dinero. ¡No te imaginas, Mauro, las cantidades que ha podido aportar!

—A ver si lo he comprendido bien: ¿son acaso actividades culturales que nada tienen que ver con la política?

—¡Mauro, me resultas de una ingenuidad enternecedora!… ¡Todo tiene que ver con la política! Aunque él nunca lo haya admitido, aunque lo niegue obstinadamente, muchos sospechamos que don Álvaro intenta seguir aquí, en Nápoles, la política que allá por el siglo XV inauguró en Florencia nada menos que un Lorenzo de Médici; esto es, conseguir el poder a través de la cultura, y del prestigio que ésta todavía otorga. Sin duda, don Álvaro ha actualizado alguno de esos viejos métodos, pero no así el mensaje, que de tan antiguo, resulta de una insólita y rabiosa modernidad, ya que hace pasar la estricta política de partido, tan desprestigiada hoy en Italia, a un segundo término. No, no me mires de nuevo así, con esa expresión de escepticismo, porque eso es, precisamente, lo que Fontanarosa va poco a poco consiguiendo. Él no parece aspirar a ese poder, áspero y descarnado, que es el que pretenden la mayor parte de los políticos actuales, sino un poder adornado de todos los atributos que acompañan a la belleza, espejismos y alucinaciones incluidos. Él se ve, Mauro, como un príncipe del Renacimiento, un Médici, un Montefeltro, un Gonzaga… ¡Y he aquí que un personaje tan extraordinario se encapricha de ti! ¡Bromas del destino!…

Mauro advirtió un despecho mal disimulado en las últimas palabras de Miralles, aunque, pensándolo bien, aquella reacción no carecía de una cierta lógica… El joven restaurador comenzaba a sospechar que los vínculos de amistad y dependencia tejidos durante los últimos años entre Fontanarosa, el generoso y condescendiente patrón, y Miralles, el afanoso y diligente servidor, eran más fuertes y conflictivos que cualquier vínculo de carácter amoroso. «Estos vínculos —pensó Mauro— se basarían, por parte de Miralles, en el irrefrenable deseo de veneración que muchos hombres sienten hacia aquel que reconocen como superior, y se sustentarían, por parte de Fontanarosa, en el inagotable placer que genera el sentirse dueño de otro ser humano, sin utilizar más armas o más instrumento que esa aura de autoridad que, incluso involuntariamente, emana de determinadas personas». El sirviente que se prosterna ante el amo, el súbdito que ofrece, ansioso, su vida al rey, el devoto que hace entrega a un Dios exigente de su frágil y limitado albedrío, todas esas manifestaciones se le antojaban a Mauro variantes de una misma necesidad de adoración y sometimiento. El que más reclama libertad suele ser el que más aspira al yugo, y una vez uncido a él, no suele pedir otra cosa que un trato benigno por parte del amo elegido.

—Y si nos fuésemos —insinuó Miralles.

—¡Pero antes hay que pagar la cuenta! —exclamó Mauro, cogido un poco por sorpresa.

—¡Ya la pagué… estabas tan ausente cuando lo hice! ¿En qué pensabas? No, Mauro, no intentes ahora sacar tu cartera. Ya te dije que esta mañana invitaba yo.

Alberto puso el coche otra vez en marcha. El motor, al arrancar, producía un curioso ruido, como si cuchichease, cómplice, con el conductor… Mientras, Miralles continuaba hablando con su compañero, y aunque parecía dirigirse tan sólo a éste, en realidad lo que ensayaba era un largo monólogo consigo mismo.

—¡No son imaginaciones o fantasías, querido amigo; espera y verás!… Conozco desde hace años a este hombre, y si me sé de memoria sus virtudes, que sin duda son muchas, conozco también sus debilidades, de las cuales podría hacerte una larga lista. Me sabe mal decírtelo, pero tú, según intuyo, vas a convertirte en una de ellas, pues aunque Fontanarosa procura ser atento y afectuoso con todo el mundo, incluidos sus subordinados, nunca lo he visto tan pendiente de una persona como lo ha estado contigo. ¡Eres alguien al que acaba de conocer, pero al que no le quita los ojos de encima!…

»Y aquí nos topamos con la gran pregunta —siguió perorando Miralles—: ¿Por qué esa actitud hacia ti? ¿Porque eres un chico guapo? ¡Tanto guapo mozo deambula por ahí, dispuesto a ofrecerse a don Álvaro! ¡Y tantos ofrecimientos han sido ya aceptados!… Tiene, Mauro, que existir otra razón, otro motivo, aunque no acierto a averiguar cuál pueda ser. Aun así, tengo la sensación, cada vez más fuerte, de que don Álvaro viene interesándose por ti mucho antes de que te viera y te observara esta mañana…

—¡Alberto, te puedo jurar que no conocía la existencia de Fontanarosa hasta el día de hoy! Te lo dije hace un momento y te lo vuelvo a repetir.

—¡Te creo, y eso es lo que me intriga! En fin, ya veremos qué sucede… ¡Como dice la canción, *chi sará, sará!*

El hispano-suiza se detuvo ante el portón del Albergo Aurora.

—¡Hay que ver —exclamó Miralles—, las vueltas que hay que dar, en este enrevesado corazón de Nápoles, con tanta calle prohibida o con sentido único! ¡Bueno, querido amigo, aquí estás, misión cumplida! Pero antes de despedirnos, ¿puedo darte otro consejo? ¡Tan sólo uno más! No quiero parecer entrometido, pero…

—¡Faltaría más!

—Entonces, permíteme continuar con el tema Fontanarosa, aunque lo haga por última vea. ¡Si don Álvaro te invita a jugar su juego, y la partida te apetece, ¡juégala!... Pero una cosa es aceptar una partida, y otra muy distinta, admitir todas sus reglas. Acepta las que te gusten y te convengan, pero niégate a las otras, o al menos, discútelas. Si el patrón te escoge, querrá que seas su sombra, y de ser su sombra, pasarás pronto a ser su siervo, cuando no su esclavo. Este don Álvaro es experto, como pocos, en idear variadas clases de servidumbres ya sean de carácter laboral, afectivo, sexual o de cualquier otra índole, aunque al principio, el papel de amo lo ejerza de manera tan suave, que apenas te das cuenta en qué etapa del trayecto perdiste tu libertad. No debería haberte hablado así, encontrándote como te encuentras, *ancora cosi commosso...* Además no me hagas demasiado caso. Tómatelo, chaval, con calma, que tanto Nápoles como Fontanarosa no son manjares de apresurada digestión.

Mauro presionó, agradecido, el brazo de Alberto. Prefirió ese gesto a las usuales palabras de despedida. Era cierto que se encontraba cansado, y sobre todo, confundido... Bajó por fin del coche, pero se detuvo, nada más posar el pie sobre la acera.

—Alberto... —y por unos instantes dudó si formular la pregunta—, ¿por qué quieres tanto a este Fontanarosa?

Miralles, al que la lucidez de Beltrán dejó por un momento descolocado, buscó la respuesta menos comprometedora:

—Me ha ayudado mucho y me ha tratado bien...

Mauro negó con la cabeza, no era ésta la respuesta que deseaba:

—Insisto, ¿por qué lo quieres tanto?

—¡Y yo qué sé, joder, y yo qué sé!

Dicho esto, puso en marcha el coche, pisó el acelerador, y en un abrir y cerrar de ojos, don Alberto Miralles ya no estaba allí.

Mauro se acercó al portón del *albergo,* y cuando se disponía a pulsar el timbre, se fijó en un crío, de unos diez años, que, descalzo, había estado entreteniéndose con una pelota. El chaval contempló, lleno de admiración, aquel espléndido y extraño coche deportivo, que con tanta rapidez se alejaba del lugar, para enseguida encogerse de hombros, como si aquella deslumbrante y fugaz exhibición de riqueza y poderío le resultase, hasta cierto punto, indiferente. Volvió a su juego, atento sólo a su pelota, que hacía rebotar, incansable, sobre la acera. ¿Aquel encogerse de hombros significaba indiferencia, estoicismo o simple orgullo de pobre? Mauro barajaba aquellas tres hipótesis, cuando el chaval de los pies descalzos se dio cuenta de la presencia del español, al que sonrió, lanzándole, sin previo aviso, la pelota con la que jugaba. Éste, sorprendido, apenas tuvo tiempo de agarrarla. El muchacho, en aquel momento, le sonrió por segunda vez. Y entre aquel espléndido carruaje que le había traído hasta allí, y la expresión de aquel crío, Mauro no dudó: ¡Cómo podría un coche rivalizar, por suntuoso que fuese, con una sonrisa como la que le brindaba aquel rapaz!

Capítulo

V

LAS TERMAS SUBTERRÁNEAS

Mauro atravesó el patio con paso rápido. Sentía, sin saber muy bien por qué, una cierta prisa por encontrarse dentro de la pensión. Empezaba a sospechar que el Albergo Aurora sería su refugio en los próximos días, cuando no en los próximos meses. Echó un vistazo, antes de emprender la subida por la escalera, a la fuente de época romana, con su mármol manchado de verdín, evocadora reliquia que prestigió aquel patio en épocas de pasados esplendores. El sol, al desplazarse, iluminaba de forma tangencial los gastados pero venerables relieves que adornaban aquella pieza arqueológica. «¡Qué hermoso maltrato inflige el tiempo a todo lo antiguo! —pensó Mauro—. ¿Fue el escultor Rodin quien afirmó que sólo la ruina de una cosa bella es más bella que la cosa misma?».

El español, al llegar a lo alto del rellano, pulsó el timbre, y la puerta del Albergo Aurora se abrió, como de costumbre, de modo casi inmediato, mientras un soplo de aire fresco, proveniente del interior, daba la bienvenida al huésped. Buscó Mauro a la patrona en el recibidor, pero doña Lucía no se encontraba allí, como tampoco la vio en la habitación que servía de comedor. Escuchó, al fin, ruidos que provenían de la cocina. Ahí, sin duda debía de estar trajinando la dueña, se dijo, y en efecto, ahí estaba, cocinando unos espaguetis, o unos tagliatelli, o unos rigatoni, que Mauro se perdía un poco en las interminables nomenclaturas de la *pasta asciuta* italiana. Todas aquellas variedades, más formales que sustanciales, le gustaban casi por igual, pero muchas eran las que él confundía, tanto en su mente como en su paladar…

Beltrán se detuvo durante unos segundos, para contemplar a una doña Lucía ensimismada en sus juegos culinarios, y pensaba el joven retirarse a su habitación, cuando la patrona advirtió la presencia de su huésped.

—¿Qué, ya de vuelta?

—¡Parece que sí, puesto que estoy aquí y no en otra parte!

—¡Si se lo pregunto, no es porque, al verlo, crea estar ante un fantasma, mi querido señor Beltrán! Deseo tan sólo saber si se queda a comer en la pensión, o lo va a hacer fuera… quizá esté citado con alguien…

—¡Me quedo, doña Lucía! Sí, me quedo a comer aquí.

—¡Pues me alegro de que así sea! Resulta siempre agradable tenerle junto a mí… ¡Ya ve cómo le piropeo! ¡Pero no me mire con tanta desconfianza, que no tengo intención alguna de seducirle! Dejo tan inútil como fatigosa empresa a la animosa Angioina, ya que la *ragazza* conserva entusiasmos e ilusiones que yo hace tiempo ya perdí… ¿Dígame, qué tal ha transcurrido la mañana? ¡Uy, o mucho me equivoco o algo no ha salido bien! ¿Acaso usted y el señor Fontanarosa…?

—¡El señor Fontanarosa no ha podido mostrarse más amable conmigo!

Lo cual era del todo cierto. «Entonces —se preguntaba Mauro—, ¿por qué aquella afirmación sonaba tan falsa?».

—¿De verdad? No trate, señor Beltrán, de disimular conmigo. Percibo en su voz un matiz que no es precisamente de triunfo.

—Le aseguro que mi encuentro con Fontanarosa no ha podido salir mejor —volvió a insistir Mauro, con idéntica falta de convicción.

—¡Uy, uy! —exclamó doña Lucía, que apagó las hornillas, se limpió las manos con un paño de cocina y fue hacia Mauro—. ¿A ver, qué ha sucedido? ¡Vamos, cuéntemelo! ¿Acaso, nada más conocerlo, se ha puesto a discutir con don Álvaro?

—¡Oh, no, en absoluto! —Esta vez, la voz de Mauro sí sonaba convincente.

—¡Me alegro! ¿Qué impresión le causó nuestro gran hombre cuando lo vio?

Mauro dudó de nuevo, antes de responder.

—Es individuo de muy grata presencia; eso no se puede negar. Y se ha mostrado conmigo sumamente amable.

—¿Entonces?

—Sucedió que, de pronto, en la capilla, me sentí mal, muy mal. Fue tan sólo un mareo, pero un mareo como jamás había sufrido. Sentí cómo una oleada de frío y otra de calor se apoderaban de mí al mismo tiempo. Todo esto ocurrió cuando me acerqué al famoso Cristo yacente, o velado, o como quiera que se le llame... Mientras lo contemplaba, escuché ruidos, voces entrecortadas, incluso lamentos... ¡sonidos confusos, pero reales; al menos, así me lo parecieron!...

—¡Ya! ¿Algo más?

—¡Sí! ¡Que tenía usted razón, doña Lucía! Esa capilla es, sin duda, un lugar bastante extraño. Suceden ahí cosas raras.

—¿Y por qué se sorprendió si ya se lo había advertido?

—¡Entonces no le hice caso! Al contrario, me burlé de usted... ¡De aquí en adelante, prometo creer todo lo que me diga, incluso si me confiesa ser una criatura alienígena, disfrazada de terrícola!...

—Bueno —concedió doña Lucía, sonriendo—, un poco alienígena sí que soy, puesto que nací en Cuenca, que es lugar que tal vez se encuentre, semioculto, en algún misterioso satélite distinto de la Luna, y de órbita hasta ahora desconocida... Cuenca no pertenece del todo a este planeta, es un paraje mágico, difícil y remoto, colgado no se sabe muy bien de dónde... ¿Pero qué le parece si hablamos de lo que en este momento nos importa, es decir del onorévole Fontanarosa, que así acostumbramos a llamarlo, y también de esa curiosa tropa que le rodea y le sigue? No puede usted negar su suerte, don Mauro: no sólo lo conoce, sino que me asegura hacer buenas migas con el que quizá sea el personaje más rico, culto e influyente de la ciudad. ¡No son muchos los que alcanzan ese honor!

—Sí —interrumpió Mauro—, todos me han asegurado que se trata de un personaje poderosísimo, una especie de mito local.

—Poderoso es, no le quepa la menor duda... ¡En cuanto a su condición de mito, yo lo que lo encuentro es guapo! ¿O no lo cree usted así?

—Sin duda es un hombre guapo, aunque haya algo en él que me inquieta. Quizá sea su forma de mirar, ya que él no mira, sino que observa. Observa continuamente y espía, como si sus ojos fuesen una caja registradora, que todo lo anota y analiza. Me sentí, ante él, como un conejillo de indias expuesto a la mirada escrutadora de un científico. Repito: encontrarme junto a él me intranquiliza, como también me intranquiliza esa capilla, tan falsamente equilibrada y armoniosa... No sé si hice bien en venir aquí...

—¡Tonterías, señor Beltrán, tonterías! —exclamó, quizá con demasiada intensidad, doña Lucía. ¡Había recibido órdenes de mimar a su huésped, y ahora éste insinuaba querer marcharse!—. Una cosa es mostrarle respeto a la capilla —añadió la patrona con voz persuasiva—, y otra distinta es tenerle miedo. En un tiempo ya remoto, creo que fue la causante, no sé si directa o indirectamente, de alguna que otra muerte, cosa bastante habitual tratándose de edificios antiguos, pero a estas alturas de la historia, segura estoy de que ha perdido gran parte de su fuerza negativa, si es que alguna vez la tuvo...

—¡Habla de ella como si se tratase de un ser vivo!

—¡Hasta cierto punto, quizá lo sea! Todo lo que existe participa en menor o mayor medida de un soplo vital que envuelve y anima al mundo, soplo que vibra, agita y penetra todo lo que existe, e incluso aquello que se nos antoja inanimado...

—¡Uy! —interrumpió Mauro—, ¡hilozoísta a estas alturas!, todo eso me suena a filosofía presocrática, con Anaximandro y su misterioso *apeiron* liderando el cotarro. ¿Quién le ha estado instruyendo sobre todo eso?

—¿Quién?, pues ellos, ¿quién si no? ¡Los mismos que le eligieron a usted para venir aquí, o sea, los que saben, los que guían, los que deciden!...

Mauro aprovechó aquel intento de explicación que muy poco explicaba, para precisar su sospecha:

—¿Y el jefe de todos ellos no será acaso el señor Fontanarosa?

—¿Y por qué me lo pregunta a mí? —fue la respuesta evasiva de doña Lucía, que no deseaba comprometerse—. Ya que el onorévole se ha mostrado tan amable y solícito con usted, ¿por qué no le plantea la pregunta a él? No creo ser yo... ¡Perdón, pero suena el móvil!... ¿Quién me estará llamando? ¿Sí, *pronto*? ¿Quién? ¡Don Alberto Miralles! ¡Pero qué sorpresa... y qué honor! Ah, fue usted quien... Sí, sí... ¿Mauro? Lo tengo a mi lado, que aquí estábamos los dos charlando. Llama para preguntar por usted —aclaró doña Lucía, tapando el auricular y haciendo señas a Mauro—. ¿Pero qué fue lo que en realidad le ocurrió a esta tierna criatura? ¡Se mareó!… Sí, sí, *il poverello!* Ya le dije que lo tengo sentado junto a mí. ¿Quiere hablar con él? ¿No? Bien, se lo diré… ¿Sí? ¿Pero dónde exactamente? Ah, en las famosas y secretísimas termas romanas… ¡Espero que, al menos, me cuente usted algo!… No se preocupe por Mauro; prometo cuidarlo como a un hijo. De acuerdo, hasta pronto… Lo mismo digo…

»Bueno —comentó doña Lucía, mientras apagaba el móvil que guardó en el bolsillo del delantal—. ¿Ha visto cómo se preocupan por usted? Insisto —dijo, asintiendo con la cabeza—, aquí hay gato encerrado! ¡En fin, un día, me lo ha de contar todo!

—¡Se lo contaría, si lo supiera! ¡Hoy de nada le puedo informar, porque nada sé, aunque tenga la impresión de que ciertos individuos se divierten jugando conmigo, a pesar de que ni siquiera se han dignado informarme de qué juego se trata…

—¿De veras? Pues si es así, tiempo al tiempo, que ya se enterará de cuál es ese juego… Pero hay algo que aquí, en Nápoles, no es un juego. Dígame, ¿qué prefiere: fetuccini o tagliatelli?

—¡Ni lo uno ni lo otro! No pienso comer. ¡Lo acabo de decidir!

—¡Qué! —gritó, escandalizada, doña Lucía—, ¿pero es que piensa despreciar mi pasta? ¡Qué individuo tan inhumano! ¿O acaso intenta ensayar una nueva forma de suicidio?

Mauro sonrió, sin hacerle caso.

—¿Me despierta para la cena? —fue su respuesta. Y pensaba dar la conversación por concluida, cuando se le ocurrió añadir—: ¡Pero si acaso fuera Angioina la que viene a avisarme, que se abstenga de tocarme los pies, que eso suele producirme enormes cosquillas!…

—No se preocupe, iré yo misma a despertarle, así podré averiguar qué virtud tan especial tienen esos pies suyos, que tantas tentaciones provocan... Pero muy bellos habrán de ser, para destacar aquí en Nápoles, donde los hombres tienen la reputación de poseer los pies más bellos de Italia. Y para citar al mundo clásico dudo mucho que sean los suyos tan hermosos como los del auriga de Delfos... —Y doña Lucía se detuvo unos instantes, con la mirada perdida, como si intentase evocar la imagen de aquella estatua—. Cuando visité Grecia —prosiguió—, el país me produjo una cierta decepción. Los pocos restos que quedan del pasado son de extraordinaria belleza, pero los veía tan rotos y maltrechos, que la visión de éstos me dejaba en el estómago, y también en el alma, una extraña sensación de hambre. Ahora bien, en Delfos no sentí eso; Delfos me colmó, y cuando contemplé en el museo al famoso auriga, con ese cuerpo esbelto como una columna, y aquellos pies, los más bellos que se puedan admirar en el mundo, y que más que pies recuerdan a ciertas flores exóticas, me di cuenta de lo hermosas que pueden resultar unas extremidades que siglos de represión intentaron convertir en invisibles...

—La sexofobia cristiana —apostilló Mauro— obligó a ocultar, durante más de un milenio, todo lo que de deseable había en nuestra envoltura carnal. Envió al exilio ese cuerpo, que según sus propios escritos sagrados, el mismo Dios había fabricado. Hoy, después de desamortizaciones y laicismos varios, poco a poco vamos educando a este cuerpo nuestro para que vuelva de su exilio, aunque con no pocas minusvaloraciones, excusas y reticencias dilatorias...

—Esta vez, no puedo menos que estar de acuerdo con usted —exclamó doña Lucía—. Pero, señor Beltrán, ¿de verdad no va a probar esta pasta mía, que está, como casi siempre, deliciosa? ¡Empiezo a convencerme de que el ambiente de la capilla le ha sentado fatal! Le aseguro que los fetuccini me han quedado para nota. ¡Y no crea que sea cosa fácil el lograr el punto y el sabor exactos!; aunque se lo voy a explicar, cosa que no he hecho con nadie más. El secreto, el verdadero secreto consiste... ¿Don Mauro? ¡Pero... pero si el muy tunante ha desaparecido!... ¡Esto..., esto no me había sucedido nunca! ¡Bueno, él se lo pierde!... ¡Ay, esta juventud de hoy, que no sabe valorar lo que de bueno le ofrece la vida!... ¡Despreciar mi pasta!... ¡Está loco este chico!...

* * *

Don Alberto Miralles subía, triste, la pequeña cuesta que le conducía hasta la puerta del palacio. La última y recientísima conversación con su chica, Bianca, hasta ahora su compañera de juegos amorosos y alegrías varias, le había llenado de confusión y pesimismo. La frialdad, incluso la indiferencia de su voz, y la negativa a encontrarse con él el próximo fin de semana eran nuevas pruebas de ese distanciamiento que Alberto, desde hacía un mes, había notado en ella. *«Ci sono tante cose che devo fare, delle cose che non possono aspettare»*. Sí, desde hacía un tiempo erigiéndose entre su chica y él, cada vez más cosas no podían esperar. Y porque supuestamente éstas no podían esperar, era él, Alberto Miralles, el que se veía obligado a soportar la dolorosa humillación de la espera... Pero aún más humillante resultaba para él comprender que prefería resignarse a aguardar, días, semanas y hasta meses a la durísima alternativa de separarse de ella y no verla más.

«Me temo que los tiempos de prueba y sufrimiento han comenzado —se dijo para sí—. «¡Habrá que prepararse para ellos!...». Y tan encerrado estaba Miralles en sus pensamientos, que casi se sorprendió al hallarse ante el acceso del palacio donde residía don Álvaro Fontanarosa. La oscuridad obligó a Alberto a forzar la vista, hasta encontrar el timbre que avisara al vigilante nocturno. Al fin, localizó la campanilla en uno de los monumentales pilares de piedra que enmarcaban la gran verja neobarroca, pintada de oscuro y rematada en oro, que cerraba el acceso al patio exterior que servía de ingreso al palacio.

—*Buona sera, signor Miralles. Il onorévole Fontanarosa li aspetta.* —El conserje le sonreía, solícito, y Alberto también le sonrió. Como ya doña Lucía le advirtiera a Mauro, el calificativo de «onorévole» era el distintivo que la mayoría de los napolitanos otorgaba a don Álvaro, aunque éste jamás hubiese desempeñado los cargos de diputado o senador. «A este vigilante, conserje o portero que tengo ante mí —pensó Alberto— sin duda le han avisado, no sólo de mi llegada, sino también de mi identidad, ya que estoy convencido de no haberle visto jamás por estos barrios del viejo Nápoles, donde más o menos, todos nos conocemos…». Miralles lo contempló por segunda vez: algunos años atrás, debió de ser un hombre de porte majestuoso, pero ahora… Trató de recordar cuál, de entre los tardíos poetas latinos, afirmó que el tiempo se cebaba en el físico de los humanos con más crueldad aún que la que emplea para borrar los recuerdos que tras de sí dejan los que pasan por esta tierra…

Alberto escuchó cómo la verja se cerraba detrás de él, de manera automática, produciendo tan sólo un rumor imperceptible. Ya dentro del recinto, Miralles volvió a asombrarse ante el imponente aspecto del palacio, con su monumental escalinata exterior. Nápoles ofrecía un amplio catálogo de esa espléndida y majestuosa sucesión de escalones marmóreos, estructuras aparatosas y llenas de imaginación, salidos de la fértil mente de los arquitectos locales. Estas escaleras proyectadas y construidas, no en el interior del edificio, sino en el exterior del mismo, constituían un rasgo característico de algunas de las mansiones señoriales de la ciudad. Sin embargo, muy pocas podían rivalizar con esta doble escalera que, a guisa de fachada, adornaba una de las extremidades del palacio, conocido como el de los Dos Virreyes: tal alarde arquitectónico, fascinante añadido de época barroca, era fruto del genio y de la inventiva del arquitecto Fernando San Felice, que aquí repitió, a mayor escala, la estructura de aquella otra escalinata que el mismo arquitecto ideó para el palacio del príncipe Serra di Cassano. Sí, era ésta sin duda la más bella de las escalinatas napolitanas, escalinata que la suavidad del clima partenopeo permitía utilizar todo el año...

Ahora, ya de noche cerrada, con el azul cerúleo del primer cielo nocturno transformado en compacta oscuridad, aquella estructura compleja y grandiosa adquiría inquietantes perfiles fantasmales, iluminada como estaba por una serie de hermosísimos faroles que su actual propietario había ordenado instalar sobre los gruesos pilares que sostenían los distintos tramos de la escalera. La impresión inmediata que aquel conjunto arquitectónico producía en el espectador era el de encontrarse ante un ampuloso y dramático decorado de enrevesados perfiles. Ni qué decir tiene que Nápoles gustaba de estas escenografías de marcado carácter teatral, ya que confiaba en ellas para maquillar sus múltiples decadencias y ocultar sus miserias más evidentes...

—¡Nadie como don Álvaro Fontanarosa para devolverle la pompa y el rango de antaño a un edificio como éste, tan degradado por décadas de abandono! —constató Miralles. Aquel palacio de los Dos Virreyes, a punto estuvo de sucumbir ante la piqueta desalmada y especuladora de la posguerra. Se encontró pretexto para ello en los destrozos causados en el edificio por dos bombas aliadas que en él cayeron a finales del año 42. Poco después de que Fontanarosa lo adquiriese, hacía de esto ya seis años, éste emprendió unas importantes labores de restauración que le devolvieron su prestancia original. Una vez concluidas las obras, don Álvaro celebró la reinauguración del palacio rodeado de todos sus colaboradores. Alberto recordaba muy bien aquel primer recorrido que hiciera por el interior de tan suntuosa mansión. Había mostrado ante su patrón un asombro indisimulado debido a la aparatosa belleza y al lujo desinhibido de los salones del *piano nóbile,* donde un sorprendente desfile de lienzos italianos de época barroca tapizaban las paredes damasquinadas de los principales aposentos. Allí podían admirarse, colgadas como si se tratase de un colosal botín, obras del Caracciolo, tenebrista por vocación y convicción; de Bartolomeo Manfredi, tan pronto pintor de raigambre popular como artista de exquisitez cortesana; de Guido Reni, de tan luminoso colorido como lánguida elegancia; de Massimo Stanzione, sensual, lujoso y señorial; de Andrea Vaccaro, refinado representante del patetismo contrarreformista, además de muchos otros maestros del *seicento* meridional. Todos esos lienzos prestaban su elaborada opulencia a aquellas majestuosas estancias, en las cuales Fontanarosa había logrado reproducir, con sorprendente exactitud, ese clima a la vez dramático y suntuoso, tan característico de los interiores palaciegos del barroco napolitano. La decoración, clara y ligera, de la centuria siguiente, don Álvaro la reservó para sus habitaciones particulares…

Miralles intentó recordar la animación y el bullicio de aquella ya lejana recepción inaugural, a la que acudió el «todo Nápoles», para compararla, no sin cierta nostalgia, con el silencio que ahora reinaba en el edificio, silencio sólo alterado, en determinados momentos, por los inquietantes, a la vez que familiares sonidos de la noche. El español, tras una breve señal que le hiciera el conserje, le siguió a corta distancia, aunque se detuvo de nuevo para admirar las estatuas, de tamaño algo mayor que el natural, de los virreyes don Juan de Zúñiga, duque de Miranda, y don Pedro Girón, duque de Osuna, que daban nombre a aquella grandiosa mansión. Si el primero, un tanto incómodo y agobiado por los pesados fastos del palacio virreinal, había iniciado la construcción de esta nueva morada, cuyos planos originales se debían a Francesco Grimaldi, el segundo lo concluyó de espléndida manera, aunque el aspecto del edificio fuese radicalmente transformado en el siglo XVIII, con el añadido de la ya citada escalera monumental debida a San Felice.

El conserje procuró no interrumpir a Miralles en el disfrute y contemplación de aquel conjunto, donde arquitectura y escultura se daban la mano, pero después de que transcurrieran algunos segundos, le hizo de nuevo un leve gesto, indicándole una pequeña puerta, disimulada tras un arco. Al llegar frente a ésta sacó una larga llave, gastada por el uso, y la introdujo en la cerradura. La puerta se abrió, dejando ver un estrecho pasillo abovedado, que una luz escasa apenas iluminaba, y cuyo corto y rectilíneo trayecto terminaba en una rampa que descendía hacia un nivel inferior. El conserje, después de dejar pasar a Alberto, permaneció, inmóvil, junto a la puerta que, cumpliendo órdenes, debía cerrar de nuevo.

—*No, grazie tante, signor Miralles, io non posso addentrarmi al di lá* —dijo, señalando la rampa—. *Gli scavi sono fuori de l'area di servizio. Soltanto un numero ridotti di personoggi, tutti precelti, hanno il privilegio di penetrare in questa parte. Mi piace che lei ne sia uno. Scusatemi, ma devo chiudere la porta. Non posso lasciare l'ingresso alle terme cosi abbandonato. Il mio posto è lá.*

Miralles, ya solo, pisó con cuidado el suelo, un tanto irregular, hasta llegar al inicio de la rampa. Al poco de emprender el descenso, el revoco enyesado de la pared dejó paso a un muro construido con materiales de derribo de muy variada procedencia. Aquella confusa albañilería revelaba su origen medieval. La rampa, luego de atravesar aquella zona, seguía descendiendo de nivel. De pronto, y sin apenas transición, los materiales del muro cambiaron de nuevo, y aparecieron los característicos *mattoni*, colocados en alineación romboidal. Se trataba del famoso *opus reticulatum*, tan utilizado en Roma a finales de la época republicana, pero cuyo uso se prolongó, de manera un tanto irregular, hasta mediados del periodo de los Antoninos...

Alberto palpaba, con mano emocionada, aquellos antiguos restos, cuando una bocanada de aire húmedo y tibio llegó hasta él, bocanada que venía acompañada de un cierto olor a azufre, hecho que apenas le sorprendió, ya que las diversas emanaciones que brotaban del inquieto subsuelo de Nápoles y sus alrededores solían oler de parecida manera.

Miralles había oído hablar, aunque don Álvaro mantuviese un discreto silencio en torno al asunto, de la existencia de unas termas privadas, de temprana época imperial, encontradas por casualidad en el subsuelo del palacio de los Dos Virreyes. Este hallazgo no resultaba en modo alguno extraño, ya que de continuo se descubrían en el subsuelo urbano importantes vestigios de época grecorromana. La entera estructura de un teatro, en buen estado de conservación, esperaba, debajo de un conglomerado de humildes casas de distintas épocas, ser devuelta a la luz del día. Estos hallazgos, archivados en el subsuelo, se convertían en trofeos inesperados para un municipio ansioso de añadir a su ya rico patrimonio artístico, un siempre atractivo legado del periodo antiguo. Fenómeno reciente, este Nápoles oculto atraía cada vez más la atención de los turistas, siempre a la caza de nuevos descubrimientos. Cuando supieron de la existencia de estas termas, las autoridades pertinentes pretendieron añadir restos tan estupendos al nuevo e interesante itinerario subterráneo de la ciudad, que solía iniciarse en las excavaciones realizadas en el subsuelo de San Lorenzo Maggiore, pero las diversas influencias que Fontanarosa puso en marcha lograron dar carpetazo a determinadas ambiciones municipales, que al final no consiguieron ofrecer tan espectaculares vestigios al creciente apetito de los turistas. Después de no pocas discusiones, y como conclusión definitiva, un testamento, firmado por el propio Fontanarosa, legaba no sólo las termas, sino también el palacio, a la ciudad de Nápoles, espléndida donación que se haría efectiva diez años después del fallecimiento de don Álvaro. Como compensación, el municipio cedía a Fontanarosa el entero disfrute y exclusivo usufructo de las tan deseadas termas. Para la ciudad de Nápoles, era tan sólo una cuestión de espera… ¡Y Nápoles estaba tan acostumbrada a esperar desde tiempos tan lejanos! Miralles, después de sentir aquella bocanada de aire termal y pegajoso, escuchó el eco de unas voces que se mezclaban a un distante ruido de agua. El final de la rampa le condujo a una habitación de cierta amplitud, cubierta por bóvedas rebajadas que se apoyaban sobre cuatro pilares centrales, labrados en piedra ya algo roída por la humedad, y cuya parte superior se adornaba de unas toscas hojas de acanto.

En una de las esquinas, apenas iluminada, Alberto descubrió la formidable mole de Renzo, el guardaespaldas en el que Fontanarosa había depositado su confianza. La probada fidelidad de aquél, y sobre todo, su fuerza descomunal habían convencido al onorévole de tal decisión, y el coloso taciturno, de rostro serio y espectacular musculatura, se había convertido, poco a poco, no sólo en el guardián de la persona de don Álvaro, sino también de sus bienes y patrimonio. Era comidilla en Nápoles lo sucedido a dos ladrones jóvenes, temerarios e ignorantes, que habían tenido la ocurrencia de penetrar, una tarde de luz sombría y turbonada en ciernes, en el palacio de los Dos Virreyes. Escasos minutos después, la policía fue avisada para que se hiciese cargo de los restos de aquellos dos desgraciados que, rotas muchas de sus vértebras y quebrados varios huesos de sus cuerpos, recorrieron, en brevísimo tiempo, el trayecto sin retorno que les llevó desde la grandiosa mansión de don Álvaro hasta el modesto depósito municipal de cadáveres...

Alberto volvió a contemplar, con la mayor discreción posible, a aquel hombre enorme acurrucado en el suelo, sentado sobre un cojín demasiado pequeño para soportar tan aparatosa humanidad. Sin otra vestimenta que una camiseta de playa que no hacía sino subrayar la exagerada musculatura del individuo, sus impresionantes volúmenes producían en Miralles un cierto desasosiego. ¡Cuál no sería el dolor, cuál no serían los ahogos y estertores de las pobres víctimas, al sentirse rodeadas por aquellos poderosísimos brazos, dispuestos a apretar, hasta romper determinadas osamentas o a suprimir cualquier intento de respiración!

Anduvo Miralles unos pasos más y se encontró, por fin, ante una larga sala, con las paredes estucadas a la usanza romana, cubierta por una bóveda de cañón, que concluía en un ábside semicircular. Una piscina, de forma también alargada, ocupaba la mayor parte de aquel espacio, sus bordes rematados por una cenefa de mármoles de tres colores: gris, blanco y verde oscuro. El resto del pavimento aparecía cubierto por un sencillo mosaico geométrico, de teselas blancas y negras. Debieron ser, dedujo Miralles, aficionado como era a leer revistas de arqueología —¿y quién no era un poco arqueólogo en Nápoles?—, las termas privadas de algún opulento patricio, eficazmente restauradas por el onorévole...

—Sí, en efecto, todo esto pertenecía a un riquísimo comerciante, elevado, por razón de su fortuna, al rango ecuestre.

Se llamaba, según parece, Fabio Félix Cresencio, y amasó su fortuna durante el próspero reinado de Vespasiano. El resto de su residencia permanece aún enterrada... *Forse si dará pronto corso a gli scavi...*

Miralles se volvió hacia donde provenía la voz, para descubrir, con la espalda apoyada sobre la pared de estuco, y sus pies bien sujetos al borde de la piscina, a un Fontanarosa íntegramente desnudo, que le observaba con esa mirada tan característica, que tanto había inquietado a Mauro y que a Alberto le recordaba a la de ciertos felinos...

La desnudez de su patrón puso en guardia al español. Era la tercera vez que contemplaba a Fontanarosa en traje de Adán, y a pesar suyo, esta visión no dejaba de turbarle. La contemplación de aquel cuerpo de correctísimas proporciones no le producía ni rechazo, ni menos aún, desagrado, antes al contrario, aunque tuviese, las veces que esto ocurría, la impresión de encontrarse ante una estatua o un maniquí, y no ante un genuino ser humano. «Si algún día se fabricara un robot de equilibrada anatomía, tendría sin duda un aspecto muy parecido al de este hombre», pensaba Miralles, aunque sintiese cierta vergüenza por albergar semejantes pensamientos.

Iba Alberto a saludar a su patrón, cuando otro pensamiento le retuvo, que le irritaba sobremanera. Fontanarosa conseguía, siempre que fuera ésa su intención, adivinar lo que ocurría en el cerebro de Miralles. Apenas una idea o una opinión nacía en la mente de Alberto, que don Álvaro descubría al instante lo que aquél pensaba; capacidad adivinatoria, concluía Miralles, que le recordaba las dotes de mago del príncipe de San Severo... Y ahora, nada más entrar en la sala central de las termas, el fenómeno había de nuevo sucedido...

—¡Descálzate, Alberto, te lo ruego, no vayas a dañar este antiquísimo pavimento con tus zapatos! He procurado que este suelo de mosaico se restaurase con sumo cuidado, pero a pesar de ello, sus teselas tienen casi dos mil años, y el calzado moderno las puede desprender con facilidad...

—Sin duda, señor —asintió Alberto, y se aprestaba, para descalzarse con comodidad, a sentarse en un banco de piedra, diseñado *a la antica maniera*, cuando vio surgir de la oscuridad la figura de Abilio, el joven escayolista. Éste, casi desnudo, a no ser por una pequeña toalla anudada en la cadera, que lograba tapar sus genitales, pero no así sus nalgas prominentes y festivas, saludó a Miralles con inesperado respeto, para luego arrodillarse ante él, y en esa postura, retirarle los zapatos. Alberto se sorprendió, sin saber muy bien por qué, de encontrar allí a aquel muchacho, al que comenzó a observar con cierta atención.

Era Abilio un típico italiano del sur. De piel algo oscura y un tanto brillosa, el torso cubierto de un espeso vello, poseía el escayolista una anatomía llena de agradables redondeces, donde la grasa y el músculo se mezclaban para otorgar a aquel cuerpo un divertido aspecto de muñeco hinchable o un cierto aire de oso juguetón, como juguetona era también su sonrisa y el chisporroteo de sus ojos. En resumen, alguien apropiado para pasar con él un rato divertido, y sobre todo animado...

¿Acaso era Abilio el nuevo juguete de Fontanarosa? Lo que a Miralles, en recientes ocasiones, se le había antojado tan sólo como una hipótesis, en aquel lugar y en aquel momento se convertía en obviedad. Mientras tanto, con un cuidado exquisito, casi amoroso, Abilio, que seguía arrodillado ante Miralles, le retiró primero los zapatos, y luego los calcetines, acto este último que Alberto juzgó, sin explicarse del todo el motivo, como un inquietante atentado a su pudor. ¡Hasta entonces, ningún hombre se había atrevido a quitarle los calcetines ni a tocarle los pies!..., pero mientras se resistía, mentalmente, a los manejos del joven escayolista, éste, haciendo caso omiso de las reticencias del español, le desabrochaba los pantalones, y comenzaba a retirarlos, momento que Miralles aprovechó para protestar ante su patrón.

Éste, que se había lanzado, de pie, a la piscina, no le hizo el menor caso.

—*Questa piscina ti aspetta!* —le gritó a Alberto—. *Fuori la tua roba, fuori tutto! L'acqua é pronta è ti chiama!*

—*Ma, signore, non ho portato il mio constume di bagno! Non sapeva...*

—¡Alberto, no me impacientes! ¡Te bañarás desnudo! ¡Y no pongas esa cara! *In una antica terma romana come questa, non si puó fare il bagno altimenti che ignudo!* ¿No ves que también estoy desnudo, y no me ocurre nada por estar así?

—¡Sí! —le hubiese querido decir Miralles—, ¡pero yo no tengo un físico como el suyo! —Alberto, severo hasta lo injusto con su propia apariencia, se sentía poco satisfecho del aspecto de su cuerpo, de áspera y tensa musculatura, que él juzgaba carente de armonía. Mientras, Abilio seguía con su tarea, y tomaba, una a una, las prendas de vestir del español, a las que doblaba con sumo cuidado, prendas que luego depositó sobre una consola de mármol, que a Alberto le pareció una buena imitación de aquellas que adornaban las antiguas casas romanas...

—¡No, esta vez te equivocas, no se trata de una imitación, querido amigo! —Fontanarosa volvía a adivinar el pensamiento de Miralles—. *Il tavolo si trovava assolutamente dimenticato in un piccolo negozio di anticuariato a Caserta. Forse proviene di Capua vetera, frutto di qualche scavo clandestino. Ma vieni Alberto, vieni in piscina...!* ¡Aunque tengas que interrumpirle a Abilio su contemplación admirativa! ¡Pero no te envanezcas ante la admiración que provocas, que esta criatura se emboba siempre ante el espectáculo de un hombre desnudo!

Abilio, que comprendió la observación que don Álvaro dijera en castellano, se sonrojó. A Alberto también le ocurrió lo mismo, y ambos, él y Abilio, se sintieron incómodos e irritados al escuchar la última frase de Fontanarosa, de tan escasa delicadeza.

—¡No os enfadéis conmigo, niños míos! —exclamó el patrón, riendo, mientras recorría la piscina con el suficiente cuidado como para evitar que el agua azufrosa entrase en sus ojos. Miralles, al que Abilio había ya desvestido por completo, optó por buscar refugio, también él, en el agua. Con el cuerpo al fin sumergido en ella, sintió cómo aquel líquido tibio, con su ligero contenido de azufre, no sólo suavizaba su piel, sino que entonaba y relajaba su cuerpo, que tan tenso había estado durante los últimos minutos. Aquel olor característico que desprendía el agua, molesto para los no acostumbrados, no desagradaba del todo a los napolitanos, habituados como estaban a toparse con él allí donde existiese una emanación volcánica...

—*Questa terma é spléndida!, non e vero, Alberto? Mi piace tantissimo!* ¡No te imaginas cuánto me ha costado retenerla en mi poder! Pero la idea de nadar en el *tepidarium* de una terma de mediados del siglo I me resultaba demasiado atractiva como para dejar que este lugar se me escapara de las manos. ¿Además, por qué protestan los del municipio, si he dejado todo esto en herencia a la ciudad? —Y Fontanarosa paseó, orgulloso, su mirada por aquel recinto—. ¿Te has dado cuenta, Alberto, de qué manera tan perfecta ha restaurado nuestro querido Abilio las viejas paredes estucadas? ¿A que no eres capaz, desde aquí, de distinguir lo nuevo de lo antiguo? Aunque he llegado a suponer que este lugar, antes que unas termas, fue primero un santuario dedicado a algún rito mistérico, órfico tal vez, o pitagórico, y por eso he encargado para este recinto una copia exacta de una estatua de Orfeo, muy poco conocida, que se encuentra en los museos vaticanos. Será un buen elemento decorativo, una vez situada en el ábside.

—¿Y existen pruebas de que entre estas paredes se celebraron determinados misterios?

—Sí, aunque no sean concluyentes. Esos tondos que ves en la pared frente a ti, aunque ya algo gastados, representan a espíritus cabalgando hipocampos báquicos, símbolos de que el espíritu sobrevive después de la muerte. La inmortalidad del alma era ya una creencia común mucho antes de la llegada del cristianismo; es más, yo diría que la inmortalidad del alma es una creencia más pagana que cristiana, y desde luego, más que hebrea. Este motivo de alma cabalgando estos encantadores caballitos de mar aparece casi siempre en tumbas o lugares relacionados con el más allá y no son, desde luego, el ornamento más adecuado para unas termas, aunque a primera vista, pueda parecer lo contrario. Pero no te he hecho venir hasta aquí para discutir sobre iconografía mitológica. El motivo por el que te he llamado es bastante distinto… *Da molto tempo, Alberto, cercava di dirti certe cose. Stammi bene a sentire, perche sono dei fatti chi…* ¡Ay!, ¿cómo te lo diría?… Sí, hechos que, además de sorprenderte e incluso de escandalizarte, te conciernen. ¡Y tanto que te conciernen!

Ahí, don Álvaro Fontanarosa se detuvo. Buscaba a la vez las palabras más exactas, pero también las menos hirientes. Al fin, mirando muy fijo a Miralles, le interrogó:

—Alberto, ¿qué sabes del príncipe de San Severo? ¿Dime, qué te han contado de él?

—¿A mí? —La pregunta no dejó de sorprender a Miralles. ¿Por qué traer hasta este lugar la sombra del viejo príncipe? ¿Qué iba a ser esto? ¿Acaso un repaso, quizá incluso un examen, en torno a viejas historias napolitanas? Aunque prefirió, de momento, abstenerse de todo comentario, y dirigiéndose a Fontanarosa—: No sé qué puedo contestarle —le advirtió—, he oído ciertas cosas, pero…

—¿Qué cosas? —La voz de don Álvaro sonaba insistente, casi imperativa.

—Oh, cosas bastante dispares…, incluso contradictorias. Por un lado, sé del apoyo que prestó al arte, y la prueba la tenemos en la capilla que tanto nos ocupa y nos preocupa… También he oído celebrar sus extensos conocimientos, ya que fue, según parece, uno de los hombres más sabios de su tiempo. Por otro lado, he escuchado, a través de relatos que tal vez sean sólo infundios o meras leyendas, alusiones bastante inquietantes sobre su vida privada. En este aspecto, parece haber superado con su conducta los diversos vicios que se atribuyen a su ilustre padre. Ahora bien, nada sé con precisión, ni me atrevería a afirmar nada. ¿Por qué me lo pregunta, señor?

En aquel momento de la conversación, Fontanarosa y Miralles se encontraban ambos con la espalda apoyada sobre el muro de la piscina, el hombro del uno casi tocando el hombro del otro. La tibieza del agua, que permitía a aquellos dos hombres no tener que hacer ejercicio alguno para evitar enfriarse, parecía unirlos en una relajada complicidad. Alberto, siempre alerta cuando se hallaba junto a Fontanarosa, se dejó ir, y casi sin darse cuenta, recostó su cabeza sobre el hombro de su patrón. Y éste, que todo lo comprendía, porque todo lo sabía, sonrió.

—¡Qué temperatura tan agradable tiene el agua. Esto es una auténtica delicia!

—En efecto —asintió don Álvaro—, y además ésta es su temperatura natural. *L'acqua sgorge dalla burga cosi; non bisogna di un riscaldamento artificiale. Ti ranconteró una cosa quasi incredibile. Quando gli scavatori incontrarono questa terma, la sala dove ci troviamo era piena di detriti;* y cuando los diversos detritos fueron retirados y se desescombró esta piscina, ¡ninguna gota de agua surgió de allí! —Y don Álvaro señaló una antigua máscara de león, de impecable factura clásica, de cuya boca salía ahora el chorro que alimentaba la piscina. Se limpió por fin la máscara, continuó don Álvaro—: Yo había ordenado retirar toda la tierra que había quedado en su garganta. ¡Y fue mucha la tierra que hubo que quitar! Pues bien, Alberto, durante dos días nada ocurrió, hasta que, al tercer día, se escuchó algo parecido a un enorme eructo que provenía de las entrañas mismas de la tierra. Al poco rato, un enorme vómito surgió de las fauces abiertas del león, vómito compuesto de tierra podrida, de extraños tonos verdosos y rojizos, un fango azufroso y maloliente que parecía provenir de los propios infiernos. No sé por qué, aquello se me antojó la protesta de una irritada Proserpina, harta de sentir su reposo turbado por la piqueta de unos excavadores irrespetuosos e insistentes… Después de aquel primer vómito de tierra, le sucedieron otros, aunque cada vez más diluidos. De ser espeso fango, pasó a convertirse en un líquido turbio, hasta que por fin, el agua se tornó clara, y por último, transparente, y así ha seguido desde entonces, ya que es ese agua la que alimenta la piscina en la que ahora nos bañamos. Por fortuna, manantiales como éste, con un relativo contenido de azufre, abundan en esta región…

Miralles iba a preguntar, cuando Fontanarosa adivinó una vez más su pensamiento:

—Supongo que has oído hablar de mi extraña e incómoda alergia. Cuando permanezco más de cinco minutos, bien en una piscina de agua normal, bien dentro de una bañera o bajo una ducha, me salen unas ronchas urticantes por toda la piel, que me molestan sobremanera, además de transformar el aspecto de mi cuerpo en algo no muy agradable… Pero si el agua contiene una proporción suficiente de azufre, nada me sucede. Inútil añadir que el azufre que este agua contiene es de origen absolutamente natural... Me resulta asombroso pensar que las primitivas cañerías que han transportado el agua desde el propio manantial hasta el aljibe hayan podido resistir veinte siglos de terremotos, erupciones volcánicas y desplazamientos telúricos. ¡Me sorprende constatar el enorme saber de los romanos en materia de ingeniería hidráulica! Aunque a pesar de estos saberes, no consiguieran defenderse de ciertos enemigos internos, bastante más peligrosos que los externos...

Fontanarosa, después de aquella extensa explicación, se quedó un momento pensativo, mirando sin mirar el incesante chapoteo del agua. Sabía que tenía que abordar con Miralles el espinoso tema de la vida privada de San Severo y sabía que iba a perturbar, incluso a alarmar, a su querido Alberto. Pero algún día tenía que hacerlo, y hoy, precisamente hoy, él, el onorévole Fontanarosa había preparado y propiciado la ocasión, ocasión que no pensaba dejar pasar...

—*Ma ci siamo allontanati un pó dal nostro protagonista, il príncipe di San Severo.* Bien, Alberto, me has ofrecido un poco comprometido resumen de lo que creo conoces de la vida de don Raimundo di Sangro. ¡Hubieses sido un buen diplomático! ¿De veras no sabes nada más?

—¿Acaso es obligación mía saber más cosas?

—¡Oh, no! Pero, Alberto, ¿por qué te muestras a veces tan susceptible y arisco conmigo? ¿Por qué te colocas siempre a la defensiva cada vez que intento acercarme a ti? Cuando te hago una pregunta como ésta, lo hago para no repetirme. *Non voglio annoiarti!* Pero no tengo otro remedio que informarte: todas esas fantasías lúbricas, cuyos ecos han llegado hasta ti, son... son, Alberto, absolutamente ciertas. No hay la menor exageración en ellas; eso, hijo mío, tenlo por seguro.

Miralles observó, lleno de extrañeza, a su patrón. Nunca habían escaseado, en boca de Fontanarosa, determinadas expresiones de afecto, incluso de auténtico cariño, hacia la persona de su subordinado, pero aquel «hijo mío», era un término que, hasta ahora, Alberto jamás había escuchado. ¿Tal vez fuera tan sólo una argucia de don Álvaro, para intentar éste un mayor acercamiento, que luego habría de desembocar en mayores exigencias? ¿Pero cuáles eran esas exigencias, y por qué, precisamente, en estos momentos?

—Y usted, señor, ¿cómo sabe que todos esos rumores son ciertos? —Miralles intentaba transformar aquella pregunta en una suerte de desafío—. Respecto a la conducta privada de don Raimundo, se me aseguró por parte de varios historiadores, todos amigos suyos, don Álvaro, que faltaba un relato fidedigno que sirviese de fundamento sólido a todas esas habladurías malintencionadas…

—¿Un relato fidedigno? ¿Y si yo tuviese en mi poder ese relato fidedigno que reclamas, aunque no tenga, por ahora, la menor intención de darlo a la publicidad? ¿Quieres un relato fidedigno? Pues te anuncio, Alberto, que de aquí en adelante vas a escuchar una serie de hechos cien por cien fidedignos, hechos que tal vez lleguen a estremecerte… Por lo pronto, ¿sabes de quién eres hijo?

—Tengo entendido que de mi padre, señor. —Tanto la expresión como la voz de Miralles se habían vuelto extremadamente serias, ante la inesperada pregunta formulada por don Álvaro.

—Así es, Alberto, al menos de momento. Y tu padre es, a su vez hijo de tu abuelo, y éste, de tu tatarabuelo, y así, generación tras generación, hasta llegar a un ser nacido en un tiempo remoto pero en un lugar preciso, con el cual se origina la estirpe, estirpe que se entronca con otra, que a su vez, surge de otras muchas. Pues bien, en un tiempo ya remoto, existió un modesto individuo que un día se creyó afortunado por haber sido admitido como un miembro más de la servidumbre del príncipe de San Severo. Y este buen hombre, convertido en el más fiel de los servidores, llegó a sentir por el poderoso príncipe al que servía una auténtica veneración, sentimiento nada infrecuente en aquellas personas de origen humilde, respecto a esos otros seres que, debido a su riqueza o su poder, consideran no sólo superiores, sino dignos de reverencia y veneración. Procuraba el bueno de Genaro, que así se llamaba el sirviente en cuestión, adivinar el pensamiento de su amo, para de ese modo tener preparado lo que el príncipe deseaba, antes de que éste se lo pidiese. Tal devoción y solicitud llegó a atraer la curiosidad y la atención de su amo, que se preocupó en casar a este Genaro con otra sirvienta suya, llamada Desideria, hembra de considerable atractivo... Pero era tal la adoración y la entrega que don Raimundo observaba en la mirada de Genaro, que un día, para probarlo, le pidió a este servidor que le prestara su mujer. La petición, Alberto, como podrás imaginarte encerraba una considerable dosis de perversidad. ¿Pero por qué formuló el príncipe una exigencia tan reprobable? Creo poder explicarlo: sobre la relación que existió entre don Raimundo y el pobre Genaro planea la sombra de una figura inquietante y terrible, y esta figura resulta ser nada menos que la del marqués de Sade, que visitó por primera vez al príncipe en su palacio, allá por el año 1766, aunque ésa no fuera, ni mucho menos, la única visita que hiciera... Sade, en una de sus novelas, más concretamente en *Juliette o las prosperidades del vicio* ofrece una visión, lúgubre y sangrienta, del Nápoles que él conoció, o al menos, aseguró conocer...

—He oído hablar mucho de esa novela —advirtió Miralles.

—¿Sí? Pues en la mencionada novela, que Sade siempre aseguró estar basada en recuerdos personales, un grupo de amigos, pertenecientes a ambos sexos, rastreadores impenitentes de una Italia negra y sin duda aberrante, se convierten en asiduos visitantes del hospital napolitano de los locos, donde, una vez sobornados los celadores, realizan auténticas atrocidades con los internos de aquella institución. Pasaré por alto los detalles… ¿Tomó parte don Raimundo en aquellas escalofriantes aventuras nocturnas? Imposible afirmarlo, pues está claro que los nombres de esos visitantes criminales han sido, cuando incluidos en el relato, cambiados o inventados por el marqués. ¡Pero que Sade acabó influyendo en las costumbres del príncipe, de eso no hay duda!

—¡Vaya con don Raimundo! —fue el escueto comentario de Miralles.

—¿De verdad nada sabías de todo esto?

—¿Y por qué lo iba a saber, si soy tan sólo un sencillo y aburrido transportista? —Alberto intentaba salirse por la tangente.

—¡No te descalifiques a ti mismo, que de eso ya se encargarán otros! ¿De verdad te crees tan sólo un transportista aburrido? ¡También serás algo más! Eres, por ejemplo, una gran persona, además de un buen amigo, y casi un hijo… —De nuevo pronunciaba Fontanarosa la palabra «hijo» y de nuevo aquel término provocó una considerable irritación en el ánimo de Miralles.

—¿Yo, casi un hijo suyo? —No pudo menos que exclamar. ¿Qué nuevo chantaje sentimental le preparaba su patrón?—. Quizá, señor —intentó precisar Miralles—, nunca sabrá lo agradecido que le estoy por toda la ayuda que me ha prestado, aunque también creo haberle servido no sólo con fidelidad, sino también con eficacia, ¡pero nunca he pensado en usted como un padre!…, aunque sí como patrón generoso y magnánimo.

Con aquel último elogio, Miralles procuró corregir el efecto que sus primeras palabras podían haber causado en Fontanarosa. Aquel áspero arrebato jacobino le había durado poco, pero lo dicho, por desgracia, dicho estaba.

La siguiente frase que dijera Fontanarosa fue la de un hombre dolido:

—Entonces, ¿no te apetece ser hijo mío? Tal vez, más adelante cambies de parecer... ¡En fin! Un día, quizá no muy lejano, tendremos que abordar, juntos, esta cuestión... No, no quieras ahora pedirme perdón por lo que has dicho, ni intentes besarme las manos a la manera napolitana, que ésa suele ser tu reacción cuando la conciencia te remuerde por algún motivo. Si un día ese remordimiento fuese mayor, ¿qué harías, besarme en la boca?

La risa con la que Fontanarosa remató esta última observación suya apenas cupo en aquella sala subterránea, donde los sonidos, luego de reverberar unos segundos por bóvedas y paredes, se hundían en el agua de la piscina. Y mientras don Álvaro reía, Miralles intentaba, sin conseguirlo, sentir otra vez algún rechazo, incluso cierta animadversión hacia su patrón. ¿Por qué le costaba tanto resignarse a querer a aquel hombre? ¿Acaso, de admitir ese sentimiento, no vendría después una completa claudicación ante las exigencias, explícitas o calladas, de Fontanarosa? Para hacerle a Alberto las cosas más difíciles, la mirada de don Álvaro se tornó acariciadora y paternal mientras contemplaba a su amigo y servidor. Aquello era una manera, eficaz como pocas, de hacerle sentir de nuevo culpable...

—¿Y si dejamos esta discusión para otro día —preguntó don Álvaro—, y volvemos al príncipe de San Severo y al marqués de Sade? ¿De acuerdo? ¡Bien! Sigamos pues. Parece que ese tenebroso universo de sexo y sangre en el que el marqués le inició despertó en don Raimundo extrañas apetencias, hasta entonces dormidas. Más aún que la crueldad física, que también practicó (solía pasearse por su casa con una fusta en la mano), lo que más le entretuvo y excitó fue el experimentar con la crueldad psicológica.

»Terminó por no concebir el goce personal si no era a través de la humillación infligida a la otra persona. Volviendo al relato protagonizado por Genaro y por su mujer, el príncipe, después de las primeras veces, siguió acostándose con Desideria, pero de tal modo que el marido se enterase de los detalles. En efecto, mantenía relaciones con la mujer de Genaro, mientras le explicaba a este sirviente suyo todas las complejas fantasías que ensayaba con ella. San Severo, además, para rematar la humillación, exigió la aprobación del marido, que éste le concedió con inconcebible mansedumbre. Claro que pocas alternativas le quedaban al bueno de Genaro. En Nápoles, y en aquella época, los amos mantenían los viejos privilegios feudales sobre sus sirvientes, privilegios que muchos practicaban con asiduidad. Al final, San Severo obligó a Genaro a ser testigo visual de los experimentos sexuales que realizaba con Desideria, y te puedo asegurar que cuando el cerebro del príncipe se ponía a trabajar, eran muchas y muy variadas las ocurrencias que surgían de aquella cabeza... Siempre nos quedará la duda de si Desideria fue sólo víctima, o también cómplice, de los actos de su amo. Determinadas condescendencias nos permiten albergar ciertas dudas sobre su voluntad de resistencia. Si no, ¿por que obedeció con tal docilidad la orden de no volver a acostarse con su marido, ya que eso fue lo que el príncipe le exigió a su sirvienta, pocos meses después de iniciar su complicada relación?... ¡Pobre Genaro, más de doscientos años después, desearía que existiese algún tipo de comunicación con él, algún conducto que pudiera atravesar el tiempo, para así pedirle, desde aquí, perdón por todo lo sufrido. ¡Pero aún le quedaban lágrimas por derramar a esta pasiva, doliente y humilde criatura!... Parece que un día, el príncipe se entretuvo en observar el andar miedoso y vencido de Genaro, y al contemplar la expresión de perro apaleado que asumía su sirviente, don Raimundo se sintió atraído, incluso excitado por la mansedumbre que éste exhibía ante sus ojos. Tanto fue así, que un día, consideró divertido perpetrar, con su servidor, un acto que le inflingiese una suprema humillación... ¡Podrás imaginar cuál fue ese acto!...

Miralles, aturdido, dudó antes de responder. Lo que creyó adivinar no lo hubiese querido pensar nunca, ya que el acto le parecía no sólo monstruoso, sino sobre todo cobarde. Y el príncipe de San Severo se le antojó, en aquel momento, un ser perfectamente despreciable.

—¡Sí, Alberto, el príncipe hizo con Genaro exactamente lo que tú sospechas! Agarró a su desgraciado servidor, lo llevó hasta la bodega, lo ató a uno de los pilares, y sin exigirse a sí mismo otra justificación que su capricho, lo violó. A continuación, riendo y haciendo bromas sobre lo sucedido, fue a ver a Desideria para relatarle su hazaña...

—Señor —interrumpió Miralles—, ¿por qué me cuenta una historia tan repugnante y a la vez... tan triste? ¿Acaso desea que deteste la memoria del príncipe, que hasta ahora me parecía digna de respeto?

—No lo hago por eso, Alberto, sino porque en todo este relato, que comprendo te haga sentir incómodo, *non e una storia gradevole, questo mi sombre indubitabile!,* hay un hecho, sí, querido amigo, al menos uno, que creo estás obligado a conocer. Pero ten un poco de paciencia, que el final de esta historia no está exento de sorpresas, ni tampoco de una cierta ironía...

153

»Parece que el príncipe disfrutó violando a su sirviente —continuó Fontanarosa—, y decidió que aquello merecía repetirse. Quizá se sintiese un tanto harto de las muchas exigencias que la avispada Desideria comenzaba a esgrimir, no sólo en el plano doméstico, sino también en el económico. Pero por esta razón o por otra, sodomizar con reiteración a su sirviente se convirtió en un acto que le divertía sobremanera... *In veritá, Alberto, quando in un momento cruciale cercó di ritenersi, non çi riusci.* El marqués de Sade lo había iniciado en el gusto por los hombres, y cuando éste se desarrolla...

»Además, el acto homosexual acarreaba consecuencias menos considerables que el otro, ya que Desideria había quedado preñada del príncipe, y aunque no fuese el único hijo bastardo que éste engendrase entre su numerosa servidumbre, lo que se gestaba en el vientre de Desideria se convertiría en el último hijo que el príncipe consideró como suyo. En todo caso, la relación que mantenía con Genaro comenzaba a resultarle no sólo divertida, sino apasionante. Don Raimundo, cada vez que repetía con su servidor el rito de la penetración anal, se entretenía antes en ir desvistiendo a su víctima, para cubrirlo, mientras lo hacía, de golpes e improperios. Las primeras veces, el acto de desnudarlo fue llevado a cabo por ciertos criados del príncipe, que éste había seleccionado entre la escoria de la ciudad, y que se adiestraban aterrorizando al resto de la servidumbre no sólo con diversas amenazas, sino también con actos específicos. Pero pronto comprendió San Severo el enorme placer que brinda el ir poco a poco desvistiendo a una persona a la que, al mismo tiempo, vas vejando y maltratando. ¡Cuando desnudas a un ser humano, lo que haces es eliminar su más elemental protección! A cada prenda que don Raimundo arrancaba al pobre Genaro, éste recibía la consiguiente ración de insultos, a más de contundentes azotes con la fusta que el príncipe manejaba de tan experta manera...

»Genaro, en un principio, no entendía el porqué de aquellos castigos que el príncipe le hacía sufrir, ya que no tenía conciencia de haber cometido falta alguna, hasta que, poco a poco, comprendió que aquello formaba parte de una codificada liturgia, donde la supuesta expiación de unas faltas imaginarias constituían el pretexto indispensable para una rigurosa progresión en la senda de la crueldad...

—¡Qué ser tan inmundo me parece ahora don Raimundo di Sangro!

—Quizá, pero no lo juzgues tan pronto, que aún no hemos llegado al final de la historia... Cuál no fue, Alberto, la sorpresa de este don Raimundo al que juzgas tan severamente, y, no digo que no tengas razón, sólo te recuerdo que los asuntos del sexo no son tan sencillos como parecen, ni tan unívocos, cuando durante una de aquellas noches, al arrancarle los calzones a su sirviente, se dio cuenta de que éste presentaba, a ver cómo lo digo, un estado de considerable excitación en un punto muy preciso de su entrepierna... Oh, no pongas esa cara de asombro, mi buen amigo, ¿acaso no sabes lo complicada que puede ser la libido humana? Aunque no quiera iniciar, a estas alturas, una disquisición sobre la naturaleza del masoquismo y sus diversas variedades. *Il masochismo, e anche lo stesso sadismo, sono tendenze cosi secrete e private!* En todo caso lo que comenzó como despiadada imposición, terminó por convertirse en turbia complicidad. Al fin y al cabo, la unión, en el plano sexual, de un sádico con un masoquista, ¿no constituye una relación perfecta, al menos en teoría?

»Por otro lado, don Raimundo, que ya se había cansado de Desideria, recibió por parte de ésta un doble regalo: el nacimiento de un hijo, hermosa criatura llena de vida y promesas, y el fallecimiento de la propia Desideria, que pasó, no se sabe si a mejor o peor vida, a causa de unas fiebres puerperales. Se abría así ante don Raimundo la feliz perspectiva de unos amores serviles, libres de cualquier obstáculo y donde sabía que el menor capricho suyo habría de encontrar inmediato cumplimiento.

»¡Pero pronto supo Genaro que la alegría poco dura en la casa del pobre! La aparición, súbita e inesperada, de una tercera persona, que se convertiría, para desgracia del príncipe, en el último y quizá único amor de su vida, vino a trastocar aquella relación entre patrón y criado, que se anunciaba tan fructífera… ¡No pongas esa expresión, Alberto! No soy yo el insensible o el cínico. La insensibilidad y el cinismo los dejo a ese errático y paradójico día a día que constituye la vida. Ni he sido yo el que pergeñó esta historia, sino tan sólo el mensajero que la narra —añadió, sin demasiada convicción—. Te acabo de mencionar un tercer personaje. Este individuo no fue otro que un mallorquín, marino en sus horas perdidas, de vida errante y desordenada. Guapo tal vez, aunque no en exceso, y ya no muy joven, pues tenía por entonces algo más de treinta años. Poseía —y de pronto don Álvaro detuvo su descripción, y entornó la mirada, como si intentara visualizar algo largamente añorado—, poseía, Alberto, unos ojos espléndidos, unas manos salvajes… ¡y un carácter difícil, sí, muy difícil! Celoso por diversión y posesivo por precaución, el mallorquín se negó, desde muy pronto, a compartir los placeres y los días del príncipe, días que se adentraban en noches cada vez más arriesgadas y furiosas, con las atenciones que éste aún prestaba a ese manso servidor suyo que a todo consentía. El recién llegado, que tan devastador deseo llegó a provocar en el ya maduro San Severo, exigió que Genaro y su supuesto hijo fuesen alejados hasta un lugar lo más distante posible. Aquel hombre que había irrumpido en la vida de don Raimundo, quién sabe si con el secreto propósito de destrozar su corazón, comenzaba a gozar de un total ascendente, tanto sobre el cuerpo como sobre la voluntad del príncipe. Sadismo y masoquismo, querido Alberto, no operan siempre como compartimentos estancos; pronto se mezclan y se confunden, hasta que las fronteras existentes entre ambas inclinaciones se diluyen, quedando tan sólo, durante la compartida soledad del acto sexual, dos cuerpos enredados en una exigencia alternativa de goce y de dolor.

—¡Señor! —interrumpió Miralles—, cuando le escucho hablar de ese modo, me parece que algo se me ha debido escapar en esta vida. ¡Mis experiencias amorosas se me antojan tan descoloridas!

—¡No te sientas triste, Alberto; en esta vida, todo lo que se pierde a la larga también se gana!… Pero tratemos de llegar al final de este postrer episodio, que es la parte que a ti te concierne. Por lo tanto, Alberto, atiende:

»Después de prolongadas discusiones y no menos largas cavilaciones, don Raimundo se avino a alejar de Nápoles a Genaro y a su hijo. La separación del hijo le debió costar más que la del padre putativo, pues el príncipe, como ya te dije, desde el momento en que aquella criatura nació, lo declaró hijo suyo, no sólo reconociéndolo, sino asegurándole una generosa renta de por vida. Pero el alejamiento fue de considerable distancia, ya que don Raimundo decidió enviar a Genaro y al niño nada menos que a Cataluña, a una finca suya situada no lejos de Tarragona. No olvides que Cataluña y Nápoles mantenían, en aquella época, estrechos lazos económicos; en realidad, funcionaban como dos mitades paralelas de un mismo país. Aquella finca que les cedió, podía presumir de albergar una hermosa masía, de sólida construcción. Ah, se me olvidaba señalarte que estaba situada, y creo que todavía lo está, muy cerca de la villa de Montblanch. ¿Te suena de algo ese lugar?

Al escuchar aquel nombre, Alberto levantó de pronto la cabeza, como movida por un resorte. Había estado intentando escuchar, al mismo tiempo que seguía el relato de Fontanarosa, el incesante chapoteo del agua, de un agua que a la vez que le distraía, también le servía idealmente para purificarse de aquel exceso de podredumbre y de maldad que destilaba la narración que su patrón poco a poco desgranaba. Pero la mención de la localidad de Montblanch le sacó de su estado contemplativo, como si alguien le hubiese dado un golpe seco o una sacudida.

—Sí, Alberto —insistió Fontanarosa—. Tu familia proviene de allí. Pero concédeme unos segundos más, si puedes. Una de las razones para enviar a Genaro hasta la cuenca del Barberá fue la facilidad que la lengua catalana presenta para los que hablan el italiano del sur. Ambos idiomas se parecen, sobre todo teniendo en cuenta que en Nápoles, el dialecto local, que es el que hablaban, y aún hablan las clases populares, está trufado de palabras castellanas y catalanas… La corte de Alfonso V el Magnánimo era, aquí, trilingüe; los dos idiomas hispanos se mezclaban con el napolitano… El cambiar, o mejor dicho, modificar el apellido también se presentaba como algo relativamente fácil. Porque, Alberto, se me ha olvidado decirte, durante todo este largo relato, cuál era el apellido del bueno de Genaro. Se apellidaba Miraglio… Y pocos problemas surgieron cuando hubo que cambiar Miraglio por Miralles. Las autoridades comarcales del Barberá no se opusieron a ello, sobre todo después del donativo que les enviara don Raimundo… A aquel hijo bastardo se le había bautizado con el nombre de Alberto; ya que nació un quince de noviembre, día de san Alberto Magno. ¿Este Alberto Miraglio o Miralles no fue, a finales de aquel contradictorio siglo XVIII, el primero de una larga lista y el bisabuelo de tu abuelo? ¡No sé si me salto alguna generación!

Se hizo el silencio, un silencio compacto y pesado, que Miralles decidió romper lo antes posible. «¡Si no lo rompo ahora, terminaré por ahogarme», pensó.

—¿Entonces —exclamó, casi gritando—, entonces yo, sí, yo, un sencillo conductor de camiones, transportista y también *factótum* del acaudalado don Álvaro Fontanarosa soy, según parece, descendiente directo de don Raimundo di Sangro, príncipe de San Severo, grande de España, ejemplo señalado de la corrupción e infamia al que puede llegar un individuo de su clase? *Sí, da vero?* —Y estalló en una carcajada, tan amarga como desesperada—. ¡Yo, de pecadora sangre principesca! —Y se echó a reír de nuevo…

»¡Pues sí, Alberto! Hoy, sin embargo, sólo me ha tocado hablar de los rasgos negativos de don Raimundo. Un día te contaré otros, que tal vez te hagan ver al personaje desde una distinta perspectiva. Pero voy a callarme unos minutos, para que puedas así digerir tu nuevo estatus aristocrático… Comprendo que la sorpresa haya sido no sólo grande, sino también poco agradable. Quizá te debiera haber contado todo esto de otra manera, maquillando los hechos. Pero lo dicho, dicho está. Esperaré un rato. —Y Fontanarosa esperó, pero ahora fuera del agua, ya que tras un breve salto, se había sentado sobre el borde de la piscina. Desde ahí, contempló con detenimiento a aquel servidor suyo. «¿Cuándo —se preguntó el napolitano— comprenderá que lo que me liga a él no es sólo afecto, sino algo más hondo que nace de la sangre?». Observó entonces que Alberto le miraba, con una expresión ansiosa, como si le pidiera auxilio, y decidió hablarle, y hasta donde pudiera, tranquilizarle.

—¿No te dije, hace apenas unos instantes, que eras bastante más que un simple transportista? Si no, ¿por qué crees que te vigilo desde hace tanto tiempo? ¿Acaso piensas que todo lo que te ha ocurrido en esta ciudad, ha sido por puro azar? ¡No, Alberto, no! Pero ahora, quiero cambiar de tema y de tercio; sí, ahora deseo explicarte por qué he deseado tenerte todo este tiempo junto a mí.

»Hace ya años, me di cuenta de que Nápoles necesitaba de un monumento emblemático para proyectarse hacia el turismo internacional. Son incontables las ciudades importantes, e incluso las menos importantes, que utilizan un monumento para su promoción: París y su torre Eiffel, Londres y su Big Ben, Berlín y su puerta de Brandenburgo, Praga y su puente de Carlos, Madrid y su puerta de Alcalá, Moscú y su catedral de San Basilio... ¿Por qué continuar, aunque otras ciudades y otros monumentos fetiches estén en la mente de todos?... Consideré que la capilla San Severo, con los diversos misterios que la acompañan, podía convertirse también en el monumento fetiche de Nápoles, en el sello visual de la ciudad. Llegué a un acuerdo satisfactorio con lo que quedaba de la familia di Sangro, ¿te acuerdas cuando me acompañabas a ver a sus diversos miembros? Éstos hoy sólo retienen mínimos derechos sobre la capilla, y únicamente referidos al culto. Logrado esto, quise reunir en torno a mí a los posibles descendientes de aquellos que intervinieron, a mediados del siglo XVIII, en la construcción y decoración del templo. Uno, y todavía no te diré quién es, desciende del escultor Giuseppe Sanmartino, el autor del estupendo Cristo velado. También quise que estuviese Mancaglia, cuyo insoportable carácter tantos quebraderos de cabeza me produce, pero que desciende, en línea directa del Mancaglia que revisó todas las estructuras marmóreas de la capilla, y sobre todos éstos, tú, descendiente del príncipe de San Severo, a través del último hijo que engendró, reconoció y tuteló desde lejos, ya que don Raimundo fue, mi querido Alberto, muy generoso con tu antepasado... ¡Alguna cosa buena tuvo que realizar el muy bribón! En cuanto a ti, resultó fácil localizarte. Sabía, cómo no, de Genaro Miraglio y del supuesto hijo que le acompañó hasta Cataluña, aunque todavía ignoraba cuál era el nombre del chico, hasta que encontré su fe de bautismo en el archivo parroquial de San Paolo Maggiore, iglesia, que te recuerdo, se halla cerca del palacio de los Sangro. Sabía también junto a qué localidad catalana se había establecido tu familia…, sí, fue fácil localizarte, aunque te movías continuamente de un lugar a otro… ¡eras transportista! Y transportista como eras, llegó la ocasión de atraerte hasta aquí. Esta ciudad por fin, se decidió a organizar la gran exposición sobre los Borbones napolitanos. Cuando me enteré de que todo lo que de España venía habría de ser transportado por vía marítima, protesté. Al menos una parte debería llegar por tierra. Me concedieron lo que exigía, y parte de la exposición la trajiste tú. Cuando te conocí, ya no dejé de protegerte, procurando que no notaras demasiado esa protección, aunque tú te ayudaste a ti mismo casi más de lo que yo haya podido ayudarte ya que, además de descendiente de quien desciendes, resultas ser una gran persona, de cuya amistad me enorgullezco. *Hai capito bene, mio figlio?*

Esta vez, aquel *mio figlio* no le molestó a Miralles. Antes al contrario. El conocer su nueva ascendencia familiar le hacía sentirse perdido; y en aquellos momentos, el único posible asidero que vislumbraba se llamaba don Álvaro Fontanarosa. Fue hacia él, hacia su patrón, que sentado frente a Miralles de pie en la piscina rozaba con sus rodillas el pecho del español. Fontanarosa, que seguía con su mirada fija en el rostro de Alberto, observó tal desconcierto en los ojos de éste, que casi se lanza de nuevo al agua, para abrazar y tranquilizar a aquel al que llamaba hijo. Pero entonces Alberto hizo un gesto que ni él mismo ni Álvaro se esperaban: inclinó el español su cabeza, y besó, casi con unción, las rodillas de Fontanarosa, primero una, luego la otra, hasta dejar su rostro descansar sobre una de ellas. Después de permanecer así unos instantes, alzó Alberto otra vez su cabeza y contempló de nuevo a su patrón, sin proferir palabra. Hubiese Miralles deseado decir muchas y muy diversas cosas, pero cuando fue a hablar, se dio cuenta de que no podía hacerlo. Un inmenso cansancio había caído sobre él, que casi paralizaba su cerebro y su lengua.

—Señor —acertó a balbucear.

—¡No me llames señor!

—¡Dígame entonces cómo podría llamarle! —Y agachó una vez más la cabeza—. ¡No! —exclamó de pronto—, ¡no puedo escuchar ni preguntar ya nada! ¡Otro día será!… *Mi trovo cosi stanco e sbalordito!*… Señor, ¿podría marcharme? No me encuentro bien.

—¡Claro que te puedes marchar! Por cierto, eres la segunda persona que afirma sentirse mal ante mí en estas últimas horas… De todos modos, no te olvides, Alberto, de que los tiempos que han de venir serán tiempos distintos. Pero vete. ¡Ah, y tampoco olvides que te quiero mucho!…

—No señor, descuide, no lo olvidaré.

Miralles se dirigió hacia los escalones de mármol, situados en el extremo de la piscina, para así salir con más facilidad de allí; pero de pronto cambió de idea, y con un pequeño salto y el empuje de sus brazos, salió, como lo hiciera antes Fontanarosa, de aquel aljibe del que ansiaba ya alejarse. Se colocó, para no mojar a su patrón, a una cierta distancia de él. El agua que aún recubría su cuerpo formaba pequeños hilos que no cesaban de gotear sobre el pavimento. Se alisó el escaso pelo que le quedaba, planchó el vello de su torso, y por último, sacudió el de su pubis, para así secarse con mayor celeridad, ya que no había traído toalla alguna con él.

—*Prendi questa vestaglia di bagno, Alberto.*

Era Abilio, que salió de la parte del *apoditerium* que se abría hacia la piscina, y que sin hacer ruido, se había acercado a Miralles, llevando una gruesa bata de baño en la mano. Alberto se colocó la prenda despacio, gozando con el tacto de aquel tejido esponjoso que acariciaba su piel, aunque antes de cerrarse la bata con el cordón, notó que el joven escayolista, haciendo gala de una evidente falta de discreción, contemplaba, con expresión de genuina sorpresa, el pene del español, pene del cual Alberto se sentía legítimamente orgulloso…

—¡Anda, que no va a tener que esperar este pobre, si confía en probarlo! —murmuró Miralles, que se creyó obligado a sentirse molesto…

—¡No bajes la guardia, que el chico sabe ser paciente! —se escuchó decir a Fontanarosa, que se esforzaba en no reír…

—¡Otra vez me ha adivinado el pensamiento este brujo! —admitió consternado Alberto. E iba a marcharse, cuando de pronto recordó algo que hubiese querido preguntar antes.

—Señor. —No podía Miralles apearle a Fontanarosa el tratamiento de «señor», apelativo que delataba varios años no sólo de costumbre, sino de dependencia—. En esa reunión de descendientes que viene organizando, ¿qué puesto ocupa el joven recién llegado?

—¿Te refieres a Mauro Beltrán? ¡No sientas celos por él! Estáis, él y tú, en planos distintos. Pero Mauro no es un peón más en este juego, sino la clave de todo lo sucedido, y quizá, también, de lo que vaya a suceder…

Miralles no se esperaba semejante respuesta, pero cuando iba a pedir ciertas aclaraciones, observó que el rostro de Fontanarosa se había vuelto serio, demasiado serio…

—Lo siento, Alberto, pero hoy no puedo decirte nada más. —Y don Álvaro dejó de mirarle. Parecía no estar interesado en continuar aquella larga conversación, es más, parecía darla por concluida. Vio entonces Miralles que Abilio se acercaba al patrón y se inclinaba hacia él. Pareció susurrarle algo al oído. Fontanarosa sonrió, se volvió hacia el joven, le sujetó el brazo, y tras un breve empujón, lo lanzó al agua. Algunas gotas del líquido azufroso entraron en los ojos del escayolista. Su patrón, al notar el hecho, entró de nuevo en la piscina, y cubrió los ojos de Abilio con sus labios, pasando su lengua por ellos, hasta aliviarles el escozor.

Acto seguido, don Álvaro, empujándose de nuevo con los brazos, saltó otra vez fuera de aquella agua tibia y acogedora, para así ayudar a Abilio a salir de donde lo había tirado. Ambos, ya fuera y de pie, volvieron a mirarse, y como si se tratara de una señal, Fontanarosa se alargó despacio boca arriba sobre el pavimento. Abilio, entonces, se arrodilló junto a él, y luego de hundir, por unos instantes, su rostro en una de las axilas de su patrón, para así disfrutar, siquiera brevemente, de esa siempre sugerente concavidad, comenzó, primero, a besar, y luego a mordisquear las tetillas del que, por fin, aquella tarde consentía no sólo en ser su jefe, sino también su amo. Mientras, las manos del escayolista buscaban con afán el miembro de aquel hombre que tanto deseaba, miembro que empezaba a despuntar de entre la oscura maraña del pubis.

—¡Es evidente que ha llegado la hora de marcharme! —murmuró Alberto, que se ruborizó a su pesar ante una escena que hubiese preferido íntima. De modo casi automático, se dirigió hacia la consola romana sobre la que Abilio, previamente, había doblado y ordenado su ropa. Mientras se vestía, escuchó, mezclados con los ruidos del agua, los murmullos anhelantes y los suspiros entrecortados, que suelen acompañar todo acto sexual, hasta que otros ruidos, no demasiado distintos, llamaron su atención. Allá, en la sombra, con la respiración entrecortada, el hercúleo guardaespaldas contemplaba, desde su rincón y sin disimulo alguno, la lejana escena amorosa protagonizada por su jefe. Su mirada, por un momento, se cruzó con la de Miralles, aunque no hubo emoción ni complicidad en aquel breve intercambio visual. Fue entonces cuando un extraño desasosiego se apoderó de Alberto, a la vez que sentía, manifestación visible de alguna inquietud oculta, unas incontenibles ganas de llorar.

Capítulo

VI

FONTANAROSA Y LA NOCHE

La luz del atardecer, serena y tibia, que unos leves visillos tamizaban, entraba por las amplias ventanas de la galería, que se asomaban al patio, y dotaba a aquella alargada estancia decorada de forma banal, de un cierto aire romántico y decimonónico. «La luz, en Nápoles, consigue ennoblecer muchas cosas», pensó Mauro cuando contempló, al mover la brisa unos visillos, el sol crepuscular transformar en oro el ocre grisáceo de las desconchadas paredes que enmarcaban la fuente romana, allá en el patio…

Doña Lucía, sentada en una butaca que pretendía en vano pasar por inglesa, a punto estaba de quedarse dormida, envuelta por esa luz tierna y mullida que el día suele ofrecer al despedirse. El sopor que la invadía llegó a ser tanto, que su mano casi dejó caer al suelo la taza de té que sus dedos apenas sujetaban. Pero después de una cabezada que sólo duró segundos, se rehizo, se restregó los ojos y volvió a insistir:

—¡Absurda, sí, absurda me parece, señor Beltrán, esa vocación de cartujo o de eremita que le ha entrado de repente! Le recuerdo que ayer tarde no quiso salir del *albergo,* e hizo bien, lo reconozco. Se encontraba cansado y acababa de sufrir un mareo en esa dichosa capilla… Durmió usted toda la tarde, y lo hizo tan profundamente, que tuve que menearle un poco el hombro para que se despertase. ¡Casi sucumbo a la tentación de hacerle cosquillas en los pies!, pero me retuve; y es que tiene usted unos pies preciosos, lo confieso ahora que los he visto… Por fin se levantó y cenó usted; aunque cenó muy poco ya que se dejó los tagliatelli casi sin tocar, ¡y hasta ahora, esto no me lo había hecho nadie! Eso sí, volvió usted enseguida a la habitación, y durmió, como un bendito, toda la noche. Después de desayunar, si es que se puede llamar desayuno a lo poquísimo que probó usted, Angioina se quedó de lo más preocupada, ha seguido usted durmiendo toda la mañana. Esta vez la *poverella* no se atrevió a molestarle, y por lo tanto, no pudo hacer su cama; tuvo que arreglarla deprisa y corriendo, mientras usted comía. ¿Comía?, ¡ja! ¡Si tampoco probó nada al mediodía! Y luego se ha permitido, como colofón, una siesta que ha durado casi tres horas. ¡Y no es que yo le cronometre nada! Pero cuénteme: ¿acaso pretende que le concedan el título del «bello durmiente de Nápoles»? Dormir tanto es malo, ¿o es que nadie se lo ha dicho? ¿Pues sabe lo que le voy a decir? ¡Que ahora mismo se va usted a vestir para dar un paseo! No voy a consentir que pierda su primera noche de viernes en esta ciudad. ¡Y qué estupenda ocasión para trasnochar puede ser ésta, con la temperatura tan deliciosa que estamos gozando! ¡Parece que el calor sofocante nos concede una tregua! ¿Por cuánto tiempo? *Chi lo sa!* Así que hoy, al menos hoy, no me lleve la contraria: o se va usted a dar un garbeo por ahí, o yo misma le arrastro por las calles, al menos hasta que consiga el primer ligue.

—¿Y cuando ocurra ese primer ligue, si es que ocurre, no intentará acaso quitármelo? —Mauro se sentía irritado por la insistencia de doña Lucía.

—Pero ¿por qué es usted tan malo y tan desagradable? ¡La observación que acaba de hacer me parece de pésimo gusto!

—¡Sí que lo es, lo confieso! ¡Perdóneme! Pero ocurre que hoy, precisamente hoy, no me apetece ligar. ¡Eso sucede a veces, sabe usted!...

—¡Bien, pues no ligue, mire qué fácil! Pero no se quede aquí. ¡Salga, tome el aire, callejee un poco por la ciudad, distráigase! Fíjese, yo misma le voy a sugerir un itinerario. ¿Me lo permite? Al salir del *albergo,* tome o bien via Monteoliveto, o bien via delle Carrozieri, que por ambas calles llegará usted a la plaza del Gesù Nuovo...

—Ayer ya pasé por ahí al ir hacia la capilla.

—¿Entró en la iglesia?

—No, no creí que fuese el momento. Miralles y yo discutíamos en torno a la figura de don Raimundo di Sangro...

—Pues bien, esa iglesia, que los supuestamente enterados juzgan excesiva e incluso de mal gusto, es uno de los templos más suntuosos, no ya de Nápoles, sino de Italia entera. Encontrará allí el lujo barroco en su máximo esplendor. A veces la iglesia se encuentra abierta hasta horas muy tardías, ya que todas las semanas se celebran en ella bodas y bautizos. De noche, el interior, cuando debidamente iluminado, resulta todavía más espectacular que durante el día... Luego, al salir de la iglesia...

Mauro dejó de prestar atención a las recomendaciones de doña Lucía. Iría, sí, hasta el Gesù Nuovo, para luego dedicarse a vagar, sin rumbo concreto, por las calles del viejo y gastado corazón de Nápoles. Había leído en varias guías que los barrios del centro de la ciudad ofrecían rincones llenos de encanto para el visitante. Una pequeña fuente, una portada renacentista, una balconada barroca, donde la fantasía del estilo local se funde con los dictados de los grandes estilos oficiales, venían a ilustrar, en apasionada mezcla, las mestizas esencias del alma napolitana. Aquellos escondidos rincones, pensó Mauro, podían, sí, deparar sorpresas, toda clase de sorpresas… con variadas consecuencias que comenzaban a tentar su imaginación.

—¡Doña Lucía, no siga, me ha convencido! Iré a la plaza de Gesù Nuovo, y si la iglesia se encuentra aún abierta, le echaré un vistazo. Después me perderé por Nápoles… ¡Que perderse un viernes por la noche en una ciudad como ésta puede constituir una auténtica gozada!… ¿Me recomienda algún restaurante?

—No uno, sino dos. Primero, el Da Ciro, en via Santa Brígida, donde por cierto, encontrará usted uno de los camareros más guapos de Nápoles, y se lo menciono por si le interesa, y en segundo lugar la Taberna dell'Arte, junto a San Giovanni Maggiore. Buen restaurante también, pero más caro, aunque por una vez… Además, cuando la comida es cara, te obliga a que te sepa mejor… Pero si va a callejear por toda esa zona, fíjese en las fachadas de algunas iglesias y palacios que han sido ya restauradas. Conseguían ser hermosas, cuando aún se las veía tristes y cubiertas de mugre; ahora, con la cara al fin lavada, parece como si hubiesen renacido. Si algún día se acometen los planes de reacondicionamiento de la parte antigua, Nápoles volverá a ser la belleza y el esplendor que fue y no el desastre que es ahora.

—¡Ah, la belleza, la belleza! Os importa mucho la belleza, aquí en Italia, ¿no es así, doña Lucía?

—¡Pues claro que nos importa! ¿Acaso no le importa a usted? Una vez asistí a una conferencia que el onorévole Fontanarosa ofreció para informarnos de los proyectos de restauración de toda la zona histórica; le escuché entonces una frase que no olvidaré jamás: «Tenemos no sólo que recuperar el patrimonio que el pasado nos ha transmitido, sino sentir de nuevo esa hambre de belleza que tantos personajes ilustres experimentaron. Por desgracia, muchos contemporáneos nuestros parecen no necesitar esa belleza, y esto me parece trágico», insistía don Álvaro, ya que en último término, la belleza es lo único que puede salvarnos de la desesperación.

—¡Ya! —comentó Mauro—. Esa frase parece que la pronunció Pablo VI, y la he oído citar más de una vez en los dos últimos días. ¡Triste aseveración para ser dicha por un pontífice, que confiesa, de modo implícito, no haber logrado cimentar su esperanza de salvación en la figura de Dios!... ¿Así que el onorévole Fontanarosa sufre, él también, hambre de belleza? ¡Sospecho, doña Lucía, que nuestro respetado y querido onorévole tiene hambre de muchas, muchísimas cosas!...

* * *

La impresión que Mauro experimentó al penetrar en la iglesia del Gesù Nuovo fue tan honda y poderosa como le pronosticó su patrona. Y como ésta presagiara, un *bambino*, en aquel momento, recibía el sacramento del agua sobre la historiada pila bautismal, situada en el costado derecho de la iglesia. Esa zona, debidamente encendida para la ceremonia, contrastaba con aquella otra que permanecía en una relativa oscuridad. Diversos materiales preciosos, mármoles varios, jaspes, pórfidos y malaquitas, refulgían de un modo casi bárbaro, en aquella parte de la iglesia iluminada por la luz artificial, confiriendo a aquel interior con planta de cruz griega un cierto aire oriental. A pesar de su terminación barroca aún podían adivinarme allí, los ecos de un Bizancio añorado. En la zona en penumbra del templo, los destellos, ya más sordos y apagados, se producían con un esplendor tan matizado y con una opulencia tan contenida, que

171

el visitante sentía la tentación de refugiarse entre la acogedora suntuosidad de esos muros y de no moverse de ese ámbito casi mágico, para así disfrutar de aquella sombría magnificencia, tal vez antesala de un prometido paraíso.

Porque el mensaje catequista que se desprendía de aquel recinto no podía ser más directo, concluyó Mauro. En su interior se brindaba una primera degustación, rutilante y lujosa, de esa gloria celestial anunciada para después de la muerte. Fuera de allí, en cambio, ¿qué era lo que aguardaba al devoto feligrés? ¡Fuera se levantaba la ciudad, fuera se extendía el mundo, ambos llenos de pobreza, suciedad y confusión! En pocos lugares como éste, reflexionó el joven español, se percibía de manera tan diáfana el mensaje que el catolicismo lanzó, durante siglos, a sus fieles: la Iglesia es orden, riqueza y armonía, a la vez que paz, reposo y refugio, en cambio, lo que hierve, crece y se desarrolla fuera de ella no es más que desorden, fealdad y violencia. Desde lugares como éste, siguió reflexionando Mauro, se comprende bien el ascendiente y el poder que la religión católica consiguió mantener sobre un pueblo desarrapado e ignorante, con sus cuerpos y sus mentes gastados por una vida de miserias y privaciones.

Sin embargo, también Mauro iba dejándose captar por los atractivos aparentes de aquel mensaje. ¿Para qué alejarse de aquello, para qué marcharse de ahí y hundirse en la turbia agitación de la ciudad, si bajo estas bóvedas y estas cúpulas, donde pintores como Lanfranco, Stanzione y De Matteis consiguieron evocar todas las posibles glorias celestiales, se concentran, en feliz armonía, la belleza, el esplendor e incluso la voluptuosidad? Y Mauro quiso permanecer allí, inmóvil, casi expectante, mientras toda aquella hermosura le llovía encima, hasta que un cura, con modales poco sutiles —¿o se trataba acaso de un sacristán?— obligó a los pocos fieles y numerosos turistas que se resistían, a abandonar lo antes posible tan solemne y tranquilizador refugio. Incluso el gran fresco de Solimena, el *Heliodoro expulsado del templo,* situado encima de la puerta de entrada, parecía indicar que la hora del cierre definitivo había llegado. Mauro se levantó entonces de su asiento, echó una última ojeada al espléndido altar mayor con sus columnas de lapislázuli, comenzado por Cósimo Fanzaga y concluido por el gran Bernini, y cumpliendo a regañadientes aquella orden de expulsión, que en aquel momento le parecía no sólo injusta, sino cruel, salió del gran templo de la Compañía de Jesús para unirse a la confusa animación de la calle.

El espacio que se extendía frente al Gesù Nuovo era bastante menos hermoso que la iglesia que lo presidía. La aguja de la Inmaculada, que se alzaba en el centro de la plaza, ostentosa proclama jesuítica dirigida a aquellos que todavía ponían reparos a tan discutida definición dogmática, no carecía de mérito artístico, aunque estos obeliscos de tema religioso, fruto del barroco más exuberante, le producían a Mauro una pereza estética que rozaba con la indigestión visual. Le ocurría con este monumento erigido frente al Gesù Nuovo lo mismo que le sucedía cuando contemplaba la celebre columna de la Peste, en el corazón de Viena, u otros que decoraban algunas ciudades austríacas. En las cortas escapadas que Mauro hiciera desde Gratz, éste había podido contemplar varios de esos monumentos, que le habían producido el mismo cansancio y similar hartazgo…

Cada vez más gente se iba agolpando en la plaza, tanto que un conocido café, que situaba la mayor parte de sus mesas no ya en la acera, sino en pleno asfalto, aparecía rebosante tanto de napolitanos morenos como de turista rubios… Mauro, que seguía escudriñando aquel espacio con la mirada, advirtió, casi sin proponérselo, una parada de taxi del lado del convento de Santa Clara, e iba a contemplar la plaza desde un ángulo distinto, cuando descubrió, de pie, y en actitud de espera junto a su coche, al chófer que hacía tan sólo dos días le había traído del aeropuerto de Capodichino. Sí, ahí estaba el taxista, con parecida ropa y similar aspecto, rostro mal afeitado, y ancho pecho cubierto por una camiseta de dudosa limpieza. Los brazos fuertes y velludos del hombre permanecían inmóviles, como si su dueño hubiese olvidado su manejo. Mauro, sorprendido, se dio cuenta de que aquel individuo lo observaba con mirada fija, e incluso terca, mirada cuya intensidad podía percibir desde el lado opuesto de la plaza, y esto a pesar de que una luz menguante, densa y azulosa, inequívoco preludio de la noche, se iba enseñoreado de aquel amplio recinto urbano.

Mauro intentó mirar hacia otra parte, pero no lo conseguía. Furioso consigo mismo, no tuvo más remedio que reconocer que aquel hombre áspero y rudo le atraía sexualmente. Ya le atrajo, cuando aquel mismo individuo se plantó delante de él, junto al portón del Albergo Aurora, para descargar las maletas que Mauro, confundido y cansado, casi olvidara… ¿Tanto se engañaba, cuando afirmó, rotundo, hacía apenas dos horas, y ante una doña Lucía que acabó por creerle, que aquella noche, precisamente aquella noche, no le apetecía ligue alguno?

El espíritu, afirmaba el viejo aforismo eclesiástico, era, sin duda, fuerte… ¡pero también era fuerte aquel puñetero taxista que, inasequible al desaliento, le contemplaba desde la acera opuesta! Buscó Mauro razones para negarse a aquella tentación tan inoportuna. «¡Seguro que huele a sudor —se dijo—, incluso podría oler a vino!». Lo primero sabía que lo podía admitir, si el olor no era excesivo, lo segundo, no. Abstemio como era, Mauro detestaba tanto los borrachos como el alcohol. «Sí, lo más probable es que huela a vino», y de aquella sospecha se agarraba, cuando el taxista levantó, por fin, uno de los brazos y le hizo señas, que más que unas señas parecían una orden que le conminaba a unirse a él. Y Mauro decidió negarse al extraño chantaje que aquel personaje ejercía sobre sus sentidos, cuando, casi sin darse cuenta, comenzó a cruzar, lentamente, la plaza, en dirección a donde esperaba aquel chófer.

De pronto, y sin que Mauro supiere de dónde provenía el ataque, un fuerte golpe en la espalda y una feroz presión sobre sus brazos bloquearon sus movimientos, mientras sentía su cuerpo atenazado por el inexorable abrazo de alguien desconocido.

—¡Shshs, calla, no grites! ¡No grites, te he dicho! ¡Y escúchame! ¿Acaso no sabes, pequeño insensato, que hoy no te toca irte con ése, sino que te toca venir conmigo? ¿Eh, acaso no lo sabes?

A Mauro aquella voz, honda y sin duda hermosa, le resultó familiar, pero a causa del tono ahogado que ahora adoptaba, no logró identificarla de inmediato. Sorprendido y asustado como estaba, no sentía, sin embargo, enfado ni animadversión hacia aquel que le agredía de ese modo. ¿Pero acaso se trataba de una agresión? El aliento tibio del atacante envolvió su cuello, sobre el que éste depositó un suave mordisco que pretendía ser un beso. Instantes después, la presión ejercida sobre los brazos y los hombros de Mauro se fue aflojando. Por fin, Mauro logró soltarse, e iba a utilizar sus puños como respuesta a tan inesperado asalto, cuando al darse cuenta de quién era aquella persona, su cuerpo quedó inmóvil, como congelado.

—¡Don Álvaro! —exclamó Mauro, y no pudo decir más. Fontanarosa observó a éste durante unos segundos, mientras el español le miraba, consternado, incapaz aún de moverse y reaccionar.

—¿Qué ocurre? —preguntó por fin el napolitano—, ¿acaso no me esperabas? ¿Creías, *mio bene,* que te iba a dejar suelto, haciendo tonterías por ahí, durante tu primera noche festiva en este Nápoles salvaje y pecaminoso?

—No, si yo...

—¿Tú, qué? ¡Mauro, no seas niño! *Per caso sei ancora un piccino?* ¿Cuándo vas a confiar en mí? Pero escúchame bien, que lo que voy a decirte ahora es importante: si no quieres quererme, sigue este consejo, márchate de Nápoles, márchate mañana mismo. Los contratos que me has firmado los daré por inexistentes. No te reclamaré nada, ya que los gastos que has provocado hasta aquí los asumiré en su totalidad. Ahora bien, si te quedas en Nápoles, comprenderé que consientes en quererme; en ese caso una cosa te prometo, procuraré hacer de tu vida una delicia. ¿Me has entendido? ¿Sí? ¿Entonces, qué decides?

Mauro no contestó directamente, sólo preguntó:

—¿Adónde me va a llevar esta noche?

Fontanarosa sonrió. De pronto se sintió muy tranquilo. «¡Dios mío —pensó—, y aún existen los que afirman que las palabras son incapaces de curar!».

—Primero, a un buen restaurante —afirmó el napolitano—, aunque esta noche cenemos ligero. Después quiero que conozcas lo que será, hasta cierto punto, tu nuevo hogar, es decir, la mansión donde vivo, y que resulta ser un conocido palacio napolitano, llamado de los Dos Virreyes. A menos que prefieras el Albergo Aurora...

* * *

Al salir del restaurante, anduvieron en silencio unos trescientos metros Mauro, sostenido en parte por el abrazo de Fontanarosa, aún se sentía algo aturdido ante la actitud de éste. ¿Lo que le ocurría era algo real? ¿No era acaso una fantasía que se entretenía mimetizando la vida? Procuraba el joven español observar, con cierto disimulo, el rostro de su patrón, quizá demasiado próximo al suyo como para poder verlo con precisión. En cambio, don Álvaro, con una leve sonrisa en los labios que no le abandonó a lo largo del trayecto, apenas contemplaba al joven que arrastraba y a la vez sujetaba con una mano. Con saberlo ahí, le bastaba.

Se adentraban por un callejón solitario, cuando Mauro escuchó unos pasos detrás de él. Giró, del modo más discreto posible, la cabeza, y vio que un hombre enorme les seguía.

—Tenemos compañía —murmuró, un tanto alarmado.

—¡No te preocupes, es mi guardaespaldas, un individuo con un aspecto imponente! Nadie se atrevería a meterse con él. En Nápoles, estos escoltas resultan imprescindibles sobre todo si uno pasea por la ciudad, y más si esto se hace de noche. Ahora, cuando lleguemos a casa, desaparecerá hasta que lo necesite de nuevo. Renzo es un fiel y magnífico servidor.

Siguieron andando unos minutos más, hasta que don Álvaro se detuvo ante un edificio de grandes proporciones, primorosamente restaurado, que cerraba la callejuela.

—Hemos llegado, Beltrán, es aquí. —Y Fontanarosa no dijo más.

Mauro se encontró ante lo que dedujo era la parte trasera de un palacio, una construcción con diversas ampliaciones y añadidos, que se entremezclaban con dispar fortuna, aunque una majestuosa serliana de tres arcos, en la que alternaban mármoles blancos y grises, remataba, con elegancia, el último piso del edificio.

Fontanarosa activó el contacto a distancia de su llave, que acababa de sacar de su bolsillo, y con ella abrió una pequeña puerta, cuyo arquitrabe aparecía coronado por una pareja de amorcillos, regordetes y sonrientes. La puerta, al abrirse, dejó ver un pasillo que terminaba en otra puerta, que don Álvaro abrió del mismo modo que la primera. La segunda puerta dio acceso a una gran sala ovalada de considerable tamaño, con unas grandes columnas de orden toscano que sostenían una bóveda achatada. Un decorador reciente había pintado sobre ésta un conjunto de nubes crepusculares, un poco a la manera de los fresquistas venecianos del siglo XVIII. En un costado de la sala, una discreta apertura en la pared ocultaba un pequeño ascensor.

—¿Subimos en él? —preguntó Fontanarosa—. Las escaleras interiores son hermosísimas, pero no demasiado cómodas. Mañana, si te apetece, podremos bajar por ellas…

Tomaron el ascensor. Cuando éste se abrió al llegar al *piano nóbile,* Mauro no pudo menos que permanecer un momento inmóvil, admirando el espectáculo que se presentaba ante él, ya que de un auténtico espectáculo se trataba, pues aquel salón palaciego exhibía no sólo su belleza y su lujo, sino sobre todo, su nobleza. Una enorme chimenea de mármol verde oscuro, de perfiles netamente manieristas, cubría, con sus enormes dimensiones, gran parte del lateral de la amplísima estancia, mientras que en el extremo opuesto, colgado sobre la pared del fondo, un gran lienzo, de alegres y claras tonalidades, ilustraba el episodio del rapto de Europa.

—¿El cuadro resulta decorativo, no te parece? —comentó Fontanarosa—. ¿Te gusta?

—Sí, ¿pero acaso es?…

—¡Es exactamente lo que tú sospechas! Un buen Guido Reni, pintado durante su mejor época. No es que el Guido sea un artista que me entusiasme, ya que a veces lo encuentro excesivamente amanerado. Y sin embargo, la fama que gozó en su tiempo fue extraordinaria. En realidad, el Guido fue un mito mientras vivió y una leyenda después de su muerte. Sus biógrafos lo convirtieron en una especie de pintor ejemplar, un asceta que vivió en olor de santidad. Pero esa extraña versión *post mortem* de lo que fue su vida, ese perfil de dulzona virtud que dibujaron sus seguidores, no se correspondía del todo con la realidad. Al final de esa vida supuestamente perfecta, contrajo cuantiosas deudas de juego que le obligaron a pintar mucho, y lo que fue peor, a pintar mal. Pero corramos un tupido velo sobre ese último periodo, y gocemos de lo mejor que produjo en sus años de juventud y temprana madurez. Ya sé que hoy está de moda señalar sus defectos, que son bastantes; yo, en cambio, prefiero subrayar sus cualidades, que son muchas… En todo caso, este cuadro que poseo de él es una gran obra… ¡y si no es una gran obra, al menos lo parece! Dime, ¿te gusta a ti?

—Por supuesto que sí, aunque…

—Aquél es mucho mejor —interrumpió Fontanarosa, señalando con el dedo otro cuadro también de gran tamaño, que representaba un sacrificio a Baco, obra de espléndido colorido y considerable sensualidad—. Me gusta Massimo Stanzione, sobre todo por esas tonalidades densas y compactas que exhibe en sus grandes composiciones… *Veramente un grande artista dimenticato di maniera indebita… Forse perche era napolitano!* ¡Ay Mauro, cuántas injusticias se han cometido con esta ciudad y con todo lo hermoso que aquí se ha producido!…

—Don Álvaro —confesó un Mauro demasiado ingenuo como para no ser sincero—, este salón me parece espléndido y sus contenidos, magníficos. ¿Pero qué hace en él un sencillo restaurador de cuadros, que disfruta tan sólo de un modesto nivel de vida, perdido entre tantas magnificencias? ¡Me siento muy poca cosa, cuando me veo rodeado por tanta grandeza!

—No, Mauro, te equivocas. Tú también eres grande, o al menos, lo eres para mí. Sólo que tu grandeza es distinta…

—¿Grande yo? ¡Oh, no! Usted sí que es grande, e importante. Yo soy muy poca cosa, don Álvaro, y todavía no sé muy bien qué hago en este salón… ¿Qué rara cualidad mía, que yo desconozco, justifica que esté yo aquí?

—¿Te he exigido yo justificación alguna? Me preguntas qué haces en este lugar. Te podría dar varias razones, pero por lo pronto, te daré una inmediata: en estos momentos, te encuentras aquí porque vas a hacer el amor conmigo. *Hai capito bene?* Vamos, Mauro, no te hagas el sorprendido. ¿A qué has venido esta noche, sino para que disfrutemos juntos? ¿Acaso esperabas una discusión filosófica sobre las posibilidades de una vida eterna o de la transmigración de las almas? Quizá discutamos de eso otro día, ya que el tema desde luego no carece de interés, pero esta noche, no. Esta noche vamos a ensayar algo muy distinto. Mauro, chiquillo: ¿ves ese cuadro poblado de guerreros medio desnudos? ¿No observas con qué delectación el pintor ha ido, no sólo pintando, sino incluso labrando esos cuerpos, a los que no les falta un solo músculo por exhibir? ¡Vaya con il Grechetto, que así se apodaba el pintor, cómo delata sus secretas inclinaciones en obras como ésta! Y fue un gran artista, de eso no hay duda… En vuestro Prado se pueden contemplar alguna de sus obras más significativas… ¡Bien! Ahora quiero que vayas hacia allí, y te coloques delante del cuadro. ¡Vamos, rápido, sí, así! Y ahora, *mio caro,* te irás quitando poco a poco la ropa, porque deseo, ¡y mucho!, contemplar cómo tu cuerpo, bastante más hermoso que los de esos combatientes desnudos, logra superar, con su triunfante realidad, todas esas anatomías pictóricas que el maestro nos propuso, allá en su lejano siglo XVII. La relación entre arte y realidad es una cuestión que siempre me ha obsesionado. Un día te explicaré por qué… Así que, querido amigo, ¡empieza!

Mauro pensó, en un primer momento, no sólo protestar, sino rebelarse ante aquel mandato que le relegaba, creía él, al nivel de un nuevo y pasivo elemento de decoración, al que no hacía falta pedir aquiescencia o consentimiento alguno. También acarició la idea de acompañar su negativa con una sucesión de palabras de singular dureza, cuando se fijó, no tanto en el propio Fontanarosa, como en la expresión que descubrió en sus ojos. Don Álvaro se había quitado la chaqueta, que dejó colgada del respaldo de una silla francesa que cualquier museo de artes decorativas hubiese deseado poseer, y se había sentado en una amplia butaca Luis XIII, forrada de una vistosa tela de punto de Hungría, su codo apoyado de uno de los brazos de la butaca. Mientras aguardaba, con la expectante ansiedad de un muchacho, a que la deseada aparición de la anatomía de Mauro se fuera produciendo, el español percibió tal anhelo y devoción en la mirada del napolitano, que, casi sin pensarlo, y dejando a un lado los siempre pesados fardos del amor propio y de la dignidad, comenzó, despacio, a desembarazarse de su ropa.

Mauro había mantenido siempre buenas relaciones, tanto con su personaje como con su persona. Se sentía satisfecho de sí mismo. Sabía cuánto agradaba su rostro y gustaba su cuerpo, definido y ágil. En cuanto al comportamiento de éste, en los momentos más íntimos, sólo había recibido parabienes, tras los frecuentes y alegres combates en las diversas camas que había frecuentado. Las ya mencionadas veinte razones que le explicara a doña Lucía también contribuían, con notable eficacia, al éxito final… Pero si se sabía adornado de suficientes gracias, no se consideraba, en modo alguno, revestido de una particular belleza; no acertaba, por lo tanto, a comprender aquella expresión de arrobo, incluso de hambre, que se leía en la mirada admirativa de su patrón. Personaje tan apuesto, de tan buena planta, y sobre todo, tan rico como Fontanarosa, ¿no habría tenido ocasión de probar los entremeses más sabrosos y las carnes más escogidas? ¿Por qué esa repentina fijación con él, un joven de físico sin duda agradable, sí, pero cuya principal singularidad consistía en dedicarse al apasionante oficio de sanar, e incluso resucitar, viejas pinturas dañadas ya por el hombre, ya por el simple abandono? Menos aún entendía Mauro por qué el gran don Álvaro había seguido —ahora estaba seguro de ello— cada uno de sus pasos, con la misma atención con la que ahora observaba el menor de sus movimientos. De otro modo, ¿cómo explicar este último encuentro, falsamente casual, en plena plaza del Gesù Nuovo?

Mauro se había quitado no sólo la chaqueta, sino también la camiseta que llevaba pegada al cuerpo, dejando su torso al aire, cuando don Álvaro se levantó de la butaca desde donde pensaba observar la progresiva desnudez del joven, y se situó a muy corta distancia del objeto deseado. Parecía como si quisiera no sólo contemplar el cuerpo del muchacho, sino también respirar su olor, e incluso absorber su esencia. Mauro entonces se sentó, durante unos segundos, sobre uno de los taburetes repartidos por el salón, taburete que se encontraba junto al gran lienzo de il Grechetto, para así quitarse con más comodidad sus mocasines, que en verano llevaba siempre sin la aburrida protección del calcetín.

Fontanarosa aprovechó aquellos momentos para contemplar los pies del joven. Doña Lucía le había contado —¡qué fiel y qué dispuesta colaboradora había encontrado don Álvaro en ella!— el incidente entre Mauro y Angioina, el enfado del uno y el llanto de la otra, anécdota que don Álvaro había encontrado sumamente divertida… Al contemplar la perfección de aquellos pies, que tan acostumbrados estaban a ser homenajeados en los momentos más íntimos, don Álvaro se arrodilló ante Mauro, y le dirigió una mirada de contenida súplica. Éste, a pe-

sar de estar habituado a ser deseado de aquel modo, no esperaba encontrar una expresión parecida en los ojos de su orgulloso patrón, ya que don Álvaro acostumbraba a mirar el mundo
y sus accidentes desde ángulos un tanto distintos... Pero Mauro, esta vez, no quiso ayudar a que el todopoderoso Fontanarosa saboréase su deseó con comodidad, y dejó que sus pies
reposaran, quietos y expectantes, sobre el mármol del piso, para así obligar a su pareja a inclinarse y curvarse hasta llegar a
ellos. Y en ellos el napolitano demoró sus cuidados, hasta que
Mauro decidió trasladarse a otro lugar más íntimo, en aquel
itinerario cómplice donde ciertas fantasías venían a enriquecer
determinadas realidades...

—Anda, Álvaro, vamos a tu dormitorio, ¿o pretendes que
todo lo hagamos aquí, en pleno salón? Sin embargo deseo, todavía, permitirme un capricho: quiero que te estés quieto. Puesto que me voy a quedar íntegramente desnudo ante ti, a mí también me apetece verte totalmente desnudo. No sabes cuánto
disfruto contemplando un hermoso cuerpo de hombre. ¡Estate
quieto, no te muevas que es a mí a quien toca quitarte la ropa!
No, no protestes, ¡te lo haré despacio y con el mayor cuidado!

Y antes de iniciar el proceso, Mauro besó los labios de su
nuevo amante, pero no ya con ternura, sino con un deseo impaciente e imperioso...

* * *

Beltrán, al despertar la mañana siguiente, miró hacia la terraza
cubierta que prolongaba la habitación, y vio, a través de los arcos que le servían de límite, cómo empezaba a azulear una esquina del cielo. Sí, allí, en un rincón del firmamento, despun-
taba la madrugada. Se levantó de la cama, apartó los visillos de
lino que dividían, durante el verano, el dormitorio de la terra-

za, y ya agarrado a la balaustrada de mármol, se asomó para contemplar el espectáculo de un Nápoles todavía dormido, cuyo perfil comenzaba a dibujarse sobre un cielo donde iba palideciendo la noche.

Las luces del puerto titilaban en aquel inicio de amanecer, luces que se prolongaban a lo largo del golfo de Nápoles, mientras que, solitario rival de aquellas temblorosas luminarias, el lucero del alba se convertía en el único referente visible de esos otros astros que se habían apagado uno a uno, en el espacio inmenso e inconcreto... Pronto, esa última estrella también se desvanecería ante la invasión del esplendor solar, y de nuevo se reproduciría el bullicio cotidiano y la diaria agitación que caracterizaba aquella ciudad, populosa y desconcertante, que se extendía, confiada, a los pies de un Vesubio que se suponía dormido ya para siempre.

Mauro giró la cabeza, y miró hacia el interior del largo dormitorio donde había pasado la noche. Las paredes laterales de la terraza aparecían cubiertas de motivos pompeyanos, sin duda pintados a principios del siglo XIX, aunque la intemperie les otorgaba un aspecto de mayor antigüedad. Y Mauro por fin cayó en la cuenta de que aquellos arcos a los que se había asomado no eran otra cosa que la hermosa serliana que, tan sólo unas horas antes, había contemplado desde la calle, al encontrarse ante la puerta trasera del palacio.

¡Tan sólo unas horas antes! Después de haber vivido esa serie de minutos últimos, ¿cómo no iba Mauro a admitir que el tiempo era algo elástico y relativo, que una hora podía parecer una vida, y que, a su vez, algunas vidas podían resumirse en una hora? Volvió a revivir aquellos momentos en el salón del palacio, cuando poco a poco se fue quitando la ropa ante la mirada anhelante del que ansiaba ser su nueva pareja, para luego, también poco a poco, ir despojando de su ropa a aquel que ahora era tan sólo Álvaro, sí, Álvaro a secas, y no el patrón, o el ono-révole Fontanarosa de horas previas. Mauro recordaba la grata sorpresa de ver aparecer ante sí, mientras procedía a desnudar-le, aquel cuerpo elegante y definido, que se dejaba manejar con inesperada docilidad. Luego Álvaro, a medio desvestir, y él, Mauro Beltrán, íntegramente desnudo, tomaron el ascensor, que, un piso más arriba, les dejó frente al amplio dormitorio del dueño del palacio. No tuvo tiempo el asombrado restaurador de fijarse en los valiosos detalles que enriquecían la habitación; ¡el examen minucioso de la colección de marfiles eróticos se pos-pondría para momentos más tranquilos! Lo único que advirtió en aquel dormitorio fue una amplísima cama que se levantaba en su centro, y que una lujosa colcha, ricamente bordada, recubría de forma parcial. De manera casi inmediata, sobre aquel lecho se desarrolló un prolongado episodio de sexo ansioso y violen-to, matizado, más que interrumpido, por intervalos de envol-vente ternura. Pero la fogosidad inicial fue tanta, y el ímpetu tan intenso, que aquello le recordó a Mauro a las ráfagas de un violento vendaval. «¡Cuánto hambre, después de tan larga es-pera!», había comentado Fontanarosa, en algún momento de aquella apasionada noche, frase cuyo significado exacto Mauro no alcanzaba a comprender…

El joven español dejó la terraza y se acercó de nuevo a la cama, donde Álvaro seguía durmiendo, expuesta su casi total desnudez sobre el rojo arrugado de las sábanas… Nada tapaba su proporcionada anatomía, salvo un extremo de la colcha, que aunque casi toda ella caída en el suelo, se había enredado en los pies del napolitano. Era tan profundo el sueño de éste, que Mauro, por un momento, se alarmó. «Parece —pensó éste— que el nuevo amante que descansa ante mí se entrega al abrazo de Morfeo con la misma intensidad que se abandona a los míos». Pronto, movido por la ternura, y también por la curiosidad,

Mauro se arrodilló junto a la cama, y comenzó a besar, con suavidad, partes muy concretas del cuerpo de su nueva pareja. Primero se entretuvo en el ombligo, luego en el pene, que humedeció con sus labios, luego los muslos, a los que mordió suavemente; después las rodillas a las que dedicó unos instantes, para bajar, por último hasta los tobillos, sobre los que pasó, repetidamente, sus labios y su lengua.

No había concluido todavía con aquellas caricias, cuando algo le llamó la atención: el color uniforme de la piel de Fontanarosa, sin duda piel de un hombre todavía joven, tersa y pulida, pero también piel de un curioso tono igualado, piel sin variación ni matización alguna, piel que parecía pintada artificialmente, como si un continuo maquillaje la revistiera...

Es costumbre en Italia, como también lo es en España, que el sexo masculino utilice el maquillaje a partir de una cierta edad, aplicándolo sobre todo al rostro, pero también a las manos. En actores, políticos y hombres públicos, esto constituye algo sabido y aceptado. ¡Pero de ahí a maquillarse todo el cuerpo, hay un buen trecho! Mauro, con el pretexto de seguir besando ciertas áreas de la anatomía de Fontanarosa, las lamió con insistencia, para ver si se producía algún cambio de color. Pero la sospecha resultó carecer de fundamento. No detectó huella alguna de maquillaje o crema reparadora en la epidermis uniforme del napolitano. La piel de Fontanarosa era así, con la pigmentación de sus pies idéntica a la de su frente, el colorido de sus rodillas el mismo que el de sus manos. Y a pesar del evidente atractivo que emanaba de aquel hombre que dormía ante Mauro, éste no pudo menos que percibir algo parecido a un halo, frío y remoto, que envolvía a su nuevo amante, y esto a pesar del ardor demostrado a lo largo de aquella larga vigilia nocturna...

—¿Qué, me observas? —Era Álvaro, que había abierto los ojos y sonreía a Mauro, mientras éste se sorprendía, ante la devoción que de nuevo descubría en la mirada de Fontanarosa. Éste miró luego hacia la terraza, que una claridad grisácea comenzaba a iluminar.

—¿Ya está amaneciendo? —preguntó—. ¿Te importa si contemplo ese amanecer junto a ti? —Y Álvaro se arrastró fuera de la cama, sus extremidades aún entumecidas por unas horas de sueño demasiado escasas. Sirviéndose de Mauro como apoyo, se dirigió hacia la serliana que enmarcaba la balconada, y allí se sentó sobre un largo taburete.

«¡Qué mayor se me antoja ahora este hombre!», pensó Mauro para sí, ya que le pareció que los movimientos de Fontanarosa se habían vuelto torpes, su andar, cansino, su espalda, curvada. Sin embargo, cuando, después de unos instantes, el español volvió a contemplar al napolitano, aquellas señas de repentina vejez habían desaparecido…

—¿Hace mucho que saliste a la terraza? —preguntó Álvaro, aún soñoliento.

—Menos de media hora. Pero no pude resistirme a ver amanecer sobre la ciudad, desde este punto de mira tan estratégico.

—*Ti piace fare il vedetta?* ¿No entiendes lo que digo? Es una vieja expresión. Era así como se llamaba, en el siglo XIX, a los jóvenes vigías que ayudaban al movimiento de las tropas… Solían hacer su trabajo desde las cumbres de las colinas. ¡Resulta precioso ver amanecer desde esta altura, verdad! ¡Pero no tienes por qué contemplar este estupendo espectáculo con esa mirada angustiosa! Mañana, el panorama será el mismo, y pasado mañana también, y al día siguiente, y al otro… ¡Nápoles y su golfo estarán aquí siempre, para tu disfrute! Además, he dado órdenes expresas de que no se muevan de donde están. ¡Sólo por si acaso!…

Hubo, de parte de Mauro, primero una sonrisa, después un silencio, que tanto éste como Fontanarosa respetaron durante breves minutos.

—¡Cuántas cúpulas y campanarios de iglesia! —comentó de pronto el español.

—¡Sí! ¡Demasiadas quizá, aunque casi todas ellas contienen grandes bellezas! Las iglesias de Nápoles nada tienen que envidiar a las de Roma.

—¿Dónde está la catedral? He oído hablar muy poco de ella.

—Sí, rodea a esta catedral un extraño silencio, que estimo injustificado… Es un edificio magnífico, con una sorprendente amalgama de gótico y de barroco. Y formando un único conjunto con la catedral, ahí está la famosa capilla de San Genaro, que tal vez sea demasiado popular. Me imagino conoces las tradiciones que han ido surgiendo en torno al santo patrón de Nápoles…

—¿Te refieres al milagro de la sangre licuada? Cuando se menciona la palabra «Nápoles», casi no se escucha hablar de otra cosa… ¿Cuál es tu opinión sobre ese fenómeno?

Fontanarosa no respondió a aquella pregunta. Muy pocos napolitanos lo harían…, y por ello, prefirió desviar la conversación hacia el tema artístico.

—Los frescos algo marchitos que cubren las bóvedas y la cúpula de la capilla de San Genaro son de una gran belleza y se deben nada menos que al pincel del Lanfranco, sin duda, uno de los mejores decoradores del barroco; habrá que limpiarlos pronto. Ahora se ha abierto al público el tesoro del santo, y te prometo que cuando lo veas, no vas a salir decepcionado… Pero la catedral… —Y de pronto Fontanarosa se detuvo; en realidad era todo su cuerpo el que se inmovilizó. Con los ojos muy abiertos, y la mirada fija en algún punto del horizonte, parecía estar contemplando una extraña y remota visión... Luego, por un momento, pareció volver a la realidad, y dirigiéndose a Mauro—: ¡Si vieras —le dijo—, lo hermosa que estaba nuestra catedral el día aquel, cuando nuestro rey hizo su entrada triunfal en Nápoles! ¡Fue un día glorioso para muchos de nosotros! Sí, Mauro, ese 10 de mayo de 1734 entró el rey don Carlos en su capital, espléndidamente engalanada para la ocasión... —Fontanarosa volvió a interrumpir su relato, y de nuevo sus ojos volvieron a mirar de aquella extraña manera, buscando un punto en la lejanía, que parecía no encontrar. Luego, con una voz algo distinta de lo habitual, que parecía acompañarse de un eco que llegase de muy lejos, reanudó su relato, utilizando el italiano—: Sí, Mauro, sí, *il dieci di Maggio, il re fece il solenne ingresso nella sua cittá di Napoli, per la Porta Capuana. Si vide il monarca sopra un pomposo cavallo, sotto gli scarichi dei cannone di tutti i castelli, e fra le strepitose acclamazióni del popolo, al quale gettava, con mano generosa, diverse monete di oro e di argento... Era uno spetacolo superbo!*

Mauro comprendió que aquel hombre que tenía ante sí, y que consideraba ya no sólo como amante, sino como amigo, se hallaba en una especie de trance, que en modo alguno debía interrumpir de forma brusca. Pero si aquel trance resultaba difícil de explicar, más difícil aún era comprender por qué Fontanarosa se esforzaba en evocar recuerdos que, originados en un ya lejano siglo XVIII, jamás pudieron ser suyos... ¿Y por qué esa reiterada fijación con el rey Carlos III? Interrogantes todas a las que Mauro no encontraba respuesta...

Pero Fontanarosa, en su particular relato, proseguía evocando la figura de su soberano, aunque su voz, ahora, adoptaba un tono más sereno.

—*Sua maestà* —parecía querer explicar a Mauro— *era preceduta dalla nobilità napolitana, e dai grandi della corte.*

Quando il re arrivó a la chiesa metropolitana, fu ricevuto, nel portone centrale, dall'arcivescovo Pignatelli, accompagnandolo lo stesso porporato fino al altar maggiore. Poi, il Te Deum…

Mauro, que en modo alguno presumía de un conocimiento profundo de la lengua italiana, intuyó, sin embargo, que el lenguaje que utilizaba Fontanarosa, en su onírica e inquietante evocación, contenía ciertos giros arcaicos poco utilizados en la actualidad…

—¡Ay, Mauro! —murmuró don Álvaro, que, entornando los ojos, dirigía ahora su mirada hacia su ya compañero—, ¡qué espléndido fue ese gran *Te Deum…!* ¡Jamás escuché uno tan perfectamente cantado como aquél! *Dopo il Te Deum, il sovrano fu condotto alla capella di San Genaro, prottetore della cittá. Lí, l'arcivescovo gli mostró il sangue miracoloso, giá tutto liquefatto, segno immancabile del suo propizio arrivo…* ¡Sí, Mauro, fue aquél un día glorioso para la ciudad…, y también para mí!

Al concluir aquella agitada remembranza, Fontanarosa agachó la cabeza hasta casi unir su mentón con su pecho, quedándose así un corto espacio de tiempo, sumida su mente en un laberinto de recuerdos imposibles… Porque, ¿qué clase de recuerdos eran aquellos, que se referían a hechos ocurridos hacía 260 años? Mauro, cada vez más desorientado, comenzó a pensar que Fontanarosa se burlaba de él o intentaba tenderle alguna trampa…

—¡Sí, mi niño, sí!, ¡todo eso sucedió aquel día! Pero no te inquietes —añadió el napolitano, que comprendió el desconcierto de su amigo—. ¡He leído tantas veces el relato de la entrada del rey Carlos en nuestra ciudad, que a veces, cuando me distraigo, me parece haberla presenciado yo mismo!… Las historias no vividas, pero sí leídas y releídas en los libros, generan determinadas visiones en nuestro cerebro, que terminan por parecer más verdaderas que la propia realidad. ¡Ay, Mauro, cómo nos mienten los recuerdos, cómo nos engaña la memoria!… ¡Un día, cuando seas mayor, me darás la razón!… Pero ven, acompáñame al cuarto; quisiera dormir alguna hora más. ¡La noche ha sido espléndida —y don Álvaro sonrió—, pero también un tanto agotadora!

Era Mauro quien ahora sonreía. La observación de Fontanarosa era cierta. ¡También a su humilde restaurador no le vendría mal algún rato más de sueño!

Álvaro, antes de llegar a la cama, se detuvo para observar a Mauro.

—¿Qué me miras? —preguntó éste.

—Todo, y durante el mayor tiempo posible —fue la respuesta del napolitano. Una vez en la cama, Mauro apoyó su cabeza sobre el hombro de su nuevo amante, y ahí se quedó dormido. Fontanarosa siguió contemplándole, emocionado, durante unos minutos más, pero cuando él también estaba a punto de dormirse, escuchó la voz entrecortada de Mauro, que le suplicaba—: ¡Esta vez, por favor, no me mates! —Y segundos después, la voz repitió—: ¡Esta vez, por favor, no!

Aquellas palabras provocaron en Álvaro una sacudida semejante a la de una violenta descarga eléctrica.

—¡Mauro, niño…! ¿Por qué dices eso?

Éste abrió los ojos con dificultad, sus párpados agobiados por el sueño.

—¿Decir qué? ¡Si no he dicho nada! Creo que soñaba, cuando me has despertado…

—¿Y qué soñabas?

—¿Soñar?… No… ¡No lo recuerdo!

—¿Pero acaso?… —Y ante la mirada de Mauro, que rogaba un descanso, añadió—: ¡Perdóname, yo también debía de estar soñando!… ¡Anda, duérmete y no me hagas caso!

Y Mauro, vencido por el cansancio, volvió a dormirse, casi de inmediato.

Fontanarosa, en cambio, no consiguió volver a cerrar los ojos. Su corazón, desde el momento en que oyera aquella frase, latía a un ritmo desordenado. No podía dudar del hecho: había escuchado, con meridiana claridad, la súplica de Mauro, pidiéndole que no le matase. Y aquel ruego angustioso, que llegaba desde un pasado oscuro y doliente, había conmocionado todo su ser.

—Mi pobre y querido muchacho, hubiese querido decirle, ¿cómo podría querer matarte de nuevo, si, en tiempos que fueron otros, ya lo hice una primera vez?

Pasaban los minutos, y Álvaro seguía sin conciliar el sueño. Cada vez estaba más seguro de que aquella súplica, formulada a través de la voz de Mauro, no era producto de su imaginación, ni de su locura, menos aún de su remordimiento. Desde que escuchara aquellas palabras, se había mantenido quieto, sin atreverse siquiera a rozar con sus dedos la mano que el joven había dejado junto a la suya… De pronto sonó a lo lejos el plañido nostálgico de una sirena; un barco abandonaba el puerto, y surcaba, despacio, las aguas de ese golfo de Nápoles que las islas de Prócida, Ischia y Capri intentan proteger del mar abierto.

Fontanarosa, de pronto, comenzó a sollozar, aunque para no despertar a Mauro, procuró ahogar, en lo posible, aquellos sollozos, que se deshicieron en gemidos imperceptibles. Sonó de nuevo, algo apagada ya por la distancia, la sirena del mismo barco, que, poco a poco, se adentraba en el horizonte, atraído por la inmensidad del mar, ese mar que con su aparente calma y su azul de tarjeta postal, se le antojó a Álvaro el disfraz, engañoso y seductor, de la siempre astuta y paciente muerte, ella también, como el mar, insondable y enorme, eterna y sin piedad.

SEGUNDA PARTE

LAS ROSAS DE PAESTUM

El mayor de los templos de Paestum se erguía, poderoso como la silueta de un gigante, ante la mirada asombrada de Mauro que, absorto, no conseguía sustraerse a la contemplación de las seis enormes columnas frontales del santuario de Neptuno. Sus gruesos tambores y robustos capiteles, tallados en una áspera arenisca horadada por las lluvias, gastada por los vientos y mordida por el salitre de un mar demasiado próximo, eran aún capaces de sostener, sin cansancio en su cimentación ni desvío en su verticalidad, los poderosos arquitrabes del santuario.

Como altivas atalayas del pasado habituadas a defenderse del presente, aquellos colosales troncos pétreos consiguieron resistir, durante el largo olvido de la Edad Media, al diario y extenuante combate de su propia supervivencia, amenazada no tanto por el impulso destructor innato en el ser humano, como por la miopía y mezquindad de sus creencias. ¡Lo que no pertenecía a la nueva fe no tenía que pertenecer al mundo! Así, durante más de quince siglos de abandono, cuando no de hostilidad, los imponentes vestigios dedicados a los antiguos dioses, que aún dominan la llanura de Paestum, se convirtieron ellos solos en el más claro y solemne testimonio de la civilización que los creó, civilización que, nacida en una no muy lejana península rocosa, asediada por un mar saturado de islas, logró extender los enunciados de su genio hasta las más distantes orillas del Mediterráneo.

En esa civilización el ser humano, libre todavía de la rémora culpabilizadora de esa frustrante hipótesis teológica que es el pecado original, se propuso a sí mismo como medida de todas las cosas. ¿Qué otra referencia podría buscarse sobre esta tierra? Por desgracia, algún tiempo después, gente de espíritu menor y más agrio, que se consideraban ellos mismos el instrumento de una divinidad trascendente, llegaron, sucios y andrajosos de aspecto, pero orgullosos y dogmáticos de espíritu, con la triste intención de ir segando uno a uno los goces de la vida, y desterrar de ella el disfrute y la celebración de sus placeres más conspicuos. Y esa vena masoquista que anida en la mayoría de los seres humanos los aceptó, parece ser, con incomprensible docilidad.

—¡Beltrán, *mio caro ragazzo,* no me irás a decir que nada sabías de la belleza de estos templos de Paestum! —exclamó Fontanarosa, que no quiso darle a Mauro tiempo ni ocasión para que contestase—. Son —continuó el ilustre napolitano— las tarjetas de visita más espléndidas que dejaron los griegos en estas costas de la Italia del sur. Nunca les bendeciremos lo suficiente por haber legado a esta tierra nuestra todas estas heroicas columnatas, que a guisa de pétreas diademas, otorgan una dimensión casi mítica a aquellos parajes donde se alzan tan emocionantes restos…

Fontanarosa se tornaba lírico, incluso florido en exceso, cuando confrontado a estos imponentes vestigios del pasado. Paestum era, de entre todos esos lugares donde la antigua Grecia dejara su huella, su punto de referencia favorito. Hasta él se acercaba regularmente, y a él de nuevo retornaba con devota y periódica asiduidad. Y no lo hacía tan sólo por el placer que tan solemne belleza le provocaba, sino también por higiene mental: tras recorrer aquellas ruinas colosales, Álvaro salía de allí reconfortado por la hermosura de tan rotunda visión, y sobre todo, con un mejor concepto de la humanidad y de sí mismo.

—No sé, Beltrán, cuál es tu parecer —continuaba el onorévole—, pero donde esté una columna dórica, que se quiten todas las demás. Y esto no es sólo mi opinión, es también la opinión de muchos, aunque pensar de este modo sea un fenómeno relativamente reciente. En mis lejanos tiempos de adolescente, cuando nos encontrábamos ante una columna dórica, si llegábamos a mirarla, raramente la admirábamos; apenas le dábamos valor, porque no la comprendíamos. El respeto, y luego el gusto por este estilo rudo y severo, llegó algo después. Fueron los turistas ingleses que, allá por la segunda mitad del siglo XVIII, acudían hasta aquí, ansiosos por reencontrarse con el mítico pasado mediterráneo, los que nos abrieron los ojos respecto a la austera belleza y dignidad del orden dórico, y lograron convencernos de la superioridad de este estilo arquitectónico, sobre otros más amables, que florecieron más tarde.

Las palabras de Álvaro despertaron en Mauro primero un lógico interés, luego la ya consabida extrañeza. Tan sólo unos segundos antes, Fontanarosa afirmaba que, cuando adolescente, apenas sentía aprecio por un estilo que entonces era considerado tosco y primitivo... ¿Pero a qué época aludía Álvaro? Añadía éste que el mencionado estilo lo pusieron de moda los viajeros británicos, que, llenos de entusiasmo y afán reivindicativo, no cejaron en su empeño hasta dejar el orden dórico rodeado del aprecio que le correspondía, ya que los frívolos europeos del sur habían preferido, desde los inicios del Renacimiento, el más modesto y manejable orden toscano. ¡Pero todo esto había ocurrido, se repetía Mauro, a finales del siglo XVIII! Por lo tanto, difícil resultaba que don Álvaro pudiese almacenar en su memoria recuerdos que se originaban en época tan distante… «¿A qué jugaba Fontanarosa? —se preguntaba de nuevo él joven español—, ¿tal vez a despistar a su interlocutor? ¿O quizá intentaba plantear un complicado acertijo, una partida de enigmas no anunciada, valiéndose de reglas trucadas y secretas?…».

—Sí —concluía Fontanarosa—, se percibe en el orden dórico una manifestación de tan considerable fuerza e integridad, que todos los demás tipos de capitel parecen endebles, incluso irrelevantes, cuando comparados con éste. ¿No sientes, mi querido Beltrán, algo primigenio y básico en el diseño de estas columnas, algo, sobre todo, irrefutable?

—Sí, Álvaro… algo básico, y también hondamente reflexivo. ¿Pero qué me dices del orden jónico? ¡La elegancia de una columna jónica no ha sido superada por ninguna otra! —El joven restaurador prefirió no confesarle a su patrón su amor fervoroso por el jónico, ya que no le apetecía revelarle en aquel momento sus preferencias arquitectónicas… Empezaba a temer los comentarios irónicos del que ahora era su amante.

—¿Qué quieres que te diga respecto al jónico? —preguntó Fontanarosa—. No voy a negar su esbeltez y elegancia, pero la columna jónica, y sobre todo, su capitel son, sin lugar a dudas, de género femenino, ¡eso, no me lo negarás!; en cambio el orden dórico es de sexo resueltamente masculino. Sobre esto último, Mauro, no hay discusión posible. Y sucede, querido muchacho, que desde hace ya tiempo, prefiero lo masculino a lo femenino, o dicho con toda claridad, me complace mucho más el hombre que la mujer.

—Acabas de decir: ¡desde hace ya tiempo! ¿Qué ocurre, que no siempre ha sido así?

—¡En efecto! Hubo una época en que no ocurría así, y aquel tiempo también tuvo sus goces, goces que no he abandonado del todo, pues conviene, Beltrán, retornar a ellos de cuando en cuando…

—¡Bien! —exclamó Mauro, que prefirió volver al tema anterior—, ¿y qué me dices del capitel corintio? —Mauro quería cortar las confidencias de Fontanarosa, ya que no deseaba, en aquel momento, adentrarse en los recuerdos de anteriores etapas de la vida de su amigo. Nada bueno, intuyó, podría encontrar ahí—. Sí, insisto, el capitel corintio, de tan enorme éxito en siglos posteriores, ¿dónde lo dejas?

—¿El capitel corintio? —El onorévole pareció dudar un instante—. ¡Lo dejaría —dijo al fin— para las zonas rosas de nuestras ciudades!… ¿No te das cuenta de lo gay que resulta ese capitel, con todas sus hojarascas y floripondios? —Y Fontanarosa se rió de su propia respuesta.

—Pues si examinas los innumerables edificios construidos bajo las influencias de los estilos clásicos, el capitel corintio es el orden que más abunda —observó Mauro con intención. Álvaro se echó a reír de nuevo…

—¡Tal vez, en la zona más íntima del cerebro del hombre haya mucho… capitel corintio escondido! —observó el onorévole, que sin duda gozaba con aquella digresión sobre el sexo de los capiteles.

—En todo caso —añadió el español—, el capitel corintio posee una gran dignidad formal…

—¿Y quién ha dicho que los gays no la tengan? —Y sin apenas transición, luego de hacer un amplio barrido con la mirada. Álvaro exclamó—: *Mamma mia, quanto è bello tutto questo!*…

—Sí —afirmó Mauro—, y las numerosas fotos que he visto de este lugar no han sido sino débiles traducciones visuales, réplicas neutras, cuando no empobrecidas, de la recia belleza de estos templos, aunque no tenga mucho sentido quejarse por ello —concluyó el español—. La realidad por un lado, y su versión fotográfica por otro, son cosas muy distintas, aunque nos hemos acostumbrado a considerarlas como equivalentes. La experiencia me ha convencido de que los parajes arqueológicos poseen una característica común: su difícil fotogenia. La cámara fotográfica convierte en aburridos e indiferentes esos pálpitos, esas vibraciones, esa extraña vida latente que almacenan las piedras antiguas, fenómenos estos que la lente desapasionada de una máquina es incapaz de captar. Cuando uno se pasea entre estos fragmentos arquitectónicos, realzados por la historia y ennoblecidos por los siglos, podemos a veces, con un poco de suerte y un mucho de disponibilidad, escuchar algo parecido a un murmullo formado por sílabas inconexas, por sonidos ahogados, por palabras apenas musitadas, cuyo significado preciso resulta imposible de entender, pero cuyo mensaje global, a veces, sí resulta posible captar. Evocan, estos fragmentos de voces, placeres con frecuencia olvidados, goces primero negados y luego concedidos, y sobre todo, el eco de cientos de besos, esos besos que cantara Cátulo, ardientes los unos como la lava, frescos los otros como manantiales… Mensajes entremezclados que, en su conjunto, nos hablan de un mundo que hubiese podido seguir existiendo, si los que se dicen devotos de la Cruz no hubiesen perseguido, con saña tan obtusa como obsesiva, las delicias y satisfacciones que nos brindan el mundo y la carne. ¡Ay de esas religiones que convierten la penitencia y el sacrificio en la columna vertebral de su conducta!

—¡Tranquilízate, Beltrán, tranquilízate! —rogó Fontanarosa—. ¡Las jóvenes generaciones están redescubriendo el placer de vivir, y sobre todo, el placer de sentir!

—Quizá, poco a poco, esto vaya siendo así. Pero a pesar de ello, todos esos mensajes que tan sólo intuyo me siguen hiriendo el alma, tan gustoso es lo que sugieren y tan placentero es lo que evocan. ¿Acaso has logrado, mi gran amigo y mecenas, escuchar, al menos por una vez, algunos de esos recados que el pasado nos envía, aunque lo haga de un modo tan confuso?

Fontanarosa, al observar los ojos humedecidos de Mauro, a punto estuvo de emocionarse.

—Observo, *mio caro ragazzo*, que te vuelves aún más lírico que yo al hablar de ese pasado que los habitantes de la Europa del sur tuvimos en común, y que en común destruimos, para luego añorarlo. Laméntate, si eso te alivia, por lo que desapareció, que desgraciadamente es muchísimo, pero procura gozar también de lo que queda... ¡Y lo que queda, en Paestum, no es poco! Gran parte de la arquitectura de sus templos está ahí, todavía en pie, como heroico y obstinado desafío, para que el que pase ante ella la admire, y luego medite, ya que algunos de los que habitamos en estas tierras, intentamos acordarnos de lo que veinticinco siglos atrás realizaron otros, para que los logros de estos antepasados nuestros nos sirvan de inspiración y acicate, en este presente un tanto desolado donde lo que es moda, por mediocre que sea, sustituya a lo que es bello. ¡Pocos lugares como éste tan propicios para la evocación y el recuerdo enaltecido! Por cierto, hablando de recuerdos, ¿estarías dispuesto a que te sofoques con un cúmulo de datos sobre Paestum? *Non voglio annoiarti, mio caro, ma forse...*

—¡Dame esos datos, pero no me sofoques con ellos! —interrumpió Mauro, riendo—. ¡Prefiero que me ahogues con actividades algo distintas!

—¡Ya! ¡Pero no querrás que tú y yo nos pongamos de pronto a... paganizar, justo aquí, ocultándonos detrás de esas

columnas, que, sin duda, no les importaría convertirse en cómplices!… Ese guía tristón que nos sigue desde lejos, y cuya misión no es, desde luego, instruirnos sobre la historia de Paestum, ¡a tanto no se atrevería!, pero sí vigilarnos y observarnos de reojo, dudo que nos permitiera tales desahogos. Vuelvo a ofrecerte algunos datos, que en estos momentos, se me antoja lo más prudente… Empiezo, pues, si te parece: esta ciudad, consagrada al soberano del mar, recibió al ser fundada el nombre de Poseidonia. Sus colonizadores provenían de otra ciudad famosa de la Magna Grecia, Sibaris, y a pesar de la conocida afición de los sibaritas por los goces terrenales, resulta obvio que no descuidaron por ello el culto a los dioses. Placeres de los sentidos y devociones religiosas no constituían, en la antigüedad, esferas contrapuestas. ¡Precavidos y sabios parecen haber sido aquellas gentes, que apuraron los deleites de este mundo, con la esperanza de encontrar alguno que otro en el más allá! Dejaron, como muestra de su conducta ecléctica, estos tres magníficos santuarios dedicados a Hera, Demeter y Neptuno.
—Y Fontanarosa iba señalando a cada uno de ellos mientras proseguía con su explicación histórica.

»Luego, la griega Poseidonia cambió su primitivo nombre por el de Paestum, cuando pasó a manos de Roma. Las nuevas autoridades reconstruyeron y replantearon la ciudad. Los restos de esta nueva urbe romana los ves un poco por todas partes, aunque son desgraciadamente escasos. Sus materiales sirvieron como cantera a lo largo de la Edad Media, con depredaciones sarracenas incluidas. Lo que hoy se ve, que no es mucho, fue devuelto a la luz, a raíz de las excavaciones realizadas en los años sesenta. Pero los romanos conservaron intactos los viejos templos. Les debieron parecer muy hermosos, ya que Roma nunca dejó de admirar el arte que los griegos dejaron tras de sí. ¿Me estás escuchando, Mauro?

—No… ¡Sí, sí!… ¿Pero por qué veo tantos rosales mustios por todas partes? ¡Da un poco de pena observarlos agostados por el calor! ¡En primavera, el espectáculo debe de ser precioso, pero ahora!…

—¡Beltrán, *mio ragazzo,* son las célebres rosas de Paestum! ¿Tampoco has oído hablar de ellas? ¡Este chico necesita con urgencia un curso intensivo sobre el mundo antiguo! —exclamó el onorévole, alzando los ojos hacia el cielo, como si en él buscase una determinada complicidad—. Querido muchacho, la belleza de las rosas de Paestum era proverbial en época romana, y sin duda también lo fue antes. Hasta Propercio las menciona en uno de sus poemas. ¿Qué, tampoco has leído a Propercio? ¡Ni menos a Tíbulo, claro!

—Ni a Propercio, ni a Tíbulo. Algo de Catulo, sí, y mucho de Ovidio…

—No me vengas ahora con Ovidio, que, por cierto, fue amigo de Propercio… ¡Ovidio, el gran Ovidio, a pesar de su inmenso talento y aún mayor capacidad de seducción, no siempre sirve de comodín para todas las demás ignorancias! Propercio, mi querido Beltrán, le aconseja a su amada Cintia, que debió de ser una mujer hermosísima a la que consagró toda su inspiración: «¡Aprovecha tus años más bellos! He visto las rosas de Paestum marchitarse en una sola mañana». Fueron éstos quizá los primeros versos latinos que compararon el rápido marchitarse de la rosa con lo fugitivo de la hermosura humana. Vendrían después Virgilio, Ausonio y, en el Renacimiento, Ronsard, Garcilaso y tantos otros. Pero si todos estos poetas evocan la breve lozanía de una flor, ninguno de ellos salvo el ya mencionado Propercio cita el nombre de Paestum… ¡Por cierto, qué hermosa es en tu lengua la palabra lozanía! En italiano, esta palabra ni existe, ni tiene un equivalente que resulte mínimamente estético…

»En la época moderna, quien nombra por fin este lugar, relacionándolo con las rosas, es el gran André Chenier, influido, sin duda, por los relatos de aquellos viajeros ingleses que volvían, asombrados, después de contemplar estas colosales ruinas que tenemos ahora ante nuestros ojos. Todavía algo se mueve dentro de mí, cuando pienso que esos bárbaros jacobinos guillotinaron al más grande de los poetas franceses de su tiempo, por el simple hecho de que su fervor revolucionario no resistió la contemplación de ese cotidiano río de sangre que derramaban sus antiguos correligionarios políticos… En cuanto a su alusión a Paestum, está contenida en estos versos:

¡Que a ese jardín de Paestum, tus manos cuidadosas,
cada año y por dos veces, lo coronen de rosas!

»Las rosas, querido Beltrán, todavía rodean y perfuman estos emocionantes vestigios, que, como huellas de gigantes, jalonan este lugar que los añorados dioses de antaño no se resignan a abandonar del todo. Toma, aquí tienes una de esas rosas; cuando la arranqué del arbusto, el calor del mediodía aún no la había marchitado… La sombra del fuste de una columna la resguardaba del sol… ¿Por qué no la reproduces en el techo de la capilla, discreta, incluso semioculta entre los dedos de algunos de esos ángeles que vas a restaurar? Allá en la bóveda, cuando la hayas fijado para siempre entre tanta nube artificial, esa rosa salida de tu pincel será el símbolo inmarchitable de mi devoción por ti…

Mauro, al escuchar esas palabras, se ruborizó. Seguía sin comprender por qué su persona provocaba en Fontanarosa esos recurrentes accesos de ternura, acompañados de tan florida sucesión de expresiones amatorias, típicos excesos verbales usados en siglos anteriores, y que aún hoy, no pocos italianos del sur suelen emplear en sus manifestaciones de cariño. A Mauro, madrileño al fin, y por lo tanto acostumbrado a demostraciones afectivas más sobrias, aquellos términos le sonaban, quizá no a falsos y añejos, pero si a ampulosos y teatrales, a pesar de que las palabras de Álvaro parecían sinceras, incluso emocionadas, cuando homenajeaban al joven de forma tan lírica y encendida…

—¿Por qué me dices todas esas cosas que creo no me merezco? Insisto, Álvaro; yo, Mauro Beltrán, soy una persona de importancia muy relativa. Seres como yo los puedes encontrar por docenas, ya sea en el mismo Nápoles, ya sea en cualquier otra parte de Italia… y no digamos en España. Un chico inglés, en York, me definió una vez como «el clásico españolito»…

—¿Y pasa algo porque me gusten los clásicos españolitos? No niego que pudiera encontrar seres que se asemejen a ti, pero ninguno de ellos sería ese Mauro Beltrán que tú pareces valorar tan poco. ¡Es a ti a quien quiero y deseo, no a tus copias o tus réplicas! ¿Tan difícil te resulta comprender esto?

—¿Pero por qué yo, precisamente yo?

—Te imaginaba con esa pregunta en la punta de la lengua… Eso, querido muchacho, quizá llegues a saberlo pronto, pero todavía no ha llegado la hora… Sin embargo, te ofreceré una respuesta parcial: ¿dónde podría encontrar yo unos ojos como los tuyos, con esos reflejos color de amatista? Ojos así, Mauro, sólo los he visto en otra persona… El inconveniente radica en que esa persona hace ya años que cerró sus párpados y cerrados quedarán ya para lo que resta de eternidad… Busqué esos ojos, no me importa confesártelo, durante un largo, larguísimo periodo de tiempo, y ahora los he encontrado en ti. Y pretendo seguir contemplándolos durante el mayor tiempo posible…

Mientras decía estas últimas palabras, algo semejante a una sombra pareció descender sobre el rostro de Fontanarosa, y una leve urdimbre, impalpable a la vez que opaca, cubrió, durante unos momentos su visión. Y el joven restaurador tuvo la impresión, durante un rato que por fortuna fue bastante breve, de que don Álvaro Fontanarosa había dejado de estar allí, junto a él, mientras la mente del napolitano se perdía por distantes y añorados vericuetos, anclados sin duda en el pasado, pero aún vivos en el recuerdo.

—¡Álvaro! —insistía Mauro, mientras sacudía primero con suavidad, luego con determinación, el hombro de su compañero…—. ¡Vuelve, vuelve aquí! —Después de las reiteradas llamadas de su amigo, Fontanarosa pareció responder a éstas, para observar, con detenimiento y ya del todo consciente, aquel entorno y aquel paisaje en modo alguno desconocidos. Como si quisiere asegurarse del lugar, preguntó—: *Siamo a Paestum, non e vero?* —ya que parecía haber salido de aquella ensoñación desorientado e inseguro…

—¡Por supuesto que estamos en Paestum! ¿Dónde si no? —comentó Mauro, que añadió—: Vuelves de muy lejos, ¿no es así?

—*Sí, questo è Paestum!* —se aseguró Fontanarosa, que procuró evadirse de la pregunta que se le hacía, mientras examinaba otra vez aquellos parajes familiares. Luego, volvió a permanecer unos segundos más en silencio, aunque pronto salió de lo que parecía una meditación, para dirigirse a Mauro:

—*Mio caro,* cuando lleguemos al museo, que está allí, fuera del recinto de las ruinas, entrarás a verlo tú solo. Podrás contemplar en él curiosas metopas arcaicas, unas pocas estatuas magníficas, y algunos objetos preciosos, sólo que yo los he admirado demasiadas veces para que me produzcan emociones nuevas… Te esperaré, sentado, en este banco. Parece que da suerte aguardar bajo un sicomoro —dijo, mientras contemplaba el árbol bajo el cual se había situado—. Su sombra, en Egipto, protegía de los malos espíritus y los sarcófagos de las momias se fabricaban con su madera… Este ejemplar lo trajeron de allí hace algunos años, ya que se tiene noticia de que en Paestum hubo varios de ellos, durante los últimos siglos del dominio romano. Debió de existir aquí algún templo dedicado a Isis, primera y originaria versión de un culto que después se confundiría con el de la Virgen María… Las civilizaciones, y también las religiones, se van enredando unas con otras… Para la visita al museo, toma todo el tiempo que necesites… *L'arte e la storia abbisognano di un respiro! E poi, cui fuori, corre un aria così serena!* Y a ese aire suave conviene escucharlo con atención, como antes señalabas tú, sí, sobre todo hoy, cuando apenas se ven turistas merodear por las ruinas, no veo por qué te sorprendes, Beltrán, yo también percibo no pocos mensajes del pasado, que se filtran hasta el presente, acompañando a la brisa. Ésta, aquí en Paestum, te acaricia el oído con toda clase de murmullos, de modo parecido a como susurran las piedras y tantas otras cosas antiguas y nobles que nos rodean… Para escucharlas, basta con prestarles un poco de atención, aunque por desgracia en el mundo de hoy son tantas las menudencias que nos distraen y nos aturden hasta taponar nuestros sentidos, que ya hemos olvidado cómo contactar con ellas.

* * *

—¿Qué, has disfrutado allí dentro? —le preguntó Fontanarosa a Mauro, cuando éste salió del museo.

—¡Por supuesto que sí! ¡Un bravo por su contenido y otro bravo, no menor, por la forma de exponer las piezas! Me detuve, claro está, ante la pintura funeraria del nadador que se lanza desde el trampolín para sumergirse en el agua, y sobre todo ante aquella que representa a dos comensales que, enamorados, se abrazan en un banquete, a punto casi de besarse. Ésta me parece una perfecta representación del amor a la manera griega: un hombre guapo, algo maduro, abrazado a un joven que le contempla con mirada amorosa… Nos emborrachamos, hoy, hablando de libertad, pero ¿en qué cementerio actual dejarían erigir una estela funeraria parecida?

—Sí —interrumpió Fontanarosa—, a pesar de su apariencia profana, nos encontramos ante un tema funerario relacionado con la muerte. De eso no hay duda.

—Lo sé, pero siento decirte que no me convence la teoría de que ese buceador que se lanza al agua desde una determinada altura representa el alma del difunto dispuesto a sumergirse en uno de los ríos del mundo subterráneo. ¡Demasiado metafórica y rebuscada me parece esta explicación! ¿Y si se tratase tan sólo de una alusión a una de las aficiones del joven allí enterrado? ¿Tal vez un campeón local de natación? Pero si nos encontrásemos ante una representación simbólica del trance que enlaza la vida con la muerte, entonces insistiría en la superioridad de la iconografía pagana sobre la cristiana. ¿Te imaginas, Álvaro, lo distinto que sería una capilla funeraria como la del príncipe de San Severo, si en vez de un suelo de terracota, hubiese allí una piscina, y si las estatuas, en vez de representar una serie de imágenes más o menos patéticas, cuyo dramatismo logra a veces sobrecogernos el ánimo, formasen un conjunto de figuras desnudas en el momento de zambullirse en el agua? ¡No iba yo a pasar horas visitando capillas funerarias!

—¡Pero qué irrespetuoso puedes llegar a ser con los muertos! —exclamó Fontanarosa, que parecía divertirse con las provocadoras impertinencias de Mauro—. ¡Tú lo que desearías es una visión erótico-deportiva del trance final, con salto de trampolín incluido, a más de algunos otros saltos de difícil catalogación!… Para excentricidades acuáticas, me temo que tendrás que contentarte con las termas subterráneas que ayer te mostré... Pero vámonos, acerquémonos al coche, que quiero que eches un vistazo a Salerno, antes de que se haga tarde...

Mauro divisó el espléndido Hispano-Suiza aparcado junto al templo de Ceres, lugar donde a ningún coche le era permitido estacionarse. Pero ni un solo vigilante de la zona arqueológica parecía dispuesto a ordenar que aquella fastuosa máquina fuese retirada de allí.

—Resulta obvio que tienes licencia para dejar tu Hispano-Suiza donde te plazca —comentó Mauro, dirigiéndose a Fontanarosa.

—Así es —respondió éste—. Además, ¿quién se atrevería a enfrentarse a un chófer como Renzo?

Ocurría que a Fontanarosa le gustaba, en verano, llevar a Renzo vestido con camisetas ajustadas que subrayasen su espectacular anatomía, como refulgente conductor de su no menos refulgente y espectacular Hispano-Suiza, aunque aquel colosal muestrario de músculos figurase, de modo tan sólo ocasional, como mecánico y supervisor de su flota automovilística. En realidad, Renzo ni siquiera formaba parte de la plantilla de servidores del onorévole. Se presentaba, un tanto al azar, ante éste, para luego desaparecer, por unas horas o por unos días, sin dar explicación alguna. Pero cuando aquella joya del motor aparecía en algún lugar, conducida por el gran Renzo, un murmullo admirativo surgía de entre aquellos que contemplaban el espectáculo, aunque difícil resultaba distinguir cuánto de aprobación admirativa iba destinado al coche, y cuánto al coloso que lo guiaba.

Luego, y poniendo esa expresión de pícaro que ya Mauro le conociera, el onorévole añadió:

—Además, *mio caro*, esto de dejar el Hispano-Suiza aparcado en los sitios más inverosímiles es, puesto al día, una manera como otra cualquiera de ejercer el viejo y entrañable derecho de pernada…

—¿Ah, sí? ¿Y cuándo has ejercido ese derecho?

—¡Uy, mi querido Beltrán, si te contase desde cuándo lo llevo poniendo en práctica, no me creerías!

Mauro observó, de reojo, a Fontanarosa. El patrón sonreía, pero no parecía hablar en broma. A continuación, el joven español dirigió de nuevo su mirada hacia el coche. La silueta, colosal o excesiva, según los gustos, de Renzo, se destacaba desafiando la prohibición expresa de pisar el templo, sobre las elevadas gradas del santuario dedicado a la diosa de la agricultura. Instantes después, aquel tremendo cuerpo de hombre se colocó entre dos de las columnas del edificio, que de pronto, a pesar de su dórica robustez, parecieron más chicas y más endebles.

—*Mío signore!* —gritó Renzo, agitando su brazo, poderoso y duro como una maza, al percibir a su patrón Fontanarosa y a su nuevo compañero acercarse, despacio, hacia el coche.

—¡Fíjate, Álvaro!, qué efecto óptico tan curioso —observó Mauro—, ¡la silueta, verdaderamente colosal, de tu chófer, acaba de convertir ese templo dedicado a Ceres en otro bien distinto, consagrado, sin duda, a la figura de Hércules!

* * *

—Podrás, mi querido Beltrán, constatarlo tú mismo: la vista desde lo alto del castillo de Salerno no sólo es extraordinaria, sino que resulta, en mi opinión, casi conmovedora; constituye uno de los panoramas más bellos que se puedan contemplar en esta parte del mundo. Ahí, a tus pies, se extiende todo el golfo salernitano, con el macizo donde se incrustan Amalfi y Positano de un lado, y del otro, ese Paestum que acabamos de dejar, ahora perdido en la lejanía, ya que la distancia ha borrado del paisaje esos templos que tanto hemos admirado, y que ahora tan sólo adivinamos, envueltos en esa niebla acuosa que a veces cubre las orillas del Mediterráneo...

—¡Me admira la intensidad de los azules!

—Sí, a estas horas, todavía todo es intenso: la luz, los azules, la belleza... ¡y todo eso ha estado siempre aquí! La vieja Salerno es una ciudad mágica, y mientras más ha cambiado, más se ha ido pareciendo a sí misma... Aunque de la parte nueva será mejor no hablar...

Fontanarosa respiró con avidez el aire, como si quisiera llenar sus pulmones de esa brisa fresca y húmeda de la tarde, cargada de los salitres de un mar color lapislázuli, que la luz del sol estriaba con cegadores reflejos plateados. Las orillas de ese mar aparecían delimitadas de un lado por altos muros de piedra y rocas cortadas a pico, que servían de sostén a unos jardines colgantes cargados de limoneros, palmeras, rosales y buganvillas, y cuya hermosura la espuma blanca de las olas enmarcaba, con su repetido y monótono asalto a los acantilados. Del otro lado, ese mismo mar abrazaba la perezosa llanura del Cilento, donde se asentaron los primeros pobladores venidos de Grecia, y que se extiende hacia Elea, punto culminante de la inteligencia presocrática...

El onorévole contemplaba con agrado cómo se dibujaba sobre el rostro de Mauro una expresión en la que se mezclaba la admiración y el asombro. Deseaba, con fervor, que a su nuevo compañero le gustasen las mismas cosas que a él. El otro, sí, el otro, el siempre amado y detestado aunque nunca olvidado, apenas mostró en vida interés alguno por disfrutar de la belleza que le rodeaba. Esta vez, intuyó el napolitano, no sucedería así...

—Beltrán —le explicaba Fontanarosa—, este nido de águilas donde nos encontramos lo mandó construir el normando Roberto Guiscardo allá por el siglo XI. Acababa de arrebatarles a los árabes nada menos que la isla de Sicilia, proclamándose duque de la misma, para después conquistar los territorios de Calabria y la Basilicata a los bizantinos, a los que expulsó definitivamente de Italia. Desde allí subió hasta Salerno, y aquí estableció la capital de todos sus dominios. Luego, desde Salerno, lanzó una terrible y destructiva *razzia* sobre Roma. Aun hoy, varias de las antiguas basílicas de la ciudad eterna conservan las huellas de los destrozos provocados por el normando. El Papa Gregorio VII excomulgó a Guiscardo, disposición que no pareció afectarle en demasía. Pero cuando el mismo Papa Gregorio cayó en poder de su peor enemigo, el emperador germánico Enrique IV, que le encerró en el castillo de Sant'Angelo, Roberto Guiscardo consiguió liberarle y traerle hasta aquí. Y aquí murió el pontífice, y aquí está enterrado en el ábside de la catedral. Antes de fallecer pronunció una frase que se ha hecho célebre: «Amé la justicia, detesté la iniquidad, por eso muero en el exilio». La posteridad, con unánime aquiescencia, ha juzgado la frase hermosa. A mí me parece tan sólo oportuna, cuando no oportunista, y desde luego hábil en su intención reivindicativa… Podríamos preguntarnos si esa justicia invocada por el pontífice se refería a una justicia de todos para todos, o tan sólo una para uso propio, que lo que mueve y motiva a un ser humano, no siempre convence y conmueve al resto de la humanidad. Pero ven conmigo mi querido Beltrán, no seamos avaros de nuestras alabanzas, y vayamos a rendir un breve homenaje a ese Papa, o para ser más exactos, a esos restos suyos convertidos en polvo, guardados en este templo que él consagró.

* * *

—Magnífico, verdad, este *duomo* catedralicio: ¿y qué me dices de esos ambones extraordinarios y de esas tumbas? Aunque a mí, más que la del Papa Gregorio, me emociona la de Juan de Prócida, ministro del rey Manfredo, hijo de ese gigante de la historia que fue el emperador Federico II Hohenstaufen. Este Juan de Prócida, cantado por d'Annunzio, fue el que ordenó construir el puerto de Salerno. Los más convencidos y estrictos conservacionistas piden ahora que no se le toque… ¡Como si este puerto, a través de los siglos, no hubiese sido modificado y alterado repetidas veces. No se puede detener la historia, aunque a veces, con suerte, se consiga encauzarla!

Hablaban Mauro y Fontanarosa, sentados en un café situado en via dei Mercanti, quizá la calle más elegante de la ciudad vieja:

—Te dije, Mauro, que Roberto Guiscardo, el normando, hizo de Salerno la capital de la Italia del sur, pero sin duda ignoras que, al ser la ciudad liberada por los aliados, aunque la palabra «liberada» sea discutida por algunos, Salerno fue proclamada la capital, evidentemente provisional, de la parte de Italia que en 1944, había sido ya evacuada por los alemanes. Fue en el ayuntamiento, en su salón de mármol, donde ocurrió tan singular acontecimiento. En todo caso, más que por este hecho, más que por haber sido en sus inicios capital de un reino que duraría, con ciertos intervalos, hasta mediados del siglo XIX, más incluso que por ser la patria chica de Torcuato Tasso, la gloria de Salerno, de cara a la posteridad, se basa, en mi opinión, en haber servido de sede a la mayor escuela de medicina de toda la Edad Media. Y esa escuela no la capitaneó un sesudo doctor cargado de honores, sino una simple mujer. Y esa sabia hembra se llamó Trótula, Mauro, y su historia resulta apasionante. Había nacido en el seno de una antigua y noble familia, la de los Ruggiero. Casó, a mediados del siglo XI con un médico, célebre como ella, llamado Giovanni Plateario, al que le dio tres hijos. Muy pronto, sus conocimientos médicos superaron a los de su marido, conocimientos que se acompañaban de una extraordinaria intuición respecto a las dolencias de sus pacientes, de tal modo que empezó a ser conocida con el apelativo de «matrona sapiens». Además de sabia, la tradición le atribuye una extraordinaria belleza, que en ella duró más que en otras mujeres, tal vez porque supo mantenerla con hábiles y pertinentes cuidados…

»Uno de los primeros libros que escribió —seguía relatando Fontanarosa— llevaba por título *De ornatu mulierum*, y constituyó el primer tratado de cosmética redactado en Occidente después del año mil. Pero la obra que le dio fama fue el de *Passionibus mulierum ante, in et post partum*, y ése sí que es el primer tratado de ginecología escrito por una mujer…

»La medicina actual desprecia los libros de Trótula, a los que concede tan sólo una importancia histórica, negándole toda relevancia científica… lo que constituye, a mi entender, una manera muy simplista de valorar los conocimientos del pasado, aunque lo importante de Trótula no sean sus teorías médicas, sino su concepción general del ser humano, no sólo como una entidad a la vez material y espiritual, sino como algo que necesita establecer, para vivir mejor, una relación armoniosa con el mundo que lo rodea. Ese ser humano sólo se encontraría sano y a gusto consigo mismo si su continuo contacto con el entorno ambiental resultase fluido y positivo…

»Y si avanzamos un poco más en el significado profundo del texto, veremos, mi querido Beltrán, que ese entorno ambiental no es otra cosa que ese *apeiron* del que habla Anaximandro, sólo que ese *apeiron* Trótula lo parcela y lo fragmenta, sugiriendo, casi afirmando, que el alma individual no es otra cosa que una partícula o una emanación de esa grandiosa *anima mundi,* buscada y perseguida por todos los sabios herméticos, y también por los neoplatónicos.

—¡Ah, sí, el famoso *apeiron!* —El tono de voz de Mauro no podía traducir un mayor escepticismo, además de una cierta desilusión—. Pues si tú exaltas, Álvaro, el *apeiron* de Anaximandro, yo grito: ¡viva Demócrito y su materialismo atómico! ¡Éste sí que era un precursor! ¡Anaximandro, bah! —exclamó el joven restaurador en tono despectivo—. A ese *apeiron* aludió doña Lucía la otra noche, cuando hablaba conmigo. ¡Me temo que tenga una cierta empanada mental con tanta filosofía!… ¡Ahora me doy cuenta de que aquello que decía no era más que una repetición de lo que había escuchado en alguna conferencia… dada por ti!

—Sí —admitió Fontanarosa, sin darle importancia al asunto—. Me distraigo alguna vez ofreciendo charlas sobre filosofía griega, sobre todo en su etapa presocrática. Doña Lucía a veces ha asistido a estas charlas… ¡Es la dueña de pensión más culta que he conocido! En cuanto a mí, nada me resulta tan fascinante como reflexionar sobre estos heroicos primeros pasos del hombre en el desarrollo de su inteligencia especulativa. Don Raimundo di Sangro también se sintió atraído por mucho de lo enunciado por estos filósofos tempranos, cuando escribió su opúsculo titulado *Armonia sanguinis, armonia mundi,* aunque muchas de las reflexiones ahí expuestas tienen su origen en las teorías de Trótula, y en aquellas que esboza Agripa de Netterheim en su *De oculta philosophia.* San Severo, siguiendo a aquella doctora y a este sabio, y también al viejo Anaximandro, afirmaba en ese escrito suyo que el tan traído y llevado *apeiron,* difuso en su concepto y panteísta en su esencia, era el verdadero origen de todo lo que de espiritual lleva el ser humano dentro de sí. O dicho de otro modo: el alma que supuestamente cada uno posee no sería otra cosa que un fragmento personalizado de esa *anima mundi* colectiva, inserta en nuestro cuerpo para relacionarlo e integrarlo en el orden superior del planeta.

A Mauro le sorprendió escuchar a Fontanarosa afirmar, con ciertos matices, nada menos que la existencia de un alma dentro de cada uno de nosotros, aunque el concepto que el napolitano parecía tener de ella no se acordase demasiado con la concepción cristiana de la misma. La existencia de un alma colectiva y supraindividual era, para todos los teólogos occidentales, un concepto puramente panteísta, imposible de casarlo con la condición individual del alma. Pero no quería Mauro iniciar una discusión sobre tema tan resbaladizo, y prefirió atacar por otro lado:

—¿Acaso los escritos de don Raimundo no se perdieron todos, incluido ese opúsculo que has mencionado, cuando los nietos del príncipe se vieron obligados a vender el palacio familiar?

—¿Quién te ha dicho eso?

—¿Quién? ¡Pues don Alberto Miralles! No sé si recuerdas que fue él quien vino a buscarme al Albergo Aurora, el día en que me presenté ante ti en la capilla. Durante el trayecto, Alberto me fue informando sobre diversos aspectos de ésta, y también acerca de lo sucedido con los documentos y escritos científicos del príncipe.

—Siento desengañarte, Mauro, pero nuestro querido Alberto no conoce la totalidad de los hechos que protagonizó San Severo durante su larga vida, ni tampoco la totalidad de los avatares que luego le ocurrieron a su familia. Al menos los ignoraba hasta hace muy pocos días, cuando lo cité en las termas, para allí descubrirle ciertos hechos de la vida del príncipe que le concernían de forma directa. Estos hechos, una vez sabidos, han debido de afectarle mucho, pero no me sentía capaz de ocultarle determinadas cosas por más tiempo. *Non c'era altro da fare! Forse, lo stesso Alberto ti racontero, fra poco, tutta questa storia...* Me da la impresión de que tú le quieres, y estoy seguro de que él siente por ti el mismo afecto, aunque mezclado con no pocos celos... Me confesó que no acababa de entender cuál era aquí tu lugar exacto...

—¡Ni yo tampoco!

—*Pazienzia, mio caro, pazienzia! Alla fine, tutto si sapra!* Pero va siendo hora de marcharnos de aquí. ¿Te has fijado cómo ha cambiado la luz en la plaza? Y mira el mar al final de la calle: su azul se hará cada vez más profundo, más denso. A la caída de la tarde se tornará violeta, ese mar violeta que ya cantaba Homero... ¡Sí, querido Beltrán, violeta como tus ojos!

Fontanarosa se detuvo, para echarle un último vistazo al mar, luego posó su mirada durante unos cuantos segundos en el rostro de su nuevo amigo, y suspiró.

—A pesar de lo indefinido de la hora, espero que con un poco de suerte, algún restaurante sepa ofrecernos o bien una comida tardía, o bien una cena temprana; que ambas cosas podrían brindarnos si nos presentamos ahora mismo, reclamando que nos llenen el estómago... En fin, como dicen los ingleses, *let's hope for the best!*

Aquella afirmación, ejemplo de falsa modestia, se vio, casi de inmediato, refutada por la realidad. La presencia de Fontanarosa había sido advertida en Salerno nada más sentarse el *onorévole* en el café donde había tomado un refresco en compañía de Mauro, y tuvo que hacer el napolitano grandes esfuerzos para no verse obligado a entrar en todos los restaurantes de la ciudad vieja que se mostraban deseosos de brindarle su cocina y su hospitalidad...

* * *

—Beltrán, esta carretera que contemplas, llamada de la cornisa Amalfitana, es posiblemente la más bella de Europa —comentaba Fontanarosa, con típico entusiasmo meridional. ¿Pero acaso exageraba?—. La obra de la naturaleza, cuya escenográfica grandiosidad pocos equivalentes tiene en el mundo, ha sido completada por el esfuerzo humano, que ha logrado aquí una doble proeza: en primer lugar, embellecer aún más este paisaje, sembrándolo con algunas de las localidades más pintorescas de Italia, y en segundo lugar, cubrir estos desniveles vertiginosos con pequeños huertos de míticos limoneros, alojados de modo inverosímil entre los salientes de las rocas, o con breves e imposibles jardines, que ya Boccacio cantó en su día. Porque si la naturaleza ha creado unos riscos, que de tan escarpados, podrían calificarse de imposibles, el ser humano ha sabido convertirlos en habitables, mediante una paciente y obstinada labor que se ha extendido a lo largo de los siglos.

»Una vez lograda esta proeza, el hombre ha trenzado entre sí estos pequeños espacios, mimados paraísos en miniatura, con la ayuda de innumerables senderos, casi siempre bien pavimentados, que se resuelven en empinadas escaleras que descienden hasta un mar a veces color de aguamarina, otras teñido de tonalidades zafiro, o suben hasta determinadas alturas cuya belleza los lugareños afirman se confunde con parcelas desprendidas del Edén…

Mauro se esforzaba en no perder detalle de aquel espectáculo casi perfecto. El sol, que comenzaba a declinar, cubría aquel extraordinario conjunto con una pátina cobriza que realzaba aún más la hermosura de aquellos parajes. «Pronto —pensó—, cuando el sol se oculte tras los montes, este panorama se envolverá en una bruma primero azulosa, luego gris plomizo, hasta que la noche cerrada lo convierta en invisible, el cielo nocturno se confunda con la tierra, y las débiles luces de pueblos y caseríos se mezclen con las estrellas del firmamento… Tratemos de guardar este espectáculo en la retina —se dijo Mauro—, ahora, cuando más bello está».

—Allá arriba, sí, *lassù*, más allá de aquel pico —señalaba Fontanarosa con el dedo—, he descubierto una pequeña capilla, con un interior adornado de frescos del siglo XVI. No son de primerísima calidad, pero tampoco me parecen desdeñables. Nadie, ni los municipios más cercanos al santuario, ni el gobierno autónomo de la región, quieren hacerse cargo de esa ermita, ya que eso es lo que es, una modesta pero preciosa ermita. Tendré que adquirirla para que la restaures tú.

—¿Yo?, pero…

—¿Por qué ese pero? ¿Acaso pretendes inventar un nuevo pretexto para escaparte? ¡De poco te va a servir!… ¡No te vas a librar tan fácilmente de Nápoles y de mí! *Diciamo che tu sei il mio ospite prediletto*… ¡Y los huéspedes predilectos deben complacer en todo a sus anfitriones!

—¿En todo? —La voz de don Mauro Beltrán era, en aquel momento, todo un ejemplo de ironía…

Fontanarosa contempló a su nuevo amante y se echó a reír.

—¡Sabes bien que en ese aspecto, soy contigo, y sólo contigo, complaciente y flexible…! Pero no intentes desviar la conversación: ¿si compro la capilla, me la restaurarías, sí o no?

—Tengo que verla antes —fue la evasiva respuesta de Mauro.

—La verás, te lo prometo. Los frescos están en mal estado, y eso lo comprobarás tú mismo, pero no se encuentran en peor condición que aquellas que te vi restaurar en aquel palacio en las inmediaciones de Gratz…

—¿Ah, pero conoces el palacio de Eggenberg? ¿Y me viste allí trabajar? ¿Acaso me seguías?

—¡Mauro, por favor, no seas absurdo! —Y la voz de Fontanarosa adquirió acentos pacientes y persuasivos, mientras su hablar se hacía pausado y suave, como si se dirigiese a un niño—: Pertenezco, y eso no deberías ignorarlo, a una importante asociación ligada estrechamente a «Europa Nostra», entidad que como sabes bien, se dedica a vigilar y preservar el patrimonio artístico europeo. Realizamos, con cierta frecuencia, viajes para informarnos, in situ y de manera directa, de lo que se está cuidando o restaurando a lo largo y a lo ancho de este continente. Cuando Gratz fue declarada capital europea de la cultura, que, si no me equivoco, fue en el año 2002, nos desplazamos hasta allí, para ver lo que las autoridades austriacas habían realizado. Nos encontramos con algunas cosas que no nos gustaron demasiado, pero también con dos realizaciones espectaculares, en primer lugar la limpieza y restauración de la catedral, un edificio de modestas dimensiones, pero exquisito en sus detalles y que conocerás bien, y luego el salvamento de las pinturas del palacio de Eggenberg. La visita la realizamos mientras vosotros, los restauradores, os encontrabais en plena faena. Te vi, y estuve atento a cómo completabas la silueta de un caballo; igualabas lo recién realizado por ti con las partes que aún se conservaban de pintura original. Pero si en ti me fijé por la labor que hacías, cuando de pronto me miraste, distraído, descubrí aquellos ojos color violeta y decidí, sin pensarlo dos veces, que habrías de ser tú la persona que viniera a Nápoles para restaurar algo de lo mucho que queda por hacer aquí. Poco después, ocurrió el percance en la bóveda de la capilla, y entonces aceleré los trámites… ¡pero espera!… *Renzo, sarebbe possibile di fermarci cui? Sí? Allora, facciamo una piccola sosta. Voglio mostrare a Mauro, una última volta al meno per oggi! Questo magnifico paesaggio,* ¿lo estás viendo, Mauro?

El Hispano-Suiza se había detenido en un pequeño saliente de la carretera que servía de mirador y Mauro se asomó para contemplar las rocas caer a pico sobre el mar. Se produjo un corto silencio admirativo, interrumpido por Fontanarosa, que continuó explicándose:

—Uno de mis secretarios redactó una carta, que te enviamos, y que tú respondiste casi a vuelta de correo, te hice una oferta generosa, y en base a aquella oferta, accediste a venir aquí. Resumiendo lo sucedido: observé lo que hacías y cómo lo hacías, me impresionó tu buen hacer, y por último, te hice una proposición de trabajo que tú aceptaste. ¿Qué ves de turbio y de perverso en todo este asunto?

Mientras hablaba, Fontanarosa procuraba revestir aquellas palabras suyas, palabras que sólo expresaban una parte de la verdad, con la fuerza y convicción que conlleva una verdad completa…

—Sí, en efecto —contestó Mauro—, aparentemente, nada hay de malo en todo ello, pero… —Y de pronto se vio forzado a callarse. No encontraba razones de peso que oponer a lo dicho por su amante y patrón… ¡Todo parecía tan inocente!

—¡Anda, mi picajoso y desconfiado amigo, subamos al coche, que ya me apetece estar en casa; por fortuna, nos encontramos muy cerca!…

—¿Cerca? ¡De Nápoles no estamos tan cerca!…

—¡Beltrán, chiquillo! —interrumpió Fontanarosa, con un tono todavía paciente en la voz, y dirigiéndose a él como a un niño, igual que lo hiciera poco antes—: Debo informarte de que además del palacio de los Dos Virreyes, que tan bien conoces, tanto en su aspecto diurno como en su versión nocturna y clandestina, he ido adquiriendo, fuera del mismo Nápoles, varias propiedades por estos alrededores. ¿Crees en serio, que iba a privarme del placer de poseer un pequeño refugio en las alturas de Amalfi? Se trata tan sólo de un humilde retiro, aunque espero que te guste tanto como a mí. No te lo quiero describir por anticipado, para que sea una completa sorpresa… *Renzo, ti prego, partiamo subito, mi trovo adesso un po'stanco, e ando in fretta di verdermi a casa.*

* * *

El Hispano-Suiza se detuvo ante una edificación en apariencia sencilla, cuya fachada, algo escondida y de una desnudez casi minimalista, se orientaba hacia el poniente. Los últimos resplandores de un sol rojizo, ya pronto a desaparecer, tras las cumbres, cubrían de reflejos anaranjados la cal de la pared.

—*Apri tu la porta, caro Renzo* —pidió Fontanarosa, y colocó en la mano, espesa y enorme, de su guardaespaldas, la llave magnética que centralizaba las alarmas que protegían la residencia del napolitano.

—Tú primero, querido —rogó Álvaro a Beltrán, una vez que la puerta se abriera…

Penetraron los dos, luego los tres, en un amplio y luminoso zaguán, aunque Renzo, luego de asegurarse de que todo estaba en orden, desapareció de la escena, lo que hizo que aquel recinto pareciese, de pronto, más amplio. El suelo, de mármol color marfil, se veía interrumpido en su centro por un *impluvium* típico y práctico elemento de las antiguas casas romanas. Remataban las esquinas del pequeño estanque cuatro elegantes columnas jónicas, labradas en un mármol, blanquísimo en apariencia, aunque de remota tonalidad verdosa.

—No son antiguas, aunque sí del siglo XVIII —señaló Fontanarosa—, pero el mosaico en el centro del *impluvium* sí es romano, probablemente del siglo II. El rostro de Medusa me parece un auténtico *capolovoro*.

Mauro pensó que una cabeza de Gorgona no era el más adecuado motivo para decorar el zaguán de una casa. ¿No tenía esta cruel divinidad la propiedad de convertir en piedra a todo el que se atreviera a mirarla? Aunque tal vez Fontanarosa la había puesto allí con la esperanza de que lograse petrificar a los visitantes más importunos... En todo caso, Álvaro tenía razón, aquel mosaico era un magnífico ejemplo de la habilidad de los artesanos romanos de la época imperial.

—Sin duda es lo mejor de la casa, que aquí, pocas cosas existen de auténtico valor, salvo, quizá, esas dos cráteras italiotas del siglo III antes de nuestra era. Son, sin duda, un tanto excesivas en cuanto a su ornamentación, pero impresionan a los pocos visitantes que llegan hasta aquí. Cumplen con su función decorativa... ¿No lo crees así, Mauro?

El joven español se sentía, también él, impresionado por la refinada elegancia de aquel recibidor, pero no quiso dejar traslucir ni su asombro, ni su admiración. Le molestaba aparecer como el típico provinciano, acomplejado ante las fastuosas y sorprendentes posesiones de un amigo acaudalado...

—Sí, sin duda —dijo Mauro, aparentando cierta indiferencia.

—Ven —le indicó Álvaro, mientras tomaba la mano de su amigo—. Quiero enseñarte el piso inferior.

Mauro se dio cuenta de que aquella casa iba descendiendo de nivel, prendida a la roca que le servía de punto de amarre, lo que otorgaba a los varios pisos y terrazas la ocasión de brindar unas vistas espectaculares sobre el conjunto monumental de Amalfi y el mar que lo circunda.

—*Enfin vous voici, mon seigneur! Vous avez fait un beau petit tour?* (Por fin estáis aquí mi señor, ¿qué, habéis hecho una bonita excursión?).

—*Une tres belle randonneé, en effet, ma chère Gabrielle* (En efecto, una vuelta preciosa, mi querida Gabrielle) —respondió el onorévole, en un francés gramaticalmente perfecto, aunque acompañado de un marcado acento italiano.

«¿Quién será esta Gabrielle?», se preguntó Mauro. Álvaro jamás le había mencionado la existencia de esta criatura, que causó en el joven español una impresión no demasiado favorable. El aspecto de aquella mujer encajaba muy poco con la exquisitez del lugar. La tal Gabrielle, de clara impronta francesa, pero francesa de baja extracción, era hembra que sin duda había ya superado la cincuentena, amplia de formas, con pechos excesivos que comenzaban a derrumbarse sobre el vientre, rematados por grandes pezones que se trasparentaban, aprisionados bajo una blusa en exceso ceñida y de tela demasiado fina. Por su parte trasera, la tal Gabrielle mostraba unas voluminosas nalgas, que como dunas movedizas, se desplazaban acompasadamente, al ritmo de un andar insinuante y perezoso, aunque tal vez tentador y sugestivo para los varones más hambrientos. «Una de esas mujeres —pensó Mauro— que al pasar por una obra de albañilería, recibiría, de seguro, una salva de piropos procedentes de lo alto de los andamios».

Mauro contempló, sorprendido, cómo Álvaro le daba a aquella mujer un muy cariñoso beso en cada una de las mejillas. «¡Bah! —se dijo—, típica costumbre francesa». Más sorprendido se quedó cuando vio que Fontanarosa, mientras le susurraba algunas palabras en francés, pellizcaba las nalgas de la hembra con evidente fruición. Mientras el napolitano acariciaba el trasero de la francesa, ésta observaba a Mauro con cierto descaro, recorriéndole con la mirada de arriba abajo. Positivo debió ser el resultado del examen, pues la tal Gabrielle, antes de retirarse, sonrió otra vez al nuevo huésped, con un gesto que se pretendía cómplice. Mauro le devolvió la sonrisa, aunque ésta fuera, quizá no hostil, pero sí glacial.

—*Ti ha guardato d'all'alto in basso* —comentó el napolitano—, pero me parece que te ha aprobado con la mirada…

—¿Crees que eso me importa mucho?

—Te importe o no, lo principal es que ha prometido hacernos unas *crêpes* deliciosas para cenar. Gabrielle es experta en *crêpes*… ¡y también en otras cosas!

—¿Quién es esa mujer?

—¿Quieres saber quién es Gabrielle? Una prostituta marsellesa, ya retirada.

La crudeza y sinceridad de la respuesta de Álvaro dejó a Mauro descolocado.

—¿Por qué me miras así, con esa expresión de asombro? ¿Qué, me consideras incapaz de irme de putas? ¡Pues te equivocas! Ya te dije que en una época me gustaron las mujeres, y aun hoy, llegada la ocasión, puedo asegurarte que no las desdeñaría del todo… En realidad, la mayor parte de los seres humanos me atraen sexualmente por una u otra razón, ¡pero me olvido de todos ellos cuando veo a un joven con ojos color de amatista… —Fontanarosa le hizo un guiño a Mauro, y comenzó a reírse, de forma suave y casi silenciosa…—. En cuanto a Gabrielle, la conocí hace ya algún tiempo, unos veinte años, más o menos. Me había acercado hasta Marsella, a la caza de un par de consolas Luis XV, que vi anunciadas en una revista de decoración. Contempladas al natural, me parecieron algo toscas; trabajo provinciano, sin duda, y si su tamaño me convino, su precio me parecía exagerado… ¡Creo que por eso las adquirí! Luego de realizada aquella doble compra, que ahora puedes contemplar, cuando lo desees, en el palacio de los Dos Virreyes, me fui a cenar con unos amigos. Éstos, como broche final de la noche, decidieron irse de putas, más para asegurarse de su masculinidad, ¡pobres seres inseguros y grotescos!, que por creer que aquello era la mejor manera de divertirse. Pero les seguí.

Me complace ver a los demás rebajarse y enfangarse, ya que hace tiempo me dejó de divertir el observar cómo me envilecía a mí mismo… Aquella noche conocí a Gabrielle. Era guapa, de carnes generosas, pero todavía firmes. Me resultaba divertido observarla, ya que la vi fingir de manera notable, tanto en la cama como fuera de ella. Hubo una segunda noche, y a lo largo de ésta, seguí charlando, luego de algún que otro escarceo, con aquella mujer sensata y discreta; pero me gustaba contemplarla sobre todo, ya que le había pagado una considerable suma de dinero, tan sólo para animarla a no hacer casi nada. Las luces bajas de aquel café lo único que pudieron iluminar fueron unas breves y distraídas caricias. Ya amanecía, cuando lo tardío de la hora y el frío matinal nos provocó a los dos escalofríos en todo el cuerpo. Me propuso subir a su casa. Esperaba hallar un dormitorio desordenado y oliendo a humanidad, y me encontré con un pequeño y coqueto apartamento, limpio como una patena. Me eché sobre la cama, y no supe más, hasta que ya al mediodía siguiente, me despertaron unos labios habilísimos que se entretenían jugando con mi pene. Aquello condujo a una de las más fantásticas felaciones que recuerdo, y eso que las mujeres suelen ser, en semejantes menesteres, menos eficaces que los hombres. Éstos, por lo general, hacen gala de un deseo más decidido y voraz… Recuerdo que cuando Gabrielle concluyó su faena, insistí en remunerarle por aquel extra tan bien ejecutado, pero ella se negó. Me explicó que, evidentemente, se hacía pagar cuando actuaba por obligación, pero no cuando lo hacía por devoción… Aquella misma noche, ensayamos ciertos juegos complicados que aquella hembra tan complaciente me propuso, y descubrí, entonces, su afición por ciertos experimentos de tipo sadomasoquista, que desde luego no me disgustaron, y que me recordaron determinadas experiencias pasadas. Había yo conocido, Mauro, hacía ya tiempo, ¡Dios mío, cuánto tiempo!, a un noble francés, un marqués un tanto singular que un día vino a visitarme, y que me fue enseñando… ¡Bien, dejémoslo! *Ci sono certe cose che non si devono dire, ne recordare…* En todo caso, Gabrielle está aquí, dispuesta a alegrarnos, no ya el pene, al menos de momento, pero sí el estómago, con unas *crêpes* que no tienen rival por estos alrededores…

Mauro y Fontanarosa conversaban desde una de las terrazas de la casa que unos faroles iluminaban con suavidad. Previamente, el napolitano se había quitado la ropa de calle, para vestirse con una sencilla gandora marroquí. El cielo, aún no del todo anochecido, servía, con su intenso y oscuro azul ultramar, de telón de fondo al perfil negro-violáceo de los montes circundantes. Desde la terraza, la mirada se precipitaba, vertiginosa, hasta la playa de Amalfi, que unas luces parpadeantes iluminaban débilmente. No lejos, pero ocultada en parte por el compacto caserío, la sorprendente fachada de la catedral, obra maestra del historicismo decimonónico, remataba, tal un broche de pedrerías sobre la cintura de una mujer, aquel panorama de sobrecogedora belleza. De pronto, los focos que singularizaban aquel extraordinario fragmento de arquitectura tardo-cristiana se encendieron, y una sorda y devota exclamación admirativa vibró, durante unos momentos, sobre el cielo de la localidad, exclamación que surgía de los mil y un rincones donde centenares de ojos expectantes habían aguardado, con impaciencia, el inicio de aquel soberbio espectáculo de luz…

—*Comme c'est beau! Chaque fois que je le vois, et je le vois presque toutes les nuits, j'ai un sursaut au coeur! Tant de beauté devrait être interdite!* (¡Qué hermosura! Cada vez que lo veo, y lo veo casi todas las noches, siento como un salto en el corazón. ¡Belleza tan excesiva debería prohibirse). —Era Gabrielle que así hablaba, y que, muy cerca de Fontanarosa, cubría unas pequeñas mesas bajas con diversos entremeses que acababa de preparar.

—*Ah, ma chére Gabrielle, je suis sûr que tout ceci va me sembler delicieux!* (¡Ah, mi querida Gabriela, estoy seguro de que todo esto me va a parecer delicioso!). Ya verás, Mauro. Gabrielle suele resultar una cocinera excelente, siempre y cuando se digne preparar con ilusión todos estos caprichos culinarios que son también caprichos de mujer. *Tu nous gâtes trop, Gabrielle!* (¡Nos malcrías demasiado, Gabriela!).

—*Mais non, mais non! Ah, voilá Ahmed, qui arrive avec les boissons...* (¡Que no, que no! Ah, ahí está Ahmed, que llega con las bebidas...).

Mauro dirigió entonces su mirada hacia un muchacho que llegaba con una amplia bandeja con diversos vasos y bebidas. Ponía un enorme cuidado en no verter líquido alguno sobre aquella superficie plateada, primorosamente labrada en algún taller islámico del Mediterráneo. Aquel chaval, con su cabello color azabache, piel avellana, ojos sombríos velados por enormes pestañas, y labios que figuraban entre los más sensuales que Mauro hubiese jamás contemplado, se acercaba con un andar preocupado de pasos titubeantes e inseguros, pasos que parecían limitados por algo que el español no consiguió adivinar...

—*Ahmed, viens ici, tu ne sais plus dire bonsoir?* (Ahmed ven aquí, ¿acaso no sabes ya saludar?) —Fontanarosa hablaba así al muchacho, que en aquel momento colocaba la bandeja en otra mesa baja, situada entre Mauro y el dueño de la casa.

—*Oh, oui, mon seigneur* —respondió el rapaz en un francés con marcado acento magrebí; y de inmediato se dirigió, con pasos apresurados pero extrañamente entorpecidos, hacia el que parecía no sólo ser el dueño de la casa, sino sobre todo su amo y señor. Una vez junto a éste, el muchacho se arrodilló ante Fontanarosa, que se había descalzado para echarse, con toda comodidad, en una amplia tumbona. El niño moro tomó entonces, con aplicado respeto, las manos de su amo, como si fuesen preciados talismanes, y se las besó con la misma aparente veneración que hubiese empleado para homenajear al soberano más temido o al dios más venerado…

—*Tu ne sais pas faire mieux que ça, tu crois que tu as fini?* (¿No sabes hacer cosa mejor que ésa? ¿Crees que has terminado?) —reprochó Fontanarosa al niño, con evidente aspereza. Entonces el muchacho, sin duda asustado, después de excusarse ante su dueño con manifiesta humildad, giró su torso, hasta rozar con su boca los pies del napolitano, para luego pasear sus gruesos labios por ellos, acariciando primero el empeine, después los dedos, y por último las plantas, hasta depositar un prolongado beso en ellas y esos gestos los realizó con la misma unción devota que mostrara al besar las manos de su señor.

Al mover Ahmed su cuerpo, la almalafa que lo cubría por entero se movió, dejando destapados los pies y los tobillos del muchacho. Mauro entonces notó que éste iba descalzo, y que el polvo del suelo se había pegado a sus talones, agrisándolos… Pero no fue este detalle lo que sorprendió al español, sino el observar, escandalizado, que los tobillos de aquel niño moro aparecían aprisionados por unos aros de cuero, debidamente ajustados ambos con una argolla metálica prendida de la parte interna. Aquellos dos aros quedaban unidos entre sí por una gruesa soga, que al ser de reducida longitud, mantenía los dos tobillos a una escasa distancia el uno del otro… Mauro, cada vez más consternado, comprendió que aquel artilugio era lo que limitaba los pasos del muchacho, e iba a hablar, a protestar, incluso a gritar, cuando escuchó a Fontanarosa dirigirse al chico:

—*Ahmed, je ne sais pas encore quel será, ce soir, le desir de mon ami. Il vaux mieux que tu ailles maintenant manger et puis te coucher. Si j'ai besoin de tes services, je t'enverai chercher, soit sûr de cela...* (Ahmed, todavía no sé cuál será, esta noche, el deseo de mi amigo. Lo mejor es que vayas a comer, y luego a dormir. Si tuviese necesidad de tus servicios, no dudes que te haré llamar...) —Y el onorévole extendió el brazo, para así alcanzar la cabeza del niño. Éste se situó debajo del exigente amparo de la mano que Fontanarosa le ofrecía, para así facilitar que el napolitano pudiese acariciar su cabello negro y brillante. Los dedos del hombre entraron en la mata de pelo del muchacho, surcándola, revolviéndola y enredándola a placer, mientras murmuraba y repetía, más para sí mismo que para Ahmed, cuya cabeza no dejaba de acariciar—: *Que tu es beau, mon enfant, que tu es beau!* (¡Qué hermoso eres, mi niño, qué hermoso eres!) —Y Álvaro continuaba aquel evocador ritual, ahora con los ojos entornados, para que nada le distrajese de las sugerencias que las yemas de sus dedos enviaban a su cerebro, mientras musitaba, con voz apenas audible, una serie de palabras inconexas, fervorosos fragmentos de mutiladas jaculatorias. Fue entonces cuando Mauro comenzó a intuir que aquel niño, cautivo ahora de tantas cosas, significaba para Fontanarosa algo más que un mero y cruel pasatiempo...

Después de seguir unos minutos con aquellas caricias, Álvaro le dio al muchacho un suave golpe en el cráneo, indicándole que aquel intervalo de ternura había concluido. Ahmed, obediente y dócil, luego de incorporarse, saludó con una cumplida reverencia a los allí presentes, y se fue alejando, con ese limitado andar suyo, de ritmo sincopado.

—¡Pero... pero qué estoy viendo! —exclamó Mauro, y su voz nunca sonó tan escandalizada como en aquella ocasión—. ¡Mantener los tobillos de ese chico unidos por una soga! ¡Ahora comprendo por qué el pobre crío anda de una manera tan extraña! ¿Pero qué es lo que estás haciendo con esta pobre criatura?

—Esta criatura, Mauro, es, aunque te sorprenda, un esclavo, condición que, por cierto, no es demasiado extraña en su país. Me vi obligado a aceptarlo cuando me vi forzado a ir a Nuakchot, que te recuerdo, es la capital de Mauritania. Hará algo más de dos años de ese viaje. Tuve que desplazarme hasta esa fea y paupérrima ciudad para que un conocido negociante del lugar me devolviese una importante suma de dinero que me había robado. Sí, insisto, robado, y te puedo asegurar que la cantidad no era, en modo alguno, insignificante. ¡Triste y estúpido ladrón! ¡Creyó el pobre imbécil ser más listo que yo!... Pero como ese malnacido se había gastado, el muy necio, casi todo mi dinero, me avine a una solución que allí las costumbres locales te permiten adoptar con cierta facilidad. Le exigí a mi deudor que me cediera el tercero de sus hijos, que comprendí era su favorito... ¡No me sorprendió; era, con mucho, el más guapo! Al principio, se negó a entregármelo, pretendía que me llevara a su hija, una chica gordinflona con cara de ensaimada... Por supuesto, me negué. La chica se quedó allá, y el muchacho lo acabas de ver aquí...

Mauro, primero incrédulo, y luego agobiado ante el significado de aquella respuesta, no sabía qué responder, lo que aprovechó Fontanarosa para alargar su relato y repasar lo que para él parecían tan sólo recuerdos.

—El día que el desgraciado padre vino a entregarme a su hijo —continuó Fontanarosa—, Renzo, su hermano y yo le esperábamos en una casa destartalada que había yo alquilado, y que fue antigua propiedad de un alto funcionario francés. Renzo y su hermano sujetaron al padre, al que inmovilizaron aplicándole un cuchillo en la garganta, ¡allá el degüello forma parte del folclore local!, y yo me hice con el hijo. Un sirviente me ayudó a arrancarle la ropa, y cuando se encontraba totalmente desnudo, fui acariciando a Ahmed de la forma más humillante que imaginé; para después obligarle a ciertos sometimientos extremos cuyos detalles te ahorro. No sé quién lloraba más durante aquella violenta experiencia, si el hijo que la padecía, o el padre que la contemplaba. Aunque luego me enteré de que ese acto que tanto horror suele producir en las disciplinadas conciencias occidentales, ese padre llorón ya lo había perpetrado repetidamente con el hijo. Por supuesto, las veces, que no han sido ni pocas ni muchas, que he vuelto a repetir ese acto sexual con el chico, acto al que se ha ido aficionando, lo he hecho de una manera mucho, muchísimo más tierna…

Después de que Fontanarosa pronunciara aquella atroz y terrible confesión, se produjo un silencio, el silencio más tenso que Mauro jamás recordara. Éste, en un primer momento, había escuchado aquello con incredulidad; ahora convencido de la veracidad del relato, se decidió a hablar, aunque el asombro apenas se lo permitiera.

—¡No sabía, Álvaro, que fueses un monstruo, porque me temo que eso es lo que eres! De haber conocido estos hechos, jamás me hubieses encontrado aquí.

Aquellas dos frases, Mauro logró decirlas despacio, casi sin elevar la voz; el tono empleado fue seco, distante y desprovisto, al menos en apariencia, de emoción. Incluso quiso prescindir Beltrán de adjetivos altisonantes. El horror no necesitaba de retóricas.

—¿Un monstruo?, quizá lo sea —admitió Fontanarosa, con sorprendente tranquilidad, después de un breve silencio—. Pero en modo alguno me siento el peor de los monstruos, ya que existen cientos de ellos, más peligrosos que yo, transitando por ahí, a pena luz del día, unos a cara descubierta, otros, apenas disimulados bajo disfraces de conveniencia. ¿Sodomizar en determinadas circunstancias, a un niño? Supongo que no es acto del cual uno pueda enorgullecerse, pero no lo hice para dañar a aquel tierno adolescente, sino para castigar al padre, aunque lo que quede sea la imagen prototípica, la imagen simplista e impactante, sin posible matiz, que es la que los medios de comunicación se complacerían en transmitir: la del niño inocente, vejado y manchado por la lujuria de un adulto.

—¿Acaso este pobre Ahmed no lo fue? —preguntó Mauro, rápido y feroz—. ¿O no era lo bastante inocente?…

—Quizá lo fuese al principio… Sí, en un principio, aquel Ahmed era un ser inocente y tímido, además de apocado y débil. Hoy…, ¡los niños, al crecer y convertirse en jóvenes, cambian tanto en su modo de ser como de pensar, y lo hacen de forma tan acelerada…! De todos modos recuerdo que, cuando yo era joven, hace ya muchos, muchísimos años, lo que le hice a Ahmed no estaba tan mal visto… Los príncipes, los terratenientes, los poderosos en suma, gozábamos de determinados privilegios y prerrogativas. En cuando a los chicos sobrantes de familias pobres, se les castraba sin que nadie protestase, para que conservasen su tierna voz de soprano y pudiesen cantar en teatros e iglesias. Por las noches, a esos tiernos mancebos se les hacía cantar de otro modo y la sociedad, que lo sabía, miraba hacia otro lado. Sí, los pobres más miserables vendían a sus hijos para que hiciesen esas barbaridades con ellos. ¿Qué te ocurre, acaso has olvidado eso? ¿Acaso no sabes que era la iglesia la que mayor demanda hacía de esos *castratti* para utilizarlos después en sus ceremonias tanto diurnas como nocturnas…? ¿Acaso no has leído a Sade? Me imagino que no, aunque te prevengo: ¡Sade es más duro de digerir que Propercio!… Pero volviendo al tema de la infancia maltratada, ¿qué puedes decirme de los cientos de miles de niños, ¡y me quedo corto en las cifras!, que anualmente mueren de hambre en este triste planeta? ¿No es ése un crimen de proporciones infinitamente más vastas y más desoladoras que un determinado acto sexual impuesto a un adolescente?

—¡Lo uno apenas tiene que ver con lo otro, Álvaro, y tú lo sabes! ¡No quieras confundirme! ¡Toda el hambre del mundo no justifica lo que estás haciendo con este muchacho!

—¡Sin duda!... ¿Nada existe, verdad, que pueda justificarme? —comentó, sarcástico y casi furioso, el gran don Álvaro Fontanarosa, que volviéndose hacia Mauro—: ¿Qué opinas —dijo— de todos esos niños raptados y secuestrados para, una vez en poder de las mafias, utilizar sus órganos para trasplantes, en ciertos hospitales para ricos? ¿Y qué me dices de esas pobres criaturas que trabajan, en régimen de estricta esclavitud, ¡oh, no como Ahmed!, en jornadas laborales de catorce a dieciséis horas, hasta que caen agotados sobre sus sucios y desvencijados camastros, rendidos por un sueño del que a veces, no despiertan? ¿Crees que los poderosos de este mundo desconocen todo esto? ¡Por supuesto que no! ¡En realidad, saben eso y mucho más!... ¡Pero es tan complejo el problema y tan difícil la solución, que, al final, después de las palabras condenatorias de rigor, repetidas periódicamente para tranquilidad de las conciencias escrupulosas, miran, en el mejor de los casos, hacia otro lado y procuran olvidar!...

—¡Pues si ellos olvidan, yo no puedo olvidar ni lo que he visto, ni lo que me has contado! No querría ser yo el primero en imponerte una condena; pero tampoco sería yo el que te ofreciera el perdón...

—Y harías bien, ya que la justicia pretende mostrarse implacable cuando castiga este tipo de delitos. ¿Y sabes por qué? Porque son delitos cometidos por determinados individuos, a los que se aplica, con insistencia, el calificativo de pederastas repugnantes y a los que se identifica con facilidad. Resulta por supuesto mucho más fácil castigar a unas cuantas personas con nombres, apellidos y crímenes probados, que intentar arreglar la situación de la infancia en un mundo que en tan triste situación se encuentra.

Mauro hubiese deseado dar una réplica pertinente a aquellos argumentos, pero no le resultaba fácil encontrar las respuestas adecuadas. Al final logró, no sin torpeza, decir más o menos lo que quería:

—¡Palabras! ¡Palabras que van articulando una serie de sofismas, impactantes cuando los escuchas por primera vez, pero al final vacíos! ¿Qué tiene que ver toda esta terrible enumeración de males que amenazan o aquejan a la infancia en el Tercer Mundo, e incluso tal vez en el nuestro, con el hecho de que aquí, frente a este idílico panorama amalfitano, mantengas a un niño en situación de esclavitud, atado de pies, para que no pueda huir y así saberlo a tu entera disposición?

—¡Lo del atado de pies parece que te ha impresionado mucho! Si continúa atado, Mauro, es para que no olvide su condición de esclavo; así, cuando se vea libre, sabrá valorar mejor su libertad. Pero el chico no tiene más remedio que pagar por la traición de su padre, que, por cierto, sigue trabajando a mis órdenes, cumpliendo, ahora sí, fielmente sus obligaciones. ¡Sí, te puedo asegurar que ese pobre individuo ya no me roba! Así es como se solucionan los asuntos en aquel país, y así me veo obligado a proceder, si quiero seguir manteniendo negocios con esas gentes… ¡No me hagas responsable de sus mentalidades! En cuanto a Ahmed, ha cumplido ya los trece años… ¡Cuando alcance los catorce le daré la libertad, incluso tal vez antes! Aún no se lo he comunicado, pero ahora te lo digo a ti. Colocaré una buena suma de dinero a su disposición; en realidad, esa suma será idéntica a la que su padre intentó robarme. Y por supuesto, le ayudaré en el camino que elija, porque los malos, Mauro, los infames, los degenerados como yo, no somos todas esas cosas durante todo el tiempo. ¡Sería muy aburrido! ¿Pero sabes, Mauro?, tengo una intuición respecto a lo que va a desear hacer Ahmed con su vida: sospecho que va a elegir quedarse aquí, junto a mí, amparado y protegido por mi sombra, lo que me alegraría. Quiero mucho a ese chico, aunque no puedas comprender la forma mía de quererle... Ah, y una última cosa, mi respetado Beltrán: la palabra libertad, que se ha situado, a lo largo de toda esta discusión, como invisible telón de fondo, es sin duda un concepto muy hermoso, pero los significados que caben en ella son demasiado diversos y subjetivos como para ofrecer una solución que sea, sino única para todos, por lo menos coherente para la mayoría de la humanidad... Tú, Mauro, y te tomo por ejemplo, ansías ser libre, con una libertad entendida a la manera occidental. ¡Yo también! Incluso me podrías acusar de tomarme demasiadas libertades respecto a muchas cosas. Pero cuando otros pueblos, otras razas, otras culturas hablan de libertad, ¿acaso piensan en esa forma de libertad, laica y burguesa, que es la nuestra? ¿Acaso conciben la libertad del mismo modo? E incluso podría preguntarte: ¿acaso la desean? Y todavía hay una última pregunta que quiero hacerte, querido don Mauro Beltrán: cuando la libertad se convierte en obligatoria, ¿no resulta, en muchos casos, tan coercitiva como la propia esclavitud?

—¿Y si te dijera que rehúso responder a tus preguntas? ¡No quiero escucharte más... al menos, no quiero oírte hasta mañana! ¡No, déjame, Álvaro, deseo estar solo! No me siento contento de verme junto a ti...

Y Mauro, sin siquiera fijarse en la expresión de su interlocutor, se levantó de su butaca y entró en el dormitorio que se le había asignado y que se abría sobre la terraza, igual que el de Fontanarosa. Allí, sobre una mesa circular, Álvaro había tenido el cuidado de colocar, dentro de un vaso de cristal de Bohemia, la rosa que en Paestum le ofreciera a Beltrán, y que éste había dejado olvidada sobre el asiento trasero del coche. La flor se había ya abierto del todo, y uno de sus pétalos había caído sobre la tapa del velador. Aquella delicada visión no sólo no le calmó, sino que le enfureció aún más. Tomó la rosa, la estrujó con la mano, y lanzó lo que quedaba de ella al cesto de papeles de la habitación. Observó de nuevo el vaso de Bohemia, ahora sin flor alguna, y éste le pareció tan vacío, y sobre todo tan desguarnecido como su propio corazón.

Capítulo
VIII

LA CENA NAPOLITANA

Según el coche se adentraba en los suburbios napolitanos, los confusos y mixtos perfumes de la ciudad, tan distintos a los que se respiraban en la cornisa amalfitana, comenzaban a penetrar por la ventanilla entreabierta, contaminando el interior del lujoso Mercedes, de tan germánica asepsia, con esencias locales de dudosa reputación, y de aún más dudoso origen. Mauro huía de la purificada artificialidad del aire acondicionado, y aquellos olores que se cocían en los arrabales de la populosa urbe, no sólo no le molestaban, sino que le distraían de lo que él consideraba el aburrido aroma a universo limpio e incontaminado que era el que se disfrutaba desde las amplias terrazas de la mansión de Fontanarosa…

¡Fontanarosa! La mañana siguiente a la discusión surgida en torno a la figura y condición del niño Ahmed, Álvaro se había acercado a Mauro, y mientras le miraba a los ojos, esos ojos que tanto había buscado, perseguido y deseado, se dirigió a él en un tono de magnánima e inesperada serenidad:

—No te quedes aquí conmigo, si no lo deseas. *Sía come tu vuole!* Pretendí, hace ya tiempo, retener junto a mí a una persona cuyos ojos, parecidos a los tuyos, evocaban fragmentos de amatista..., ¡y ese empeño mío produjo consecuencias trágicas! Firmaste conmigo un contrato; en él te has comprometido a realizar ciertas restauraciones en una capilla debidamente señalada, pero no existe cláusula alguna en ese mismo contrato, que te obligue a permanecer en compañía de alguien a quien no estimas. No deseo imponer mi presencia a nadie, y menos a ti, quizá porque sepa lo incómodo que esto resulta... ¡Demasiados jóvenes han rondado por ahí fuera, tratando de imponerme la suya! Eres libre, Mauro, sí, libre de marcharte cuando quieras..., ¡completamente libre!

—No es por eso —acertó a decir Mauro, con escasa convicción—. Quisiera iniciar, pasado mañana como muy tarde, mi trabajo en la capilla. Mañana, o incluso hoy, después de comer, me acercaré hasta allí. Tengo gran curiosidad para ver cómo el escayolista ha dejado la superficie enyesada que debo ahora pintar. Deseo, Álvaro, realizar mi trabajo lo mejor posible, incluso me gustaría que, cuando lo vieses terminado, te sintieses orgulloso de mí. Pero para eso, necesito concentrarme.

—¡Bueno, esta vez —observó Fontanarosa—, al menos no has mentido demasiado mal! Vas progresando.

Mauro, sin saber muy bien por qué, se sintió conmovido por aquella última frase, e iba a darle un abrazo entrañable al onorévole, cuando desde el cuarto de baño del napolitano, una voz, aún no del todo asentada, reclamó la presencia de Fontanarosa. Después de unos segundos de duda, Mauro reconoció la voz de Ahmed. Miró entonces el español a su patrón, buscando la expresión de sus ojos, y éste, con una sonrisa que Mauro quiso interpretar como explicativa, se excusó:

—Aun en los momentos de mayor soledad, siempre hay alguien que te dice que te quiere, o al menos que lo finge con suficiente convicción...

* * *

Ahora Renzo le conducía a través del centro de Nápoles, hacia el Albergo Aurora, en uno de esos estupendos coches que el onorévole raramente utilizaba, por constituir para él ejemplos de una estética demasiado actual, y por lo tanto, ostentosa y vulgar...

Mauro se sentía casi aliviado por no tener que residir en el magnífico, pero un tanto excesivo, palacio de los Dos Virreyes. Aquella sobrecarga de esplendor barroco le hacía sentirse incómodo. Tan aparatosa grandeza le empequeñecía. Ocurría también que aquel orgulloso decorado principesco, distinto sin duda a aquellos otros que la vida le había hecho frecuentar, le mantenía en una atmósfera de rebuscada irrealidad, atmósfera que en última instancia, le provocaba un indefinible desasosiego...

Cuando Renzo detuvo el coche ante el portón del *albergo*, la calle se encontraba vacía de transeúntes. Pronto sonarían los toques del ángelus en los cercanos campanarios, y el calor bochornoso de aquella mañana, más el implacable sol, levemente velado por los vapores de la humedad reinante, mantenían a los habitantes de Spaccanapoli refugiados bajo techo, al amparo de cualquier sombra benefactora. Mauro se sonrió cuando al despedirse de Renzo, éste le dio su mano; la del español desapareció entre la espesa masa carnosa que envolvía la del guardaespaldas, de tal modo que aquél temió, por un momento, no verla reaparecer ya más, tragada por aquella garra gruesa y poderosa...

Cuando el coche por fin arrancó, dejando a Mauro solo en la acera inundada de sol, éste volvió a contemplar, satisfecho, la placa de bronce, impecable y pulida, que anunciaba la pensión. El timbre volvió a abrir, de forma automática, el grueso portón de madera, que Mauro empujó, para penetrar en el patio. Allí, el sarcófago romano transformado en fuente seguía destacándose sobre la superficie añeja de la pared del fondo, como un pálido y gastado esquife que llegase, cansado, desde otros siglos; Beltrán se fijaba siempre sin saber muy bien por qué, en aquel venerable vestigio de la antigüedad tardía, que casi entraba a formar parte del catálogo de trastos familiares, y las figuras que lo adornaban le hicieron pensar en un grupo de viejos amigos que entretenían su espera en juegos un tanto particulares... Por último, tras subir los desgastados escalones, la puerta de la pensión se abrió, y Mauro, al percibir la prevista bocanada de aire fresco aliviar su rostro, se sintió de nuevo en casa.

—¡Angioina! —exclamó Mauro, al ser ésta la primera persona con la que se encontró. La joven sirvienta, intencionadamente distraída, saludó al español de modo rutinario, cuando no desabrido, convencida del todo de que las aficiones amorosas del guapo restaurador, en las cuales había puesto tantas y tan inútiles esperanzas, se encontraban, ya sin duda posible, en aceras opuestas, cuando no enfrentadas. A pesar de ello, su rostro se animó por unos instantes, al darle Mauro un afectuoso beso en la frente, beso que fue seguido por una breve caricia sobre los pechos redondos y apretados de la muchacha, caricia que el español disculpó, como producto de un roce casual... Continuó Mauro por el pasillo, y al llegar junto a la sala-comedor, los olores típicos de la comida italiana, con sus ingredientes, sus especias y sus hierbas, llegaron mezclados y enriquecidos, desde la cocina. Mauro se detuvo y miró hacia dentro, y allí, en aquel recinto iluminado por la cruda luz del mediodía, vio, sin sorpresa alguna, la figura silueteada de doña Lucía, quien esta vez con una mano en la cintura, y otra, señalando a su huésped, le preguntó, alzando la voz:

—¿Se puede saber, señor Beltrán, qué ha hecho usted para estar tan pronto de vuelta? —Era la segunda o tercera vez que la patrona encontraba ocasión de hacer aquella pregunta a Mauro.

—Hacer, lo que se dice hacer, poco he hecho, pero tendré que hacer mucho más, ya que mañana comienzo la restauración de la capilla. ¡Nada más y nada menos! ¿Acaso lamenta que haya vuelto?

—¡Por supuesto que no! Es más —añadió doña Lucía, cambiando, lista que era, de tono—, ¡me alegro mucho de tenerlo otra vez aquí! Así recuperaremos nuestras animadas discusiones, aunque usted haga trampa en ellas...

—¿Yo, trampa?

—¡Pues sí!, ya que siempre llega acompañado... de veinte razones que yo, por motivos obvios, no puedo esgrimir...

Mauro, al escuchar aquello, lanzó una carcajada, que la patrona aprovechó para informarse.

—Por cierto, ¿se va a quedar a comer con nosotros? —La reiterada pregunta se hacía inevitable—. ¿Sí? Bien, le voy a preparar una pasta que se va a chupar los dedos. Mientras tanto, ¿por qué no va a su habitación, y se echa ahí un rato? Tiene usted cara de cansado; seguro que ha dormido mal la noche pasada... Fíjese, se está levantando un poco de brisa; es posible que por la tarde, tengamos tormenta. ¡Vaya, escuche ese portazo! *Angioina, assicura, ti prego, le persiane e le finestre! Forse avremo burrasca stassera...* Hay que asegurarse, don Mauro, contra el viento; si viene en ráfagas es capaz de hacer diabluras... aunque al final, es posible que todo se quede en una falsa alarma. ¡Ojalá! En todo caso, gozará ahora en su habitación de una brisa maravillosa, su cuarto es el que mejor orientación tiene... Desde él no se alcanza a ver el mar, pero el mar está allí, justo detrás. ¡Ah, se me olvidaba, tenga cuidado al abrir las persianas! ¡Recuerde que las escenas que a veces brinda la casa de enfrente pueden producir un impacto severo, y provocar efectos un tanto desestabilizadores en su presión sanguínea!…

Esta vez, Mauro se dirigió, él solo, hacia su habitación. Una vez que la llave abrió la cerradura, tuvo que darle un empujón a la puerta, ya que debido al esmalte excesivo, seguía pegándose al marco, sobre todo cuando la habitación permanecía cerrada un cierto tiempo. Al contemplar su dormitorio, limpio y ordenado, Mauro se deleitó de nuevo en la hermosura del mismo, tan evocadora de la *belle époque.* Se acercó, emocionado, a la cama, para admirar, por enésima vez, los enredados y caprichosos relieves que enriquecían, hasta el exceso, su cabecera, sobre los que paseó de nuevo una mano acariciadora. Retiró con cuidado la colcha que, doblada en cuatro, dejó sobre un taburete, y por fin se echó sobre el colchón, no sin antes contemplar sus pies, al descalzarse. Después de observarlos durante unos segundos: «Si fuesen de otro, yo también los besaría», pensó, y luego de tan autocomplaciente pensamiento, cerró los ojos, para así gozar de una de estas dulces cabezadas que tanto sosiego aportan al tiempo del mediodía.

* * *

Después de la excelente comida prometida por la patrona, Mauro y doña Lucía se habían sentado en la pequeña galería que daba al patio, instalada la mujer en su butaca preferida, de un estilo supuestamente inglés, y Mauro acomodado en otra butaca, ésta sin pretensión alguna de estilo. Delante de ellos, una mesa baja, que con mucha condescendencia podría definirse como *art déco,* sostenía dos tazas de tisana humeante.

—Siento lo ocurrido, señor Beltrán, y se lo digo de corazón. ¡Oí decir que don Álvaro Fontanarosa le esperaba con tanta ilusión!… ¿Que quién me lo dijo? Pues no me acuerdo… O tal vez no me interese recordarlo… ¡Pero comprendo que el impacto de encontrarse con un niño en condición de esclavitud, y encima, con los tobillos atados, le haya no sólo ofendido, sino también escandalizado…!

—Sí, doña Lucía, aquello me revolvió por dentro. Y además, no hice esfuerzo alguno por calmarme. En la vida hay cosas que no se pueden aceptar.

—¡Cosas que, en cambio, la vida acepta!…, aunque no por eso haya que justificarlas… ¡En modo alguno! Comprendo su enfado, y también su rechazo, don Mauro, aunque el onorévole se ha debido de acostumbrar tanto a mandar a lo largo de su vida, que la palabra esclavo no debe chocarle demasiado… ¡Atarle los tobillos a un niño! ¡O bien don Álvaro es, como usted acaba de afirmar, un verdadero monstruo…, o bien debe de querer mucho a ese chico!…

—¿Quererle mucho? ¡Pero qué dice!

—¡Ay, don Mauro, si usted supiera de qué extraños disfraces se reviste el amor, y por cuántos peligrosos itinerarios nos conduce! Es usted demasiado joven, y ha sufrido demasiado poco para conocer, en profundidad, los excesos y extravíos a los que la pasión nos empuja. Además, y esto que voy a decirle no es ninguna tontería, el amor, ese amor que nos agita, nos invade y nos domina, tiende o bien a la entrega completa o bien al dominio absoluto. Me temo que don Álvaro se inclina a entender el amor de esta última manera. Claro que hablo del amor que se destila a través del cerebro, no del amor meramente genital. Vosotros, los de la generación joven, cuando habláis de amor, os referís casi siempre a un amor donde impera lo físico, y ése es un asunto mucho más sencillo… ¡y sobre todo, de resonancias mucho más pobres! Al amor lo estáis dejando desnudo, pues apenas le dais importancia al morbo, fuente de todo auténtico deseo. A base de leer manuales sobre una vida sexual adecuada, habéis hecho del acto carnal algo profundamente mecánico e insípido.

—Le aseguro que ése no es mi caso, doña Lucía, pero me comprenderá si no entro ahora en detalles…

Se hizo un silencio entre ambos, silencio sin duda lleno de tácitas aprobaciones, pero que Mauro, al poco tiempo, prefirió dar por concluido.

—Alberto Miralles —confió el joven español a doña Lucía— ya me previno respecto al carácter dominante de Fontanarosa. «Si el patrón te escoge —me advirtió, y éstas fueron sus palabras casi textuales— querrá que seas su sombra, y de ahí pasarás a ser su siervo, cuando no su esclavo…». Luego Miralles quiso matizar, ante mí, aquella afirmación y concedió que, en tanto que patrón, Fontanarosa sabía hacer gala de gran generosidad…

—¡Menos mal, don Mauro, que menciona usted al señor Miralles! —interrumpió doña Lucía—. ¡Se me olvidaba decirle que le llamó hace apenas dos horas! Quería hablar con usted, pero tenía usted su móvil apagado. Llamó entonces aquí, al teléfono de la pensión, aunque no quise despertarle, ya que usted reposaba, con toda placidez, sobre su apoteósica cama…

—¡Y qué buen colchón tiene esa cama! ¿Pero cómo sabía Alberto que yo ya he vuelto a Nápoles?

—No lo sé con seguridad, pero me imagino que llamaría, por cualquier asunto, a la residencia de don Álvaro en Amalfi, y allí le dijeron que se encontraba usted aquí… ¡Además, en Nápoles, las noticias corren con una velocidad parecida a la de la luz!

Mauro marcó un número anotado en su libreta.

—¡Alberto, soy Mauro, sí, Mauro Beltrán!… ¿Me oyes? ¡Qué alegría escucharte! Sí, estoy ahora en Nápoles, y aquí me quedo. Tengo que comenzar, mañana, la restauración de la bóveda... No, en los Dos Virreyes, no. Me alojo en el Albergo Aurora... ¡Tal como se decidió en un principio!...

Hubo una pausa, luego Miralles, a la vez inquisitivo y aliviado, siguió preguntando...

—¡Pero qué curioso eres! —rió Mauro—, ¿qué, te has aficionado a los programas del corazón? ¡Que no, tío, que es broma!... Ah... ¿quieres verme esta tarde? Ocurre que esta tarde quería pasarme por la capilla. Sí, dentro de unas dos o tres horas, ahora hace demasiado calor... No, una simple ojeada. Don Álvaro me aseguró que habría alguien allí... Bueno... Sí, claro que puedes venir a buscarme... ¿A cenar? ¿Ah, y me invitas? ¡Pero qué lujo! —Y Mauro volvió a reír; quería comportarse con Miralles del modo más amable posible—. Sí, de acuerdo, di tú la hora... ¿A las siete? Muy bien, hasta entonces. Un abrazo, Alberto... sí, sí, a las siete. *Ciao*.

—¿Pero no se va a recostar? Una corta siesta no le vendría mal. Hace demasiado calor para empeñarse en hacer otra cosa. ¡Le despertaré dentro de hora y media!

—De acuerdo, y gracias por todo, doña Lucía. —Y después de una pausa—: ¿Sabe lo que sospecho?, que a Miralles le ocurre algo. Su voz sonaba triste. Parecía además, nervioso. Me temo que su relación con esa chica, Bianca, no va del todo bien... En fin, es su problema, y yo poco puedo hacer. De todos modos, ¡cuánto hacen sufrir, ay, las mujeres a algunos hombres!

—¡Pues si las mujeres nos quejásemos de cuánto nos hacen sufrir los hombres, empezaríamos a lamentarnos ahora y no sabríamos cuándo terminar!

* * *

El vigilante era la única persona que se encontraba en la capilla aquella tarde, y ese vigilante resultó ser el bueno de Abilio. El joven escayolista saludó a Mauro con ademán desganado, y esto provocó que Mauro contestase a ese saludo del modo más efusivo, lo que dejó descolocado al muchacho...

—*Domani incinceró il ristauro de la volta* —le anunció el español.

—*Va bene! Ma lei pensa lavorare cui tutti i giorni?*

—*Sí, devo affretarmi nel ristauro! Ma, Abilio, casomai mi vuol chiamare, mi alloggio a l' Albergo Aurora.*

—*A l'Albergo Aurora? Da vero?*

—*Sí, da vero. Perché?*

Abilio se mostró sorprendido, e instantes después, alborozado, ante la noticia de que el español no residía ya en el palacio de los Dos Virreyes, sino en una vulgar pensión. En un principio, le costó creérselo, hasta que Mauro se lo repitió con insistencia. «¡Pobre Abilio! —pensó el joven restaurador—, he aquí un muchacho un tanto simple, y por qué no, enamorado, cuya máxima ilusión consiste en esperar a un individuo que apenas piensa en él... "¿Ve cómo tengo razón?", diría doña Lucía, "¡cuánto nos hacen sufrir los hombres!"». Y Mauro no pudo evitar una sonrisa...

La luz de la tarde, todavía intensa, penetraba en la capilla en penumbra, envolviéndola en una leve veladura dorada. «¡Qué hermoso es este conjunto!», pensó Mauro, mientras contemplaba aquel interior con detenimiento, y también con renacida curiosidad. Dos o tres esculturas se hallaban destapadas, otras, las más, aparecían envueltas en amplios y gruesos lienzos, para preservarlos de cualquier accidente, y sobre todo, del abundantísimo polvo, mientras una especie de edredón recubría aquella obra maestra que era el Cristo velado. La imagen que tanta desazón había producido en el joven español, cuando la viera por primera vez, aparecía, esta vez, casi del todo tapada...

Concluida aquella inspección visual, Mauro se acercó al andamio levantado justo debajo del fragmento dañado de la bóveda, para ascender por la escalerilla hasta la plataforma superior. Allí inspeccionó, con lentitud, la parte recién enyesada. «¡Excelente trabajo!», exclamó para sí, ya que Mancaglia, hábil escayolista y artesano sensible, había logrado darle al fragmento rehecho la misma rugosidad que al resto de la superficie pintada.

—¡Esta restauración me va a quedar de puta madre! —concluyó Mauro, eufórico, aunque sorprendido por haber empleado semejante expresión, que él no sólo no utilizaba, sino que, incluso, le desagradaba escuchar…

El portón de la capilla se volvió a abrir, y una silueta de hombre se dibujó, nítida, sobre el contraluz de la calle. Mauro, desde lo alto de la plataforma del andamio, reconoció, casi de inmediato, a su amigo de días recientes, don Alberto Miralles, que con una de sus manos a modo de visera, esperaba, en el umbral de la nave, a que sus ojos se acostumbrasen a la relativa penumbra que reinaba en el interior.

—¡Alberto! —gritó Mauro, desde lo alto del andamio, e inició de inmediato el descenso para abrazar a su amigo. Pero al acercarse al nivel del suelo, su pie volvió a resbalarse en el penúltimo peldaño, y Mauro hubiese terminado con sus huesos sobre el piso, a no ser porque Miralles lo agarró *in extremis* manteniéndole inmovilizado entre sus brazos.

—Es la segunda vez que en esta capilla tengo que sujetarte para que no te caigas —observó Alberto.

—¡Así es! —exclamó Mauro, quien pensando en la posible torcedura de tobillo que Alberto había evitado, le dio un sonoro beso de agradecimiento en la comisura del labio. Viendo entonces que Abilio miraba no sin cierta sorpresa a aquellos dos hombres momentáneamente enlazados, le gritó—: *Perché*

questo stupore, Abilio? Non ti preocupi! Non siamo una versio-
ne gay di Romeo e di Giulietta! Anche spero che Romeo fosse
piu agile ch'io cuando scendeva dal balcone di casa Capuletto.
Io, Abilio, nel ultimo gradino de la impalcatura, ho fato una
scivolata. Per fortuna, Alberto ha riuscito a sostenermi. Questo
è tutto.

A Mauro le pareció conveniente que Abilio escuchase
esta versión, que por otra parte era cierta. Lo que menos deseaba, en estos momentos, eran líos y chismes. Y a Abilio, los chismes le apasionaban.

—¡Alberto, cuando quieras! —Y dirigiéndose a su amigo—: ¿Adónde me vas a llevar? —le preguntó.

—Te iba a llevar a Brandi, la pizzería donde se creó, allá
por 1889, la pizza Margherita, en honor de la esposa del rey
Humberto I, el único soberano de la familia Saboya al que esta
ciudad apreció e incluso quiso. Pero hoy, precisamente hoy, el
establecimiento se encuentra cerrado *per riposo settimanale,* así
que he debido hacer un cambio. Te llevaré a un lugar típico y
muy divertido; espero que te guste. No está lejos de aquí, ya
que se encuentra al final de la vía dei Tribunali, esa calle cuya
aparatosa decadencia tanto te conmovió cuando la viste por
primera vez. ¡Ese término de «aparatosa decadencia» no se me
olvidará! Pero a pesar de su lamentable estado actual, pasearse
por vía dei Tribunali resulta siempre divertido. Esperemos que
las motos, que a ti tanto te molestan, no conviertan nuestro paseo en una carrera de obstáculos. Pero conviene quedarse en el
barrio, la tarde se estropea, puede incluso que se forme una bo-
rrasca debido a este calor *affoso. Sí, sta a vedere che piove,* y si
cae algo parecido a un diluvio, lo que no resultaría raro, corre-
mos el riesgo de quedarnos aislados. Ah, por cierto, en el lugar
adonde vamos a comer, cenó el presidente Clinton una noche,
cuando visitó Nápoles. Se trata de la pizzería Di Mateo.

—¿Y cómo pidió el presidente su pasta, a la Becaria o la Puttanesca?

—¡Pero qué malo eres!

—¡Igual comentario me hizo doña Lucía!…

—¡Sabia mujer! Pero si hablamos de llenarnos la tripa, algunos expertos afirman que la pizzería Di Mateo es la que ofrece los más genuinos sabores napolitanos.

—Soy un forofo de esos sabores, y no sólo de sus sabores, sino también de los olores de esos ingredientes como el ajo, el tomate, el aceite de oliva virgen, el queso parmesano o el provola, la mozzarella, y aún más, las hierbas que lo perfuman todo, como la albahaca, el orégano y la menta. ¡Uf, qué bien me ha salido la parrafada!

—¡Es cierto! ¡No sabía que supieras tanto de comida local!

—No te asombres, Alberto; al lado de nuestro piso en Madrid, vivían los cónsules de Italia. Durante cinco años permanecieron en el puesto. La mujer del cónsul era napolitana, y mi madre y ella se pasaron aquellos años intercambiando recetas. Además, como creo haberte dicho, mi madre era, y es, una fanática de Italia. Florencia era su meta y paraíso, aunque en casa, la mayor parte de los días comíamos a la napolitana…

—¿Es por su afición a Italia que te puso como nombre Mauro?

—Efectivamente. A mí, lo de Mauro me gusta, ¡sobre todo pensando que a punto estuvo de ponerme Benedetto!

—¡Mauro, es aquí! No te preocupes por el aparente gentío, he separado una mesa. La casa no admite reservas, pero conmigo, y con algún otro hace una excepción.

* * *

—¡Deliciosa, la pizza, se deshace en la boca!

—Sí, ¿y sabes por qué, Mauro? Por lo bien hecho que está el *cornicione*, la base sobre la que, después, se colocan los diversos ingredientes. Este *cornicione* debe ser suave, con aroma a pan bien horneado, pero nunca chamuscado. Me irrita cuando me traen una pizza con los bordes quemados. Pero esto casi nunca ocurre aquí, porque los *pizzaioli*, o sea, los que cocinan la pizza, son excelentes... Sin duda están entre los mejores de Nápoles.

—¡Y también entre los más guapos!

—¡Vaya, ya está éste!...

—¿Acaso crees que he cambiado de gusto en estas últimas horas? Mira ese de allí, la camiseta, llena de sudor, se le pega al torso... ¡Observa qué pectorales tiene! ¡Un físico así debería pagar impuesto de lujo!... Además, el hombre velludo me produce un morbo especial...

—¡Menos mal que hay algo en mí que te produce morbo!

Aquella frase sorprendió a Mauro. Alberto nunca había mencionado su físico como poseedor de alguna característica seductora, que pudiese ejercer determinada atracción en otros... Prefirió Beltrán, en aquel momento, cambiar el tema de conversación, aunque de forma disimulada...

—Pues sí, me gustan los hombres con pinta de hombres, aunque a menudo también me gusten físicos más suaves. ¡Pero sospecho que no hemos venido aquí únicamente para hablar de pizzas o de *pizzaioli*! Cuando me llamaste hace tan sólo unas horas, tenías la voz triste. Me dio la impresión de que querías decirme algo...

—¡Y acertabas, querido amigo, acertabas!... Aunque tú también, creo, tienes cosas que decirme...

—Sí —dijo Mauro, después de dudar unos instantes—. ¿Tienes ganas de escuchar mi relato, antes de que me cuentes el tuyo?

—¿Por qué no? —Alberto temía ser él quien iniciase aquellas confidencias, que habrían de servirle más de alivio que de remedio…

Mauro fue directamente al grano:

—Comprendo, Alberto, que mi llegada a esta ciudad ha debido de ser algo molesto e inoportuno para vosotros, los del clan Fontanarosa. Es más, alguien del clan ha debido detestarme, y no le culpo…

—¿Alguien del clan? ¿Acaso te refieres a mí?

—¡No, a ti no!, me refiero a Abilio… Rumores he oído de que aspiraba a convertirse en… el juguete preferido del patrón.

—¿Te refieres al onorévole? Lo dudo. En todo caso, un mero juguete para el placer físico, y nada más. A Fontanarosa le atraen individuos de mayor consistencia e interés. Siempre ha mostrado, respecto a Abilio, un cierto desprecio, envuelto, eso sí, en una condescendiente amabilidad…

¿Pero era acaso, recordó Alberto, tan sólo condescendiente amabilidad lo que pudo contemplar en aquella escena, tal vez no de amor, pero sí de sexo y de deseo, que tuviera lugar en las termas romanas subterráneas donde Fontanarosa le había convocado? Y Miralles hizo un auténtico esfuerzo para borrar de su memoria aquella molesta visión.

—Así será, si tú me lo dices —respondió Mauro, que, al observar la mirada de su amigo, no se creyó del todo aquella afirmación—. En todo caso, llegué aquí, como bien sabes, ignorante de todo lo que ocurría entre bastidores. Ni siquiera había oído mencionar el nombre de Fontanarosa. Incluso te sorprendiste al saber que en los trámites previos a la firma del contrato con una de las sociedades del onorévole no hubiese yo oído hablar todavía de nuestro gran hombre. Pero también sabes que este gran hombre, desde el primer momento, no ocultó su atracción por mí. Tú fuiste testigo de ello, ya que te encontrabas conmigo en la capilla, aquella mañana... Y a pesar de tus advertencias, y sin yo casi darme cuenta de lo que sucedía, Fontanarosa me envolvió y deslumbró con su presencia, con sus palabras, y por qué no admitirlo, con sus lujos y su esplendida escenografía. ¡Tener literalmente a tus pies a uno de los hombres más deseados, ricos y poderosos de Nápoles es algo que puede marear!... ¡Me sentí algo así como la favorita de un sultán!... ¡Y aunque no sea ésa la situación que más me agrade, me dejé llevar! Este último fin de semana, quiso Álvaro enseñarme alguno de los hitos turísticos que se encuentran al sur de Nápoles. Yo había visitado ya Pompeya y Herculano, y Álvaro sugirió que bajásemos hasta Paestum, lugar que me llenó de asombro; luego visitamos Salerno y por fin fuimos a dormir a su casa en las alturas de Amalfi, supongo que la conoces...

—Apenas; sólo he estado dos veces allí, y en calidad de transportista, o recadero, no como invitado... aunque una vez el onorévole me ofreció un refresco en una de las terrazas. ¡La vista es espectacular!

—Sí, lo es. Y en una de esas terrazas estábamos, cuando un niño, un niño moro que Fontanarosa me informó tenía trece años, nos trajo unas bebidas en una bandeja. Observé al niño, un niño precioso, por cierto, pero que andaba de una forma un tanto extraña. Incluso temí que la bandeja que llevaba se le pudiese caer. Después, este chico, cuyo nombre es Ahmed, le besó las manos al gran hombre, lo que me pareció más una demostración de sumisión que de saludo. Pero el asunto no se detuvo ahí. ¡Cuál no sería mi sorpresa, cuando Fontanarosa le ordenó que le besase los pies! En aquel momento, al moverse el chico, el largo camisón que llevaba dejó ver sus tobillos. ¡Los tenía atados! ¡Sí, Alberto, atados como si fuese un peligroso delincuente! Aquello, de pronto, me hizo retroceder a un tiempo muy antiguo, a un medioevo cruel que creía superado, al menos en Occidente: en definitiva, a una época oscura, en la que las diversas servidumbres, e incluso la esclavitud más estricta, eran hechos corrientes y aceptados y que a nadie escandalizaban. ¡Pues a mí, hoy, sí que me escandalizan! ¡Y tan escandalizado me siento, que he decidido no seguir conviviendo con un individuo que mantiene su dominio sobre otro ser humano con métodos tan infames y de tan obscena manera!... Por cierto, tú... ¿tú sabías algo de esto?

—Sí, algo sabía —confesó Miralles, que, de pronto, se sintió incómodo, incluso avergonzado ante Mauro.

—¡Ah! ¿Y lo has estado admitiendo todo este tiempo?

—No ha sido tanto el admitirlo, Mauro, como sentir impotencia y perplejidad ante el hecho. Dime, ¿cuáles son mis poderes, cuál mi capacidad para arreglar una situación como ésa? Soy sólo un empleado, un asalariado de Fontanarosa, no un joven apuesto del que se encapricha, para convertirlo, acto seguido, en su amante...

—¿Te ha molestado mucho, no es así?

—¿A qué te refieres?

—A mi intimidad con don Álvaro. Contéstame, Alberto, ¿de veras has estado sintiendo celos de mí durante la semana y media que llevo aquí? ¿Me has odiado mucho? ¡Cuánto lo siento!

Alberto respiró hondo. Antes de contar su historia y relatar sus problemas, debía dejar aclarada esta última cuestión.

—Sí, he sentido celos, lo admito. Pero no han sido celos causados por esa intimidad física que has mantenido con él. Esa clase de trato, te lo puedo asegurar, me resulta bastante indiferente. Es por la otra, por la intimidad del día a día, por las confidencias susurradas, por los momentos de confianza compartida… ¡Ay, Mauro, yo quiero muchísimo a ese hombre, aunque nunca se lo confesaré! ¡Hasta me cuesta confesármelo a mí mismo! Y no solamente lo quiero, sino que siento una imperiosa necesidad de quererlo. Por lo tanto, me encuentro incapaz de juzgarlo. He llegado a murmurar, por lo bajo, cuando me he encontrado cerca de él: «No pretendo enjuiciar tus actos, haz todo lo que se te antoje, con tal de que me quieras». Y hace unos días, Mauro, este don Álvaro comenzó a llamarme «hijo», lo que me enfureció. ¡No tiene derecho este hombre a llevar tan lejos su chantaje sentimental!, chantaje con el que consigue aun una mayor superioridad sobre mí.

Mauro esperó unos segundos:

—¿Qué harías, si, en realidad fuese tu padre? —La cuestión, la imposible cuestión, la cuestión inimaginable, quedaba planteada. Hubo asombro en la expresión de Miralles, pero un asombro algo mitigado…

—¿Mi padre? ¡Pero si debemos de tener una edad muy parecida! ¡Además, sé perfectamente quién es mi padre! Vive aún, allá en su masía cerca de Montblanch. Mi familia apenas se ha movido de allí, en estos últimos doscientos años. Yo soy el primero que me he dedicado a vagabundear lejos de mi tierra, y aún no sé si he hecho bien. Quizá un día vuelva a casa, igual de arrepentido que el hijo pródigo.

Mauro observó que Miralles se movía en su silla, cada vez más inquieto.

—¿Tienes algo más que decirme, respecto a Fontanarosa? Te advierto que esta noche, soy todo oídos…

—¡Tantas cosas tendría que decirte, Mauro! —dijo Alberto, suspirando—. ¡Te aburrirías con ellas, te lo aseguro! Pero sí quiero contarte el último episodio de esta extraña relación que mantenemos Fontanarosa y yo. Me citó hace unos pocos días en las termas romanas descubiertas bajo su palacio, que tú ya conoces y que han sido restauradas, en mi opinión, de manera asombrosa. El gran hombre me esperaba allí, desnudo, sí, desnudo. Te preguntarás por qué le doy tanta importancia a ese detalle, ya que no es nada más que un detalle, pero te confieso que cada vez que lo he visto en traje de Adán, sin nada que le cubra, me he sentido extrañamente turbado.

—¡Mientras no te sientas masturbado! —interrumpió Mauro, con indisimulada ironía...

—¡Pero... pero es que no eres capaz de mostrar algo de seriedad cuando me estoy confiando a ti! —exclamó Miralles—. La verdad, Mauro...

—Perdón te pido —exclamó éste, sinceramente contrito—. Pero me resulta muy difícil, cada vez que se me ocurre una gracieta o una impertinencia, no decirla al momento. Rasgo, por cierto, muy característico de los homosexuales... De *l'ésprit avant toute chose!* Pero puedo asegurar que te escucho con suma atención, y también con total respeto, a pesar de esta última salida mía.

—Bien, perdonado estás, al menos por esta vez. ¿Por dónde iba? ¡Ah, sí!... Don Álvaro ordenó que me desnudase yo también, lo que aumentó aún más mi confusión. Me humillaba poner en evidencia un cuerpo feo como el mío, junto a la elegante y correctísima anatomía de Fontanarosa...

—¡Tú no tienes un cuerpo feo! —aseguró Mauro a su compañero, subrayando, con intención, cada sílaba—. No posees el cuerpo supuestamente apolíneo de don Álvaro, ya que el tuyo es el de un hombre que ha trabajado durante toda su vida, y que ha gastado muy poco de su tiempo en mirarse al espejo. Nada hay de narcisista en ti, y sí, en cambio, mucha energía y mucha fuerza almacenada en ese cuerpo que tú desprecias. Y esa despreocupación que sientes hacia tu apariencia, ya sea real o fingida, poco importa, también resulta atractiva.

¡Te lo digo yo, que de eso entiendo!… Pero no voy a seguir piropeándote, ni halagando tus oídos, no vayas a creer, con el típico engreimiento del heterosexual, que pretendo llevarte a la cama, o algo parecido…

Miralles sonrió.

—¡Pues a la cama quizá tengas que acompañarme! ¡La botella de vino que me he bebido yo solo empieza a hacerme efecto, quizá no en la cabeza, pero sí en las piernas!…

—¡Pues no bebas más!

—Si he bebido todo lo que he bebido, Mauro, ha sido para darme ánimos y poder compartir contigo lo que te estoy contando y aún he de contarte. Los años no han curado mi timidez, sólo la han enmascarado. Retomo el relato y vuelvo a las termas romanas. Allí, mientras los dos chapoteábamos en la piscina, Fontanarosa comenzó a desgranarme una historia abracadabrante, cuyo protagonista era el príncipe de San Severo…

—Y Miralles le fue explicando a Mauro, cuidando de no embarullar la narración, aquella tremenda y larga peripecia de sangre y de deseo que concluyó con el envío del hijo del príncipe y de una sirvienta a una masía propiedad de aquél, situada en la cuenca del Barberá…

—Y allí, querido amigo —continuó Miralles—, se estableció el último bastardo de don Raimundo di Sangro, acompañado del que sólo era su padre legal, y aquél fue el primer representante de una larga, aunque poco ilustre estirpe, que concluye con este individuo que tienes ante ti. Sí, Mauro, resulta que soy el último descendiente masculino directo de ese príncipe napolitano y grande de España, a través, claro está, de una línea bastarda, pero no adulterina, pues en ese momento nuestro héroe era ya viudo, lo que aclara aun más mi linaje, del cual no sé si enorgullecerme o avergonzarme.

—¡Avergonzarte! ¿Por qué? ¡Si los numerosos descendientes de tantas familias ilustres se avergonzaran de todo lo hecho por sus antepasados, tendrían que pasarse la vida escondidos en una cripta! ¡Así que tengo ante mí al descendiente de uno de los más insignes aristócratas italianos del siglo XVIII!

—¡Sí, aquí tienes a un curioso ejemplar de aristócrata-transportista! —apostilló Alberto, con no poca ironía—. En vez de un príncipe de perfil heroico, montado en un espectacular caballo de raza, he aquí a un descendiente manso y obediente, al volante de una camioneta desvencijada. ¡Menudo tema para enriquecer la apoteosis familiar en un fresco barroco! ¿En serio, Mauro, crees que debo enorgullecerme de mi linaje? ¿Sí? ¡Pues soy de la opinión contraria! Don Raimundo habrá sido un hombre sabio, quizá, aquí, en Italia, el más sabio de su época; pero su valor como ser humano era mínimo. ¡Eso te lo puedo asegurar! Un hijo de puta, eso es lo que fue, y nada hay en él que me haga apreciarle… Por eso, cuando me preguntaste por qué no me rebelé ante la esclavitud del pobre Ahmed, te respondería que, al compararlo con las fechorías de mi antepasado, lo que hace Fontanarosa con su niño moro me parece *pecata minuta*.

—¡No tanto, Alberto, no tanto! Tan sólo por el hecho de que don Raimundo esté aparentemente muerto y don Álvaro aparentemente vivo, no juzguemos con una mayor condescendencia los abusos que éste comete que las crueldades realizadas por aquél.

—¡Pero Mauro!

—¡No, no me interrumpas ahora! Fíjate en la observación que voy a hacerte: ¿no has notado que ambas actitudes, la de don Álvaro y la de don Raimundo, obedecen a una parecida mentalidad, a un mismo patrón? Parece como si los actos cometidos por uno y otro hubiesen sido realizados por una misma persona, y si nos fijamos en Fontanarosa, mucho de lo que dice y hace parece hecho y dicho por alguien crecido y educado en el pasado. A veces me da la impresión de que es un hombre que obedece a reglas de conducta muy arcaicas... su sensibilidad y su conciencia son distintas a la nuestra... Y no estoy acusando ahora a Fontanarosa de criminal o de perverso, no, pero ocurre que habla y actúa como alguien de otra época, alguien que hubiese vivido antes de la desaparición del antiguo régimen, un individuo que hubiese crecido en tiempos anteriores a la Revolución francesa... A ratos, el onorévole me parece un contemporáneo de don Raimundo di Sangro, e incluso, a veces, próximo al mismísimo marqués de Sade... Por eso te pregunté antes, y de nuevo te lo pregunto ahora: ¿tan seguro estás de que ese hombre, por el que sientes un amor-odio tan singular como inexplicable, no es en realidad tu padre? ¡Si hasta tenéis ciertos rasgos faciales en común! ¿Nadie te lo ha comentado?

Alberto negó aquellas sugerencias con la cabeza, y lo hizo con energía.

—¡Ya te he dicho, Mauro, que sé muy bien quién es mi padre! Envejece, suavemente, rodeado de sus tres hijas y varios nietos, en su agro tarraconense.

—¡Qué latino suena lo que me acabas de decir! ¡Esa hermosa y tranquila vejez que me describes huele a *rus* virgiliano!... ¡La imagen que me presentas sólo necesita, para estar completa, tener grabada, al pie, un fragmento extraído de las *Geórgicas!*... Pero no hablo tanto de esa paternidad de la sangre, que es la que ostenta tu padre natural; hablo más de la otra, de la importante, la del espíritu. Porque si la condición de madre es, ante todo, física e inmediata, la del padre es, en esencia espiritual, y a veces, incluso remota y desligada de la carne.

—¡No te comprendo!

—¡Menos mal, porque yo tampoco me comprendo del todo! Lo que tan sólo se intuye suele explicarse de modo muy torpe. Pero o mucho me equivoco, o existe una extraña relación, así como un evidente paralelismo, entre don Raimundo di Sangro y don Álvaro Fontanarosa, aunque tal vez esta relación se explique de alguna otra manera. En fin, ya veremos… Porque un día, sí que alcanzaremos a conocer esa verdad, que me temo va a ser bastante sorprendente…

»Ah, sí, *mi scuso* —exclamó Mauro, interrumpiendo su improbable reflexión—, *il mio amico e io stesso non abbiamo cessato di chiachierare! Cosa desidero come dessert? Mi lascia vedere il menú?* —Beltrán hablaba así a uno de los camareros que se había acercado a la mesa de los dos españoles, con la lista de postres en la mano, y después de echarle una ojeada, exclamó, en tono triunfal—: *Un ministeriale!* Sí, ya sé, Alberto, que engordan de una forma atroz, pero ¡qué se le va a hacer! Goloso como soy, el postre tiene para mí una importancia capital como broche imprescindible y glorioso de toda buena comida.

—No, *non voglio nessun dessert, grazie. Sono contento cosi, soltanto un caffé nero per me. Non desidero niente di piú* —añadió Alberto.

—Me ha gustado mucho cenar contigo —comentó Mauro, luego de un corto silencio. Su tono de voz se había vuelto afectuoso, ya que en aquel momento sentía una gran ternura por aquel hombre un tanto torpe, que tenía sentado frente a él. Es, se dijo, ante todo, una buena persona…

—Lo mismo te digo, Mauro, ¡esta conversación me ha venido tan bien! Pero —continuó Alberto, con cierta timidez—, todavía no he terminado de charlar contigo…

—¡Ah, pues no te preocupes, tengo todo el tiempo del mundo!… Estaré encantado de seguir escuchándote…, así que continúa…

Pero continuar era lo que le resultaba difícil a Alberto Miralles. Por fin, después de echarle una ojeada a Mauro, para intentar saber lo que realmente pensaba, se armó de suficiente valor.

—Me ha dejado, Mauro, ¡y esta vez creo que definitivamente!

—¿Quién, tu chica?

—Sí, Bianca, ¿quién si no? Y eso no es lo verdaderamente grave. Lo que más me duele y preocupa es que esta mujer parece querer iniciar una lucha de poder conmigo. Sí, Mauro, el consabido juego de ver quién logra más, y seguro estoy de que la apuesta en esta partida que intenta jugar va a ser nuestra hija. Sí, no son aprensiones mías, ni fantasías de alguien con manía persecutoria. Y ocurre, Mauro... —Y en aquel momento los ojos de Alberto se empezaron a llenar de lágrimas—. Ocurre que esto ya lo he vivido otra vez, y fue una experiencia agria y dolorosa. No sé si seré capaz de nuevo de pasar por una semejante. ¡Me temo no ser lo suficientemente fuerte como para resistir esta prueba de nuevo! —Y Alberto concluyó la frase con un sollozo que no supo contener...

El llanto de un hombre era algo que a Mauro siempre le conmovía, pero que, sobre todo, le hacía sentirse incómodo. Durante siglos se aseguró, con inútil tozudez, que los hombres no debían llorar... «¡No sólo lloran —reflexionó Mauro—, sino que cuando lloran, te parten el alma!». Y por eso, y otras razones, intentó consolar a Miralles.

—Alberto, me imagino lo doloroso que debe de ser todo esto para ti. Toda ruptura sentimental resulta traumática, ya que además de la herida que produce, hay que añadirle la humillación, además del complejo de culpa que nos acompaña durante un cierto tiempo. En torno a todo esto, pocos consejos puedo darte, ya que me temo que cada individuo ha de solucionarlo a su manera. Pero en cuanto al posible chantaje que tu chica pueda hacerte, utilizando a vuestra hija para ello, no creo que tengas nada que temer. La solución la tienes en Fontanarosa. Acude a él, ¡y no te hagas el remolón, ni hagas caso a las consideraciones que te sugiera tu falso orgullo! ¡Sí, tu falso orgullo, e insisto en el término! ¿No me dices que últimamente, don Álvaro te distingue con el apelativo de hijo? Pues bien, aprovéchate de ello, en el buen sentido, claro está. Cuando en Nápoles se sepa que el poderoso Fontanarosa se ha puesto de tu parte en este futuro e hipotético pleito; ni tu Bianca se atreverá a racionarte las visitas de tu hija, ni tampoco a indisponerla en contra tuya. ¡Fontanarosa no es una simple baraja con la que juegas, es el as del triunfo! Y ahora, vas a excusarme un momento; tengo que ir al servicio. Yo también he bebido mucho líquido, aunque en mi caso, sólo ha sido agua mineral.

—Yo iré después —sonrió Alberto.

—¡Por fin ha sonreído! —observó Mauro con alivio.

—Amigo mío, gracias por tu compañía —volvió a insistir Miralles, antes de que Mauro abandonase la mesa.

—¿Gracias, por qué? ¿No comprendes que para mí resulta un auténtico privilegio cenar con tan señalado aristócrata?

* * *

Al salir de la pizzería se encontraron con algo que hubiese sido una sorpresa, si Miralles, y también doña Lucía no la hubiesen anunciado: llovía, y aunque aquello no era un diluvio, era, sí, una lluvia persistente.

—¿Y ahora qué hacemos? —preguntó Mauro—, no veo un solo taxi…

—¡Uy, encontrar un taxi en Nápoles, en una noche de lluvia!… ¡Los milagros, aquí, no ocurren con tanta frecuencia!

Pero por fortuna, vivo cerca, al inicio de vía San Giovanni in Porto… Los que pertenecemos al clan Fontanarosa nos alojamos todos a corta distancia del palacio de los Dos Virreyes… ¡Qué quieres, para nosotros es el equivalente a la sede del gobierno!… Mauro, no sé qué clase de vino he bebido, ¿era un Lambrusco, no es así?, pero siento mis piernas como si fuesen de trapo.

—¡Ocurre, querido amigo, que cuando uno se va haciendo mayor, no se deben cometer demasiados excesos! —La expresión de Alberto al escuchar la palabra «mayor» fue todo un poema—. ¡Anda, apóyate en mí! —dijo Mauro riendo—, yo seré tus piernas… ¡Y me temo que también tu cabeza!

* * *

El edificio donde habitaba Miralles, una construcción de finales del XIX, se distinguía enseguida de los de su entorno, por haber sido rehabilitado y adecentado hacía poco.

—Y no sólo se arregló la fachada —puntualizó Alberto con la lengua un tanto torpe—, sino también las zonas comunes y el ascensor.

«Ese arreglo de las zonas comunes —pensó Mauro—, de ser cierto, ha sido tan sólo superficial». Entraron en un sobrio zaguán, débilmente iluminado y pintado de un ocre indiferente. Lo seguía un largo pasillo, lleno de puertas viejas. Al final les esperaba el hueco de un ascensor, rodeado de una verja desangelada, recubierta de un esmalte oscuro.

—¡Un ascensor! ¡Pero eso, en Nápoles, es todo un lujo!

—Lujo tan sólo en los barrios antiguos —puntualizó Alberto.

—¿Cuál es tu piso?

—El tercero, ahí tienes tu casa…

Mauro consiguió meter, un tanto a trompicones, el recio y duro cuerpo de Miralles dentro de aquel artilugio, cuidado, sí, pero también vetusto, que había descendido de las alturas con gran ruido y mayor sofoco. Al iniciar la subida, aquel arcaico ejemplar de artesanía mecánica se permitió un tan brusco vaivén, que casi provoca la caída de la inestable pareja que lo ocupaba.

—¡Son cosas de la edad! —comentó Alberto, refiriéndose al balanceo del ascensor.

—¡Pero si hemos logrado alcanzar el tercer piso sin percance grave! —exclamó Mauro, aliviado por poner el pie en un suelo algo más firme que el que había estado pisando durante el último minuto.

—Ésa es la puerta de mi apartamento —señaló Miralles, y fue hacia ella, con la llave en la mano. Pero después de varios intentos—: ¡Toma! —le dijo a Mauro—, ¡abre tú!

Una vez dentro, éste contempló el apartamento de su amigo sin demasiada sorpresa. La entrada formaba parte de un espacio mayor, que con algo de buena voluntad podía llamarse salón, aunque quizá la denominación más ajustada fuese la de cuarto de estar. O de no estar, según los gustos…

—En resumen —suspiró Miralles, que observaba con atención la expresión que se dibujaba en el rostro de Mauro—, un piso mediocre, decorado de manera mediocre, para un hombre mediocre, ¿no es así?

—¿Te produce morbo el despreciarte? Diría, todo lo más, que se trata de un piso de soltero, modesto, sí, pero más limpio y cuidado que muchos que he conocido…

—¡Ya! Te aclaro: la decoración es mía, la limpieza, de mi asistenta… Sí, ya sé, un bravo para la asistenta, y para mí…

—¡Y para el decorador —bromeó Mauro—; un tirón de orejas!

—¡No, eso no me lo hagas, que me duele mucho! —Aquella queja le recordó a Mauro la de un niño, pero cuando iba a tranquilizarle, vio que Alberto se dejaba caer, pesadamente, sobre una gruesa butaca de líneas también pesadas...

—¡No te preocupes, mi niño, que si te duele, no te lo haré! —Y viendo la expresión, todavía compungida, de Miralles, Mauro añadió—: ¡Además, cómo podría yo hacerte daño, si contigo soy sólo bondad y ternura.

—Bondad, sí que la demuestras a veces, pero sólo a veces —replicó Alberto—; en cuanto a la ternura, ¡ja!

«¿Qué le ocurre a Miralles? —se preguntó Mauro—, parece como si quisiera jugar a... ¡No, claro que no! ¡Qué cosas se me ocurren!..., ¡es tan sólo el efecto del vino!».

—¿Pero por qué no me traes una toalla para secarme? ¿No ves que me he empapado con esta lluvia?

—¿Una toalla? Y ¿por qué, Alberto, no la buscas tú?

—¡Pues porque estoy mareado! ¿O es qué no lo notas? Además, no creo que pudiera levantarme de esta butaca...

—No sé muy bien lo que te noto, pero te traeré la dichosa toalla. Por cierto, ¿dónde puedo encontrar una?

—¡Pues en el baño!

—¿Y se puede saber dónde está el baño?

Alberto contempló a su amigo con cierto asombro, e instantes después, lanzó una carcajada.

—¿Dónde está el baño? —exclamó—. Pues escucha: entras en el primer salón rococó, después pasas al segundo, de estilo imperio, luego al tercero, de estilo trovador, atraviesas la sala de música, luego la de baile, sigues por el comedor de diario, dejas a un lado el de protocolo, y por último, más allá de la nave lateral de la capilla, te encuentras con el baño... —Y Miralles, que consideró aquella parrafada suya tan ocurrente como divertida, volvió a reír, y a reír con ganas.

—¡Cuando bebes, te vuelves insoportable! —refunfuñó Mauro, con típica incomprensión de abstemio, y salió malhumorado de la habitación. Volvió enseguida del cuarto de baño, que se encontraba tan sólo a unos pocos metros, con la toalla exigida en la mano.

—¡Anda, sé bueno y sécame! —rogó Alberto—. Si no, agarraré un catarro de padre y muy señor mío…

—¡No te preocupes, te secaré! Pero antes, tendré que quitarte la camisa. La verdad es que aún está húmeda…

Era de buena calidad, y también de buen gusto, aquella camisa de manga larga que llevaba Miralles. Y como todas las suyas, dos números mayor del necesario, aunque muy mojada no estaba, ya que había comenzado a secarse sobre la piel de su portador. Mauro desabrochó, primero, los puños de las mangas, lo que no le resultó fácil, pues Alberto se dormía o fingía dormirse a cada segundo, para despertarse de inmediato y volverse a dormir. Mientras, se acurrucaba, con pereza algo fingida, en la butaca donde se había dejado caer. Con no poca dificultad, Mauro fue desabrochando la pechera mientras el vello del torso, negro y apretado, se esparcía y se ampliaba como una mancha oscura, al irse abriendo la camisa. Mauro no pudo menos que fijarse en las tetillas de Alberto, que notó blandas, de un inesperado color rosa, y que puntuaban, con su doble simetría, la superficie morena del pecho. E iba Mauro a rozarlas con su mano, usando de la mayor discreción posible, para evitar que Alberto se diera cuenta del gesto, cuando de pronto y sin aviso alguno, el joven restaurador se vio sujetado, casi aplastado, contra el cuerpo de Miralles. Sorprendido, y también asustado, Mauro sintió que la boca de su amigo se pegaba a la suya, y esparcía su aliento de bebedor sobre su rostro, un aliento cargado de olores diversos, a comida y a especias, pero que el tufo a vino envolvía, dominador. El joven intentó zafarse y alejar de su cara ese jadeo agresivo, ese ebrio resuello que tanto rechazo le producía; pero era tan grande su asombro y tan repentino su estupor, que en un primer momento, no lo consiguió.

Seguía Alberto apretando su rostro contra el de Mauro, rostro que en aquellos momentos de violento deseo, había adquirido ciertos rasgos faunescos, cuando, de pronto, al advertir que los labios de Mauro seguían sin ceder, los mordió con rabia, causándole un dolor intencionado. Esto forzó a que Mauro entreabriera la boca, lo que permitió a Alberto penetrar con su lengua, y por unos segundos, en aquella cavidad, cuyo sabor anhelaba descubrir… Al fin Mauro, con un enérgico y casi desesperado empujón, logró desasirse, furioso del inesperado y opresivo abrazo de su compañero…

Una vez libre, lanzó un grito, que más que grito, parecía un chillido.

—¡Animal, cabrón!… pero… ¿pero estás loco? —Y con las manos semicerradas, comenzó a golpear las mejillas, las orejas y la frente de Miralles, que apenas se resistía ante la furia de su amigo.

»¡Hijo de puta, cabrón de mierda! ¿Pero qué te ocurre, joder, di, qué te ocurre? ¿Que cada vez que bebes te sale el maricón que llevas dentro?

—Mauro…

—¡Ni Mauro, ni leches, a la mierda!

—De acuerdo, ahí me iré, si eso es lo que deseas. ¡Pero antes, escúchame!

—¿Escucharte, para qué? ¿Para oírte decir, con expresión de perro apaleado, que te encuentras muy solo… y que lo que necesitas es amor? —Y de pronto Mauro lanzó una carcajada, aunque aquella risa era todo menos alegre. Miralles aprovechó aquel resquicio en el enfado de Mauro para hablar:

—¡No sabía que te gustasen tan poco los hombres! ¿O acaso el que no te gusta ni pizca soy yo?

—¿Gustarme? ¿Pero cómo me va a gustar un tío que hace lo que tú me has hecho?

—¿Y qué te he hecho yo? Sí, he pretendido darte un beso... y... y te he mordido los labios. Perdóname..., aunque no sé por qué lo hice. Tuve la impresión, hace un instante, de que era otro el que lo hacía. ¿Pero es eso un crimen?

—¡Sí! Al morderme, me hiciste daño.

—¿Mucho?

—Lo suficiente —afirmó Mauro, palpándose él mismo la boca—. Además...

—¿Además, qué?

—¡Joder, que eso se avisa!

—¿Y cómo se avisa eso? ¿Como si fuese la llegada de un tren o de un avión que aterriza?

—¡No sé cómo se avisa, pero se avisa!

—Mauro, ¿por qué no te sientas y te calmas?

—¡Porque lo que quiero es marcharme de aquí!

—Pues ahí está la puerta, amigo mío. Sí, ahí, ¿o es que no la ves?

Pero Mauro, que ahora miraba al suelo, no se movía. Y Miralles, ya mucho más sobrio y sereno, se levantó de su butaca, fue hacia su amigo y se arrodilló ante él.

—¿Me perdonas?

Y Mauro miró a Miralles a los ojos, y lo que vio en ellos le emocionó.

—¡Joder, macho! —Y Mauro no pudo menos que hacer una mueca al pronunciar aquella última palabra—. ¡Qué susto me has dado!

—¡Mauro! —murmuró Alberto con tono quedo y al decir aquel nombre, pareció como si la voz se le quebrara—.

¡Mauro! —volvió a repetir, como si se hubiese enamorado del sonido de aquellas sílabas y luego de unos instantes, tomó la mano de su compañero, para apretarla y besarla una y otra vez.

—Pero… ¿pero a ti que te pasa? ¿O resulta que cada vez que te deja una mujer, te entran ganas de acostarte con un tío? Me contaste que lo habías intentado en una ocasión parecida, y que apenas pudiste concluir la experiencia. ¿Qué te ocurre ahora? ¿Acaso esperas que con Mauro Beltrán te va a funcionar mejor el experimento?

—¡Sospecho que esta vez va a funcionar a la perfección! —Y Miralles tomó la mano de su amigo, hasta hacerle rozar la bragueta de su pantalón.

—¿Anda, pero qué es lo que tienes ahí?

—Algo que creo compré en una tienda de todo a cien…

Y Miralles comenzó a reírse, y Mauro, después de pretender, durante unos segundos, seguir enfadado, comenzó a reírse también.

—¡Esto va camino de convertirse en porno puro y duro! —exclamó éste.

—¡Puro no sé, pero duro, desde luego! Por cierto, mi pequeño Mauro —añadió, después de explorar, a su vez, la entrepierna de su amigo, sorprendido porque poco acostumbrado estaba a encontrarse con prenda que rivalizase con la suya—, ¿todo esto, qué es? ¡Vaya con el rapaz!

—Esto, querido amigo, me lo regalaron cuando nací.

—¿Y ya tenía ese tamaño?

—¡No! —respondió Mauro, sin intentar contener su risa—, que ha ido creciendo a mi lado, en gracia y sabiduría.

—¡Ay, Mauro, Mauro, chiquillo mío! ¿Y si consintieras, como puro pasatiempo, en quererme un poco? ¿O si, para sellar nuestro armisticio, me permitieras darte otro beso, siguiendo, esta vez, el debido protocolo? ¡Sería una buena manera de iniciar el experimento!

—¡Antes, lávate la boca. Hace un momento, tu aliento apestaba a vino!

—¡A algo hay que oler, amigo mío, que somos seres humanos y no robots! Pero, hoy, te haré caso. —Y Miralles se dirigió hacia una estantería en cuya parte baja descansaba una bandeja con dos pequeñas botellas de agua mineral. Destapó una, sorbió un trago de aquella tibia agua efervescente, hizo con ella un buche largo y ruidoso, para luego marchar hacia la ventana, abrir los cristales y escupir hacia afuera. Después de un momento, repitió la operación.

—No pongas esa cara, Mauro, no creo que asuste o alcance a nadie. Además, el marco de la ventana me llega hasta el ombligo, desde fuera, nadie puede ver mi erección... ¡Fíjate cómo sigue lloviendo, no pasa un alma por la calle! Anda ven... ¿qué, ya no me huele el aliento? ¡Con lo estricto que eres, sospecho que voy a tener que prescindir del alcohol cuando lleguen momentos como éste! Ven, te he dicho, que le vamos a dar un poco de bulla y también, por qué no, de ritmo y de meneo, a esta extraña y desapacible noche de verano, tan tristona ahí fuera, y tan solitaria.

* * *

Mauro sintió, de una manera confusa, que comenzaba a despertarse. Se sabía hundido en un hondo y a la vez sabroso abismo, en el que unas manos suaves e invisibles, pero también fuertes y decididas, pretendían mantener su cuerpo sujeto en un espacio mullido y silencioso, e indeterminado. Con lo que le pareció un gran esfuerzo, empezó a desplazar brazos y piernas, cuyos movimientos, lentos y pesados al principio, pronto se tornaron ágiles y precisos. «¿Dónde estaré?», se preguntó, aunque saberse lejos del Albergo Aurora, de su cuarto, y sobre todo de su cama, no le asustaba. Se sabía, lo comprendió enseguida, en territorio amigo.

La luz, proveniente de una farola de la calle, se reflejaba, temblorosa, en el techo de la habitación. La ventana del dormitorio, entreabierta, dejaba penetrar un frescor húmedo y acariciador, que llegaba hasta la cama para envolver el cuerpo desnudo de Mauro, quien, con creciente satisfacción, había recuperado todos sus movimientos. Por fin, el joven se incorporó, saltó del lecho y se dirigió a la ventana. Miró hacia afuera y observó que ya apenas llovía. Sólo el ruidoso estallido de algunos goterones que aún se desprendían del tejado evidenciaban la abundancia del agua caída, agua que había producido un fenómeno difícil de contemplar en Nápoles: el pavimento de la calle aparecía, ¡feliz sorpresa!, limpio y pulido. «¡Si esta calle parece europea!», musitó Mauro, sonriendo, y luego de asegurarse de la veracidad de aquella aseada e infrecuente visión, decidió volver a la cama.

Al llegar de nuevo junto a ella vio, no sin sentir una momentánea extrañeza, a su compañero Miralles, igualmente desnudo, enmarcado por la claridad de unas sábanas arrugadas. «¡Si lo tengo aquí, al lado mío, y casi no lo recordaba!». ¡Y sin embargo, mucho era lo que podía recordar! Observó de nuevo, y con mayor detenimiento, el cuerpo de su amigo Alberto. Mauro había descubierto aquella noche cuánto deseo puede provocar, y cuanta satisfacción ofrecer, un físico tan opuesto a aquellos con los que habitualmente gozaba o se entretenía… Beltrán solía perseguir, y casi siempre conseguir, jóvenes de cuerpo atlético, hermosos y fuertes, y sobre todo, bien proporcionados. El clásico canon griego… La última persona con la cual había mantenido relaciones sexuales se llamaba don Álvaro Fontanarosa, y todo Nápoles, o al menos, el todo Nápoles que importaba, cansado estaba de comentar las perfectas proporciones y la elegante silueta de aquel gran hombre…

El cuerpo de Alberto Miralles era bien distinto. Delgado, fibroso y de músculos largos, tensos y definidos, tanto su torso como su brazo carecían de aquellas curvas sensuales, características de un cuerpo generosamente desarrollado. Tampoco las proporciones de Alberto eran las exigidas por los cánones clásicos. Sus brazos, con fuertes tendones que se marcaban a cada movimiento, resultaban demasiado largos para su estatura, igual que sus dedos, largos también, pero huesudos en exceso. El torso, bien definido, pero algo estrecho, aparecía completamente cubierto por un vello oscuro y desordenado, las más de las veces rizoso. Éste, después de rodear el ombligo, bajaba, abundante y revuelto hasta el pubis, donde intentaba arropar y disimular un pene que ciertas hembras que lo habían probado describían como arrogante, otras como impertinente, y algunas más como excesivo…

Pero no fueron los brazos, el torso o el pene de Miralles lo que despertó las apetencias de Mauro: sólo cuando Alberto, momentos antes de iniciar el consabido ritual, se deshizo de los pantalones, pudo Mauro darse cuenta de que las piernas de su amigo no sólo eran duras y fuertes, sino sólidas y rotundas, con unos marcados gemelos que le imprimían un perfil curvo y barroco, que resultaba un deleite contemplar.

Para sorpresa de Mauro, aquel cuerpo que tenía ante él, si no le entusiasmaba visto desde un ángulo puramente estético, sí le excitaba desde un punto de vista estrictamente sexual, tal vez porque era densa, primaria y poderosa la virilidad que emanaba de aquel ser humano. Y si la masculinidad de Alberto era cosa manifiesta en las variadas actividades que realizaba en su quehacer cotidiano, no era menos recio su modo de desenvolverse en aquellos juegos que acostumbran a desarrollarse encima o en el entorno inmediato de una cama…

Mauro se sorprendió ante la rapidez y eficacia de las embestidas de su amigo, e iba a protestar ante una situación que Miralles daba ya por sentada, cuando, ante unos rudos y hambrientos abrazos que juzgó imposible rechazar, y después de ciertas palabras insensatas de su compañero, impregnadas de un hondo y furioso deseo, pero también de inapelables exigencias, comprendió el joven restaurador la inutilidad de resistirse. Y a pesar de que a Mauro le gustase poco la postura que ahora le tocaba asumir, una cierta pereza y la reconfortante sensación de sentirse cobijado, y sobre todo, protegido, le inclinó a abandonar cualquier reticencia o discusión. Y Alberto celebró, con fervor y alborozo, aquella entrega voluntaria que éste consiguió que fuese casi incondicional…

—Algo me avisó en el cerebro de que un guapo mozo me estaba observando de pie, junto a mi cama —murmuró, sonriendo, pero todavía con la voz apagada y la garganta seca, un Alberto Miralles que hacía, también él, esfuerzos para desembarazarse de las telarañas del sueño, y que contemplaba, satisfecho, a aquel joven desnudo, cuyo contorno se dibujaba, oscuro pero preciso, silueteado por la débil luz que llegaba de la calle…

Mauro alargó el brazo y se inclinó hacia el cuerpo de su amigo. Comenzó a acariciarle el pecho y las tetillas, luego el vientre, pero cuando empezaba a descender hacia el pubis, la voz de Alberto advirtió:

—No bajes más, *mio caro amico,* que por poco que te empeñes, despertarías a ese pícaro Juan que goza, en estos momentos, de un merecido reposo.

—¿Pícaro Juan?

—Así lo llamaba un viejo compañero mío… Mira, ¿no ves cómo se va desperezando el muy sinvergüenza?

—¡Otra vez!

—¡Ay, Mauro, todavía no conoces su vocación de insomne!

—¡Pues dale un somnífero!, Alberto —prosiguió Mauro, después de una brevísima pausa—, perdona si en este momento y a estas horas me pongo serio… Hay algo que me preocupa y me inquieta, y necesito comentar ese «algo» contigo.

—¡Bien, habla!

—Alberto, ¿has pensado en la reacción de Fontanarosa cuando se entere de lo que hemos hecho nuestro? ¿Te imaginas sus celos, su enfado, incluso su ira? ¡Pueden ser terribles! A menos que consideremos este episodio que acaba de suceder como un incidente que no debe repetirse.

—¿No repetirlo más? Pero… ¿pero tan poco te ha gustado?

Mauro contempló a Alberto con ternura, ya que su ingenuidad le conmovía. Colocó su mano sobre el brazo de su amigo.

—¡Pues claro que me ha gustado! Incluso te podría decir, quizá a mi pesar, que lo he disfrutado más de lo que imaginaba… Pero Alberto, si tú y yo seguimos viéndonos…

—¡Nos tendríamos que seguir viendo de todos modos! —interrumpió Miralles—. Sí, Mauro, con sexo o sin él, nos veríamos casi todos los días, ya que estaría yo entrando y saliendo continuamente de la capilla San Severo. ¡No te olvides que soy el recadero de Fontanarosa, o si lo quieres decir de un modo más culto, su *factótum*. Además, no estoy dispuesto a interrumpir esto, tan sólo por miedo a la reacción de nuestro gran hombre. ¡Mauro, he gozado tanto lo que hice contigo esta noche!

—Pues yo te lo diré de un modo bastante más crudo: me ha gustado mucho, muchísimo, follar contigo. ¡Pocas veces me he corrido con tantas ganas! Al ver… tu calibre, me entró miedo. Creí que el daño inicial iba a ser importante, pero después, pude comprobar que el cuerpo acepta de buen grado lo que la mente le ordena desear… ¿Te has enterado bien? ¡De acuerdo! ¡Pero toda esta fanfarria sexual no va a ser óbice para que la patada que nos dé Fontanarosa en pleno trasero sea de auténtico campeonato!

—Pues cuando eso ocurra, si es que ocurre, nos iremos a mendigar juntos por el barrio de la estación. ¡Y santas pascuas!

—¡Por Dios, Alberto, no bromees!, además, por mucho que tú y yo lleguemos a querernos, no creo que estuviésemos preparados para ese tipo de romanticismo… ¡Al amor no se le alimenta con privaciones!

—¿De verdad? ¿Y tú con qué lo alimentas, con caviar? Si es así, no te preocupes, ¡robaré caviar para ti! —Nada más pronunciar estas palabras, la expresión de Miralles cambió. Parecía recordar algo muy distinto, y el recuerdo de aquello hizo aflorar en su rostro una expresión de extrañeza, cuando no de perplejidad.

—Mauro… —Alberto pareció dudar un momento, pero después de unos segundos se decidió a hablar—. Mauro, ¿te acuerdas cuando esta misma noche, mientras cenábamos, te conté un fragmento de esa larga entrevista que tuve con Fontanarosa, en esas termas romanas que se encuentran bajo su palacio?

—¡Pues claro que lo recuerdo!

—En aquel detallado relato que me hizo el onorévole, el tema no fue tanto la vida y obra de don Raimundo di Sangro, como la descripción minuciosa de sus bajezas y sus vicios. Todo aquello me produjo un considerable desagrado. Pero entre las muchas anécdotas que me contó, me mencionó esta que te relato ahora: el príncipe de San Severo parece haber sentido, hacia el final de su vida, un amor tormentoso y desesperado por un individuo poco recomendable, un gañán, un tipo chulesco y de mala vida. Si no recuerdo mal, este personaje era mallorquín, y hacía las veces de marino, acompañando a un mercante que realizaba la travesía de Palma a Nápoles, ida y vuelta. Y este individuo, que llegó a ejercer un casi completo dominio sobre el príncipe, poseía una característica que, según parece, fascinó a don Raimundo: ¡tenía los ojos de color violeta, como tú!

—Sí, Alberto —exclamó Mauro muy serio, después de meditar, durante unos segundos, la respuesta—. ¡Igual que yo, que también soy de familia mallorquina!… Dime, ¿son meras casualidades, o más bien paralelismos acusadores? —A Mauro, poco a poco, se le iba alterando la voz según iba atando cabos—. Resulta que a mí, nuestro querido Fontanarosa me contó una historia muy parecida. También él, me confesó, se había enamorado de un individuo muy poco recomendable, que le cautivó, ¡o curiosa casualidad!, con sus ojos violáceos. ¿Coincidencias, verdad? Pero ¿y si todas esas coincidencias no fueran tales? ¡Ay, Alberto, Alberto!, me siento, sabes, como alguien que se encuentra ante un rompecabezas desmontado, cuya imagen total ignora. Sin embargo, va encontrando distintas piezas que consigue ir ajustando poco a poco… ¡Y una de las piezas de ese rompecabezas eres tú, y otra de esas piezas soy yo!

—¿Qué quieres decir con eso de las piezas? ¡Ahórrate las metáforas! ¡Siento de nuevo tantas ganas de dormir, que mi entendimiento se nubla a pasos agigantados!

—Pues procura mantenerte despierto un poco más, y escúchame: tú desciendes, al parecer, de don Raimundo di Sangro y de una sirvienta suya, de escasa virtud. Aquella cadena vital que se inició en Nápoles continuó luego en Cataluña, y concluye de nuevo en Nápoles, contigo, ya que aquí has rehecho tu vida. Y yo, Alberto, aunque todavía no tenga pruebas concretas de lo que voy a decir, estoy cada vez más convencido de descender de ese mallorquín poco recomendable, pero que poseía una característica excepcional, una rara peculiaridad: ¡tenía el mismo color de ojos que tengo yo!…

»Haciendo memoria —continuó Mauro—, recuerdo, de forma vaga, que durante uno de aquellos veranos que pasábamos en casa de mis abuelos, un primo de mi madre me llevó a pasear por el puerto de Palma, y mientras me enseñaba y explicaba los distintos tipos de barcos que se veían atracados allí, me habló de un antepasado contrabandista y tarambana, que un día se embarcó en un navío mercante y no volvió jamás, dejando atrás a una mujer y a un hijo. No consigo recordar más detalles… La verdad es que no presté mucha atención a aquel relato… Ahora fíjate bien: si tú desciendes, en línea directa, de don Raimundo di Sangro, príncipe de San Severo, y yo, también en línea directa, de ese amante poco recomendable del que se enamoró, entonces, entre tú y yo…

—¡Perdona si te interrumpo, pero me estoy haciendo un lío! Esta disquisición me parece demasiado densa para desarrollarla después de un polvo fastuoso, a horas intempestivas de la madrugada. A ver, Mauro, explícame: ¿qué ocurrió exactamente con ese amante que enamoró a San Severo?

—Eso no lo sé con exactitud, pero me vas a tildar de loco si te digo que cada vez estoy más seguro de que don Raimundo di Sangro, y el onorévole Fontanarosa son una misma persona.

—¡No, Mauro, deliras! —enfatizó Alberto, moviendo la cabeza con energía—. Dos siglos y medio separan a estos dos personajes, y uno de ellos vive aquí, entre nosotros, y su edad debe rondar como mucho los cuarenta y cinco años, si su apariencia no nos engaña…

—¡Alberto, todo en él induce a engaño! Ya sé que te resulta difícil creerme, pero…

—¡Difícil no, imposible! —afirmó Miralles, rotundo.

—¡Pues bien, no me creas, si no quieres! Pero dime, ¿tan seguro estás de que el tiempo ha sido, es y será un valor absoluto e inamovible, y de que nadie puede abreviarlo, torcerlo y controlarlo, o, incluso, tal vez burlarse de él? No olvido que dos siglos y medio separan a estos dos hombres, ¿pero cuántas otras cosas hay que no sólo los unen, sino que los mezclan y los confunden? Cuando examinemos todo esto de nuevo, y a horas más adecuadas, quizá empieces a cambiar de opinión…

—Mauro, resulta difícil cambiar de opinión cuando la alternativa plantea un imposible.

—¿Imposible? ¿Todavía crees en esa palabra? Hubo, sin duda, un tiempo en el que decir «imposible» tenía un significado preciso. Hoy dudo que ese tiempo exista todavía…

Alberto ansiaba dormirse de nuevo, y cerró los ojos para evitar que Mauro siguiera hablándole. Pero éste no quiso ahorrarle a Miralles una última pregunta.

—Alberto, sé que quieres seguir descansando, aunque después de lo ocurrido esta noche, comprenderás que quiera saber algo más sobre nosotros, y más específicamente, sobre ti. Dime, ¿desde cuándo me deseas? ¡Sí, no pongas esa expresión de ofendido! ¿Desde cuándo te apetezco sexualmente? Ya que, hace tan sólo un rato, has demostrado que me deseabas…, ¡y de qué manera! ¿Cuándo te sentiste, por primera vez, atraído hacia mí?

Alberto alargó la mano para agarrar la de Mauro, sabedor de que nada hay como el tacto para propiciar una confidencia.

—¿Sabes cuándo fue? —contestó Alberto, después de una breve pausa—, fue aquel primer día, en la capilla San Severo. Después de contemplar el famoso Cristo velado, sufriste, ¿recuerdas?, algo parecido a un desmayo, y cuando a punto estabas de caer al suelo, yo te sujeté. Sostuve, sí, tu cuerpo, y lo abracé, y me pareció en aquel momento tan suave y tan indefenso, que algo se movió dentro de mí. Y esta noche, durante la cena, me puse a observar tu boca, y esos labios tan rojos, y entonces…

—Perdona si te interrumpo, Alberto, ¿y de veras nunca habías sentido atracción por otro hombre?

—Así es, tú has sido el primero.

—¿Y aún dices que no crees en imposibles?

Capítulo
IX

TIEMPOS DE ESPERA

Los días que siguieron a aquella noche fueron un periodo de reflexión para Mauro. Horas después de aquella primera y tumultuosa refriega sexual, el joven restaurador se presentó en la capilla, la cabeza todavía confusa a causa del sueño insuficiente, la mirada velada por el cansancio gozoso, y alguna que otra agujeta en los riñones, provocada por determinados embistes de Miralles, que si bien habían sido recibidos por Mauro con creciente aceptación, habían también dejado ciertas huellas doloridas en la espalda de éste… Pero nada más penetrar en la capilla, la belleza y la fastuosidad del recinto volvieron a actuar sobre su cuerpo y su espíritu como si se tratase de una droga euforizante. «¡Qué privilegio —pensó— trabajar rodeado de tanta hermosura!».

De pie, al fondo de la nave, junto al andamiaje montado para la restauración de la bóveda, le esperaba su nuevo ayudante, devoto y servicial, y que Mauro, muy pronto, calificó como el fiel e imprescindible Abilio. Pretendió éste, y pronto lo consiguió, convertirse en el brazo suplente y en la segunda mano diestra del restaurador español. El joven escayolista no consideraba ya a Mauro como un peligroso rival en el corazón de un Fontanarosa que mantenía su prolongada ausencia allá por las orillas del Támesis, lo que ayudó, sin duda, al hecho de que Abilio se tornara en el complemento indispensable para que Mauro pudiese realizar, con toda comodidad, su trabajo de restauración.

El español quedó favorablemente sorprendido al ver que el escayolista, aquella mañana, había ya puesto orden en la nave, liberándola de los diversos residuos que el descuido de unos obreros había dejado esparcido por los rincones, y sobre todo, le agradó constatar que el joven había barrido, con sumo cuidado, el pavimento de la capilla. Mauro miró a su alrededor, y descubrió, no sin experimentar cierta ternura, que su ayudante napolitano había ya colocado en su sitio los tubos de pintura, los colorantes en polvo, las dos paletas, los aglutinantes y los disolventes, todos debidamente ordenados, atendiendo, sobre todo, al efecto estético que los diversos utensilios, herramientas, pinceles y colores producían. El amplio tablón donde cabía todo aquello, colocado al pie del andamiaje metálico, parecía más un motivo montado para el disfrute de un fotógrafo, que una simple mesa de pintor…

—*Tante grazie, Abilio. Non saltanto tutto è in un ordine perfetto, ma lo stesso ordine serve a produrre un effetto bellisimo! Piú che una tavola di pittore, sembra, prima di tutto, una proposta di bellezza. Cuando vedo i diversi collori e ì barattoli in un arredamento cosi estético, cuasi non oso toccare questo assieme…*

Elogio tan florido emocionó al bueno de Abilio.

—*Grazie, signore, per la sua gentileza!* —fue todo lo que acertó a decir aquel muchacho de mejillas ruborizadas…

—*Abilio, io non mi chiamo signore. Il mio nome é Mauro. Ti ricorderai?*

Y así Abilio se convirtió, durante las horas que Mauro se pasaba en la capilla, en su sombra, una sombra discreta, silenciosa, eficiente, y sobre todo, amiga…

—¡Magnífico dibujo el de esa mano y ese brazo! —Era Miralles quien exclamaba aquello y que se había situado cerca del andamio, para contemplar, desde abajo, las líneas que Mauro iba trazando para completar los fragmentos que faltaban en unas figuras de la bóveda.

—¡Qué pronto has llegado! Te vi tan dormido, cuando te dejé…

—¡Tenía que reponer fuerzas! Ahora, después del abundante desayuno que he tomado, siento un gran interés en observar cómo empiezas tu trabajo.

—De acuerdo… Mira todo lo que quieras, pero en estos momentos, no me hables ni me distraigas. Esto que estoy ahora realizando es la única parte del trabajo que presenta alguna dificultad. Voy a tener que bajar del andamio varias veces, para ajustar las proporciones desde una cierta distancia… Y si no tienes cosas más urgentes que hacer, me gustaría que me esperaras al pie de la escalerilla, cuando tenga que bajar. ¡Ya sabes que sufro de una cierta tendencia a resbalarme al llegar a los últimos peldaños!

—¡Y a caer en mis brazos!… Sin duda, un truco más de esta perversa capilla. ¡El muy sinvergüenza del príncipe de San Severo se debe de estar divirtiendo, contemplándonos desde el otro mundo!…

—¡Si es que está en el otro mundo!

—¿Y dónde iba a estar, si no?

—En Londres, supuestamente adquiriendo unas obras de il Guercino.

—¡Ya estás otra vez con tus absurdas teorías!

—¿Absurdas? ¡Veremos quién tiene razón! Anda, prepárate que voy a bajar.

Y Mauro inició la bajada por las escalerillas, y al final, a pesar de realizar el descenso con sumo cuidado, volvió a resbalar y a caer en brazos de Miralles.

—Cuidado —advirtió éste—, Abilio nos está mirando, y ése no pierde detalle…

—¡Y qué más da! —comentó Mauro—. Lo nuestro se sabrá, tarde o temprano… La verdad —añadió—, después de echarle un largo vistazo a la bóveda, podría haber iniciado la restauración dibujando primero una plantilla; eso hubiese sido lo lógico, pero a mí me divierte mucho más ir al directo.

—¡Sí, a mí también me divierte más ir al directo! —apostilló Miralles subrayando las palabras, y dirigiendo a su compañero una sonrisa cómplice.

«¡Este nuevo y sorprendente ligue que me ha caído desde el cielo, junto con la lluvia, tiene picardías de adolescente! —pensó Mauro, y contempló a su amigo con una mirada donde se mezclaban una evidente ternura con una leve irritación—. ¿Por qué tantas alusiones e indirectas acerca de su tempestuosa temperatura sexual? ¡Parece un joven estudiante ante su primera experiencia amatoria! ¿Pero en cierto modo, no era éste un primer encuentro con un sexo… diferente y a la vez igual?».

—*Abilio, aspettami, che devo salire* —advirtió el restaurador desde abajo, después de contemplar, detenidamente, el trozo de bóveda por restaurar. Y nada más llegar a la plataforma superior del andamio—. *Abilio* —le pidió Mauro—, *ti prego; mi giungi quel penello? Sí, il penello con il mánico bruno…* —Y los rasgos que Mauro fue imprimiendo sobre el área del yeso que aún permanecía en blanco se hicieron enérgicos, rotundos, decididos…

* * *

A mediodía, Mauro y Alberto se fueron a comer juntos. Abilio, discreto, prefirió dejarlos solos.

—¿Qué tal te ha resultado esta primera mañana de trabajo?

—Durante los primeros cinco minutos, me pareció como si mis manos hubiesen enmohecido. No atinaba a manejar los pinceles. Pero pronto los dedos volvieron a recobrar su habilidad, y todo empezó a salir perfecto.

—Gozas con tu trabajo, ¿verdad?

—Últimamente procuro gozar con todo, incluso con mi trabajo… ¿Contento con la respuesta?

—¡Veo que estás de buen humor!

—¿Acaso no lo estás tú?

—¡Claro que lo estoy! Tendríamos que sentirnos los dos alegres y de buen humor, y esto durante el mayor tiempo posible. De este modo cuando llegue la tempestad, si es que llega, nos encontrará hartos de haberlo pasado tan bien, y de haber disfrutado tanto el uno del otro…

—Lo malo es que disfruta bien quien disfruta el último.

—Sí —observó Miralles—, ¿pero quién será el último? Como creo que se dice en inglés, *that is the question.*

—Pues la cuestión reside en que esa frase pertenece al *Hamlet* de Shakespeare, ¡y te recuerdo, querido amigo, por si lo has olvidado, que *Hamlet* termina mal, rotundamente mal!

Aquella conversación de sobremesa se desarrollaba a muy corta distancia de la capilla San Severo, en el café Moenia de Piazza Bellini, uno de los rincones napolitanos favoritos de Alberto. A éste le encantaba esconderse tras las enredaderas que casi tapaban el porche del establecimiento, y hundirse en una de las cómodas butacas de mimbre de la terraza, mientras hojeaba algún libro elegido al azar, entre los que podían encontrarse en aquel café que hacía las veces de librería. Hacía menos de quince días, había llevado a aquel joven a ese mismo lugar, que conociera apenas dos horas antes, después de que éste sufriera ese extraño mareo ante la visión del Cristo velado, joya máxima de la capilla.

—Me acuerdo de ese momento como si hubiese sucedido hace tan sólo unos minutos —comentó Miralles.

—¿No fue entonces, al sujetarme con tus brazos, cuando sentiste por primera vez aquellos pensamientos pecaminosos?

—¿Pecaminosos, por qué?

—Pecaminosos… ¡y malos!

—¡De malos nada! —afirmó, rotundo, Miralles—. Cuando me senté ante ti, en este mismo lugar, comencé a mirarte con un interés distinto. Me fijé no sólo en tus ojos, que los tienes espléndidos, y ese elogio te lo habrán repetido mil veces, sino también en tu boca, pero sobre todo…

Miralles, de pronto, se ruborizó, como sólo se ruboriza un chiquillo, y optó por callarse.

—¡Vamos, Alberto!, ¿vas a sentir vergüenza conmigo? ¿Después de lo de anoche, después de…?

—¿Después de qué? ¿Acaso me comporté mal?

—¡Hombre, mal, mal, no sería la palabra más adecuada!

—Me gustaste mucho, Mauro.

—Y tú me gustaste también, Alberto. ¡Y lo más curioso es que no sé muy bien por qué! Pero te disfruté mucho. Me dio por explorar tu cuerpo con mi boca, mientras te ibas durmiendo, y acabé por recorrerlo de arriba abajo.

—Sí, ya lo sé. ¿Crees que no me daba cuenta? Es cierto que me fui durmiendo poco a poco, pero al mismo tiempo noté cómo ibas, en cierto modo, despertando sucesivas áreas de mi piel. Te agradecí aquello, y hasta me emocioné, porque sé que este cuerpo mío no es merecedor de tantas atenciones… Esta noche, es a mí a quien me toca recorrer el tuyo. Ayer, tan sólo lo devoré. Hoy quiero ir contemplándolo, con detenimiento, para así recordar los rincones más íntimos… Por cierto, aún no me he fijado bien en tus pies, una parte del cuerpo humano que no suele atraerme; al menos, hasta ahora. Yo, en cuanto a gustos eróticos, soy muy del montón; me faltan ciertos refinamientos. Tal vez los descubra contigo y me aficione a jugar con esos pies tuyos, ya que una persona, cuyos juicios estéticos valoro, me ha asegurado que están entre los más bellos que hubiese visto jamás.

—¿Ah, sí, y quién es esa persona?

—¡Mauro, yo también tengo secretos!

—Bien, no me lo digas, si no quieres. Pero algo quisiste decirme antes… Se trataba de algo muy específico que te gustaba en mí.

—¡Ah, sí! Algún día te desvelaré ese otro secreto, pero ahora me da reparo contártelo. En cambio, sí te contaré algo relacionado con todo lo anterior. Aquella noche, después de haberte conocido, no fui a ver a mi chica, como creo te había dicho. Por diversas razones, preferí quedarme en casa, sin hacer nada en concreto, pero sí pensando en muchas cosas… y tú eras una de esas cosas en las que pensaba…

—¿Y qué fue lo que ocurrió después? —preguntó Mauro, al ver que Miralles callaba—. ¿Fue el hecho de pensar en mí lo que hizo sonrojarte hace un momento?

—Verás, Mauro, no conseguía dormirme… —Alberto se removía, inquieto, en su asiento, en una actitud que ya Mauro le conocía.

—Bien, no podías dormirte…, ¿y?

—Al final de la noche, harto de dar vueltas en la cama me… me masturbé… ¡Sí, me masturbé, y lo hice pensando en ti! ¡Bueno —suspiró Alberto, aliviado—, ya te lo he dicho! ¿Contento?

—¡Pero Alberto! ¿Por qué ese súbito pudor?

—Mauro, te he contado la verdad. ¿No te basta? Pasemos página, te lo ruego. Ya sé que es una tontería, y también un signo de inmadurez, pero masturbarse me avergüenza, o al menos, me avergüenza el confesarlo.

—Bien, la página está pasada y no insistiré más. Pero ahora soy yo quien quiere pedirte una cosa, que nada tiene que ver con todo lo anterior. Desde hoy mismo hasta que termine con la restauración, pienso trabajar en la capilla unas cuatro horas diarias. Se puede trabajar más, pero no se debe, que el trabajo realizado con cansancio no suele ser de buena calidad. Por lo tanto, durante los días que he de faenar aquí, tendré bastantes horas libres y desearía emplear estas horas en conocer Nápoles a fondo. ¿Querrías ser mi guía?

—¿Tu guía? No creo estar capacitado para eso, que mis saberes, Mauro, son bastante limitados. Lo poco que sé me lo enseñó, como ya te podrás imaginar, nuestro querido Fontanarosa... pero si se trata tan sólo de acompañarte, nada podría hacerme más feliz...

* * *

—¿Se puede saber por qué te entusiasma tanto esta catedral? En Italia, no goza de excesiva consideración y aquí, en Nápoles, tampoco. ¡Y tú es ya la segunda vez que la visitas!...

—Sí, contigo ha sido la segunda vez, aunque en realidad es la tercera vez que vengo aquí. Anteayer te fui infiel con ella. No quise, ese mediodía, ni explicaciones ni palabras, ni siquiera te quería junto a mí. Hasta yo mismo me sobraba. Sólo deseaba deambular por este sorprendente interior, y hacerlo de manera un tanto errática. Tengo que confesarte que este edificio me excita. Pocas veces he visto una construcción donde se mezclen de forma tan feliz estilos aparentemente irreconciliables, pero que aquí se van ajustando, de manera casi natural, los unos con los otros, hasta lograr conformar un conjunto unificado, sí, pero de múltiples resonancias. Muchos tildarán este edificio de ecléctico, y lo harán en tono condescendiente, e incluso algunos con no poco desprecio. Otros, más benévolos, lo llamarán mestizo, término tan en boga hoy en día. Haciendo caso omiso de la opinión de unos y otros, a mí, al menos en este templo, el resultado de todas estas mezclas me parece paradójicamente feliz.

—Pero la fachada...

—Sí, ya sé que muchos desprecian la fachada de la catedral por haber sido reestructurada y retocada en exceso a finales del siglo XIX, tanto, que suelen denominarla como neogótica. Yo todo lo más la calificaría como de un gótico corregido y racionalizado. En cuanto al interior, ya te he dicho que me parece extraordinario, con esa fusión de influencias ojivales, renacentistas y manieristas. ¿No te maravilla el techo de la nave principal? ¿Y el ábside? Esta atmósfera de belleza, y por qué no, de voluptuosidad me provoca una sensación de suave mareo, casi de embriaguez, que pocos interiores de iglesia son capaces de causar en mí. En cuanto a la capilla de San Genaro, que no es sino otra iglesia añadida a ésta, pocas palabras hay que la describan y cuando uno se harte de contemplar las diversas estatuas de plata más los frisos, capiteles, columnas y paramentos tallados con asombroso virtuosismo, utilizando mármoles de extraordinaria calidad, lo que hay que hacer es mirar a las pinturas que adornan el recinto, y que, sin especial alarde, son producto nada menos que de los pinceles del Lanfranco o del Domenichino... Esta capilla, este santuario devocional, resulta ser una auténtica apoteosis barroca, o dicho de otro modo y en román paladino, no es otra cosa que el resultado sorprendente de un desorden terrenal transformado en delirio divino...

Miralles sonrió.

—Bien, Mauro, quizá tengas razón, y también determinados rincones de la ciudad de Nápoles son, a veces, lo que acabas de decir, pero esa mezcla a la vez fastuosa y miserabilista es algo que no todos los estómagos digieren con facilidad. Y ahora que me lo indicas, esta catedral, con su desconcertante combinación de estilos, es un poco el reflejo de Nápoles, ciudad paradójica, donde la pobreza y el cutrerío contrastan, de forma abrupta e incoherente, con la opulencia escenográfica más grandiosa.

—Y no me sorprende —encadenó Mauro— que aquí, en esta ciudad, el tenebrismo de Caravaggio haya influido de manera tan determinante y duradera en los grandes pintores del barroco local, empezando por el Caracciolo y terminando por Ribera. Los españoles solemos olvidarnos de que la totalidad de los cuadros de este grandísimo artista fueron pintados aquí, en esta ciudad que era entonces la segunda más importante de Europa. Y cuando lo piensas, te das cuenta de que, entre el pintor valenciano y su ciudad adoptiva, existe una íntima relación, un evidente maridaje. El espectáculo de la ciudad de Nápoles por un lado, y los cuadros de Ribera, por otro, son creaciones a veces de un gran verismo dramático, y otras veces, de una elaborada pomposidad barroca, pero siempre resueltas con esa técnica de violentos contrastes que es el claroscuro...

—¿Quieres que veamos de nuevo el tesoro de San Genaro?

—No, que eso sí me basta haberlo contemplado una sola vez. Tan amplia colección de orfebrería, sin duda de gran calidad, me produce, al cabo de un rato, una cierta confusión. Y también un cierto hartazgo visual, aunque los encajes de la bóveda de la última cámara del tesoro, más que algo hecho por el ser humano, me parecen una alucinación. Sí, una alucinación maravillosa. Pero en modo alguno alucinación, sino superchería, es lo que me parece ese absurdo espectáculo de fervor popular, que se monta tres veces al año en torno a la licuefacción, pretendidamente milagrosa, de la supuesta sangre de San Genaro. ¡Pero si ni siquiera se sabe de qué está compuesto el líquido contenido dentro de la famosa ampolla! ¡Alberto, no me mires con esa expresión de reproche! Sabes mejor que yo que las autoridades eclesiásticas jamás han permitido que se analice la naturaleza de esa sustancia.

—Eso, Mauro, no es del todo cierto. En 1989, un análisis espectroscópico detectó hemoglobina en el interior de la ampolla.

—Lo sé, pero no me parece una prueba concluyente. Podría ser cualquier sustancia a la que se ha añadido un determinado compuesto sanguíneo, o algún tipo de fórmula que contenga sangre, a la vez que otros productos que, al menos en apariencia, se le asemejen.

—Mauro, no nos hagamos ilusiones: cuanto más improbable resulte un milagro, más atrae la atención de los fieles…

—Quizá —suspiró Mauro—, ¿deberíamos olvidar, Alberto, toda aquella historia, ¡iba a decir histeria!, montada, hace unos pocos años, en torno a la llamada Sábana Santa de Turín? ¿Recuerdas aquel montón de libros mendaces o fantasiosos, redactados para probar la naturaleza sobrenatural de aquellas huellas supuestamente impresas en un lienzo, y que se definían como inexplicables? Tengo presente todavía las declaraciones altisonantes y pseudocientíficas, realizadas por supuestos expertos y estudiosos, los informes trucados o simplemente inventados, pero que provenían, según se afirmaba, de los más prestigiosos organismos científicos internacionales. ¡La ciencia al socorro de la charlatanería! Al final, aquella reliquia milagrosa resultó ser una falsificación del siglo XIII. No quiero convertirme, en modo alguno, en un contraexperto en el tema de la síndone, pero la primera vez que vi la reproducción de la célebre reliquia, me chocó el sabor gótico que desprendía la figura allí silueteada. Sin embargo, ¿de qué me hubiese servido elevar mi voz contra tanta impostura concertada si el ruidoso coro de aflautados y fervorosos tenores cubrió, hasta anularlas, cualquier protesta o disidencia? Por cierto, cuando el informe definitivo negó la autenticidad de la supuesta reliquia, aquellos corifeos silenciaron discretamente sus cantos de alabanza, y miraron, con rara unanimidad, hacia otra parte, sin pedir perdón por la superchería montada… y que con tanta eficacia contribuyeron a publicitar.

—¡Mauro, me sorprende tu extrañeza! La mayor parte de los creyentes intuyen que su fe se basa en un rosario de fábulas y mentiras, que en el mejor de los casos no son más que piadosas fantasías, basadas en una serie de datos falsos o inventados, pero no quieren saberlo, no desean enterarse de la verdad, porque lo que les interesa; lo que les consuela y ocupa es el acto de creer. Creer en algo, sin más. Y creen en lo que sea, porque no soportan saberse solos, ya que el creer en algo les hace sentirse resguardados, protegidos, incluso vigilados por una fuerza superior. Sin esa protección, se sentirían desamparados y desnudos. Allá arriba, por supuesto, no existe fuerza superior alguna que presida nuestra trayectoria, e incluso admitiendo que esa fuerza superior existiese, ésta no podría ejercer vigilancia alguna…

Mauro y Alberto habían salido hacía ya un rato del Duomo, y caminaban de nuevo por la histórica via dei Tribunali. Al llegar al café del mismo nombre, establecimiento, en Nápoles, de honda tradición, Miralles le preguntó a Mauro:

—*Pigliamo un caffé?* —Mauro, ante expresión tan típicamente napolitana, sonrió y asintió.

—*Un caffé nero per me e un capuccino per il signore* —pidió Alberto al camarero, y volviéndose hacia Mauro, le preguntó—: ¿Por qué decías que una fuerza superior sería incapaz de proteger y resguardar en su trayectoria a los pobres e indefensos mortales?

—Porque el ser humano no tiene trayectoria, sólo camino impredecible, vereda zigzagueante trazada al azar, cuyo recorrido ninguna fuerza, por superior que sea, puede prever o adivinar. La vida y el azar son palabras casi sinónimas.

—Aunque algo hay que siempre se puede prever de antemano —puntualizó Miralles—. La muerte, la amarga o dulce muerte, según los casos, que con tanta paciencia nos espera…

Mauro se sorprendió ante aquella última frase de Alberto, de formulación tan literaria. Alzó la mirada de la taza de café que el camarero había dejado en la mesa y que él apenas había tocado, para así observar mejor el rostro de su amigo, cuando de pronto descubrió, de pie, al final de la barra, la enorme silueta de Renzo. A pesar de los numerosos parroquianos que se agolpaban en aquella zona, la poderosa humanidad del guardaespaldas se destacaba, como una estatua monumental rodeada de un grupo de figuras secundarias. Mauro, siempre asombrado ante la contemplación de aquel coloso, levantó la mano, a guisa de saludo.

—¿Por qué haces ese gesto? —preguntó Miralles.

—Le hacía una señal a Renzo, que está allí, al final de la barra.

Alberto se volvió:

—¿Al final de la barra? No lo veo.

—¡Sí, mira, está allí! No debe de ser fácil para este hombre pasar inadvertido. ¡Ah, pero si ya se ha marchado!… No ha debido verme. —Y Mauro no dijo más.

Y ni dijo más de momento, porque el Renzo que Mauro había divisado entre la multitud que llenaba el café le pareció un hombre distinto, una figura ya no excesiva y al borde de la caricatura, sino poderosa y protectora, un formidable ejemplo de guardián, un custodio casi mítico que vigilara, desde lejos, a aquellos frágiles seres humanos que le estaban encomendados.

—Alberto, ¿sabes que al ver ahora a Renzo, éste me pareció un coloso majestuoso, una figura grandiosa, y no ese aparatoso montón de músculos, que es lo que hasta ahora me había parecido?

—¡Coloso, lo ha sido siempre! —observó Miralles.

—Ya lo sé, pero aunque jamás negué lo apoteósico de su figura, ahora el personaje se me antojó distinto, como investido de una gran dignidad, de un extraño aplomo. ¿Qué haría en este lugar?

—Probablemente lo que hacemos nosotros, tomar una taza de café. Además, este sitio no se halla lejos de los Dos Virreyes.

—No sé, pero he sentido como un escalofrío, y a la vez una sensación de tranquilidad al ver a este curioso personaje…

—¡Tal vez sea porque te esté gustando Renzo!

—¡No digas tonterías, Alberto! Estos gigantones forzudos nunca han sido mi tipo…

Pero Mauro no quería seguir hablando de Renzo…

—Si no te importa volvamos a nuestra conversación —le rogó a Miralles—. Estábamos comentando esa falsedad, o quizá deberíamos denominarla como pintoresca impostura, montada en torno a la sangre de San Genaro, una más de esas fantasías milagrosas que tanto apoyo dan a la vertiente más popular del catolicismo. No deja de ser curioso que la religión siga interesando tanto y la filosofía tan poco, ¿no te sorprende ese fenómeno?

—A mí, Mauro, no me sorprende en absoluto. La filosofía se alimenta de la inteligencia y de la capacidad de raciocinio, y ésos son bienes bastante escasos, en cambio la religión se nutre, sobre todo, de impulsos y de sensaciones. No intentes quitarle la fe a un creyente mediante razonamientos. Su mente se mueve por otros caminos. Vive en un universo mental donde los viejos y eternos temores se aquietan y se solucionan mediante respuestas muy sencillas, y por lo tanto, eficaces. Por mucho que lo intentemos, no encontraremos jamás un punto de encuentro entre la Biblia y la Enciclopedia.

—¡Fantástico! ¡Y esto me lo dice un transportista! Sin duda es ésta una ciudad mágica...

—No hay magia en ello, Mauro, sino muchos años de escuchar hablar a Fontanarosa. Cuando llegué a Nápoles, le serví de chófer en varios viajes que hicimos. A él le gustaba hablar conmigo, y aquellas charlas fueron mi universidad.

—¡Me alegro de saber que el papá cuidó de la educación del hijo!

—¡Mauro, no empieces!

—¡Seré bueno, seré bueno!, pero para concluir la discusión empezada, la comparación entre Biblia y Enciclopedia la escuchaste de labios de Fontanarosa, ¿no es así? ¡Bien, lo sospechaba! Sin duda, la afirmación de que los mitos presentan un mayor atractivo que la verdad científica es algo repetido y constatado. El mito suele ser rotundo, autosuficiente, y sobre todo, imaginativo, y los elementos que, en un primer momento se presentan como misteriosos e incomprensibles, acaban por convertirse en su propia explicación y justificación. La verdad, en cambio, suele ser antipática, seca, incluso limitada. Y ofrece, por lo general, un escasísimo consuelo. ¿Crees, Alberto, que la gente creyente con la cual uno se relaciona y conversa no conoce el nombre de Darwin, ni lo que Darwin significa? ¿Acaso ignora, esa gente creyente, que el mundo no se hizo en siete días, y que el primer ser humano no era ese hombre perfecto, salido de las manos de Dios, dispuesto a ganarse el título de míster Paraíso en un concurso montado para él solo? ¿Crees que la gente que se dice creyente no sabe que Adán es un mito, y que el ser humano es el resultado de una lenta, lentísima evolución que ha durado en este caso hasta dos millones de años? Pero Adán tuvo la suerte de llegar con un *best seller* bajo el brazo, redactado en hebreo, aunque después traducido a demasiados idiomas, libro lleno de respuestas esperanzadas para los interrogantes más angustiosos, y en cambio el hombre de Darwin llega cargado de preguntas que difícilmente encontrarán respuesta.

—Bueno, hay una pregunta a la cual Adán nunca ha respondido —observó Miralles—. Si él y su compañera Eva eran los únicos seres humanos en la Tierra: ¿con quién se casó su hijo Caín, que tan larga prole obtuvo de su pareja? ¿Pero por qué no desterrar esa funesta manía de hacernos preguntas? Aceptemos al mundo no como es, sino como aparece. La falta de curiosidad, querido amigo, resulta la más confortable de las compañeras, para ese accidentado recorrido que es la vida.

* * *

Miralles dormía, con uno de sus brazos extendidos, para así poder cobijar a Mauro, que gustaba reposar junto a Alberto, con la cabeza colocada bajo la axila de su amigo y el rostro pegado a su costado. A Mauro le complacía olfatear la piel de Miralles, que olía a ser humano, no como la piel de Fontanarosa, que a nada olía. También le gustaba contemplar de cerca las diversas tonalidades de aquella piel, que cambiaba de matices según se extendía por diversas zonas del cuerpo, tan diferente a la piel del onorévole, que parecía pigmentada de manera uniforme, brindando a aquel cuerpo elegante y proporcionado la coloración de un maniquí. Frente a la apostura evidente del gran Fontanarosa, Miralles sólo podía oponer su evidente humanidad, tan próxima, y sobre todo, tan verosímil. Y ese carácter poderosamente humano de su compañero era lo que realmente excitaba la libido de Mauro, libido que aumentaba su deseo con el paso de los días, y que él, por pudor y por prudencia, se abstenía de confesar a su amigo.

La mano de Mauro comenzó a recorrer la epidermis de su compañero.

—¡Me haces cosquillas! ¿Qué pretendes, despertarme ya? —Miralles observó su reloj, que no se quitaba ni para dormir—. Bueno —suspiró—, aunque lo de anoche no estuvo mal, todavía tenemos tiempo para echar otro buen…

—¡Estate tranquilo, Alberto! No era eso…

—¿Estar tranquilo? ¿Entonces para qué me despiertas? ¡Deberías saber que me resulta muy difícil estar tranquilo a tu lado!

—Bueno, ¡pues espera unos minutos! Alberto, me he pasado la noche soñando con Fontanarosa.

—¿Y conmigo no?

—¿Pero acaso pretendes, después de tenerte todo el día a mi lado, que todavía sueñe contigo por la noche?

—¿Y por qué no?

—¡Ay, Alberto, escúchame! ¿No te parece sospechoso que Fontanarosa esté tanto tiempo ausente? ¿Suele permanecer lejos de Nápoles durante periodos tan largos?

—¿Tan largos, dices? Si te refieres a este último, todavía no hace dos semanas que se marchó. Además, la compra de un lienzo de il Guercino, más un lote de dibujos del mismo, no se realiza en unos pocos días… Sus secretarios saben bien dónde se encuentra el onorévole; apuesto a que se halla ahora en Bath, en una convención que se celebra allí sobre ciudades históricas. Si quieres hablar con don Álvaro, te puedo dar el número de varios de sus secretarios. Incluso tengo su número particular, aunque se enfada si le molestas por una tontería. De todos modos, si quieres comunicarte con él…

—¡No, que la voz me sonaría demasiado culpable!

—¡Si Fontanarosa tarda mucho en volver, se va a encontrar con tu restauración prácticamente terminada! Por cierto, Mauro, ¡qué bien la estás realizando! Nuestro mecenas va a quedar muy satisfecho con tu trabajo. Es más, se va a emocionar.

—¡Con mi trabajo tal vez, pero conmigo!… Cuanto más se acerca el día, más temo el encuentro con él. Además, me siento culpable. Creo haberle fallado, y no puedo quitarme de encima esa sensación.

—¡Ya capearemos, juntos, el temporal! Y verás, como incluso te quedas aquí en Nápoles, para restaurar la capilla que el onorévole va a adquirir cerca de Amalfi.

—¡Supongo que me lo dirás en broma!…

—¡No lo digo en broma! Fontanarosa reacciona de manera imprevisible. Y a veces lo hace con gran generosidad de corazón.

—¿En serio? ¡Claro que si lo dices…, al fin y al cabo, tú conoces mejor que nadie a tu padre!

—¿Ah, pero insistes? —La voz de Miralles sonó, por un momento, irritada.

Mauro no replicó. No deseaba ahora discutir esa arriesgada hipótesis, que Miralles calificaba de imposible.

—¿Bueno, y si…? —Alberto se había colocado encima del cuerpo de Mauro, y lo contemplaba con una mirada donde se leía deseo, y también determinadas exigencias.

—De acuerdo —suspiró Mauro—, y aprovéchate. ¡Sí, aprovéchate! Pienso, hoy mismo, llevarme de aquí algunas cosas mías. Quiero dormir las próximas noches en el Albergo Aurora. Al fin y al cabo, Fontanarosa ha pagado por adelantado mi estancia allí, al menos hasta que concluya la restauración de la bóveda. Me parece poco elegante despreciar el alojamiento que me ha procurado el onorévole, y en cambio, vivir contigo sin el menor recato. ¡Compréndelo Alberto, si hago esto, es para no complicar más las cosas!

—¿Y tú y yo… cuándo? ¡Ay, Mauro, he gozado tanto estas noches que he pasado contigo! ¡No quiero privarme de ella…!

—Me sorprende tu pregunta. ¿Cuándo? Pues cuando me vengas a buscar a la hora de la siesta, y volvamos aquí, a tu apartamento. ¿O prefieres pasarte la tarde viendo unas cuantas iglesias más?

* * *

Mauro salió de la ducha, abrió la ventana del baño, que daba a un estrecho patio, para que se fuera el espeso vapor allí almacenado, y volvió al dormitorio donde Miralles se había quedado de nuevo adormilado, con los brazos en cruz y su completa desnudez expuesta a la ya rotunda luz de la mañana.

—¡Marmota, que eres una marmota! ¡Y además, una marmota impúdica! ¿No te da vergüenza dormirte así, con todo al aire? —bromeó Mauro, mientras se arrodillaba a los pies de la cama, para besar los tobillos de su amigo.

—Si quieres taparme, la sábana estará por ahí, tirada en algún rincón. ¡Mira, allí está!

—No tengo intención alguna de taparte. ¡Me gusta verte así!

—Eso demuestra el mal gusto que tienes.

—Sin duda se me ha estropeado contemplando tanto barroco enloquecido como hay regado por esta ciudad. ¡Y el que me queda por ver! Aunque como barroco para uso doméstico, el que ahora estoy contemplando resulta una muestra para tener en cuenta.

—¡Mauro, no me muerdas los muslos, que eso me excita muchísimo!

—¿Y por qué crees que lo hago?

—¿Pero acaso quieres más?

—Bueno, ya sabes que los artistas siempre estamos en busca de nuevos momentos de inspiración.

* * *

—¡Gracias por este desayuno tan movido!

—Gracias a ti siempre, Mauro. —Y Alberto comenzó a acariciar los cabellos enredados de su amigo.

—¿Qué vas a hacer? —preguntó éste. Había días en los que le costaba alejarse de Miralles.

—Por la tarde, ir a ver a mi hija. Por la mañana, nada en particular.

—Entonces, ¿por qué no me acompañas a la capilla, y después nos vamos a comer juntos? Me da morriña comer solo en una mesa…

—De acuerdo; pero tardaré un poco. Tengo que hacer algunos recados, aunque eso me tomará poco tiempo. ¿Nos vemos en San Severo dentro de hora y media?

—De acuerdo. Hasta entonces.

* * *

Cuando Miralles entró en la capilla, se encontró a un Mauro Beltrán con aspecto de haber experimentado un buen susto, y con un Abilio que pasaba su mano sobre el empalidecido rostro del joven restaurador, como un hermano menor intentando tranquilizar a otro hermano de mayor edad.

—¿Pero… pero qué te ocurre, Mauro? ¡Ni que hubieras visto un fantasma!

—¡Uno, no, dos!

—*Signore Alberto* —terció Abilio—. *Il signore Mauro ha visto nella cripta le due machine di anatomia; si, i due scheletri dove si sono esercitati il dotore Giusepe Salerno e il príncipe di San Severo...*

Miralles comprendió que, sin un previo aviso, aquellas dos figuras citadas podían producir un susto considerable.

—¡Pero Mauro, me parece increíble que no te hayas topado hasta hoy con esos dos prodigios! Supuse que alguien te los habría enseñado...

—¡Pues claro que no había visto hasta ahora esos dos espantos! Los hubiese comentado contigo, ¡joder, una cosa así se advierte!

Todas aquellas exclamaciones tenían que ver con las llamadas máquinas anatómicas, esqueletos, uno de varón, otro de hembra, en los cuales se habían eliminado todos los tejidos blandos, dejando, sin embargo, intacta la totalidad del sistema circulatorio. El impacto que podían producir aquellos esqueletos humanos, rodeados de una tupida red de venas y de arterias, sobre una persona no advertida era, sin duda, terrorífico.

—Fíjate, Mauro —observó Alberto, que había descendido de nuevo a la cripta, acompañado esta vez de su amigo—: todas las venas son azules, todas las arterias son rojas, y esto, sin la menor intervención de una pintura exterior, ya que este resultado se logró tan sólo a base de inyecciones preparadas por don Raimundo y su ayudante, el doctor Salerno. Aquellos dos hombres lograron, allá por el año 1760, encontrar una sustancia que solidificase, incluso petrificase, la totalidad de los conductos sanguíneos, incluidos los capilares, mientras que todo lo que fuese tejido blando se dejó pudrir, hasta lograr separarlo cuidadosamente de la complicada red venosa y arterial. ¡Cuánto cuidado debieron de poner en aquel trabajo! También lograron solidificar y conservar la lengua y los ojos de los dos cadáveres. ¡Observa cuánta vida hay en esas miradas, casi obsesivas!…

—¡Alberto —interrumpió Mauro—, a mí esos ojos me espantan!

—Lo comprendo, ya que conservan el mismo color y brillo que tenían cuando estaban vivos. Por cierto, ¿te has fijado, a través de la apertura del cráneo, cómo se conservan los vasos sanguíneos del cerebro?

—¡Pero cómo quieres que observe con detenimiento semejante horror! Quizá a ti, todo eso te interese, ¡a mí, estas dos figuras me parecen dos atrocidades!…

—No son atrocidades, Mauro, son la demostración de la enorme capacidad científica que poseía el príncipe. Ese hombre sería un canalla, pero era, sobre todo, un genio, por mucho que me cueste admitirlo.

Hubo un silencio, y de pronto, se escuchó la voz de Mauro preguntar:

—¿Y quiénes eran esos dos desgraciados que ahora nos contemplan, metidos en sus urnas de cristal?

—Dos servidores del príncipe. La mujer debió morir a causa de un aborto. Contempla, Mauro, con qué delicadeza ha sido trabajado el cuerpecito del feto, que murió, sin duda, junto a la madre. Al lado del crío, se puede ver, ya abierta, la placenta de la que aún sale el cordón umbilical. ¿Asombroso, verdad?

—¡Asombroso, sí…, y horroroso! ¡Alberto, te lo ruego, salgamos de aquí! Si sigo contemplando todo esto, no creo que pueda ir a comer contigo…

—Como quieras. Pero si el príncipe hubiese vivido más, y sobre todo, en otra época, no sabemos hasta dónde hubiese llegado en sus investigaciones sobre las alteraciones de la materia…

* * *

Para Mauro aquélla fue, sin duda, la noche más calurosa de todo el verano. Las altas temperaturas y la sensación de bochorno intenso y opresivo, que se había abatido sobre Nápoles, ahogaban a los habitantes, envolvían los edificios, asediaban la ciudad entera. Mauro nunca había sentido, hasta esos extremos, esa sensación de falta de aire, y él, que solía huir del frescor artificial del aire acondicionado, ahora lo echaba, angustiosamente, de menos.

Al llegar a la pensión, doña Lucía apenas le saludó. Parecía costarle trabajo aquel saludo. Se movía de un lado a otro, distraída y como ausente.

—¡Ah, es nuestro restaurador! —le dijo a Mauro, como si no le esperase—. ¡Pues esta noche será usted el único huésped de la pensión!… El último que quedaba se marchó esta tarde. Salvo sorpresas, hasta pasado mañana, que tengo tres reservas, no habrá aquí otra persona más que usted… ¡Pero quién desearía venir a Nápoles con este calor!… Ah, por cierto, el ventilador de su dormitorio se ha estropeado. ¡Tendrá que pasar la noche sin él! De verdad que lo siento. Mañana le buscaré otro, lo que no va a ser cosa fácil. En la tienda de aparatos eléctricos, que está aquí cerca, se han agotado todos…

Al entrar Mauro en la habitación, el enorme y fastuoso respaldo de su cama le pareció, por primera vez, excesivo y sobrante. Pero todo parecía excesivo y sobrante en aquella noche de agobio. Se deshizo por completo de la ropa que llevaba empapada de sudor, y se recostó, desnudo del todo, sobre el colchón. A pesar de ello, sintió que el calor le oprimía hasta casi desesperarle. Se tumbó entonces sobre el suelo, pero a pesar de que el mármol conservara un cierto frescor, la dureza del material pronto comenzó a lastimar su espalda. Se levantó y fue hacia el baño; allí llenó la bañera con agua fría, pero la que salía de la cañería lo hacía a una temperatura que podía definirse tan sólo como templada. Al poco tiempo también se sintió incómodo allí, su piel, además, comenzaba a arrugarse y sus manos y sus pies le recordaron a las de un muerto. El macabro recuerdo de aquellos dos esqueletos que viera en la cripta de la capilla le empujó a salir de la bañera. Una vez se hubo secado, Mauro se dirigió hacia la ventana del dormitorio y miró hacia fuera. Las persianas de la casa de enfrente aparecían cerradas en su totalidad, sin luz alguna que se filtrara a través de ellas… «Los habitantes de aquel edificio —pensó Beltrán— o bien dormían, cosa difícil en una noche como ésta, o bien se encontraban ausentes, buscando un poco de frescor en alguna localidad veraniega». Un hombre joven pasó, que se adentró en el callejón y se detuvo, no lejos de la ventana a la que Mauro se asomaba. Luego de colocarse frente a la pared, abrió su bragueta, y se puso a orinar. Llevaba en una de sus manos una botella de plástico, con agua, ya medio vacía. Terminaba el joven aquel acto, con frecuencia tan urgente y necesario, cuando advirtió que Mauro le observaba. Se volvió entonces hacia él, exhibiendo unos atributos que en la oscuridad resultaban difíciles de apreciar. Mauro se retiró con rapidez de la ventana; pocas veces en su vida había deseado menos establecer contacto sexual alguno con otro individuo. Se dirigió, por lo tanto, de nuevo hacia la cama, para quedarse allí sentado.

Y así permaneció durante un rato. De pronto, empezó a escuchar unos extraños ruidos que se filtraban por la puerta que acababa de entreabrir para intentar establecer algún tipo de corriente. Provenían, aquellos ruidos, de una parte de la pensión no demasiado distante de su cuarto. No quiso alarmarse, aunque hurtos y robos eran delitos cotidianos en Nápoles, sobre todo en la parte vieja de la ciudad, donde el acceso a los pisos resultaba más fácil. Pero le pudo la curiosidad, y Mauro salió de la habitación, no sin antes colocarse una larga camiseta que le llegaba hasta el muslo y que a veces utilizaba para dormir. Ya en el pasillo pudo darse cuenta de dónde provenían aquellos ruidos, inesperados y clandestinos, pero que comenzaba a identificar con claridad. Tenían su origen en una de las habitaciones dejadas libres por los huéspedes. Una vez situado frente a ésta, observó que una luz, en apariencia intermitente, se filtraba por debajo de la puerta, como si unos pies pasaran y volviesen a pasar detrás de ella. Por fin, la luz se estabilizó. Entonces, con el máximo sigilo, Mauro hizo lo que jamás hubiese debido hacer: movió con suma lentitud el picaporte y lo empujó, para así contemplar lo que sucedía dentro de aquella estancia, y lo que allí sucedía era algo muy antiguo y a la vez siempre actual: un hombre y una mujer realizaban, con indisimulada fruición, una de las variantes más practicadas del acto carnal.

Mauro identificó, de inmediato, a la figura femenina. Se trataba de doña Lucía, quien, desnuda del todo, con su hermosa melena esparcida sobre la espalda, y con sus nalgas apoyadas sobre el borde de la cama, homenajeaba, con glotona avidez, el grueso falo de un hombre situado de pie delante de ella, falo que aparecía y desaparecía, con rítmica insistencia, entre los labios diligentes, incluso voraces, de la mujer...

Mientras, unas manos anchas, fuertes y toscas, con las uñas ennegrecidas por la grasa que habitualmente abunda en los talleres mecánicos, se entretenían en excitar y mortificar los pezones de la hembra, intentando abarcar al mismo tiempo las amplias aureolas que los rodeaban. Mauro, avergonzado cual colegial sorprendido in fraganti, se iba a retirar, confuso y ruborizado, testigo imprudente de algo que no le incumbía, cuando sus ojos, en una última ojeada, reconocieron al hombre que allí se encontraba. Fuerte, espeso y desaliñado, ahí estaba, brindando su maciza virilidad al apetito de doña Lucía, el singular taxista que le había traído desde el aeropuerto hasta el Albergo Aurora, y con el que se había encontrado, otra vez, frente a la iglesia del Gesù Nuovo. La visión de aquel hombre, totalmente desnudo, de tan ruda y compacta humanidad, y en aquella actitud dominadora ante la patrona de la pensión, conmovió e incluso asustó a Mauro. Éste, con la mayor discreción posible, retrocedió y se dirigió, con paso apresurado, hacia su habitación. Al ir descalzo, sus pisadas apenas hicieron ruido sobre las baldosas del piso; aun así, al llegar al dormitorio, cerró con un suspiro de alivio la puerta con llave. Sólo entonces, se sorprendió de lo agitado que latía su corazón...

¿Pero por qué? ¿Acaso lo contemplado unos segundos antes constituía tan terrible trasgresión? Comprendió lo reprobable de su actitud, que mucho tenía que ver con lo que suele denominarse curiosidad malsana. A pesar de ello, sólo había visto hacer lo que miles, incluso millones de parejas, tanto heterosexuales como homosexuales, realizan cada noche, en su más o menos precaria intimidad. ¿Por qué entonces, ese escandalizarse y agitarse ante un acto que él mismo había disfrutado con tan gozosa frecuencia, adoptando, sin reparo alguno, una u otra posición? Hacía apenas dos noches, Miralles le había pedido... Y Mauro cerró los ojos, no para revivir la escena, sino para evitar que aquel recuerdo se mezclase con lo que acababa de contemplar. La imagen del taxista, no por deseada menos rechazada, le producía una turbación a la vez incómoda y pegajosa... y de pronto, Mauro sonrió. «¡Qué grandes hipócritas somos —exclamó para sí—, y con cuánta precipitación censuramos en los demás determinados actos, que realizados por nosotros mismos, enjuiciamos con despreocupada indulgencia!».

Y sólo después de aquella reflexión, se planteó Mauro una última pregunta, que debía de haber sido la primera: ¿qué demonios hacía allí, fornicando alegremente con doña Lucía, ese taxista áspero y desaliñado, de tan persistente, ubicua y repetitiva presencia?

Capítulo

EL ACCIDENTE

¡Mauro, Mauro! —Alberto ascendió, lo más rápido posible, incluso con cierta precipitación, los resbaladizos peldaños que llevaban hasta lo alto del andamio donde su amigo trabajaba…

—¡Ten cuidado, que te vas a matar! —le advirtió éste.

—¡Mauro, Fontanarosa…! —exclamó Miralles, con voz entrecortada.

—¿Sí? —Beltrán se inquietó al escuchar aquel nombre…

—¡Mauro, Fontanarosa llega pasado mañana! —anunció Alberto, completando su información. Se hizo un silencio, silencio que por unos segundos compartieron los dos amigos.

—¡Bien! —dijo por fin un Beltrán resignado—. Le daremos, ambos, la bienvenida, y aguantaremos el tipo. ¡Menos mal que el trabajo mío está casi concluido!… Espero que el gran hombre se muestre satisfecho con el resultado…

—¡Me alivia que te lo tomes con tanta tranquilidad!

—¡Qué remedio!

—Para empeorar las cosas, nuestro gran hombre no ha logrado conseguir lo que fue a buscar a Londres. El lote de obras de il Guercino se lo ha quedado, finalmente, la fundación

Paul Getty. La puja ha debido de ser dramática, ya que Fontanarosa detesta darse por vencido. Sospecho que este fracaso no va a mejorar su humor. En fin…

Y Alberto, algo más sosegado, observó con detenimiento la labor de restauración realizada por su compañero.

—¡Mauro, lo has dejado perfecto! ¡No se nota la diferencia ni siquiera de cerca!

—¡Cómo que no se nota la diferencia! ¡Lo pintado por mí es bastante mejor que lo realizado por ese…! ¿cómo se llamaba este pintor? ¡Ah, sí, Francesco Maria Russo!

Alberto no pudo menos que reírse.

—Hablando ahora en serio. No me ha quedado nada mal este trabajo mío; sólo me resta darle los últimos toques a esta mano y… ¡Pero… pero seré tonto, si se me olvidaba!… *Abilio, Abilio, ti prego, prendi questi pennelli, devo andar via!* ¿Me esperáis los dos aquí? Volveré lo antes posible. —Y Mauro descendió rápido, por la escalerilla, esta vez sin que el pie le fallase o se saltara un peldaño…

—¿Pero adónde vas?

—A buscar… ¿Pero no te das cuenta? ¿No ves que falta una rosa en la mano del ángel? ¡La rosa de Paestum, querido Alberto! —Y al volverse, ya cerca de la puerta y observar la expresión de sorpresa de su amigo, le gritó—: ¿Pero qué ocurre, don Alberto Miralles, acaso no ha leído usted a Propercio?

Y el sonido de la risa de Mauro se perdió, una vez que ésta se mezcló con los ruidos de la calle…

* * *

Parecía la llegada de un general de división que pasase revista a su plana mayor. Mauro contemplaba, desde lo alto del andamio, la silueta elegante y espigada de Fontanarosa, saludando con simpatía, pero también con autoridad, a cada uno de sus subordinados. El onorévole, en político que valorase los distintos grados de adhesión, le dio un abrazo a Abilio, un beso en cada mejilla al profesor Médard, y a Mancaglia tan sólo un saludo cortés. Todos esperaban para ver qué hacía con Alberto, ya que la relación íntima Miralles-Beltrán era asunto sabido por todos.

—¡Mi querido aprendiz de Judas! —profirió, irónico, el onorévole, y los que esperaban una respuesta conciliadora sintieron un frío correr por sus espaldas…—. ¿O prefieres que te llame «hijo»? —continuó, suavizando el tono.

Miralles, acobardado durante unos instantes, levantó la cabeza:

—Prefiero lo segundo, aunque este último apelativo tampoco me convence ni me entusiasma…

—¡Entonces te llamaré Alberto!… ¿Cómo estás, Alberto? —le preguntó, con voz neutra y sonriéndole, como si nada sucediera entre los dos.

—Estoy bien, don Álvaro, *tutto va perfetto!*

Fontanarosa se separó unos centímetros de Miralles, para observarle mejor:

—¡Sí, en efecto, la felicidad te sienta bien! Pero… ¿dónde está tu compañero? ¡Ah, allá arriba, en su nido de águila! *Come va questo fresco, mio caro artista?*

—¡Terminado!

—*Da vero? Il me faut voir ça!* —Y el onorévole comenzó a subir por la escalerilla, hacia la plataforma superior del andamio—. ¡A ver, a ver! —Y de pronto, la expresión del rostro de Fontanarosa, cambió—: ¡Pero… pero si ahí veo la rosa de Paestum! ¡Estaba tan seguro de que la olvidarías!… ¡Está visto que me equivoqué! —Y Álvaro lanzó una mirada agradecida a su restaurador. Luego pasó la mano por la superficie pintada recientemente, después por la otra, y sus dedos no percibieron diferencia alguna—. ¡Fantástico! —añadió el onorévole—. ¡Mauro, como restaurador no me has decepcionado!

—¿Porque quizá te haya decepcionado en todo lo demás?

—¡No lo sé, han sido tan confusos estos tiempos! Aun así no dejemos que la melancolía se apodere de nuestros corazones, que es ésta uno de los sentimientos más narcisistas, ¡y más peligrosos!, que uno pueda sentir... Pero Mauro, baja conmigo, quiero deciros unas palabras...

Descendieron los dos, y Fontanarosa se situó ante el altar mayor, para dirigirse a su gente.

—*Tutti voi, avete realizzato cui un lavoro...*

Sin previo aviso, un temblor, no destructivo, pero sí claramente perceptible, sacudió el subsuelo de la ciudad de Nápoles. Dentro de la capilla, donde repercutió de manera muy obvia, las reacciones de los allí reunidos fueron distintas, y distintos, sobre todo, los comentarios:

—*Mon Dieu, comme c'est désagréable!* —dijo Médard.

—*Mamma mía!* —exclamó Abilio.

—Ma... ma! —balbuceaba Mancaglia.

—¡Joder, qué mierda es ésta! —fueron las palabras de Miralles.

Fontanarosa, tenso pero impasible, al menos en apariencia, no dijo nada...

—*Incomincieró da capo* —continuó, a los pocos segundos de concluir aquel temblor, ya que Fontanarosa no deseaba verse interrumpido por un fenómeno que en Nápoles era algo relativamente habitual—. *Diceva che tutti voi...* —Y de pronto ocurrió lo impensable, lo que nadie podía haber previsto: una barra de metal se desprendió de la plataforma del andamio, para caer justo encima de los pies del Cristo velado, pies que sobresalían del reducido colchón de mármol sobre el que descan-

312

saba la figura, seccionándole los dedos. El ruido fue seco; terrible para los allí reunidos y para Fontanarosa, atroz. Parecían, los presentes, no querer dar crédito a sus ojos…

El onorévole fue el primero en reaccionar. Corrió hacia la figura yacente, recogió en sus manos los dos fragmentos de mármol, y los contempló con incredulidad, como si le costase asimilar lo sucedido, *Mein Gott, mein Gott!*, repetía en alemán, mientras se tapaba la cara con la mano que le quedaba libre, e intentaba contener un sollozo, que por fin estalló. Y de pronto comenzó a gritar: «*Non é possibile, non é possibile! Deve essere una punizione di Dio!*». Y de nuevo, se acercó a la estatua, objeto de emocionada admiración desde que se depositara en la capilla, allá por los años sesenta del siglo XVIII. Aquel Cristo velado, que había sobrevivido intacto a saqueos, revoluciones y bombardeos, aparecía, de pronto, mutilado. «*Non é possibile!*», volvía a repetir Fontanarosa…

¡Pero posible sí lo era! Y un Fontanarosa aún desconcertado se dirigió al profesor Médard, después de realizar un enorme esfuerzo por serenarse y ordenar sus pensamientos…

—*Cher professeur, vous êtes témoin de ce qui est arrivé. Il va falloir que vous m'aidiez!… Il est absolument nécessaire d'arranger ce terrible dégat. Pouvez-vous coller ces deux fragments de sorte que cette cassure se voit le moins possible?* (Querido profesor, habéis sido testigo de lo que acaba de ocurrir. Vais a tener que ayudarme. ¡Resulta absolutamente necesario arreglar este terrible estropicio! ¿Sabríais pegar estos dos fragmentos, de manera que esta rotura se notase lo menos posible?).

Fontanarosa observaba, ansioso, el rostro del profesor Médard, para intentar averiguar cuál sería su contestación.

—*Mais, monsieur Fontanarosa, je veux bien essayer, mais il me va falloir du temps!* (Señor Fontanarosa, claro que lo intentaré, ¡pero me hará falta tiempo!).

—*Prenez le temps que vous voudrez, mais il faut le faire! Pour moi, pour nous, pour tous les napolitains c'est une affaire d'honneur et presque de survie!* (Tómese el tiempo que quiera, pero ¡hay que hacerlo! Para mí, para nosotros, para todos los napolitanos, ¡éste es un asunto de honor y casi de supervivencia!) —Y el onorévole todavía añadió—: *Ce qui est arrivé est une véritable catastrophe!* (¡Lo que acaba de suceder constituye una auténtica catástrofe!).

—*Si vous me permettez, je vais aller un moment à la sacristie, afin d'éxaminer ces morceaux...* (Si me lo permitís, iré un momento a la sacristía, para examinar estos fragmentos...).

Nada más retirarse el profesor Médard, los presentes en la capilla se mantuvieron en un embarazoso silencio.

Y de pronto, Fontanarosa estalló:

—¿Pero cómo es que no habéis protegido mejor a este Cristo? ¿Acaso no sabéis que esta escultura posee un valor incalculable?

—¡Pero si ha estado tapada por esa gruesa manta! —trató de argumentar Miralles, señalando una espesa cobertura, que cubría la casi totalidad del Cristo, salvo sus extremidades inferiores.

—¿Y te parece suficiente?

—No, no ha sido suficiente, lo confieso, pero el Cristo no se encuentra debajo de ese maldito andamio. No comprendo por qué esa barra ha tenido que caerle encima... Es algo muy extraño.

—*Una punizione di Dio!* —repitió, por lo bajo, el onorévole.

Todos observaron al profesor Médard, cuando éste se asomó a la puerta de la sacristía, y todos le vieron, con el rostro descompuesto y la voz entrecortada, llamar con urgencia a Fontanarosa.

—*Oh, venez, monsieur, venez ici!* (¡Oh, venid, Señor, venid aquí!) —Y no dejaba de hacer señales con la mano, para exigirle a Álvaro que acudiese al instante. El temblor de su voz y la agitación de su cuerpo no cesaron, cuando él y el onorévole se encontraron, a solas, en aquella sacristía transformada aún en taller.

—*Monsieur Fontanarosa, je… il arrive que j'ai peine à m'éxprimer. Ces morceaux, ces fragments… je ne peux les coller aux pieds de ce Christ! C'est impossible! Oh, mon Dieu!* (Señor Fontanarosa, yo… Ocurre que apenas sé cómo decirlo. Estos pedazos, estos fragmentos…, ¡no puedo pegarlos a los pies del Cristo! ¡Es imposible! ¡Oh, Dios mío!) —Y el profesor se pasó los dedos por los labios, que aún tenía secos y temblorosos.

—*Vous vous trouvez mal, professeur?* (¿Os encontráis mal, profesor?).

—*Certainement je ne me trouve pas bien!… je… ces morceaux que vous voyez ici, mon cher monsieur, ne sont pas ce que vous croyez! Premierement, ça c'est du faux marbre, du marbre artificiel. Deuxièmement, ici, à l'intervieur il y a des os! Oui, monsieur Fontanarosa, des os que font partie des pieds d'un homme. Je ne sais quel crime horrible cache cette statue, mais il faut alerter au plus tot la police!* (¡Ciertamente, no me encuentro bien!… Yo… Estos fragmentos que veis aquí, mi querido señor, no son lo que creéis. En primer lugar, no son de verdadero mármol, son de un mármol falso, artificial. En segundo lugar, en el interior, lo que hay son huesos, sí, huesos que pertenecen a los pies de un hombre. Ignoro qué terrible crimen esconde esta estatua, pero ¡hay que alertar a la policía lo antes posible!).

—*Alerter la police? Ça, jamais!* (¿Alertar a la policía?, ¡no, eso nunca!). *Jamais, jamais!* —insistió el onorévole.

—Eh, bien, si vous ne le faîtes pas, je le ferai moi même. Vous pouvez compter sur celà! (Pues bien, si no lo hacéis, lo haré yo mismo. ¡Podéis estar seguro de ello!).

* * *

—¿Pero acaso no observaste la expresión de Fontanarosa al salir de la sacristía? ¡Nunca le había visto con esa cara!…

—¡Ni yo tampoco!

Beltrán y Miralles se habían sentado en el café preferido de éste, en piazza Bellini, y allí comentaban, un tanto consternados, los últimos sucesos del día.

—Bien —aventuró Miralles—, el onorévole nos ha citado mañana en su casa de Amalfi. ¿Por qué en Amalfi? Lo lógico es que se quedase aquí, en Nápoles… ¡Pero cuanto más lo pienso, lo sucedido hoy ha sido algo tan raro, incluso tan inexplicable! Parece como si aquella barra de metal hubiese caído aposta sobre los pies del Cristo. Fue… ¡Parecía algo premeditado! Aunque, al fin y al cabo, se trata sólo de una estatua, por hermosa que ésta sea. ¡Peor hubiese sido que la barra hubiese caído sobre los pies más bonitos del mundo! —concluyó mientras contemplaba a Mauro.

—Menos cachondeo, querido Alberto. Sin duda, no serán los más bonitos del mundo, pero a mí me gustan.

—¡Y a mí! ¡Aunque te darás cuenta de lo frívolos que somos! Hoy ha sido dañado uno de los símbolos de Nápoles y nosotros, tan tranquilos.

—Pues yo no me siento demasiado tranquilo. Me temo que lo que ha ocurrido hace un rato en la capilla vaya a tener muy serias consecuencias. Por cierto… y seguro que no me creerás, ¿sabes que desde el instante en el que la barra metálica seccionó los dedos del Cristo, los míos han comenzado a dolerme?

—¡Anda ya!

—¡Ya te lo dije que no me creerías! ¡Pero me duelen, mi querido Alberto, y a mí nunca me han dolido los pies!

* * *

—¡Precioso día de comienzos de otoño!

—¡Magnífico día de fin de verano!

—¡Veo que lo que quieres es discutir!

—¡No, sólo entretenerme! Te confieso que tengo ganas de conocer, por fin, con tiempo y en plan de invitado, la residencia amalfitana de Fontanarosa. A ti, Mauro, te gusta mucho, ¿no es así?

—Sí, es una residencia preciosa. Da gusto pasearse por esos salones y esas habitaciones. ¡Pero ya hemos casi llegado!

Esperaban encontrarse con Renzo aguardando en la entrada, pero Renzo no fue el que les abrió la puerta, ni el que les introdujo en el zaguán, sino un sirviente, hasta ahora desconocido, joven y hermoso, aunque de ojos tristes.

—¿No te encanta el *impluvium*? ¡Fíjate en el mosaico! —observó Mauro.

—¿Doña Medusa? ¡Qué miedo!… ¿Crees que me va a convertir en piedra si la contemplo durante demasiado rato?

—Un día, sin duda, te convertirá en piedra, pero no por mirarla, sino por lo malo que eres.

—Si fuera por lo malo que soy, ya estaría convertido en piedra desde tiempo inmemorial…

—¿Y crees que ese tiempo inmemorial te pertenece? ¡Qué tendría, entonces, que decir yo, las veces que miro hacia atrás! —Era Fontanarosa quien así hablaba. Había acudido al zaguán al escuchar las voces de los dos amigos, para guiarlos hacia la terraza, a través de los vericuetos de la casa…

Se produjo una explosión de luz, cuando Fontanarosa corrió las persianas, y el añil intenso del Mediterráneo tiñó de reflejos azulados las blancas paredes del salón…

—¡Hermosa vista, verdad Alberto! No me canso de mirarla. Además de gustarme, me tranquiliza. Contemplar la inmensidad del mar es algo que nos recuerda nuestras modestas proporciones… ¡Resulta difícil enfrentarnos a una escala que nos ofrece, como única medida, el infinito!… ¡En fin!…

El suspiro de Fontanarosa era el de un hombre abatido.

—¡Don Álvaro, aún estamos conmovidos por lo sucedido ayer!

—¡Pues si tú estás conmovido, Alberto, yo estoy desolado! Y además, asustado.

—¿Asustado por qué? —Era Mauro el que ahora preguntaba.

—Os voy a ser sincero. El profesor Médard ha descubierto un secreto… ¡Pero mirad quién viene hacia nosotros, con paso decidido y ademán triunfante!… ¡Qué demonio de chiquillo!…

La irrupción de este nuevo personaje vino a interrumpir aquella conversación apenas iniciada, y como comentara Fontanarosa, Ahmed se dirigió, con paso ahora libre y decidido, hacia donde se encontraba el onorévole. Una vez junto a él, el muchacho se dejó caer sobre el suelo, junto a la tumbona de mimbre donde se había sentado su señor, para así apoyar su mejilla sobre una de las manos de éste. Ahmed sonreía, sin duda se encontraba feliz, y sobre todo satisfecho. Álvaro, entonces, contempló al muchacho atentamente, inclinó su cabeza hasta rozar la de aquella tierna criatura, hundió su boca en aquel pelo oscuro y ensortijado, y depositó un beso largo, apretado e intenso en la espesa cabellera del niño, beso que dio con los ojos cerrados, para de esa forma extraer de aquel acto la mayor satisfacción posible. Después Fontanarosa procuró recuperar su postura original, e iba a reanudar su conversación, cuando, tras un breve salto, rápido y ágil, Ahmed cayó sobre la tumbona donde se encontraba el onorévole, buscó un espacio entre el brazo de ésta y el cuerpo de don Álvaro, y allí se deslizó, con la aparente intención de quedarse en aquel refugio cómodo e íntimo, que se había buscado…

—*Mais tu vas rester comme ça pendant combien de temps?* (¿Pero para cuánto tiempo piensas quedarte así?).

Ahmed no contestó con la voz, sino con la mirada, y si en esa mirada había súplica, también se percibía en ella la casi seguridad de lograr lo que pretendía.

Fontanarosa, que se fingió vencido por el muchacho, atrajo a Ahmed hacia sí, y éste, con la cabeza al fin apoyada sobre el costado del de su amo, cerró los ojos, no para dormirse, sino para, también él, gozar con más intensidad de aquel momento.

—¿Quién me iba a decir, hace tan sólo unas semanas, que después de buscar el pájaro azul por tantos y tan diversos lugares, lo encontraría por fin en mi propia casa?

Alberto y Mauro se miraron. La ternura desinhibida que mostraba Fontanarosa hacia Ahmed les sorprendió. Las cadenas que habían dejado de oprimir los tobillos del muchacho se anudaban, tal vez más fuertes, en torno al corazón del napolitano.

—¡Y pensar que es probable que tenga que separarme de él dentro de poco tiempo! En fin, ya veremos cómo se desarrollan los acontecimientos, pero os lo repito: lo sucedido anteayer en la capilla ha constituido una auténtica catástrofe; una catástrofe más allá de todo lo imaginable. —Y Fontanarosa se cubrió el rostro, como si intentase de ese modo aislarse del recuerdo de aquel fatídico accidente.

Mauro fue el primero en hablar.

—¿Pero tan grave y tan desolador ha sido lo que ha sucedido? De acuerdo que lo ocurrido ha resultado, desde cualquier punto de vista, un hecho estúpido y terrible. ¡Tener que posponer ahora la tan esperada reinauguración de la capilla! Pero hoy, el mármol se restaura, si no con facilidad, sí con absoluta perfección. Aquí tenemos a uno de los mayores especialistas en eso, el profesor Médard. Ejemplos de esa perfecta restauración se pueden admirar en otras obras, como en la *Piedad* de Miguel Ángel o en el *Neptuno* de Ammanati, en plena plaza de la Señoría florentina…

—Mauro, resulta lógico que no me comprendas. Este percance no es tanto una catástrofe por el daño causado, sino por lo que éste percance desvela. Este destrozo desgraciado ha puesto al descubierto lo único que me interesaba ocultar, el secreto que he conseguido guardar celosamente durante dos siglos y medio. —De pronto, Fontanarosa se detuvo y acarició de nuevo el cabello de Ahmed—. *Mon enfant, tu vas devoir nous laisser maintenant. Ces messieurs et moi, nous devons nous plonger dans une longue et très importante conversation. Tu t'ennuirais à l'entendre. Ne te faches pas, mais nous devons nous entretenir seuls tous les trios. Quand j'aurais fini, j'irais te voir.* (Mi niño, nos tienes que dejar ahora. Estos señores y yo debemos enfrascarnos en una larga e importante conversación. Te aburrirías escuchándonos. No te enfades, pero debemos conversar solos los tres. Cuando termine, iré a verte).

Ahmed se levantó, de no muy buena gana, pero al ver que Fontanarosa le agarraba las manos y se las besaba, como tantas veces él se las había besado a su amo, se marchó contento, no sin antes mirar hacia atrás, y lanzar una última ojeada hacia aquel hombre que había, en un primer momento, odiado, luego temido, más tarde amado y por fin conseguido. Esto último constituía para Ahmed el primer gran triunfo de su vida…

Una vez los tres solos, Fontanarosa fijó su mirada en Mauro:

—¿Crees, mi querido y estupendo restaurador, sí, insisto, crees en serio que si me siento tan afectado, incluso podría decir tan derrotado, ha sido únicamente por la rotura de los pies del Cristo? ¡Pies que, quizá por hallarse recubiertos por una tela, me parecen bastante menos hermosos que los tuyos! Sí, Mauro, si mis recuerdos no me engañan, y a pesar de que la memoria juega con nosotros y se entretiene en confundirnos, aquellos pies que se complacieron en humillarme eran, sin embargo, menos deseables que los que ahora contemplo, apenas protegidos por unas sandalias...

Fontanarosa hizo una breve pausa, y su mirada se perdió en la lejanía, mirada que parecía intentar revisar de nuevo ciertos acontecimientos del pasado. Mientras, Mauro guardaba silencio, ya que no quería interrumpir las explicaciones de Álvaro. Prefería esperar.

—Mauro, con este accidente —prosiguió el onorévole con voz solemne—, alguien ya ha averiguado el gran secreto. A partir de ahora, otros también podrían ir descubriéndolo. De ocurrir esto, sería el fin del Cristo velado, sí, sería el fin de la obra más emblemática de todo el barroco napolitano...

—¿Pero por qué? —terció Miralles, que hasta entonces se había mantenido en un cauteloso silencio—: ¡Ahí sigue la obra, con los pies dañados, pero ahí sigue...!

—¿Sí? ¿De veras? ¿Y por cuánto tiempo seguirá así? *La sopravvivenza di questa statua é severamente minacciata, sí, minacciata.* —Fontanarosa afirmaba esto con la voz alterada.

—¿Pero por qué amenazada? ¡No entiendo el motivo de tal peligro!

—¡En efecto, hijo, veo que nada entiendes!... —Y de repente, cambiando de tono, e incluso de expresión—: Constato,

Alberto, que eres un hombre que se atiene tan sólo a lo razonable, por lo tanto no creo que vayas a ser capaz de responder a mi pregunta. Dime, ¿acaso sabes quién soy?

—¡Pues, quién vas a ser, el onorévole don Álvaro Fontanarosa! —Y después de unos segundos, Miralles añadió—: El más grande y generoso mecenas de esta ciudad.

—¿Y yo quién soy, Mauro? Tal vez tú me lo sepas decir…

Mauro dudaba qué respuesta dar, pero cuando vio que Fontanarosa le sonreía, comprendió que aquella sonrisa le invitaba a hablar con toda libertad.

—¿Que quién sois vos, mi señor? —Y se detuvo un instante. Se sorprendió él mismo por haber empleado el «vos» tan arcaico y solemne. Pero no abandonó el tratamiento—: Sois, desde luego, don Álvaro Fontanarosa, una persona sin duda, fuera de lo común. Pero también sois… ¡a ver si consigo decirlo!… La última máscara y el hasta ahora postrer disfraz de un personaje aún más extraordinario que don Álvaro Fontanarosa, ya que de un modo que aún ignoro, y que no sé si alcanzaré algún día a comprender, sois también y sobre todo, don Raimundo di Sangro, príncipe de San Severo.

Fontanarosa sonrió. Parecía satisfecho al escuchar aquella respuesta. Se acercó a Mauro, se inclinó, despacio, hacia él y le besó la frente.

—¿Y tú, querido Mauro, sabes quién eres?

—Creo que sí. Además de un restaurador de pintura antigua, que realiza su trabajo lo mejor que sabe, soy el descendiente, supongo que directo, de ese amante tardío que tuvisteis al final… iba a decir de vuestra vida, pero esa expresión, me temo, resulta en este caso bastante inexacta. Sí, estoy casi seguro de ser el descendiente de esa criatura que tanto amasteis y tanto os hizo sufrir… ¡lo que lamento de veras! Y aunque me cuesta hacerme responsable de lo que un antepasado mío realizara hace más de dos siglos, el saberme el último eslabón de su línea me produce un cierto desasosiego…

Mientras hablaba, Mauro advertía en el rostro de Fontanarosa un progresivo cambio de expresión, que endurecía todas sus facciones. Su mirada había adoptado una expresión hostil, casi implacable. Y fue entonces cuando Mauro sintió como un fogonazo dentro de su cabeza, como un resplandor violento que quebrase un cristal opaco, o como una sacudida que rasgase una cortina, dejando ver lo escondido tras ella. A partir de ahí, todo se clarificó para aquel último vástago de la familia Beltrán… Sí, la dura, la terrible realidad se hacía evidente. ¿Pero se atrevería él, un simple restaurador de cuadros contratado por el poderoso don Álvaro, a traducir en palabras aquella verdad?

Se atrevió. «Ahora o nunca», pensó.

—Sí, príncipe, soy el descendiente de ese marino tarambana, egoísta, manipulador y cruel que consiguió subyugaros hasta enloqueceros. Y tanto os enloqueció, que no tuvisteis otra salida, para escapar del dominio que sobre vos ejercía, que matarlo y eliminarlo. ¡Sí, matarlo, señor príncipe de San Severo!

Después de pronunciar aquellas frases, Mauro ignoraba qué reacción esperar. Dirigió entonces su mirada hacia Miralles, que con la boca abierta, y sin decidirse a proferir palabra, tan pronto contemplaba a su compañero como a Fontanarosa. Pero mayor asombro le produjo a Mauro observar cómo el onorévole asentía con la cabeza, mientras una casi imperceptible sonrisa aparecía en sus labios…

—¡Sí, Mauro, no tuve más remedio que matarle! No tenía, como bien dijiste, otra salida. Si no lo hubiese hecho, me hubiese hundido aún más, quizá sin posibilidad de salir a flote. —Aquello lo dijo con total tranquilidad. Fontanarosa, en aquel momento, seguía de pie frente a Mauro, aunque una vez concluido aquel corto diálogo, buscó un asiento donde sentarse.

No deseaba ahora echarse sobre la tumbona que había estado utilizando y fue a refugiarse en una butaca, también de mimbre, y que recordaba a aquellas que a veces aparecen en los bajorrelieves romanos…

Mauro continuaba observando al onorévole; le notaba, en aquellos momentos, encerrado en sí mismo, como ausente y separado de todo lo que le rodeaba. Pero a pesar de ello, con la mirada aún perdida en la lejanía, el napolitano comenzó a desgranar, trabajosamente, su relato, como si extrajese sus recuerdos del rincón más oscuro de su memoria.

—¡Quién me iba a decir, algunas horas antes, que aquel paseo por la playa, junto al palacio espectral de Donn'Anna Carafa, iba a tener para mí tan fatales consecuencias! Me encontraba cansado, en esa madrugada que empezaba a clarear… Vosotros, mi admirado Mauro y mi querido Miralles, os hubieseis horrorizado al contemplar aquella larga orgía de sangre en la que intervine a lo largo de la noche. Me acompañaban el devoto Salerno, gran amigo mío, y el alcaide mayor de la prisión de Nápoles. Buscamos en las celdas a algunos de los muchachos más guapos, así como a los hombres más fuertes. Al vernos llegar, nos recibieron esperanzados, creyendo que les aportábamos algo parecido a la libertad. Muchos de aquellos desgraciados, y no sólo los que habían sido condenados a muerte, sufrieron, para nuestro placer, unos suplicios y una agonía que jamás hubiesen imaginado en sus peores pesadillas. Todos ellos nos rogaban, ya con gritos, ya con súplicas entrecortadas, una muerte, si no más piadosa, sí al menos, más rápida. Sade ya me había iniciado en experiencias parecidas, en aquellas correrías napolitanas en las que a veces, me incluía… Al salir de aquella sangrienta partida que tan oscuras satisfacciones me había procurado, le ordené al cochero, un aragonés que se había mezclado a la comitiva del rey Carlos, que me llevase hasta el mar. Tenía mis manos, mi cara, mi cuerpo entero manchado de sangre, a pesar de que antes de salir de aquel lugar me había aseado un poco, pero sólo un poco... A pesar de ello, el olor ocre e intenso que despedían aquellos cuerpos martirizados lo sentía aún pegado a mi piel. Sólo una completa inmersión en el mar, en el mar inmenso e insaciable, sería capaz de limpiarme... Al llegar a lo que en Nápoles es zona de playa, el cochero me previno sobre encuentros quizá no deseados que pudiesen surgir de aquella extraña niebla que parecía brotar del agua y envolverlo todo. Nada se veía, más allá de los diez pasos... Entonces me quité toda aquella ropa ensangrentada, manchada incluso con otras sustancias más íntimas, la dejé sobre el asiento del carruaje, fui hasta el mar y en él me hundí. Pasé un buen rato dentro del agua, frotando mi piel con la áspera arena del fondo, y no salí de allí hasta sentirme por fin limpio...

»De nuevo en la orilla, me crucé con un joven que emergía de la bruma. Llevaba el torso desnudo, y uno de esos pantalones típicos de los mariscadores napolitanos. Al pasar junto a mí, me miró insistentemente. Debo advertiros que aquella zona final de la playa era entonces, como también lo es ahora, un lugar propicio para determinado tipo de encuentros masculinos... No pretendo daros la impresión de un viejo presumido, alardeando aún de pasados encantos ya inexistentes, pero he de señalar que en aquel año, más de desgracias que de gracia, de 1761, yo acababa de cumplir los cincuenta años, una edad avanzada para aquella época, pero que, debido a determinados productos que me procuraba el doctor Salerno, lograba disimular muy bien. Mi cuerpo era aún fuerte y duro, y mi corazón latía todavía lleno de deseos. Había dejado atrás mi aspecto juvenil de petimetre, y había ido adoptando, poco a poco, un físico que hoy compararíamos al de un Beethoven maduro. Parte de la ferocidad que imprimía a mis actos se había trasladado a mi rostro, que a ciertas personas infundía no ya respeto, sino miedo… y a otras, una morbosa fascinación. Volviendo a aquel chico de la playa, éste no pareció despreciar ese cuerpo mío, aún macizo y robusto, que se detuvo a observar con no poco descaro, aunque lo que más observó fue mi pene, ese pene mío acostumbrado a brindar tan hondos placeres como a causar el mayor dolor posible. Le hubiese invitado a que lo tomase entre sus labios, si no hubiese sido porque de las crueles experiencias de aquella noche salí tan inapetente como exhausto. Le hice, pues, al muchacho, señal para que siguiese su camino, y éste, luego de unos momentos de duda, obedeció. Me quedé solo, observando como hipnotizado aquellas olas suaves que morían junto a mí, y que lamían la arena en torno a mis pies. Llegaban a la orilla cansadas, esas olas, su agotamiento disimulado por la bruma ribereña… Y de pronto, de aquel espacio neblinoso surgió, como una aparición, tu antepasado. Llegaba íntegramente desnudo, con sólo una chaquetilla doblada sobre sus hombros. No sé por qué su silueta me sedujo y me desconcertó a un tiempo. El pecho de aquel individuo no era ancho, pero lo parecía, ya que era notablemente estrecho de caderas. Poseía una musculatura equilibrada, pero sobre todo definida, un rostro inquietante, y una mirada cuyo magnetismo no tardé en descubrir. Pero en aquel momento, me fijé sobre todo en sus manos, grandes, duras y espléndidas, y en sus pies, rotundos y fuertes, pies acostumbrados a andar descalzos por la orilla del mar y la cubierta de los buques, pies impregnados de yodo y de salitre, y que la arena de la orilla, y el ir y venir de las olas habían pulido, hasta hacerlos parecer de mármol…

Esta comparación sorprendió al propio Fontanarosa, que empezó a reírse, y cuya risa se transformó en carcajada.

—¡Pies de mármol! —volvió a exclamar, aunque por fin, ya más tranquilo, continuó—: Aquel hombre que emergía de la bruma se detuvo ante mí, intentó mirarme a los ojos, ojos que yo desvié, y después de transcurridos unos segundos, se me acercó, sin importarle cuál pudiera ser mi reacción, aproximó su boca a la mía, y sin proferir palabra, la cubrió con un beso apretado. Yo, después de unos segundos, le devolví ese beso, que, sin saber muy bien por qué, transformé en un mordisco que lastimó sus labios e hizo brotar en ellos unas breves gotas de sangre.

»Aquel hombre, con gesto furioso, apartó entonces su boca de la mía y fue en aquel momento cuando mi mirada se cruzó con la suya, y descubrí que sus ojos poseían un extraño color amatista.

Al escuchar esto, Mauro recordó que Miralles, cuando tan bruscamente se había acercado a él en aquella noche de lluvia, le había mordido los labios de modo muy parecido; pero cuando iba a subrayar aquel hecho en alta voz, prefirió desistir del intento, al escuchar a Fontanarosa proseguir su relato.

—Nunca —afirmó éste— me había topado yo con ojos de ese color, pero tan sorprendentes y profundos me parecieron, que ya entonces intuí que acabaría por ahogarme en ellos. ¿Fue aquello lo que me empujó a agarrar otra vez a aquel individuo, y a morderle de nuevo en los labios? En aquella ocasión, las gotas de sangre que volvieron a salir de la pequeña herida que había yo causado en ellos, las bebí con avidez. Para mi sorpresa, el hombre, indiferente esta vez al dolor que yo le había producido, no opuso resistencia a esta segunda agresión mía. Incluso esbozó una sonrisa. Pero cuando separé por fin mi rostro del suyo, me di cuenta de que aquellos besos mezclados con sangre suscribían y rubricaban un pacto que uniría a ambos durante el tiempo que durasen nuestras vidas. Confieso que cuando volví a contemplar aquellos ojos color de amatista, temblé de miedo. Me vi, desde aquel momento, y ya sin duda alguna, convertido en un pobre astrólogo perdido en los abismos de aquella mirada… Sólo entonces —concluyó Fontanarosa, volviéndose hacia Mauro— hice de la amatista mi piedra fetiche, aunque ese color no me haya traído demasiada suerte…

Mauro, al escuchar aquello, pensó, por unos segundos, si tal vez no debiera devolverle a Fontanarosa el disfrute de unos ojos similares a los que él evocaba y añoraba. ¿Pero acaso las circunstancias se mostraban propicias para aquella entrega?

—Yo, sin pensarlo demasiado —prosiguió Fontanarosa—, fui hacia el cochero, al que pedí una manta; mientras aquel individuo de la mirada violeta me seguía de cerca. Al ver delante de él aquella pareja de hombres que ninguna ropa cubría, el pobre cochero se puso tan nervioso, que no atinaba a encontrar lo que yo le había pedido… Más adelante, cuando volví a utilizarlo, se acostumbró a sorpresas como ésas, y otras cosas más… Al fin, fui yo quien encontró la manta y con ello cubrí el cuerpo de Tomeu, que así se llamaba, querido Mauro, tu antepasado. Y a pesar de que aquel hombre era un perfecto desconocido para mí, le invité, incluso le rogué que viniese conmigo. Él consintió, y lo alojé en un ala del palacio de los Sangro… Luego, fue tal la necesidad que tuve de él, que lo trasladé a un dormitorio junto al mío… Fuimos casi inseparables los tres o cuatro primeros meses, y puedo decir que aquélla fue una época en la que me sentí completamente feliz, sensación que resultó del todo nueva, y que acabó por deslumbrarme… ¡Amé a aquel hombre como nunca había amado a un ser humano, con un deseo amplio, carente en su inicio de violencia alguna, pero también, ay, de límites! Fue un amor total, que me conmovió en lo más íntimo, pero que me dejó sin defensas…

»De pronto, la conducta de aquel Tomeu Beltrán cambió. ¿Qué fue lo que le hizo cambiar?, no lo sé… Quizá se sintiese inferior a mí y aquella sensación le molestase, aunque elucubrar sobre los motivos de su cambio de conducta me parece hoy, algo del todo superfluo. El resultado fue que decidió experimentar cuánto era el poder que podía ejercer sobre mi persona. Primero se comportó como un tirano, luego como un demonio. Cometí, desde un principio y por miedo a perderle, el imperdonable error de acceder a todo lo que me exigía. Cuando lo pienso, me avergüenzo, aunque entonces me sentía extrañamente satisfecho por el simple hecho de obedecerle. Pero Tomeu se equivocó en una cosa: ¡no supo calcular hasta dónde se puede llegar demasiado lejos! Mientras que las humillaciones que me imponía quedasen encerradas en los muros del palacio, aquel juego peligroso podía seguir siendo interpretado por ambos, pero aquel individuo cometió la imprudencia de traer a mi casa, y repetidas veces, mujeres y hombres de la más baja estofa para, delante mío, copular con ellos. Un día llegó con una prostituta voluminosa y descarada, que mientras fornicaba con Tomeu, se burlaba groseramente de mí y de mi mansedumbre. No contento con ello, Tomeu, el muy estúpido, después de eyacular dentro de ella, quiso obligarme a… —Al llegar a este punto, la voz de Fontanarosa se quebró, y sus labios comenzaron a temblar, mientras que su respiración se entrecortaba. Por fin, tras una pausa, logró reaccionar, y seguir con el relato—. Perdona, Mauro, pero todavía me asombra y me avergüenza el recordar mi docilidad ante esas últimas vejaciones sufridas… Cuando Tomeu me exigió, entre mofas y muecas, aquel acto que me niego a describir, reaccioné más como una fiera que como un ser humano, aunque todos los humanos llevemos una fiera dentro. Salté sobre Tomeu, que, cogido por sorpresa, no atinó a defenderse. Lo lancé contra el suelo, sujeté su cráneo por detrás, y levanté su cabeza para, de nuevo, aplastarla contra el suelo, hasta magullar su piel, incluso deformar sus facciones. Por último, luego de presionar con todas mis fuerzas, le retorcí el cuello, hasta que, después de imprimirle un giro brusco, éste hizo un ruido curioso. ¡Había logrado desnucarlo! Cuando me incorporé, vi que aquel hombre yacía muerto. En aquel momento, no sentí el menor rastro de amor, y menos de arrepentimiento. Sólo me quedaban la furia y la ira. Esa furia y esa ira también las sentía contra mí, pero aquello no me inquietaba... ¡Ya tendría tiempo de reconciliarme conmigo mismo! Me di cuenta entonces de que la prostituta, causante inmediata de aquel drama, seguía allí. Contemplaba, horrorizada, la escena. La amenacé con eliminarla si decía algo. Huyó, despavorida, y no supe más de ella. Luego en la quietud del desván, contemplé de nuevo al muerto. Advertí que su mano izquierda había quedado dañada, esa mano que... Cogí una vieja sábana olvidada en el fondo de un pilón, la sacudí un poco para quitarle el exceso de agua sucia que la empapaba, y la eché encima de Tomeu. Fue entonces, en aquel instante, cuando pensé: «¡Pero si este ser maldito parece ahora un Cristo yacente!». Me quedé inmóvil, contemplando aquello, y tras una breve duda, fui a buscar al joven escultor que por entonces trabajaba a mis órdenes. Giuseppe Sanmartino se llamaba, sí, ese que se hizo tan famoso por haber esculpido el tan célebre y renombrado Cristo velado... ¡Esculpido el Cristo! ¡Tiene gracia!

Fontanarosa volvió a permanecer en silencio; un silencio que ni Miralles ni Mauro se atrevieron a interrumpir, aunque ahora el onorévole, más que recordar, parecía meditar...

—¡Bien! —dijo al fin—. ¿Queréis saber cómo terminó esta historia? ¿Sí? ¡Pues escuchadme los dos! Fui, como os dije, a buscar a Sanmartino. Por cierto, ¿sabéis quién desciende de este personaje? Abilio; sí, Abilio. Cuando contemplé a este muchacho por primera vez, no dudé del parentesco... ¡Los dos se parecen tanto! Y no sólo en lo físico, sino también en su modo de ser. Ambos son amables, obedientes, ansiosos de servir...

¡y poca cosa más! —Fontanarosa sonrió, parecía disfrutar de algún recuerdo divertido—. Nada le advertí a aquel complaciente chaval; me apetecía darle un buen susto ya que mortificarle me procuraba cierta diversión. ¡Aceptaba mis impertinencias y mis bromas, muchas de ellas crueles, con total docilidad y paciencia!… Claro que en aquella época, al que se rebelase contra el príncipe de San Severo podía costarle caro… Cuando Sanmartino vio aquel cadáver en el suelo, pegó un grito.

—¡Deja de chillar, criatura —le ordené—, y ayúdame a llevar este fardo hasta el taller!

Pasamos por varias habitaciones casi vacías, con sólo trastos viejos que el abandono y la desidia iban deshaciendo, igual que se deshace el cuerpo de los muertos, aunque éstos de manera más rápida. La servidumbre pocas veces subía hasta allí, y cuando lo hacía, era siempre previo permiso; en cuanto a mis hijos, éstos se encontraban en mis posesiones de Caserta Vecchia… Por fin llegamos, jadeando los dos, al taller donde mis artesanos solían fabricar y poner a punto ciertos detalles que completarían la decoración de la capilla.

»Una vez allí, depositamos el cuerpo de esa criatura que hasta hacía unos momentos, tanto había querido o al menos deseado, sobre una larga y sólida mesa de carpintero. Tengo que confesaros, que en aquel instante contemplé lo que ya era sólo un cadáver, con absoluta indiferencia. Sólo me importaba el efecto estético que pudiese presentar. En aquella breve lucha que se desarrolló sobre el suelo de cemento, el cuerpo de Tomeu apenas había sufrido. Me valía tal cual estaba. En cambio, su rostro aparecía magullado, deformado, la piel incluso rota en algunos lugares. Había que restaurar aquella cara. "Acércame esa pasta que ves allí", le ordené a Sanmartino. Éste apenas pronunciaba palabra, y en su mirada, el asombro había sustituido al miedo. Al final preguntó: "¿Pero para qué todo esto, mi príncipe?". Me reí y le miré con desprecio. Entonces, bastante más que ahora, me satisfacía sentirme superior a aquellos que me servían...

—¿También te sentías superior a ese querido Tomeu? —preguntó Miralles con cierta rabia. Le invadía de nuevo su viejo resentimiento hacia el amo...

Fontanarosa fingió no darse cuenta de ello.

—Mientras Tomeu vivió, fui todo suyo: una vez muerto, él era todo mío. Existen, Alberto, dos maneras de percibir que uno es dueño de otra persona: la primera, dándole la vida, la segunda, dándole muerte. Esta última suele resultar más eficaz que la primera, ya que la muerte tiene por costumbre durar más que la vida...

—¡Uno no es dueño de nadie, salvo, quizá, durante los efímeros momentos del acto sexual; y a veces, ni siquiera así! —Era Miralles quien contestaba con sombría y evidente hostilidad.

—¿Qué te sucede, Alberto? ¿Acaso no me perdonas mi comportamiento con tu supuesto antepasado, el pobre Genaro? En primer lugar, él no fue, en sentido estricto, antepasado tuyo. Fue, todo lo más, un remoto padre adoptivo. Tu verdadero antepasado soy yo. Es mi sangre, y no la de un sometido servidor mío, la que llevas en tus venas, te agrade o no esta realidad. Incluso me atrevo a anteponerme a tu padre, pues tienes ante ti al que engendró a aquel muchacho al que decidí proteger en Cataluña, dotándolo, por cierto, de un patrimonio nada despreciable. Cuando te miro, veo en ti a mi hijo; ¿tanto te desagrada ver en mí a tu padre?

—Mi padre, mi único y verdadero padre, vive en su masía, allá en el Barberá. Usted es... usted... —Miralles titubeaba y acabó por hundir su cabeza entre sus manos, pero después de ahogar un breve gemido, la levantó de nuevo y exclamó—: ¡Usted no es otra cosa que un fantasma absurdo e incomprensible! ¡Ay, cómo desearía que esto no fuese más que una agobiante pesadilla!

—¡Señor, no haga caso a Miralles! Los sentimientos encontrados le perturban y le confunden. —Era Mauro, quien, deseoso de aplacar aquella crispación creciente, le hablaba a Fontanarosa en tono conciliador—. Pero, como habrá podido observar, soy curioso, aunque sea éste uno de mis menores defectos... ¿Qué ocurrió, una vez depositado el cadáver de mi poco recomendable antepasado sobre aquella mesa de carpintero?

—¿Qué sucedió? Trataré de explicártelo, a ti y también a ese Alberto, hoy tan poco receptivo... Antes de que tuviese lugar este... llamémosle drama íntimo, había yo realizado una serie de experimentos con mi admirable amigo, el doctor Salerno. Hombre de extraordinarios conocimientos, su época no lo supo comprender y Nápoles no lo supo estimar. Después de heredar una pequeña fortuna, había abandonado el ejercicio de la medicina, para dedicarse de lleno a lo que hoy llamaríamos investigación. Le obsesionaba el fenómeno de la desintegración de la carne. Había estado enamorado de una mujer bellísima que falleció de una extraña enfermedad que le provocó una larga agonía. Aquel cuerpo de hembra espléndida se había ido transformando al acercarse la muerte, en un escaso y triste material humano, que, cercano ya a su fin, adquirió un aspecto repugnante y a medio descomponer... A partir de aquel trauma, Salerno se dedicó a investigar en torno al proceso de desintegración de los tejidos. En realidad, aunque nunca me lo contó, sospecho que quería averiguar si existían posibilidades de lograr, si no la vida eterna, al menos una existencia de muy prolongada duración. Al comprender lo inútil del intento, fijó entonces su atención y sus esfuerzos, no en prolongar la vida, sino en hacer perdurar la materia ya muerta. Si la vieja e implacable Parca nos arrebata a la persona que amamos, ¿por qué, al menos, no podríamos conservar la apariencia incorrupta de lo que tanto hemos querido? Yo le procuré a mi amigo casi todos los libros que logré encontrar sobre el tema, incluso una serie de manuscritos egipcios cuyos dibujos intentábamos en vano desentrañar, ya que entonces resultaba imposible entender aquellos textos formulados en incomprensibles caracteres aún no descifrados... De todos modos, consultando diversos escritos coptos, que eran, a su vez, revisiones, un tanto cristianizadas, de viejos papiros redactados en demótico, textos que nos tradujo un benedictino amigo de Salerno, llegamos a la conclusión de que las prácticas egipcias realizadas en torno al embalsamamiento de los cuerpos eran un tanto pueriles. Es cierto que lograban conservar, durante un largo tiempo, los tejidos más perecederos, pero a base de impregnarlos, hasta desnaturalizarlos, en diversas resinas y bitúmenes. Aquellas momias, en realidad, no eran sino cadáveres rellenos de chapapote. Estuvimos de acuerdo, Salerno y yo, en que había que buscar otros caminos, y cuando un viejo servidor mío murió, servidor, por cierto, que yo estimaba de veras, cosa, en aquel tiempo rara en mí, comenzamos, mi sabio amigo y yo, a investigar esas otras posibilidades... Recuerdo aquel recinto donde operábamos, iluminado tan sólo por una luz cenital, como un lugar tan fétido, que tuvimos que ir llenándolo de pebeteros humeantes llenos de sustancias olorosas, para que el hedor de la carne muerta no nos hiciese vomitar, hedor que no sólo se fijaba en nuestras ropas y en nuestra piel, sino también en las paredes del recinto...

»Aquel primer experimento fracasó, pero antes de enterrar lo poco que quedaba de aquel cuerpo, vimos que determinadas arterias y venas de los muslos se habían solidificado, habían adquirido la dureza de la piedra, desprendiéndose con facilidad del resto de la carne podrida. Otro sirviente mío murió poco después, su mala salud le hacía quejarse y sufrir… No recuerdo bien, pero creo que decidí abreviar su sufrimiento… Los experimentos realizados sobre el cadáver de ese hombre fueron mucho más fructíferos. Salerno se concentró en la conservación del sistema circulatorio, y el resultado, rotundo y espléndido, todavía se puede contemplar en la cripta de la capilla San Severo.

—¿Espléndido? ¡Yo diría que aterrador! —Mauro no pudo contenerse, al recordar el tremendo susto que le provocaron aquellos despojos anatómicos, guardados en los subterráneos de la capilla.

—Te asustaste, ¿no es así? ¡Pero no me dirás que los restos de la mujer, una cocinera del palacio fallecida a causa de un aborto, no resultan apasionantes, con ese delicadísimo feto que descansa a sus pies! No te quise enseñar todo aquello el primer día, cuando inspeccionabas la capilla… ¡Te sentiste tan turbado, tan conmovido, cuando te encontraste, frente a frente, ante un Cristo velado que no era otra cosa que el cuerpo de tu antepasado convertido en mármol! ¿Recuerdas aquel momento?

—¿Acaso —exclamó Mauro, algo incrédulo aún— ese Cristo yacente es en realidad…?

—Ese Cristo yacente no es otro que un tal Tomeu Beltrán, marinero mallorquín, al que me vi forzado a dar muerte, desnucándolo, hecho que ocurrió en el palacio San Severo, el mismo palacio que se alza a unos escasos metros de la fachada de la capilla.

Al escuchar aquello, un lento y hondo «¡joder!», pronunciado como si escandiera la palabra, fue todo lo que salió de la garganta de Miralles.

Mauro titubeó, pero al final:

—Vamos a ver —dijo, intentando, contra toda evidencia, parecer conciliador y razonable—, queréis decir, mi príncipe, que lo que hay en el centro de la capilla no es otra cosa que la copia, realizada del modo más exacto posible, del cadáver de mi poco recomendable antepasado, cadáver al que el escultor Sanmartino cubrió con un lienzo húmedo, para así lograr ese efecto... tan artístico...

—¡No, Mauro, no! No intentes colorear de rosa la tremenda realidad. El Cristo yacente que contemplaste no es otra cosa que el cuerpo, primero solidificado, luego convertido en mármol, de ese ser que aún hoy, al recordarlo, detesto y amo a la vez... —Y de pronto, Fontanarosa se detuvo, y se ensimismó, como Mauro lo viera en ciertas ocasiones anteriores—. Se llamaba, sabes, Tomeu Beltrán..., ¡pero eso creo que ya te lo he dicho! Ay, Mauro, aquel individuo sabía estrecharte en sus brazos, sabía tocarte con sus manos, mejor que nadie en el mundo, manos fuertes y ásperas, impregnadas de olores también ásperos y fuertes, como el de la sal marina, el del roble de las crujías y el del cáñamo de las maromas. Se movía como una pantera, te lamía como un gato, te poseía como un tigre... y a veces te hacía llorar, sí, llorar, con un llanto que en mí, llegó a tornarse incontenible... Pero cuando lo contemplaba andar, desnudo, por alguna playa, cosa que hacía con cierta frecuencia, todo el deseo del mundo parecía concentrarse en mi ser... Y un día, a pesar de ello, y ya casi no se por qué, lo tuve que matar, sí, tuve que matarle, Mauro. ¡Era la única manera de librarme de aquel cautiverio! ¡Es malo, mi querido Beltrán, querer tanto! ¡El amor te esclaviza, te destruye, te aniquila!... Pero al fin recordé que no estaba acostumbrado a ser esclavo de nadie. Además, si lo piensas bien, todos acabamos matando lo que amamos... Aunque a veces, matar no sirve de nada. ¡No sirve de nada, porque después, habrá siempre unos ojos que te persigan, sobre todo cuando en la oscuridad, te encuentras a solas con tus recuerdos! ¡Sí, a solas, y también solo, porque me encontraba solo del todo, mi querido Beltrán! El rey Carlos, mi admirado amigo, se había marchado... ¡a España, sabes! Aquí había quedado su hijo, y ese hijo, Mauro, valía más bien poco. Todo se iba desmoronando y disolviendo en torno a mí, por eso resultaba tan angustioso soportar, en la oscuridad, entre ese denso tejido de telas de araña, aquellos ojos que me miraban, aquellas dos turbias amatistas que se fijaban en mí, y que ya no dejarían de observarme, implacables y obsesivas, hasta que llegaste tú, y por un tiempo breve, tus ojos, que eran los de él, se posaron en mí con indulgencia, y hasta con afecto.

Fontanarosa, de pronto, echó su cabeza hacia atrás y la hizo descansar sobre el respaldo redondeado de su sillón. Con los ojos abiertos y mirando hacia el cielo, su rostro apenas traducía emoción alguna... Parecía haber entrado en un estado de letargo, que ni Mauro ni Miralles se atrevían a alterar, aunque poco a poco, algo semejante a la vida volvió a animar los rasgos inmovilizados del onorévole, lo que tranquilizó a Mauro, y dejó indiferente a Alberto...

—No es la primera vez —le explicó Beltrán a Miralles en voz baja—, que presencio en don Álvaro un fenómeno parecido... La otra vez fue cuando desperté junto a él en el palacio de los Dos Virreyes... Y la verdad, apenas me sorprende que esto ocurra, ya que si este hombre es el príncipe de San Severo, demasiadas vidas y demasiados recuerdos arrastrará con él, para que quepan todos, incluso condensados, en su cerebro...

—¿Demasiadas vidas? —gritó, furioso, Miralles—. ¿Pero acaso te has tragado todas estas patrañas que acabamos de escuchar? ¡Joder, Mauro no me vengas ahora con eso! Empiezo a detestar a este... a este...

—¿A este qué? —contestó, incisivo, su compañero—. Alberto, ya te lo dije, incluso te aseguré hace tiempo que este hombre no era otro que el célebre don Raimundo di Sangro, príncipe y alquimista; lo malo es que entonces no me creíste...

—¡Pero... pero cómo voy a tragarme semejante historia! ¿Crees que me voy a tomar en serio esta absurda representación que este malvado y loco individuo está ensayando ante nosotros?

—No, no creo que sea una representación absurda. A veces, la realidad tiene mucho de irreal, y obedece a una extraña pero implacable lógica que no cabe en otras lógicas, más vulgares y cotidianas.

—¡Debería haberme ido! —Era la voz de Fontanarosa, que sorpresivamente, se escuchó de nuevo—. ¡Sí, hace ya tiempo que debería haberme ido! Uno se encariña con uno mismo, y eso no es bueno... ¿Pero... pero por qué tan enfadado este hijo mío?

Mauro lanzó una dura mirada de advertencia a Miralles, indicándole silencio. Después, sacudió su cabeza de un lado a otro y sonrió a Fontanarosa.

—Alberto, mi señor, es un chico que no gusta de las sorpresas. Le producen una excesiva inquietud. Y ahora, ¿os sentís mejor, mi príncipe?

—Sí —afirmó, dubitativo, el onorévole, después de meditar, durante unos instantes, su respuesta—, me siento algo mejor... *Ma, mio caro Mauro, forse ho fatto male di rimanere un tempo cosi lungo sotto questo aspetto...* Sí, debería haberme ido, debería haber cambiado.

—¿Pero ir, adónde? —preguntó Mauro.

—¡Irme, tan sólo irme! —Y segundos después, con un tono muy hondo, y una voz muy hermosa, voz que le recordó a Mauro aquella que le había escuchado por primera vez en la capilla de los Sangro, Fontanarosa citó el famoso verso—: *Fuir la bas, fuir, je sens que les oiseaux sont ivres!* (¡Huir, huir allí,

338

presiento que los pájaros están ebrios!). —Y aquel célebre ale-
jandrino de Mallarmé fue recitado sin acento ni localismo italiano alguno…

—Y ahora Mauro —suplicó Fontanarosa—, ¿podrías
traerme un vaso de agua? Tengo la garganta espantosamente
seca…

—No, espera Mauro, tú quédate, que el agua la traeré yo.
Tú te entiendes mucho mejor con él, y yo apenas hago falta
aquí. —Y Miralles salió, con paso apresurado, a buscar el vaso
que pedía el que se reclamaba su antepasado, a la vez que su
padre.

Cuando volvió, Fontanarosa, recuperado del todo, le explicaba a su querido y estimado restaurador:

—… y de pronto, yacía ahí, muerto. ¿Pero cómo lograr
lo que pretendía? Mi amigo, el doctor Salerno, acababa de morir, y me di cuenta, un tanto asustado, de que lo que había que
hacer lo tenía que hacer yo solo. Por eso tuvo que ayudarme
un poco, sólo un poco, el dócil Sanmartino. ¡Pero Mauro, no
sabes lo fascinante que resulta transformar un cadáver en una
estatua. ¡Ah, sí, el agua! Gracias, hijo. La necesitaba… ¿Dónde
estaba? Ah, la estatua, la estatua! La solidificación de una persona muerta es un proceso lento, a veces incluso aburrido, aunque no tan desagradable como pudiera imaginarse… Tuve, eso
sí, que arreglar su rostro, aunque creo habértelo dicho ya. Sobre todo le cambié la nariz. No quería que una vez exhibida
esta… ¡esta obra maestra!, alguien reconociese al modelo… Lo
único engorroso fue la cantidad de sustancias distintas que hu-
be de emplear, y ahí sí aprecié la ayuda de Sanmartino, que
mostraba una pasión por el orden igual a la exhibida por Abilio.

»Según iba necesitando las sustancias para llevar a cabo la
operación, aquél me las facilitaba al momento, y cuando era
necesario llevar a cabo alguna mezcla, también me las prepara-

ba él. Al principio, el bueno de Sanmartino realizaba todo aquello con considerable disgusto, pero según iba avanzando el proceso, se fue aficionando a aquel mundo de preparados imposibles, y sin embargo, eficaces en grado sumo.

»Una vez solidificado el cuerpo, lo que vino a durar unos dos meses, el transformar en mármol aquella sustancia dura, compacta, casi pétrea, presentó una nueva dificultad, aunque ese proceso de marmorlización yo ya lo había puesto en práctica cuando transformé en mármol la doble red de pescador que envolvía, en su monumento funerario, el cuerpo de mi padre. Generaciones de esos que se llaman a sí mismos expertos han discutido sobre cómo se pudo labrar aquello. Sucede que aquella red no se labró. ¡Sólo se transformó el material en la que estaba tejida!…

»Pero yo insistía en que la figura de ese yacente, que tan respetada identidad religiosa había adquirido en esta última fase de su existencia, ya que no de su vida, apareciese recubierta por un sudario que envolviese el cuerpo en su totalidad. La quería ver, tal como la vi en aquella dramática ocasión, cuando cubrí en el desván el cadáver de Tomeu con una sábana húmeda… La tela con la que trabajamos en aquella última etapa de transformación de mi querido mallorquín en conmovedor objeto de veneración, no era otra cosa que un tejido que había empapado de un agua mezclada con diversas sustancias oleaginosas, para así darle la apariencia de ese gran sudario impregnado de los diversos ungüentos con los que las santas mujeres debieron lavar el cadáver de Cristo. Pero al iniciar la marmorlización de aquel conjunto, la sábana, debido al peso que iba adquiriendo, se fue aplastando sobre la figura yacente. El resultado estético, después de este desgraciado accidente, era no ya pobre, sino paupérrimo. Arranqué, con cierto trabajo, ya que no quería dañar el cuerpo, aquel paño inservible y preparé otro, mezclando, en caliente, el agua oleaginosa, con cola animal, suficientemente diluida. Volví a empapar la sábana en aquella sustancia, la eché encima del cuerpo ya bastante endurecido, de Tomeu, y ahí la dejé. La tela, al secar, conservaba una apariencia suave y flexible, pero su consistencia, por fortuna, resultó ser bastante más dura que la de cualquier tejido almidonado. Seguimos con el proceso, la tela resistió… y el resultado, ya lo habéis visto…

—¿Pero cómo lograsteis igualar, en un mismo bloque de aparente mármol, tejidos tan diversos como el de la carne humana, y el de un lienzo de lino finísimo?

—Beltrán, mi niño, ¿de verdad crees que voy a desvelarte, una a una, las fases y la técnica de un procedimiento que es mío del todo y que pretendo mantener secreto? Demasiado te he dicho ya… ¡Pero pensé haber hecho una obra perfecta, sin averiguación posible, y me equivoqué, aunque el cuerpo siga ahí, petrificado, pero intacto dentro de su caparazón de mármol!…

»Creí —insistió Fontanarosa— que esto no se podría descubrir jamás. También convencí de lo mismo a Sanmartino. "Si te callas", le aseguré, "y mantienes este asunto en secreto, el Cristo yacente será tú obra maestra y con ella te brindaré la inmortalidad". Incluso le sugerí que hiciese un falso boceto, para que nadie dudase de su autoría; engaño que por fin realizó con notable habilidad y diligencia. Al concluir el proceso, aquella imitación de mármol presentaba un aspecto algo áspero: ¡con qué amor pulió Sanmartino la superficie de ese material engañoso hasta darle la apariencia del mejor Carrara!… La obra, cuando se exhibió por fin en la capilla, fue recibida con entusiasmo por los entendidos en arte y también por el conjunto del pueblo napolitano de entonces. Éste era no sólo gran aficionado al arte, sino estupendo conocedor del mismo. Hoy, en cambio los napolitanos han dejado a un lado sus aficiones artísticas, para concentrarse en su pasión por el fútbol… ¡Vicisitudes del presente!…

»¡Y ahora, ese petulante profesor Médard pretende ir a la policía a denunciar el hecho, un hecho acontecido hace doscientos cincuenta años! ¡Y a eso lo denomina justicia! Cuando me llamó con aquella voz descompuesta y aquella expresión de ultratumba, *incomincié a sospettare il peggio. A quanto pare, il personaggio si vuole a se stesso puro, incorruttibile, uno spirito eroico impossibile di subornare. Povero stupido!* No ha querido escucharme, no ha querido atender las múltiples razones que expuse ante él. "¿Pero no se da usted cuenta", le insistí, "que si acude con este fragmento a la policía, esta obra dejará de existir? ¡Vendrán las autoridades y lo serrucharán, lo irán despiezando poco a poco! Y la obra más señera del barroco napolitano no sólo desaparecerá, sino que será destruida en medio del horror y de las maldiciones! ¡Y usted será el responsable de ello!". ¿Sabéis qué me respondió el muy terco? "El único responsable de esto es quien cometió este espanto". ¿Espanto? ¿Qué cosa resulta preferible, me pregunto: enterrar un cadáver en una fosa y dejar que ahí se pudra lentamente, o transformarlo en mármol y convertirlo en una obra de arte?

—Pero, mi príncipe, ¿podríais decirnos qué cosa contenía exactamente ese fragmento?

—¡Mauro, es ésa la primera pregunta completamente tonta que haces hoy! ¿Qué quieres que hubiese en él? ¡Pues algunos huesos de los dedos del pie! El profesor, con un instrumento punzante, ha logrado extraer uno de esos pequeños huesos de la masa marmórea. Y con ese hueso y con el resto del fragmento piensa ir a la policía. ¿Para intentar qué? ¿Deshacer un entuerto cometido a mediados del siglo XVIII? ¡Pues claro que no! Lo que pretende es hacerse célebre con semejante revelación.

Ansía ser el hombre que desvele el secreto horrendo e inconfesable, convertirse en el Sherlock Holmes de la investigación artística; el implacable héroe mediático que desenmascare la superchería escondida en una de las obras escultóricas más perfectamente realizadas de la historia del arte. ¡En el fondo de su corazón, lo que subyace es la eterna envidia del mero especialista frente al creador!

—¡Tal vez el profesor Médard sólo intente descubrir al asesino!... —Era Miralles quien así hablaba; un Miralles que no podía resistirse a la tentación de zaherir al detentador de la autoridad familiar... «La eterna pugna entre padre e hijo», pensó Mauro.

Fontanarosa también comprendió el porqué de aquella hostilidad, lo que le brindó el placer de perdonarla.

—¿Y tan importante te parece, hijo mío, el averiguar ahora, precisamente ahora, quién fue el que algunos llamaran «el asesino»? ¡Quiero recordarte que ese asesino falleció en 1771!...

—¡Ah!, ¿pero entonces la persona que tengo frente a mí?...

—Quien exactamente tienes frente a ti es asunto que te será explicado muy pronto. ¡Pero no en este momento!... Bien, le di cuarenta y ocho horas al profesor Médard para que reflexionase. Debo ir ahora a verlo, para que me diga cuál es su decisión final.

—¿Y si se empeña en...?

—¡Si se empeña en su amenaza, querido Mauro, haré lo que sea para impedir que lleve a cabo su propósito!

Y con esto, Fontanarosa se levantó, dando la conversación por terminada.

Capítulo
XI

EL PENÚLTIMO ESLABÓN

La noticia de la muerte del profesor Médard quizá no causara gran emoción en Nápoles, pero sí una dolorosa sorpresa en los medios que podríamos definir como artísticos. El ya viejo profesor gozaba de gran predicamento en el campo de la estética, y era considerado una autoridad respecto a la restauración de esculturas marmóreas, así como un experto en el comportamiento, a veces inesperado, de determinadas sustancias y materiales pétreos...

Hombre de costumbres morigeradas, el aparente motivo de la muerte de Médard sí que sorprendió a muchos. Todo apuntaba, según se dijo durante los primeros días que siguieron a su asesinato —ya que se trataba, sin duda alguna, de una muerte violenta—, a que el profesor había iniciado, la misma noche del crimen, tratos con un joven desconocido, cuya fuente de ingresos se basaba en sus encantos personales, y al que Médard invitó a subir a su apartamento. Allí, el elegido para aquella apresurada conquista pronto debió de manifestar cuál era su verdadero propósito: el de robar. Determinados indicios sugerían una lucha por desgracia desigual, en la cual el profesor parecía haberse defendido con gran ánimo y valentía, lo que le costó, al final, un fuertísimo golpe en el cráneo, causante de su muerte. Un collar de gemas, de extraordinaria calidad, procedente de las excavaciones de Oplontis, que el museo arqueológico había entregado al profesor para su limpieza y restauración, había desaparecido en el trágico incidente, así como pequeñas sumas de dinero, y ciertos efectos personales de regular valor.

Entre los que se tomaron el tiempo de comentar su fallecimiento, aquellos que más piadosos se mostraban con las debilidades humanas lamentaron la triste suerte del profesor, otros, los más estrictos e intolerantes, esgrimieron aquel dramático final como un ejemplo más de los peligros que entraña el vicio nefando y sus arriesgados desvíos. Para algunos no hay suceso, por trágico y violento que sea, que no sirva de argumento para exaltar un determinado concepto de virtud, bienpensante y mayoritaria...

Durante los días que rodearon aquella desgraciada peripecia, Fontanarosa apenas encontró tiempo suficiente que le permitiera pasar unas horas en su residencia de Amalfi. Tuvo que visitar el depósito de cadáveres, lo que, aparentemente, le descompuso, pero, sobre todo, se vio obligado a responder a una batería de preguntas por parte de un joven inspector de policía, de origen florentino, impertinente y entusiasta admirador de sí mismo, que provocó en Fontanarosa una considerable irritación y cuyos efectos colaterales Mauro no tuvo otro remedio que soportar. Éste había permanecido en Amalfi, obedeciendo a los expresos ruegos del onorévole. «Quiero encontrarte aquí, cuando llegue. Si Alberto quiere dejarnos *e ritornare al suo appartamento, è libero di agire, pero pronto reclamaré su presencia aquí. Lui, e io stesso dobbiamo ancora tenere una lunga conversazione, benché il dialogo con questo figlio mio, sempre di cattivo umore, mi risulta piuttosto faticoso...*».

Ya que Miralles volvió de nuevo a su apartamento, no sin enfadarse un poco —¿o quizá no tan poco?— con Mauro por haberlo dejado marchar solo, sin que éste esbozase un intento siquiera por acompañarle y seguirle… Y Beltrán, en Amalfi, entretenía sus horas vacías jugando con Ahmed, al que encontraba cada vez más divertido y encantador, o hablando con Renzo, en las ocasiones en que éste se encontraba allí; sí, con Renzo el coloso, al que descubrió, para su sorpresa, como un ser discreto, afectuoso y un tanto melancólico…

* * *

—*Ma, mio principe, quanto grande, quanto grandissimo è l'onore!*

—*Grazie, cara Lucía, grazie; ma si la mia visita è un onore per te, per me è un obligo, si, anche anzitutto un piacere.* —Pero Fontanarosa, que conocía la opinión un tanto despectiva que doña Lucía reservaba para la lengua del Dante, prefirió que el resto de la conversación transcurriera en castellano. Con ello, le procuraba a su amiga una satisfacción y un placer…

—Mi querida Lucía, me imagino que habrás adivinado o intuido los motivos por los que he venido a verte…

—¡Ni intuición poseo ya, ni dotes adivinatorias, mi señor! Además, con el trabajo que me da esta pensión y la atención que le dedico, apenas me entero de lo que sucede y se comenta por la ciudad.

—Pero sí habrás sabido del accidente ocurrido en la capilla, y también de… de la muerte del profesor Médard.

—Sí, efectivamente, de ambas cosas me he enterado. Una gran tragedia, *non e vero?* Aunque no pueda decir que conozca los detalles más íntimos, esos que espero escuchar de vos.

—Bien, entonces te haré el relato de ambos asuntos, incluidos todos esos detalles que deseas saber. Vas a tener que mostrar no poca paciencia, querida amiga, porque son temas complejos y difíciles de hilvanar...

Y Fontanarosa comenzó una larga narración, interrumpida sólo una vez por esa excelente ama de casa que era la dueña del albergo, que le indicó a Angioina que se hiciese cargo de la pensión mientras ella se entrevistaba con el onorévole. La chica, que sabía muy bien quién era el célebre Fontanarosa, quedó vivamente impresionada al ser testigo de la visita de éste al Albergo Aurora, y escucharle conversar, de tú a tú, con su patrona. Ésta había indicado al eximio visitante la conveniencia de refugiarse en aquel breve recinto con pretensiones de galería tropical, y cuyas dos ventanas se abrían sobre el patio...

Mientras escuchaba aquel relato, tan cargado de aconteceres increíbles como de amenazadoras consecuencias, doña Lucía apenas permitió que emoción o sorpresa algunas alterasen la expresión de su rostro, pero cuando Fontanarosa concluyó su narración, cuyo contenido en gran parte esperaba, sí mostró una sincera preocupación.

—Bien, mi señor, y ahora; ¿qué disposiciones vais a tomar? La situación parece complicada...

—En efecto, Lucía, el estado de las cosas no parece que nos sea demasiado favorable. Pero veamos estos asuntos uno por uno. En primer lugar y con respecto al Cristo, he optado, claro está, por la solución más drástica. Me he visto obligado a... a suprimir, como habrás podido adivinar, la amenaza que, de inmediato, pesaba sobre esta obra. Nada hay, Lucía, que yo no sea capaz de hacer, ni locura que no esté dispuesto a cometer, para preservar la existencia de esa figura yacente. Esta efigie ha constituido mi obra máxima, y si un día fue mi obsesión, ahora es a la vez mi orgullo y mi preocupación constante. ¡Nada me angustia tanto como su suerte! Te aseguro y te prometo, cara Lucía, que rogué al profesor Médard, una y otra vez, que cambiara de opinión, ruego que se convirtió en súplica, o más bien en plegaria. Al negarse a atender mis razones, su muerte fue más un suicidio que otra cosa. Ahora, una vez eliminado tan esperpéntico chantajista, he logrado detener por el momento el inmediato y terrible peligro que se cernía sobre nuestro Cristo. Incluso si la policía examinase la estatua, ¿y por qué lo iba a hacer?, no observaría nada extraño. Ninguno de esos *poliziotti* tiene la mirada suficientemente entrenada para investigar lo que a primera vista no es más que la mutilación de algunos dedos del pie de esa asombrosa efigie marmórea. Incluso el profesor Médard necesitó de un cierto tiempo hasta descubrir la presencia de unos pequeños huesos roídos, casi deshechos, incrustados en el mármol. Además, ¿a qué inspector, por mucho celo inquisitivo que tuviese, se le ocurriría sospechar el misterio que se esconde bajo esa patética escultura? No, Lucía, mi error, mi gran error, una vez sucedido el accidente, fue encargarle a ese maldito francés la solución del percance. Si hubiese entregado aquellos fragmentos al fiel Abilio, el problema ya se habría solucionado. ¡Pero no quería ofender al profesor Médard! ¡Convendrás, Lucía, que a veces no se puede ser bueno ni considerado con los demás! ¡Abilio!… No dudo, por un momento, de la diligencia y de la discreción de tan leal servidor. Leal, y según su propia confesión, enamorado, él será el que restaure la estatua, aunque aún no se lo he comunicado ni lo he hecho partícipe de mi decisión. Sin duda realizará un buen trabajo, trabajo que le será generosamente remunerado…

»Ahora bien, respecto a la segunda cuestión —y ahí Fontanarosa se permitió una larga pausa, que Lucía tuvo buen cuidado de respetar—, temo, mi querida amiga, haber dejado ciertas huellas en el apartamento de Médard, incluso más huellas de la cuenta. Las estaban analizando este mediodía, cuando me acerqué al escenario del… del crimen, o como deseen llamarlo. El inspector jefe parece ser todo menos tonto. Mientras me hacía algunas preguntas, me observaba con una mirada… aquí la describiríamos como *uno sguardo sospetoso, anche sfiduciato*… aunque es posible que todos los inspectores tengan una mirada parecida…

—Sí, Lucía, las huellas que haya podido dejar en aquel apartamento me preocupan. ¡Falta de costumbre la mía! ¡En mi época primera, en aquel siglo XVIII que hoy parece tan lejano, cuando yo eliminaba a un individuo no tenía que preocuparme de nada! ¡Yo, don Raimundo di Sangro, príncipe de San Severo, era intocable! Ahora con esto de la democratización de la justicia, las personas de calidad apenas tenemos el suficiente ámbito vital para poner en práctica nuestras apetencias y necesidades. ¡Hoy, los aplicados voceros del *establishment* hablan incesantemente de libertad, pero no hacen más que ponerle cortapisas a ésta! Vivimos, cada vez más, en un mundo poblado de locos obsesos, lleno de furia y de ruidos sin sentido. La policía, los *carabinieri*, las llamadas fuerzas del orden, realizan a veces inauditos esfuerzos para capturar a un determinado asesino que ha acabado con una o varias vidas humanas. En cambio, en esas guerras atroces que algunos llaman justas, ciudades y pueblos enteros han sido borrados de la faz de la tierra por una colosal lluvia de bombas, las más de las veces sin que nadie persiga a los responsables de esto: Coventry, Rotterdam, Hamburgo, Dresde y tantas otras ciudades son nombres que significan, ante todo, una inacabable lista de pérdidas humanas… Ahora mismo, las matanzas de África sólo provocan un cansino "¡qué barbaridad!" y poco más, aunque a veces se lleven a cabo ciertos esfuerzos para paliar los efectos del desastre. ¡Los efectos, sí, pero no sus causas!… En cambio, que una sola persona muera apuñalada en la calle, hecho sin duda desgraciado, basta para que toda la prensa escrita, hablada o televisada, se ocupe y se haga eco inmediato del hecho... Ignoro si el mundo de hoy es más justo que el que me vio nacer, muchos dirán que sí, pero en todo caso, el mío era más sincero. Deseo fervientemente un mundo que no necesite de tantos tapujos, y que muestre menos afición por tanta farsa reglamentada y bien pensante...

—No creo, mi señor, que la hipocresía que envuelve y maquilla el acontecer diario se resigne a ser eliminada. Una sociedad no puede vivir sin fachada... y menos ahora, cuando la exhibición impúdica de una bondad publicitada se ha vuelto tan rentable y productiva...

—Así es, mia cara Lucía, y como el espectáculo del mundo me repugna, y sobre todo me aburre, si he de seguir observándolo, quisiera hacerlo con ojos nuevos. Quizá esos ojos nuevos descubran un nuevo panorama, o al menos, consigan contemplarlo de forma algo distinta. Me encuentro cansado, Lucía, harto y cansado...

—Puedo ofreceros alguna cama espléndida, aunque mejores lechos tendréis en vuestro palacio...

—*Non parlo di una mancanza di sogno, parlo di una altra stanchezza. Voglio fuggire, scappare di questi dintorni. Essere una altra persona!...*

—¿Otra persona?

—Lucía, cuando descubran, basándose en la evidencia que brindarán mis huellas, que he sido yo quien ha eliminado de esta triste tierra a ese necio e irritante profesor Médard, ¿qué crees que harán conmigo?, ¿dejarme libre? Como comprenderás, no tengo la menor intención de pasar un considerable número de años encerrado en una cárcel. Debo desaparecer, aunque esto signifique renunciar a ciertas ambiciones, que en un próximo pasado, llegaron a seducirme...

—Podríais, mi señor, alegar enajenación mental transitoria, debido a la amenaza que pesaba sobre el Cristo…

—Y entonces tendría que revelar que la tan traída y llevada amenaza consiste en descubrir que ese Cristo, a la vez tan patético y sublime, no es más que un cadáver marmolizado. ¡No, gracias!

—Bien, entonces…

—Entonces, cara Lucía, debo dar vida a un nuevo cuerpo para introducirme en él, un ser previamente preparado para recibirme; cosa que como sabes he hecho ya otras veces, en siglos anteriores… No veo otra salida.

Lucía permaneció silenciosa. Parecía preocupada.

—Mi señor, eso entraña determinados riesgos…

—Más riesgos entraña, para mí, el quedarme aquí.

—Pero ¿y si no sale bien el… el experimento?

—Retrocederíamos a la situación actual, cosa que, como comprenderás, no deseo. Pero el único riesgo sería ése.

—¿Y esas… pequeñas modificaciones que habéis sufrido? Podrían acentuarse.

—Riesgo ese que tendré que asumir. Pero nadie se ha dado cuenta de que mi piel presenta ciertas extrañas características. Al contrario, todos alaban la uniformidad de su coloración, aunque Mauro sí se sorprendió de esta curiosa peculiaridad mía… ¡Pero Lucía, mientras la sangre y el esperma no se alteren y siempre que esa inquieta y provocadora «prolongación» que poseo siga funcionando tan bien como ahora!… —Y Fontanarosa se rió de lo que juzgó una picardía, como crío que dijera una inconveniencia…

—Pero don Álvaro —comentó doña Lucía, sonriendo—, ¿acaso pensáis rivalizar con don Mauro y sus veinte razones?

—Nunca he rivalizado con él, ya que estamos prácticamente empatados. ¿Tan poca memoria tienes?

Lucía esquivó la indirecta:

—¡Empatados o no, tened cuidado, que eso también puede sufrir alteraciones!…

—¡Si esto ocurriese, un buen baño con azufre las aliviaría!

—¡Azufre, azufre!¡No abuséis de él, que eso es a lo que huele el demonio!

—¡Lucía, hablas del demonio como si de verdad existiese! De poseer una figura y una presencia real, me lo habría encontrado en alguna de mis oscuras correrías. —Se percibía cierto desafío, y no poco orgullo, en las palabras de Fontanarosa.

—¡De acuerdo, de acuerdo! No volveré a discutir con tan alta autoridad sobre esos seres que moran en las tinieblas, y que vos, quizá con la intención de protegerme, intentáis ocultarme. Pero si deseáis firmemente lo que me habéis confiado, habrá que ponerse manos a la obra. ¿Para cuándo pensáis llevar a cabo la operación?

—¡Lo antes posible!

—¿Acaso habéis elegido ya el vehículo adecuado, o sea, la hembra receptora?

—No del todo, y ahí necesito tu ayuda. —El onorévole sonreía, cómplice, a doña Lucía.

—No quiero esta vez —añadió el napolitano— ni condesas rusas aburridas de la vida, ni jóvenes americanas ansiosas por heredar fortunas… Deseo una persona sencilla, incluso simple, ya que no quisiera que se diese bien cuenta de lo que intento hacer con ella. Por supuesto, se le entregará una considerable suma de dinero por sus servicios, dinero que, bien administrado, le situaría al abrigo de cualquier necesidad para el resto de su vida. Mis administradores pondrán todo su empeño en conseguirle las mejores inversiones…

—¿Pero… pero me estáis sugiriendo que ya habéis descubierto a esa persona?

—¡La he descubierto muy cerca de ti!...

—¿Cerca de mí? ¿Bromeáis conmigo? ¡Oh, no, no puede ser! ¡Decidme que me equivoco! ¡Lo que pensáis es una locura!

—¿Locura, por qué? Me aseguran que se trata de una chica un tanto simple, pero sensata.

—¡Sensata! ¿Quién os lo ha dicho? ¡La persona que la definió de esa manera o mentía o deliraba!... ¡Ir a poner la vista en eso! ¡No, Álvaro, no puede ser! ¡Me queréis tomar el pelo! Esa niña es una tonta y una fantasiosa, además de insignificante. ¡Cómo podéis, mi príncipe, contentaros con semejante cosa!

—¡Lucía, tranquilízate. No sabía que la despreciaras tanto!

—¿A Angioina? ¡Si no la desprecio!... Sólo que no puedo imaginarme que vaya a ser ella la portadora de un nuevo príncipe de San Severo.

—¿Crees que aceptará?

—¿Aceptar? ¡Pero si va a enloquecer de alegría! ¡Ay, Dios mío, quién la va a aguantar! ¡Con los aires que se da sin ser nadie!... Pero bueno, mi señor, ¿por qué os habéis fijado en esa... en esa criatura?

—Iba en mi coche. Renzo conducía. Una chica cruzaba la calle, me fijé en ella y pregunté quién era. Mi chófer me informó que trabajaba para ti.

—Pero ¿por qué ella?

—¡Sus pechos, Lucía, sus pechos! Los tiene adorables. ¡Ni te imaginas lo que sugerían, bajo aquella blusa casi transparente! Sabes que no oculto mi preferencia por los atractivos del hombre frente a los de la mujer. ¡Pero dos pechos verdaderamente hermosos no tienen rival posible! Podría pasarme días enteros palpándolos, besándolos o mordiéndolos. Después, claro está, surgen los inconvenientes. La mujer, salvo raras excepciones, tiene poco que ver con su contrapartida masculina. Luego de satisfecho el deseo, comienzan los choques, las incomprensiones, los desencuentros… Yo, con un hombre, sé dónde estoy y qué tierra piso, junto a una mujer, me da la impresión de encontrarme en pleno desierto…

—¡Eres cruel, Álvaro, demasiado cruel!

—¡Descuida, Lucía, contigo no fue así! ¡Pero la vida, y ésa sí que es cruel, separa más que cualquier desavenencia!

—¡Bien! —Fue Lucía la que ahora hizo una pausa, una larga y sentida pausa. Pero cuando ésta iba a hablar, Fontanarosa creyó era deber suyo dar nuevas explicaciones.

—Quiero precisar contigo determinadas cuestiones, materiales todas ellas, pero que tan importantes resultan. Este próximo hijo mío que seré yo, recibirá el sesenta y cinco por ciento de mi fortuna, dinero, acciones e inmuebles comprendidos. Ese testamento en su favor, o sea, a favor mío, lo especificaré con absoluta claridad y precisión. Mi otro hijo, aunque él insiste en no considerarme como tal, es decir, Alberto Miralles, recibirá un quince por ciento de esta fortuna. Así, el ochenta por ciento de mi patrimonio quedará repartido entre… mis dos hijos, aunque sé que mucha gente se negaría a otorgarle ese nombre a uno de ellos. Otro diez por ciento será para Ahmed, y por fin, el diez por ciento restante será para ti.

—¿Para mí? ¿Pero por qué?

—No protestes, Lucía. ¡Tú sabes bien por qué te ofrezco esa cantidad! En cuanto a Mauro, ordenaré que media docena de mis mejores cuadros sean declarados propiedad suya. Al precio en que está la pintura de los grandes maestros del barroco, un Guercino como el que se me ha escapado, o un Guido Reni como el que cuelga en mi salón significan un buen montón de dinero… Y ahora, volvamos al tema de Angioina. ¿Crees, de verdad, que aceptará?

—¿Angioina? ¡Se sentirá el ser más feliz del mundo! ¡No os imagináis, don Álvaro, la cantidad de sueños y de fantasías que anidan en esa cabecita! ¿Quién le bajará los humos?

—¡Yo! De eso puedes estar segura. Ahora bien, para ese día... o mejor dicho, para esa noche, ya que es de noche cuando ha de iniciarse el proceso, se necesitan ciertas cosas... además de dos ayudantes. Uno de ellos serás tú.

—¿Yo?, pero...

Fontanarosa no le dio la menor importancia a aquel intento de protesta por parte de Lucía...

—El otro acólito podría ser Renzo, y si éste no quiere o no puede, su hermano. Este último duerme durante el día y trabaja durante la noche, o al menos, eso es lo que creo que me dijo. No deseo que Mauro o Alberto tengan conocimiento directo de estas cosas, al menos de momento. Esta vez tendré que elaborar yo solo la sustancia que le dé de beber a la chica, receta que siempre guardo en mi memoria... En cuanto a las inscripciones sobre el vientre de la elegida no tendré también más remedio que hacerlas yo mismo. Me parece del todo inadecuado encargarle a algún miembro de la organización algo tan privado y secreto... El hermano de Renzo me confesó un día que era un gran aficionado a la poesía. Él recitará la mitad de las invocaciones; ya verás, son bastante hermosas. No me pongas esa cara, Lucía, que las que leas tú no te harán el menor daño; sólo producirán efecto en mí y en la hembra receptora... ¡Pero tengo que dejarte, tantas cosas quedan por hacer! No olvides de ponerte en contacto conmigo en cuanto sepas de la aceptación de Angioina... Ah, y gracias por todo.

Fontanarosa percibió en aquel momento una cierta ansiedad en la mirada de Lucía. De ansiedad y de hambre. Después de dudar un momento, fue hacia ella, la rodeó con sus brazos y la atrajo hacia sí. Volvió a mirar aquellos ojos, de cuyos reflejos verdosos había gozado tantas noches, rozó los párpados que se cerraban y unió por fin sus labios a los de la mujer, y después de saborearlos unos instantes, entró en su boca.

Aquella lengua, aquel soplo, aquel empuje habían producido siempre en Lucía efectos devastadores... y esta vez ni la sensación fue diferente, ni el efecto menos poderoso. Una decidida voluntad de entrega, tímida al principio, creció y se extendió por todo su cuerpo, pero cuando ese cuerpo, aún hermoso y disfrutable, comenzó a ceder y desmayarse entre los brazos de Fontanarosa, éste se distanció de la mujer, estableciendo una abrupta separación entre los dos.

Entonces la mujer, furiosa con el onorévole, y también consigo misma, le lanzó al hombre una imprecación, violenta y apasionada, de la que se arrepintió de inmediato.

—¡Sois un auténtico canalla, señor príncipe de San Severo!

Fontanarosa, no demasiado sorprendido ante aquella reacción, contempló a aquella mujer que temblaba, y esto último no le produjo placer alguno...

—¡Pues claro que soy un canalla, mi querida Lucía, no has descubierto nada nuevo! ¿Crees que si no hubiese sido ese canalla que tú señalas, tan canalla como lo fueron mi padre, mi abuelo y todos mis antepasados, hubiésemos llegado tan pronto a la condición de príncipes?

* * *

—¡Uf, qué cuesta tan agotadora! La verdad es que me ha vencido... ¿Dónde están los bríos de mis veinte años? ¡Empiezo a sentirme mayor! —Era Mauro que así se quejaba, después de trepar por las escaleras que rodean las pendientes de Amalfi.

—¿Mayor? ¡Pero si eres un chaval! Yo te llevo unos cuantos años y mírame. ¡No me verás jadeando como tú!

Los dos amigos, Beltrán y Miralles, habían bajado hasta esa encantadora localidad costera, para recorrer sus calles y finalmente sentarse en un café frente a la catedral, donde ambos admiraron, sin reticencia alguna, el fastuoso espectáculo, a la vez neogótico y neobizantino, de la fachada de aquel Duomo singular.

—¿Por qué serán tan diestros estos italianos, en plantar estos decorados en plena calle? ¡Qué fantástico sentido del espectáculo demuestran con estos alardes arquitectónicos!

—No es extraño, Mauro, ya que la belleza ha sido, durante varios siglos, la principal obsesión de este pueblo, y también su justificación.

Pero la subida hasta la residencia de Fontanarosa constituyó un esfuerzo no muy agradable para Mauro...

—¿Me dejas descansar, durante un rato, sobre este muro?

—¡Por supuesto! ¡Hazme un hueco!, gracias. Mauro... —Alberto parecía dudar entre hablar y callarse.

—¿Sí?

—¿Me permites hacerte una pregunta?

—¿Por qué no habría de permitírtelo?

—Mauro, ¿ahora qué vas a hacer?

—¿Hacer? Dame más precisiones, que de lo contrario no sabría contestarte...

—Sí..., ¿qué vas a hacer ahora que ya has concluido, de manera admirable, por cierto, la restauración de la bóveda de la capilla? ¿Tienes algún proyecto?

—No lo sé del todo... Quisiera ir a Madrid, durante unos días a ver a mi madre. Empieza a tener problemas circulatorios en las piernas. Fontanarosa, que pasa ahora muchas noches fuera, desea que me quede en esta casa suya, mientras restauro unos murales que se encuentran en una capilla situada no muy lejos de aquí. Ha estado abandonada durante un largo tiempo. Parece que los estucos del interior se están deteriorando a causa de la humedad, pero lo que se encuentra en peores condiciones son dos grandes frescos que se encuentran a cada lado del altar.

—¿Y cuándo piensas regresar a la ciudad? ¿No quieres volver a mi apartamento?

—Alberto...

—Mauro, te ruego que seas sincero conmigo. Después te diré por qué.

—Alberto, sin duda todo es culpa mía... pero en estos momentos, y por algún raro mecanismo de mi cerebro que no alcanzo a comprender, estoy pasando por un periodo de inapetencia sexual que no deja de preocuparme. Vivo rodeado, en primer lugar, por un hombre que sin duda es guapo y atractivo, luego por un adolescente, tierno, cariñoso, y de creciente hermosura, y por último, por el gran Renzo, todo él un muestrario, barroco y espléndido, de la más intrincada musculatura. Pues bien, en este momento, ninguno de los tres me provoca el menor sentimiento o impulso erótico.

—Pues si ninguno de éstos es capaz de despertar tu libido, ¿qué respuesta podría obtener yo con mi pobre físico?

—El físico no lo es todo, aunque sea parte importante en los asuntos de la entrepierna. Tú me has gustado mucho, y feo o hermoso, te he deseado durante muchas noches con verdadera rabia. ¿O acaso no lo recuerdas?

—¿Y acaso crees que puedo olvidarlo? Pero quizá, en aquellos momentos, lo que tenías ante ti no era yo, sino algún fantasma rebelde que ocupaba tu mente y que tu deseo proyectó sobre mí..., ¡aunque será mejor que me calle, que me estoy volviendo rebuscado, o cursi, o ambas cosas a la vez!...

Se produjo un silencio algo tenso, interrumpido, al final, por la voz apagada, titubeante, y sobre todo culpable, de Miralles.

—Mauro, Bianca me ha llamado.

—¿Ah? —Fue toda la respuesta del restaurador.

—Quiere… o pretende…, ¡qué sé yo!… volver conmigo. Reanudar lo interrumpido… Afirma que todo ha sido un error, una etapa suya de incomprensión y de testarudez…

—¿Y te apetece volver con ella?

—Lo que sé es que no me gusta la soledad. No tengo la cabeza lo suficientemente ordenada para disfrutarla. Los hombres, querido amigo, sobre todo los heterosexuales, no sabemos estar solos… ¡Pero… pero qué cabronazo eres! ¡Hay que ver la expresión que has puesto cuando he pronunciado la palabra «heterosexual»! Pues sí, Mauro, heterosexual, quizá a pesar mío, ya que hasta ahora, el único hombre que he deseado has sido tú.

—Eso último te ha quedado muy bien, Alberto, pero si lo pensara mejor, te diría que tengo derecho a sentirme estafado. Podría acusarte de haberme utilizado, durante unas semanas, como entretenimiento un tanto singular, para rellenar conmigo esa soledad de la que huyes… Fui, por lo que veo, algo con lo que poblar tus horas vacías… ¿Que Bianca hace mutis por el foro? ¡Pues se hace entrar por la trampilla un nuevo capricho del señor, y así probar si merece la pena pasar con él un rato!…

—¡Mauro, te juro que eso no fue así!

—¡No jures nada, Alberto, resulta innecesario el esfuerzo! Además, parte de la culpa también ha sido mía. Cuando intimamos tú y yo, acababa yo de mantener con Álvaro una discusión bastante desagradable en torno al niño Ahmed. Tanto tú como yo nos encontrábamos en una especie de entreacto sentimental que intentamos superar, engañándonos los dos un poco… ¡Puñetas, cómo me está doliendo este tobillo! ¡Espero no habérmelo torcido! ¡Anda, dame tu brazo, que creo vas a tener que hacer esta vez de buen samaritano!…

Mauro se acostó temprano aquella noche. En la cama, y mientras esperaba el sueño, se entretuvo en recordar las varias anécdotas del día. Renzo, enorme y majestuoso, les esperaba en la terraza de la mansión de Fontanarosa. El guardaespaldas observó, con expresión preocupada, el cojear de Beltrán, y sin que éste pidiese nada, aquél tomó al joven español en sus brazos, y como si se tratase del cuerpo de un niño, lo hizo aterrizar, con suavidad, en una de las tumbonas por allí regadas. Luego de darle un brevísimo masaje a toda la pierna, el hercúleo guardaespaldas examinó con detenimiento el tobillo y el pie de Mauro. *«Un piede cosi bello non puó rimanere guasto!»*, exclamó, y tras un golpe seco del gigantón, que apenas hizo daño al joven paciente, y una brusca torsión, que sí hizo proferir a Mauro un grito ahogado, éste sintió, tras unos segundos, su pie y su tobillo curados…

Una vez en la cama, el sueño pronto se apoderó de Beltrán, sueño al que éste se abandonó sin resistencia alguna. Pero poco después de sobrepasar la media noche, la visión de una insólita quiebra del orden natural le despertó. El murmullo de una poderosa plegaria, que invocaba poderes generados en el origen de los tiempos, vino a interrumpir su descanso y a perturbar su cerebro. Mauro, aún medio dormido, pronto adivinó que aquello no era otra cosa que unas determinadas imágenes, confusas, pero reales y dominadoras, que ilustraban y trasmitían, de forma sincopada, un arcaico y secreto ritual. Y en aquel ritual primero se agitaban y luego se fundían dos siluetas: la de un hombre, alto y sombrío, y la de una mujer, pequeña y frágil, de apariencia adolescente, cuyo vientre aparecía enteramente recubierto de signos cabalísticos. El hombre dominaba e inmovilizaba a la muchacha, primero con la herramienta de su pene, luego con la presión de sus manos, y por último con la fuerza de su mirada, mientras ella parecía aceptar, humilde y callada, las profundas embestidas del varón. A Mauro, aquellas imágenes hipnóticas le llegaban envueltas en una melodía repetitiva, entonada por los asistentes a tan singular ceremonia. Cuando el hombre altivo y sombrío y ahora agotado, soltó por fin a su presa, aquella adolescente, tan honda y reiteradamente penetrada, abrió por fin los ojos, y después de contemplar, en silencio, a su dueño y fecundador, cerró los párpados para hundirse en un letargo, demasiado intenso y profundo como para no ser provocado…

* * *

—Mi señor, espero que todo esto haya salido bien, y que se haya producido la concepción de la criatura de manera adecuada, ¡He de confesar que la chica ha demostrado no poca valentía!

—¡Sí, un bravo por Angioina! En cuanto a la concepción, espero haber iniciado el desarrollo de un nuevo cuerpo, sano pero vacío. ¡Si el experimento ha funcionado otras veces, no veo por qué no ha de funcionar ahora! La otra fase, el traspaso de mi alma al ser que nacerá, no ocurrirá hasta el momento del parto… Las pruebas del embarazo se las podrán hacer a Angioina dentro de cinco o seis días. No será necesario esperar mucho para la primera falta; la progresión biológica, en estos casos tan especiales, va a un ritmo muy rápido.

—¡Espero, mi príncipe, que no se arrepienta, ya que una vez iniciado el proceso, no hay interrupción posible!

—Eso, Lucía, ya lo sé. Pero gracias, gracias por todo. Antes de setenta y dos horas, tendrás noticias mías. No, no me acompañes. *Ho bisogno, dopo questa cerimonia, di essere solo…*

Fontanarosa bajó las escaleras de la pensión, cruzó el patio, no sin antes echar un vistazo al antiguo sarcófago que servía de fuente. El hilo de agua que salía de un pequeño canalón mantenía con su goteo el murmullo imprescindible. ¿Era ilusión suya, o esos dioses menores que poblaban el friso habían cambiado de postura? ¿Las poderosas letanías en honor del gran Hermes Trismegisto los habrían, tal vez, despertado?

Abrió el onorévole el portón que daba a la calle. La niebla estaba ahí, tan poco napolitana y a la vez tan fiel, ya que esa noche, como sucediera en noches semejantes, había acudido, puntual, a la cita. ¿Era aquella niebla tan sólo cómplice, o actuaba también como elemento encubridor? ¿Acaso era esta manifestación de un fenómeno natural convertido en custodio solidario? Protegido por aquella bruma, buscó Fontanarosa el negro carruaje que, en ocasiones parecidas, siempre acudía a buscarle…

Dio el onorévole dos fuertes palmadas, que el eco, al principio húmedo y próximo, luego difuso y distante, se encargó de repetir a lo largo de la estrecha calle desierta.

El seco percutir de los cascos de un caballo sobre el pavimento y el áspero ruido de las ruedas de un carruaje se escucharon, cada vez más próximos.

—¿Cómo estáis, mi príncipe? —Era el cochero, que así hablaba—. Confío en no haberos hecho esperar. No acertaba a veros en medio de esta neblina, que sin duda nos acompañará, como otras veces, durante toda la noche. Parecéis cansado… ¿Acaso lo estáis? Pues si es así, don Raimundo, quizá os venga bien un poco de brisa, para despejaros. ¿Adónde queréis que os lleve? ¿Os parece bien acercarnos al mar?

—Sí, acércame a él… Pero evitemos aquella parte de la playa que se extiende junto al palacio de Donn'Anna. ¡Ese trecho resulta demasiado peligroso!

El cochero sonrió.

—¡Sí —dijo, pensativo—, peligroso sí que fue! ¡Pero casi peor fue aquella noche del verano de 1830, cuando os encaprichasteis de uno de esos mozos sublevados!... Hasta yo mismo, que a pesar de haberlo intentado, no he conseguido identificarme con vuestros gustos, me quedé sorprendido por la hermosura de aquel chaval. ¿Y en París, aquella otra madrugada, cuando salíais de esa larga fiesta en las Tullerías? ¡Aquella noche sí que fue de niebla cerrada! Nunca olvidaré cuando invitasteis a aquella pareja de novios a subir al coche, para luego... A punto estuve de escandalizarme yo también ante aquel febril y feroz espectáculo. Sí, incluso pensé despedirme de vos... ¿Pero cómo iba a hacerlo y dejaros en manos de cocheros intolerantes, hipócritas y chantajistas? Los aragoneses, don Raimundo, somos gente fiel. ¡Fieros, francos y fieles, sí señor, así somos nosotros! Pero no os sigo molestando, que después de tan ardua tarea nocturna, derecho tenéis a echar una cabezada reparadora. ¡La... la ceremonia ha debido ser, sin duda, larga y exigente!... Y aunque en modo alguno quisiera proparsarme, curioso soy, lo admito, y hoy, precisamente hoy, no me importaría conocer alguno de sus detalles... Gran audacia mía es ésta, pero... ¿qué, os habéis dormido ya, mi señor? ¡Pues dormid, mi buen príncipe, dormid, que, protegido por vos y conducido por mí, difícil será que este carruaje equivoque su camino!...

* * *

—¡A mí, qué quieres que te diga, este palacio me acojona! En serio, Alberto, tanto fasto me empequeñece, me hace sentirme enano. Ante suntuosidad tan aparatosa, tengo la sensación de que, aquí, Fontanarosa se «ha pasao»...

—¡Pues claro que se «ha pasao», no te fastidia! Aunque con el barroco hay que ser así: si no te pasas, no llegas, y entonces ese estilo, quizá el más imaginativo de todos los que se han inventado en occidente, deja de interesar e incluso aburre...

—¿Pero podrías vivir aquí? ¿Te gustaría?

—¡Más que en mi apartamento, desde luego!

—¡Pues para trasladar tus bártulos a esta pequeña choza, ya sabes lo que tienes que hacer!...

—Yo no voy a llamar «padre» a quien no lo es, si es a eso a lo que te refieres —Y Miralles pronunció aquella frase con inusual firmeza.

—Que esto no te preocupe, querido Alberto; dentro de poco tendrás que llamarme hermano e incluso hijo...

Era Fontanarosa quien así hablaba, después de que sus pisadas fuesen silenciadas por las gruesas alfombras del palacio. Fue él quien, aquella misma mañana, había convocado, perentoriamente y sin excusa posible, a ambos españoles, en su palacio de los Dos Virreyes.

—¿Os han traído algo de beber? Veo que sí. ¡Pues yo voy a necesitar al menos una botella de agua mineral! Temo que se me vaya a secar la garganta... Esperad, que voy a llamar... ¡Ah, Renzo! ¿Pero qué haces tú aquí? ¿Qué ocurre, que adivinas mi pensamiento?

—*Ho sentito le sue parole. Non era questa l'aqua che il mio signore voleva?* —Y señaló la botella que llevaba en una bandeja.

—*Sí, infatti, é l'acqua de la sargente che preferisco!... Grazie... si grazie, Renzo! Veramente, non so come gradire le tua attenzione e la tua gentilezza. Non oso pensare a cosa protrebbe fare sensa te!...*

Renzo sonrió, esbozó una pequeña inclinación de cabeza en señal de respeto y desapareció.

—Este ser —confió Fontanarosa a sus dos interlocutores bajando la voz— es el tío más raro que he conocido. Aparece y desaparece sin dar explicaciones aunque eso sí, siempre está al lado de uno cuando se le necesita. Una vez que me quejé de sus súbitas ausencias, me dijo, por toda explicación, que había días en los que, de pronto, se le acumulaba el trabajo, trabajo al que no tenía más remedio que acudir... ¡Pero nunca he podido averiguar en qué consiste ese trabajo tan urgente! ¿Sabéis que jamás ha consentido que le pague por sus servicios? ¡Le he rogado de mil formas que aceptase un sueldo; no ha habido manera! Quizá prefiera su libertad al dinero, aunque cuando falta el dinero, poca libertad puede haber... Sí, este Renzo, tan colosal e incluso tan excesivo, me resulta un personaje muy curioso. Lo que es rudeza en su aspecto se torna delicadeza en su trato... Pero no os he reunido aquí para hablar de Renzo, sino para informaros, egocéntrico que es uno, de cosas mías... pero de cosas mías que habrán de repercutir de una u otra manera en vosotros.

Se hizo un silencio que Fontanarosa empleó no sólo para buscar las palabras adecuadas, sino, sobre todo, para encontrar el modo más coherente de hilvanar su relato. Comprendía que había llegado el tiempo de hablar...

—Beltrán, que a ti me dirigiré primero; cuando te pregunté quién era, ¿qué me respondiste?

—Que erais don Álvaro Fontanarosa, pero también don Raimundo di Sangro, grande de España y príncipe de San Severo.

—¿Y eso que dijiste entonces, lo crees aún?

—Así es, mi príncipe —contestó Mauro, con toda calma.

—Aunque si mal no recuerdo, también manifestaste que no sabrías explicar cómo podía ser yo ambas cosas a la vez, por un lado un príncipe del siglo XVIII, y por otro, un financiero con vocación de Mecenas, que vive ya en pleno siglo XXI. ¿No es así?

—¡Sí, señor!

—¡Bien! ¿Te interesaría saber cómo ha podido llegar a ocurrir lo que, aparentemente, no es más que un despropósito? Y tú, Alberto Miralles, ¿también te gustaría saberlo?

Miralles, cogido un poco de sorpresa, se aclaró con no pocos ruidos la garganta, y luego de unos instantes, respondió con un «sí» desangelado que podía significar cualquier cosa.

—¡Qué entusiasta te veo, querido Alberto! Bien, si no tenéis inconveniente, comenzaré: después de lo sucedido en torno a la muerte de Tomeu Beltrán sentí la urgente necesidad de apartarme del mundo. ¡Del mundo y del sexo! Conseguí, sin gran esfuerzo, ambas cosas. Comenzaba a sentir mis años, y esto a pesar de los productos que, antes de morir, el doctor Salerno me dejó preparados… y fue en aquel periodo de inapetencia hacia todo lo que el mundo pudiera ofrecerme, cuando me dio por investigar las posibilidades de prolongar, de forma decisiva, la duración de la vida humana. Empecé, siguiendo las enseñanzas de Salerno, intentando duplicar y hasta triplicar el estado óptimo de algunos tejidos, y esto, a pesar de los medios tan primitivos y rudimentarios de los que entonces disponía. Aun teniendo esto en cuenta, pronto comprendí que aquella senda no llevaba a ninguna parte, senda que lejos de ser una posibilidad científica, no era más que una hipótesis filosófica… Prolongar indefinidamente la vida del cuerpo, meta deseada por tantos, no es otra cosa que la manifestación de esa voluntad de supervivencia, esa aspiración difícil de extirpar, que obsesiona a la mayoría de los seres humanos. La idea de un individuo que dure cuatrocientos o quinientos años pertenece tan sólo al mundo del mito, cuando no al de la fantasía…

»Pero uno busca remedios en los lugares más inesperados. Los libros de medicina que entonces hojeaba atestados estaban de un saber tosco y ramplón. Fue por ello que me dediqué a leer libros de filosofía, los mismos que había hojeado en mi adolescencia, y que luego había olvidado... Leí mucho, ya que las horas de soledad pesaban, ¡y cómo!, sobre mí. A veces, cruzaba el puente que unía el palacio con la capilla, destruido luego por el terremoto de 1889, y una vez allí, tomaba una silla, y me ponía a contemplar aquella figura yacente, que con tan conmovedor patetismo ofrecía su exhausta hermosura a todo aquel que viniese a admirarla. Me sentía, entonces, tan cansado y sobre todo tan vacío que tenía la impresión de haber perdido el alma. ¡Aquello que allí dormía había suscitado en mí una pasión irrefrenable, y ahora, apenas me causaba emoción alguna! Sin duda esperaba, deseaba incluso, que aquella figura de apariencia pétrea me hablase, pero allí no escuchaba ni el más leve murmullo... En ese recinto atestado de monumentos funerarios, los silencios del mármol acababan por resultar aterradores...

»Pero al final, esos silencios, cuando tan persistentes se hacen, terminan por reconducirte hasta ti mismo. Ahora bien, ¿qué es lo que había, en realidad, dentro de mí? Unos pulmones, unos riñones, un hígado, un estómago y poco más... Y de pronto pensé en el alma, sí, en esa alma tan buscada por todas las religiones y casi todas las filosofías... Pero tú, Mauro, ¿no crees en el alma, verdad?

—Efectivamente, ni creo en ella ni sé lo que es.

—¡Pero un día, sin duda, estudiaste cuáles eran sus potencias! El viejo catecismo las incluía dentro de...

—¡Álvaro, yo no he estudiado jamás un catecismo; ni el viejo, ni el nuevo! Y las cuestiones en torno al alma no pueden interesarme menos.

—¿Y tú, Alberto, crees en el alma?

—Bueno… ¡con tal de que no sea inmortal!

Fontanarosa rió con aquella respuesta.

—¡Pues el alma existe, queridos míos! No, por supuesto, esa alma estereotipada y católica, que una vez concluida la vida del cuerpo, habría de marchar al paraíso o al infierno. ¿Qué hará ahora esa pobre alma, a la que le han hecho dudar de los dos destinos que tenía asignados en el mapa del más allá? ¡Paraíso descrito y circunscrito con tan falsa precisión! Concebir el alma de forma tan simple, sólo lo pueden hacer aquellos que conserven, o se empeñen en seguir conservando, en materia religiosa, una mentalidad infantil, o un espíritu a medio desarrollar. Pero insisto, el alma, se le llame así o se le dé el nombre de soplo vital, existe, ¡claro que existe! Los escolásticos medievales intentaron describirla, siguiendo, por supuesto, a Aristóteles. Y no lo hicieron del todo mal, otorgándole a ésta tres potencias; memoria, entendimiento y voluntad. Pero un alma así descrita plantea ciertos problemas, y el más acuciante es éste: ¿qué ocurre cuando el cuerpo muere; qué le sucede a todos esos conocimientos que hacen a veces que determinados seres humanos, a pesar de sus miserias personales, sean dignos de aprecio e incluso de admiración? Los enormes, los gigantescos talentos que caracterizaron y dignificaron a seres como Leonardo, Miguel Ángel, Juan Sebastián Bach, Mozart, Beethoven, Brahms, Kant, Galileo o Newton, para no citar más que algunos, en el momento decisivo en el que concluye su vida corporal, ¿adónde van a parar? ¿Acaso se les almacena en un impreciso depósito de objetos perdidos, situado en un confuso más allá? Durante aquella antigüedad tantas veces anhelada, para alcanzar ese más allá, había que montarse en la consabida barca, sonreírle a Caronte, y abonar el precio de un trayecto, que a pesar de ser forzoso, resultaba todo menos gratis. Puesto el pie en la otra orilla, si tenías suerte, te procuraban alojamiento, con precios de renta antigua, en las inmediaciones de unos Campos Elíseos encantadores. De lo contrario, te enviaban a unos ámbitos oscuros, atestados de calderos de agua hirviendo, removidos por inspectores de hacienda de implacable sonrisa...

»Pero esos Campos Elíseos mencionados tenían un inconveniente: resultaban un tanto aburridos, algo parecido a una Suiza intemporal, pero sin privilegios bancarios ni pistas de esquí.

»Ante tan mediocres perspectivas ¿por qué no quedarnos rondando por estos pagos? ¡Beltrán, querido amigo, no deberíamos dejar que lo que guarda la esencia de los grandes hombres acabe diluyéndose en la nada o marche hacia ámbitos irrecuperables!

—Todo eso está muy bien, pero... —Era Miralles el que así apostillaba, con tono impertinente y expresión traviesa.

—¿Pero qué, hijo mío?

Miralles esta vez no protestó ante el apelativo. Sólo prosiguió con su razonamiento:

—Pero si esa alma, o su imitación más lograda, existe y se puede objetivar y cuantificar, ¿cómo se extrae del individuo muerto? Porque si no he entendido mal, el problema consiste en sujetar y conservar esa cosa impalpable, para que así no se escape y se diluya en el éter, o vaya a parar a algún lugar improbable y desconocido... Es sabido que los egipcios taponaban los diversos orificios del cuerpo, ¡que yo también leo revistas de arqueología!, para que el alma no pudiera escaparse por ellos. ¿Es ésa la fórmula que has utilizado... padre mío?

—Sí, mi príncipe —esta vez era Mauro el que intervenía—. Esa sustancia de la que habláis, esa anímula, vágula, blándula, que, como veis, algo recuerdo de la venerable literatura latina, ¿de qué forma y con qué técnica se la envasa y se la conserva? ¿Acaso hay que guardarla en el congelador, o basta con colocarla en un lugar fresco?

—¡Qué volterianos os mostráis los dos! —exclamó Fontanarosa. Al onorévole le divertían aquellas intervenciones, cargadas de ironía, de sus dos interlocutores. «¡Ambos poseen todavía la suficiente juventud como para intentar seguir siendo rebeldes!», pensó, con cierta nostalgia—. Siento decepcionaros, mis queridos y escépticos amigos, pero el proceso no ha sido ese. Ya os dije, en algún momento, que los antiguos procedimientos egipcios no eran más, respecto a la conservación en los cuerpos, que un conjunto de técnicas, complicadas, sí, pero al final, toscas y primitivas. Lo que yo desarrollé lo conseguí por otros caminos… Por cierto, Mauro, ¿sabes lo que es un soma?

—Nnnooo —respondió éste, dubitativo—, aunque he oído esa palabra en alguna parte.

—Pues bien, un soma es un ser humano carente de alma, un ser vacío, poseedor, eso sí, de un engañoso envoltorio carnal…

—¡Gracias por la información, mi muy respetado don Raimundo di Sangro!

A Fontanarosa no le molestó aquel cambio de apelativo, y dirigiéndose esta vez a los dos:

—¿Y si hubiese encontrado —preguntó— la manera de fabricar un «soma», una criatura a la que en el momento de mi fallecimiento pudiese yo transferir mi alma, manteniendo ésta, como condición sine qua non su memoria, su entendimiento y su voluntad? ¿No estaría, ese ser incompleto y vacío, esperando con ansia un alma, para así transformarse en un ser completo y normal?…

»Pero ¡cómo lograr esto! —añadió—. Los fragmentos que subsisten de las propuestas pitagóricas, o el hermoso poema de Empédocles, describiendo el viaje de las almas en el momento de su transmigración, no ofrecen información concreta alguna, sino atisbos de un oscuro y hermético itinerario, relato metafórico de unas experiencias subjetivas e intransferibles y por lo tanto inservibles para los demás... El experimento se presentaba lleno de incontables dificultades, aunque alguna ventaja tenía; podía disponer, contando todas mis posesiones, de una enorme cantidad de servidores de ambos sexos, para ensayar con ellos... ¡Oh, no me miréis como si fuese el precursor del doctor Mengele! Mis intentos iban por otros caminos. Algunos de esos sirvientes, de edad ya muy avanzada, sufrían de dolorosos achaques, y sólo les aliviaba la esperanza de encontrar, en el más allá, un mundo menos cruel y menos injusto. ¿Pero qué podía hacer yo con las almas de aquellos desgraciados, almas que pronto se separarían de sus cuerpos dolientes? ¡Como bien dices, Mauro, no las podía encerrar en un frasco! No existía un formol especial para ellas, queridos míos, y menos para almas tan débiles, flácidas y titubeantes... Me encontraba en un callejón sin salida... y de pronto me acordé de la historia del Golem...

—¿Del Golem? —interrumpió Mauro—. ¿Acaso se trata de ese viejo relato judío, en el cual a un ser de barro, creado por un rabino, se le pudo insuflar el alma de la que carecía, cosa que se consiguió mediante una serie de fórmulas mágicas?

—Efectivamente, Mauro, de esa leyenda se trata, o de esa realidad, que existe gente que aún cree en ella. Como sabes, esta historia se origina en Praga a finales de la Edad Media... y, según me contaban, todavía seguía viva en aquella ciudad a mediados del siglo XVIII. Yo, por entonces, debía ir a la capital austriaca a resolver ciertos asuntos pendientes con los apoderados de los Habsburgo... Me embarqué en Barletta hacia Trieste, desde ahí marché a Viena, y luego de solucionar mis cuestiones bancarias y mercantiles de forma satisfactoria, me acerqué a Praga, la ciudad de las mil maravillas arquitectónicas... ¡y también de los innumerables eventos musicales! De ambas cosas, música y arquitectura, disfruté todo lo que pude, que fue mucho. Pero poco logré averiguar sobre el Golem, salvo lo que ya conociera a través de relatos y leyendas. Incluso visité algunas escuelas rabínicas para inquirir sobre el asunto que me interesaba. En vano. Pero poco antes de dejar la ciudad, mientras daba un último paseo por el Josefov, el misterioso barrio hebreo, entré en una librería rabínica y me puse a curiosear por las estanterías. En la parte más baja de una de ellas, situada en un rincón del local, me topé con un libro extraño, escrito en hebreo y en yiddish, idiomas ambos que desconocía y aún desconozco, aunque el último no sea más que un alemán corrompido. El libro, impreso a finales de la centuria anterior, contenía varios dibujos de algo que parecía un ser humano, pero de rasgos un tanto bestiales, incluso desagradables. Esos dibujos aparecían rodeados de textos que sospeché, por su alineación, debían ser versículos, tal vez relacionados con determinadas fórmulas de encantamiento. Me acerqué al dueño del establecimiento, y le pregunté en francés sobre el significado de aquellos textos tan cuidadosamente alineados. Me contempló de un modo bastante hostil, se hizo el que no me entendía y me dio la espalda.

»Mientras esto sucedía, un joven, sin duda un hijo suyo, observaba la escena. No debía de haber cumplido aún los veinticinco años… Poseía unas facciones agradables, unos cabellos rubios, arreglados en forma de tirabuzones, que caían, largos sobre sus hombros y cortos sobre su frente, unos ojos tan claros que en un primer momento los creí ciegos, y una piel dotada de una extraña transparencia. Mi primera impresión fue la de encontrarme frente a una criatura angelical. ¿Angelical? A poco de marcharse el viejo, el hijo, que permanecía en la librería, se acercó a mí, me contempló con una mirada fija e insistente, me tomó por un brazo, acercó mi mano a su bragueta y la frotó contra ella, hasta percibir yo un bulto que se crecía a cada pase de mano…

»Yo, mis queridos amigos, no podía estar más sorprendido. Encontrarme, en pleno barrio judío de Praga, con un joven y hermoso librero que deseara tratos íntimos con un extranjero en su ya tardía madurez, era algo que sobrepasaba mi imaginación. ¡Pero ahí no terminó el episodio! Sin dejar de mirarme, aquel joven fue en busca de una silla provista de un alto respaldo sobre la cual se sentó. Apoyó su cabeza sobre él, abrió sus piernas, y extrajo de su bragueta un pene de regular tamaño, en estado de semierección, y cuyo intenso color rojizo recordaba al de las vísceras hepáticas. Su glande, al irse acentuando la erección, adoptaba la forma de un corazón que apuntase hacia arriba, mientras segregaba abundantes gotas de polución. Aquella criatura comenzó a masturbarse, sin por ello dejar de mirarme, aunque yo, sin poder renunciar del todo al placer de observarlo, me mantenía a una cautelosa distancia. Pero aquel joven librero no parecía demasiado satisfecho con esa discreta actitud mía, y abrió entonces su boca, para pasear, con provocativa insistencia, su lengua sobre los labios. Yo, que hasta entonces había intentado permanecer sereno, a partir de ahí me sentí dominado y arrastrado por el deseo. Segundos después, me encontraba de rodillas ante aquel muchacho hebreo, cooperando con mi boca y mi lengua al éxito de su esfuerzo. Lo que tenemos de animal también lo tenemos de olfateador. Ciertos húmedos efluvios que exhalaba su sudada entrepierna de macho joven envolvían aquel exaltado apéndice anatómico, lo que, si en un principio me produjo cierto rechazo, pronto se transformó en ansia febril, cuando no en hambre. ¡En los momentos más intensos de nuestra actividad sexual, algo siempre hay que nos recuerda que venimos de la selva! Además en aquella época, la higiene era, en todo caso, una aspiración de futuro, no la dictadura insoslayable en la que se ha convertido...

»Una vez culminado con éxito aquel fogoso, e inesperado interludio, me preparaba, todavía excitado, a salir de aquel establecimiento singular, cuando el mozo me hizo una señal para que me detuviese y esperase. Yo deseaba marcharme, ya que me encontraba tenso e incómodo. Quien había eyaculado era él, no yo, lo que provocaba que mi miembro, aún más ubérrimo, a pesar de mi edad, que el suyo, se mantuviese en estado de erección. Incluso pensé aliviarme, manualmente, en algún rincón de aquel negocio y a punto estaba de hacerlo, cuando el joven hebreo volvió con otro volumen mayor, que sin duda había ido a buscar a la trastienda, y que depositó con cuidado sobre un atril. Se trataba de un tomo muy parecido al primero, pero cuando lo observé con detenimiento, me di cuenta de que los textos aparecían, esta vez, redactados en cuatro idiomas y no en dos. Eran éstos hebreo, yiddish, latín y francés.

»Lo de la versión francesa, en un primer momento, me sorprendió. Pero después pensé en toda aquella magia negra que se practicó, y todavía se practica, en ese precioso país vecino, tan dulce y a la vez tan engañoso. La celebérrima y malvada Voisin, el macabro asunto de los venenos, con sus misas negras celebradas por el abate Guibourg, ante una *madame* de Montespan cómplice de todos los crímenes, aquellos libros tremendos del *grand* y *petit Albert,* todo ello fue propiciando un panorama inquietante, que encontró su prolongación en ese viejo amigo mío, el siempre recordado marqués de Sade, esforzado Lucifer de los abismos más oscuros del sexo. Saludemos, de paso, a todos estos personajes.

»Volviendo al episodio de Praga, inútil decir que me apresuré a adquirir el volumen que me ofreciera mi erótico librero. Calmada ya su excitación, el precio que le atribuyó al libro resultó ser harto considerable, precio que apenas rebajó, después del consabido regateo. Al final, cuando me despedí de él, el mozo parecía contento, ¡es más, se mostraba eufórico! Con su masturbación culminada con mi ayuda, y con aquella alta cantidad conseguida con la venta, ese guapo hebreo, de tan espiritual apariencia, había logrado unir, en una misma sesión, lo útil con lo agradable…

»Con aquel tesoro bibliófilo en mi poder, decidí retornar a casa, y zarpando siempre desde Trieste, tomé un barco que me llevó esta vez hasta Bari. Durante la travesía, el navío gozó de un mar enteramente plácido, y yo aproveché aquella tranquila singladura para hojear de continuo aquel libro misterioso, aunque debo confesaros que en aquellos ratos y a pesar de mi esfuerzo, poco saqué en limpio… Pronto comprendí que la hermenéutica no era mi fuerte, por eso al día siguiente de mi vuelta a Nápoles empecé a consultar a eruditos que nada entendieron de aquel volumen, también a magos y adivinos, que poco lograron decirme. A pesar de mi creciente escepticismo hacia ellos, algunos de estos seres me resultaron interesantes. Siempre han menudeado en Nápoles estos extraños individuos salidos de no se sabe dónde, aunque es posible que surjan de las entrañas sulfurosas de nuestro agitado subsuelo. Solían ser feos y sucios y con frecuencia ridículos o monstruosos, pero algo de pronto iluminaba sus cerebros, normalmente envueltos en engaños y fraudes, y un extraño chisporroteo se encendía en ellos, dejando entrever el resplandor de un acierto, o la arriesgada esperanza de un futuro desvelado… Algunos de esos adivinos, ante los retos de un libro que jamás lograron desentrañar, atisbaron sin embargo, determinadas cosas encerradas en el… así como ciertos aspectos de mi persona que no me interesaba descubrir. Inútil decir que pronto dejé de frecuentar a esos brujos de menor cuantía… Otros, que me confesaron no entender nada de aquellas páginas, tampoco me interesaron, a pesar de su relativa honestidad… De nuevo creí encontrarme en un callejón sin salida.

"¡No estaría yo en esta situación, si el doctor Salerno se hubiese encontrado todavía a mi lado! ¡Él hubiese sabido ayudarme!", me quejaba una y otra vez, furioso y desanimado. Pero el recuerdo de mi amigo me hizo preguntar: ¿por qué no buscar algún tipo de ayuda entre médicos y doctores? La mayor parte de ellos me negaron su colaboración. En aquella época de transición, de influencias opuestas y de encontradas incertidumbres, desprestigiada ya la antigua medicina, pero la nueva, la basada en la razón y en el empirismo, todavía en sus albores, mis palabras, y sobre todo las insinuaciones que de ella se derivaban, sólo producían incredulidad, rechazo, y también un poco de miedo. Eran aquellos los tiempos de la Enciclopedia, y todo lo relacionado con el alma se cotizaba, decididamente, a la baja.

»Pero hubo un médico que sí me escuchó. Era éste un joven doctor, que había estudiado su carrera en Padua, salvo un año, que lo pasó en la Sorbona. Casi un muchacho, ya que no tendría más de veinticinco años, de hermoso físico, resultó ser un vástago heterodoxo de una ilustre familia que había sentado a uno de los suyos en el trono de Pedro. Se llamaba Afrodisio Boncompagni, y a pesar de tan sagrado parentesco, era obvio que el soplo protector de Afrodita, así como los diversos encantos de Adonis le acompañaban allá por donde pasaba. Acertaba incluso en la manera de vestir: una impecable, aunque rebuscada sobriedad no hacía sino realzar la belleza de su rostro e incitar a la exploración de su cuerpo. Inútil añadir que las mujeres se lo rifaban…

»Afrodisio afirmaba sentir pasión por los libros, y era, en efecto, un ávido lector, pero sólo durante el escaso tiempo que le dejaba el suplir con nuevos retoños a las numerosas pacientes que disfrutaban de sus atenciones. Estas damas, dotadas casi todas de una visión práctica de la vida, preferían ser víctimas agradecidas de aquel ubicuo semental, que resignarse a la indiferente prole que les proporcionaban sus poco interesantes maridos. Recuerdo muy bien la impaciencia de esas pacientes cuando la consulta privada con el doctor se retrasaba unos días. ¡Pero no nos apresuremos a criticarlas! Dejando aparte los adelantos que se van produciendo en torno a la eugenesia, era entonces aquélla la forma más eficaz y también la más placentera de ensayarla...

»Entre paciente y paciente, el doctor Boncompagni venía a verme, para conversar sobre diversos temas, y sobre todo, elucubrar en torno a aquel hermético texto adquirido en Praga...

»Y un día, para mi sorpresa, el ingenio de la juventud pudo más, mucho más, que toda la experiencia que pudiera yo haber acumulado en mi sesuda madurez. Me sentía, es cierto, fracasado y sin ánimos: los textos en francés, como también los demás textos redactados en los otros idiomas ya mencionados, no parecían ofrecer significado alguno. En aquellos conjuntos de líneas, se descubrían palabras que se identificaban con facilidad, pero seguidas de otras que escaso significado ofrecían. Puros enigmas, cuando no disparates. Aquello era una mezcla de numerosos sustantivos y de algunos verbos, perdidos entre un mar de adjetivos inútiles. Pero Afrodisio se dio cuenta de que algunos vocablos identificables aparecían discretamente divididas en sílabas y diptongos mediante un punto, como si con aquello se facilitase el escandir de forma adecuada la palabra. Buscando los términos así singularizados, descubrimos varios títulos. El primero de ellos decía: *Prière pour accorder l'âme avec le corps* (Plegaria para buscar un acuerdo entre el alma y el cuerpo). Al leer aquello, mi corazón se aceleró. La plegaria venía acompañada de unas fórmulas mágicas, también divididas por puntos donde se invocaba a los ángeles o espíritus guardianes y al todopoderoso Hermes Trismegisto. Buceando siempre en el texto, descubrimos otras plegarias. Dos, sobre todas, acapararon mi atención: *Prière secrète afin de souffler l'âme dans un corps!* (Plegaria secreta para insuflar el alma en un cuerpo), y otra, que parecía complementaria, a ésta. *Prière à double secret pour séparer l'âme du corps* (Plegaria de doble secreto para separar el alma del cuerpo). Ambas, además de la propia plegaria, y de las indicaciones mágicas correspondientes, venían acompañadas de una serie de requisitos…

Al llegar a este punto, Fontanarosa se detuvo. Su voz sonaba algo cansada, pero no era esto lo que provocó aquella interrupción, sino el considerar si debía desvelar aún más ciertos detalles de aquella compleja explicación.

—¿Pero cuáles eran esos requisitos? —preguntó Mauro, devorado esta vez por la curiosidad.

—Mauro, niño mío, ¿y esperas que te los vaya a enumerar? Los textos secretos están ahí para no ser revelados. Sus efectos pueden ser peligrosos… Sí, muy peligrosos. Y si los conocieras, ¿que harías? Te imagino capaz de separarles de su alma a todo aquel que te caiga mal. No, Mauro, no debo darte más detalles respecto al contenido de esos textos. Además, eso de quitarle el alma a la gente… ¡deja tan arriesgada empresa a algunos programas de televisión!

Al escuchar aquello. Miralles, por primera vez, rió.

—¡Eso, padre, ha tenido gracia! ¡De veras!

—¡Me alegro que por fin hayas sonreído! Pero vuelvo a mi relato, que quisiera concluir lo antes posible. Cuando descubrí aquellas plegarias, me creí triunfante. «Bastará con recitarlos, y todo sucederá según mi voluntad», me dije. ¡Que equivocado estaba! Nos fuimos, Afrodisio y yo, hasta Caserta Vechia, allí un servidor mío se moría. Nos situamos Boncompagni y este que os habla a ambos lados de su cabecera, y después de haberlo consolado con algunas frases afectuosas, y la promesa, por mi parte, de no olvidarme de su familia, comenzamos, mi amigo y yo, a recitar aquellas frases mágicas. El corazón se nos salía del pecho, pero al cabo de un rato no tuvimos más remedio que serenarnos, ya que el resultado de todo aquel ritual resultó ser nulo. ¡Nulo del todo! Cuando salimos de la habitación del agonizante, un considerable sentimiento de frustración nos embargaba a Afrodisio y a mí... Para colmo de burla, aquel desgraciado moribundo mejoró de manera ostensible y duró otros seis meses más...

»Al día siguiente de aquella fracasada peripecia, Boncompagni insistió en repasar toda nuestra actuación. ¿Qué habíamos hecho mal?, se preguntaba, después de examinar, por enésima vez, los folios de aquel irritante volumen. Y de pronto, lanzó Afrodisio un ahogado grito de triunfo: *"Guardate, guardate questo!"*, repetía, señalándome lo que parecía a primera vista una errata de imprenta, pero que resultó ser una variante de importancia capital. Cada siete líneas, los textos de las cuatro versiones lingüísticas venían encabezados por un pequeño círculo, pero en la redacción hebrea y latina, esos círculos abrigaban en su interior una estrella invertida de cinco puntas, signo oscuro y demoniaco por excelencia. En los textos yiddish y francés, también estaban ahí esos círculos, pero con una estrella sin invertir. *"Questo significa che i testi validi sono soltando quegli compilati nelle lingue ebraica e latina!"*.

—Bien —le respondí—, entonces vayamos ensayando con el primer moribundo que encontremos. ¡No habrá de faltarnos clientes en los hospitales de esta ciudad!

—*Mio principe, perché tanto premura?* —Y Afrodisio me señaló, al final de la plegaria en latín, una corta frase escrita en pequeños caracteres, tan perfectamente trazados, que parecían impresos, pero que mirados de cerca y con cuidado, se revelaban estar escritos a mano. Aquello decía así: *Nullo parere sine nominibus quattuor zoas.*

»Aquella frase, redactada en un bajo latín de corrección más que dudosa, nos despistó. ¿Qué querría decir? Intentamos traducirla, lo que fue empresa harto fácil, pero una vez traducida, no supimos qué hacer con ella.

—Ningún parto sino a través de los nombres de los cuatro zoas.

—¿Qué cuatro zoas? —pregunté a Boncompagni

—*Non lo so!* —fue su escueta respuesta—. *Arrivato a questo punto...* —y dejó la frase sin concluir...

»Otra vez nos encontrábamos, Afrodisio y yo, frente a lo que parecía una puerta cerrada. Aquello, si no era el final del viaje, sí se presentaba como un río difícil de vadear... Pero mi amigo, antes de salir, me abrazó: *"Non disperate, mio principe. In una di queste scatole"*, dijo, señalando varias cajas de marquetería, *"c'è la speranza. Bisogna indovinare dove si trova!"*.

»Dos días después me envió una nota, donde me urgía a reunirnos de nuevo. Me anunciaba que debía informarme de algo que él consideraba de gran importancia. ¡Y lo era! "Don Raimundo", me dijo, nada más llegar, *"credo che l'enigma si è risolto! E non era molto difficile, saltanto tutti due eravamo in uno stato di scoraggiamento cosi profundo!... Principe, I Zoas formano parte d'il bestiario de la apocalisse... Si, si trovano nel libro della Rivelazione!"*.

—Bien —le respondí—, ¿y qué?

—*Perche i quattro nome delle bestie sono Urthona, Iuvah, Urizen e Tharmas. Urthona è l'imaginazione, Iuvah la passione, Urizen, la ragione, e l'ultima, Tharmas, è il corpo humano, sede mística dove si nascondano gli altre...* Él me explicó que esos cuatro nombres había que pronunciarlos al final de la plegaria.

»Inútil decir que casi me lancé sobre Afrodisio para abrazarle con todas mis fuerzas y darle un beso en cada mejilla.

"¿Que hacemos aquí?", exclamé, y corrimos los dos hacia el hospital. Aquel día los moribundos no abundaban, pero por fin dimos con un paciente que se encontraba, según me informaron, en las últimas horas de su vida. Parecía sufrir mucho. Entonces, Boncompagni y yo, siempre a la cabecera de aquel pobre hombre, comenzamos a recitar la plegaria, que ya casi nos sabíamos de memoria. Al terminar ésta, pronunciamos solemnemente los cuatro nombres indicados... Esperamos durante varios segundos, pero no ocurrió nada. Esta vez, Afrodisio parecía tan decepcionado como yo, y yo, tan abatido como él. Al final, nos marchamos de aquel hospital maloliente, y nos fuimos, cabizbajos y vencidos, a nuestros respectivos hogares. Nos dejamos de ver durante, al menos, quince días...

»Pero el joven Boncompagni no se dio por vencido, al contrario de lo que me sucedía a mí, y una tarde vino a verme, y me pidió repasar de nuevo el dichoso libro. De pronto a mi buen amigo se le escuchó un ahogado grito de sorpresa. Algo notó, que antes se le había pasado por alto. Unas pocas letras aparecían puestas al revés, mirando hacia la dirección contraria. Yo ya lo había notado, le dije sin duda que se trataba de un error de imprenta bastante común...

—*Un rifuso di tipografia? Non lo credo!* —E insistió en que aquello debía tener un significado muy especial... Y volvía a repetir que un volumen como éste, editado con tan evidente esmero, si presentaba estos aparentes errores, lo hacía de una manera consciente. Luego, Boncompagni se sumió en un periodo de meditación que duró casi media hora, a la que puso término al decirme, con toda sencillez—: *Le sillabe che presentano questo anómalo errore, si devono pronunciare alla rovescia.*

—¿A la inversa? —exclamé incrédulo.

—Sí —me respondió—, *non voglio parere il piú inteligente, ma ciò che io ho detto, è, senza dubbio, certo.*

—Entonces —le respondí con mucha calma—, ¿de veras crees que tenemos la solución definitiva?

—Sí —me dijo, con toda llaneza—. *E adesso, andiamo subito verso l'ospedale, alla ricerca di un altro agonizzante...*

—No —le dije—, a eso me niego. Nos van a tomar por locos. En esta ciudad de los mil chismes y mil enredos, me voy a convertir en la comidilla de todos, leyendo, a la cabecera de los moribundos, extrañas letanías en voz alta. Ya Nápoles entero me acusa de brujo, y la inquisición comienza a fijarse en mí. No, Afrodisio, esperemos que algún otro servidor mío se enferme de gravedad, y entonces actuaremos...

»Cuando me enteré que uno de mis aparceros se encontraba grave, se lo advertí a Boncompagni y nos pusimos de camino hacia Gesualdo, la localidad donde vivía aquel individuo. Cuando llegamos al pueblo, nos encontramos con un hombre grande, de unos cincuenta años, todavía robusto, aunque ya algo demacrado por la enfermedad. No parecía estar en una fase agónica, aunque sí mostraba un gran cansancio. Apenas se inmutó cuando nos vio entrar en su habitación. Cuando comenzamos a recitar el texto de la plegaria, el hombre tenía los ojos cerrados. Parecía, o al menos aparentaba, no escucharnos, pero según íbamos desgranando el texto, invirtiendo el sonido de las sílabas señaladas, aquel enfermo comenzó a mostrarse intranquilo. Concluimos la lectura del texto pronunciando, con claridad, los cuatro nombres apocalípticos. Nada más terminar el recitado de aquella extraña oración, el hombre abrió unos ojos espantados, y lanzó uno de los gritos más desgarrados y aterradores que yo haya jamás escuchado. Abrió aquel infeliz su boca, y por allí expulsó algo muy extraño, que no quiero detenerme a describir. Y sus gritos, sus horrendos gritos no cesaban, gritos huecos, enormes, alucinados... De pronto el hombre dio un salto brusco y se levantó de la cama. Nunca olvidaré esa mirada espantosa, llena de furor pero también de desamparo, que lanzó sobre nosotros. Comenzó a andar como un ciego, sin dejar de gritar, por las pocas habitaciones de aquella sucia y vieja casona, hasta que se detuvo ante una pared, y profiriendo sonidos cada vez más desolados, comenzó a golpear su frente contra un muro. Repitió el gesto cada vez con más fuerza, hasta lograr rajar la parte anterior de su cráneo, que comenzó a sangrar con abundancia, aunque no por eso dejó de estrellar su cabeza contra la pared. Al final, con el cráneo deshecho cayo al suelo, muerto. La operación de arrancarle el alma a un ser humano había terminado con éxito...

»Después de aquella tremenda experiencia, Boncompagni y yo decidimos intentar otras tres, por si lo recién experimentado hubiese sido producto de un acierto casual. No fue así, y las siguientes personas a las que se les aplicó el ritual reaccionaron del mismo modo que el primer individuo. Al final, lo probamos con un muchacho sano, de unos dieciocho años, que dormía plácidamente en su cama. Su casa, situada en una pequeña y pacífica aldea cuyo nombre no merece la pena recordar, tenía abierta una de sus puertas. Entramos y buscamos el dormitorio. Me sorprendió con qué tranquilidad dormía aquel joven; tenía el cabello rubio y rizado, unas largas pestañas, y un espléndido cuello de chicarrón robusto. Con mis manos, rocé las suyas. Las tenía fuertes y ásperas, y en las uñas, restos de tierra de labranza. Me sentí conmovido ante aquella imagen de joven en reposo, fuerte y a la vez desguarnecido, e iba a desistir de aquel empeño, cuando Boncompagni me advirtió que todos los jóvenes dormidos despertarían en mí sentimientos análogos... Fuimos recitando el texto mágico, y el resultado fue igual de definitivo y aterrador, aunque el mozo, mientras gritaba, intentó rodear mi garganta con sus manos, que de pronto no olían más que a un marchito olor a tierra baldía... Me resultó fácil aflojarlas, ya que al mocetón aquel le invadió una evidente torpeza y un cada vez mayor y más rápido desmayo.

»Pero los gritos de la criatura alertaron al párroco del pueblo, que salía en aquel momento de la iglesia vecina, y que no dudó en acudir al lugar de donde provenían aquellos aullidos. Nada más contemplar la escena, el cura se dio cuenta de lo sucedido, y nos echó a patadas de allí, mientras nos lanzaba la peor retahíla de insultos que he escuchado de labios de hombre. Tuvimos la mala suerte de que aquel sacerdote había ejercido de exorcista en Benevento, localidad todavía impregnada de paganismo. Y si había sido enviado luego a este pueblo remoto donde nos encontrábamos, fue a causa de unos turbios asuntos de sexo que nunca se aclararon del todo. Parece ser que los métodos empleados en sus exorcismos no eran del todo ortodoxos, y si algunas mujeres, devueltas a una satisfecha cordura por aquel hombre, no tuvieron queja alguna de tan básicos procedimientos, otras hembras, de moral más adusta, sí la tuvieron…

»Pero el exorcista de Benevento informó a las autoridades eclesiásticas de aquella ciudad sobre lo que había presenciado, y dio, por supuesto, nombres y apellidos de los perpetradores de aquel acto supuestamente sacrílego. Alertadas a su vez, las autoridades eclesiásticas de Nápoles decidieron intervenir. Lo hicieron, tengo que subrayarlo, con sumo gusto, ya que, siguiendo los consejos de mi amigo Boncompagni, masón convencido y prosélito ferviente, había sido yo admitido hacía ya casi un año en la nueva religión filosófica y racionalista, a la cual se iban adhiriendo las mentes más preciadas de Europa. Una vez dentro de la logia, había comenzado a escalar los puestos inferiores y me preparaba para los más altos… Mientras tanto, la presión, respecto a mi persona, se convirtió en persecución. El arzobispo de Nápoles que me vigilaba desde hacía tiempo reclamó al Papa mi excomunión y la obtuvo. Se intoxicó al pueblo sobre mis actividades secretas en mi laboratorio. No podía salir de mi palacio sin recibir algún insulto, y sin que mi carruaje recibiese algún puñado de barro o de excremento de caballo. Fui a ver a ese inútil rey Fernando que el gran Carlos nos había dejado como soberano, y éste recibió mis quejas con educado desinterés. El nuevo rey se rodeaba de amigos nuevos, alegres ellos, e intrascendentes. ¡Se acercaba, poco a poco, la gran Revolución francesa que pronto se convertiría en europea, y aquella camarilla regia ni se enteraba de la amenaza!…

»Me di entonces cuenta de que mi tiempo había terminado. Y comenzó a rondarme la idea de huir, pero no a un país o un reino distinto, sino a otro ser que fuese mi prolongación. Debía engendrar una criatura, privada, desde el inicio de su gestación, de un alma propia. Fabricaría eso que se llama un soma. En el momento de su alumbramiento, yo moriría y mi alma entraría dentro de ese recién nacido, ese ser vacío e incompleto, que en espera estaría de recibir ese soplo tanto vital como personal, soplo que a cada uno de nosotros nos identifica e individualiza.

»Busqué a una chica, una joven y hermosa lavandera que se avino al experimento. Mil táleros austriacos la convencieron. Intuyendo los tiempos que se avecinaban, no deseaba, para ese hijo mío que iba a ser yo, una madre de rimbombante estirpe… Incluso su actividad fue lo que me sugirió mi nuevo apellido. Ella solía efectuar para ganarse la vida el lavado de la ropa en una hermosa fuente, hoy desaparecida, construida en una piedra de precioso tono rosáceo. El llamarme, de ahí en adelante, Fontanarosa, fue algo que no me disgustó en absoluto…

»La noche en la que engendré aquel soma, tenía yo a mi lado a Boncompagini y a otro hermano masón. Se portaron con una lealtad para conmigo y una entrega que jamás olvidaré, y cuando siete meses después estaba a punto de nacer aquella pequeña criatura de ojos vacíos, y yo, como estaba previsto, me sentí morir, les oí rezar la plegaria para separar mi alma de mi cuerpo con una entereza que llenó de paz aquel trance cuajado de riesgos…

»Y el hijo de la lavandera vino al mundo, con las alforjas llenas de oro y de toda la sabiduría adquirida en su vida anterior. Grandes esfuerzos tuve que hacer para disimular esto último, ya que a los quince días de haber nacido, me encontraba perfectamente capacitado para comenzar a hablar. Mi alma, o mi soplo vital, que ésa es, Beltrán, la fórmula disciplinada y agnóstica que emplearías, retenía, después de aquel traspaso, intactas su memoria, su entendimiento y su voluntad. ¡Tan arriesgado experimento concluía con un éxito total! En cuanto a mi patrimonio, mis hermanos en la fe masónica me ayudaron con gran eficacia: logré, a través de ellos, dejar a mis insípidos hijos tan sólo una cuarta parte de mi fortuna, las otras tres fueron a parar a mí mismo. El gran maestre de la logia Los Hijos de la Luz, a la que yo pertenecía, fue mi cómplice en la realización de lo que entonces ya podía considerarse como un pase de magia financiero. Y así empecé una nueva vida, vida un tanto azarosa, pero apasionante, puesto que me vi obligado a soportar, pero también a saborear, las glorias y los sinsabores de la Francia revolucionaria, luego napoleónica, y por último, de nuevo monárquica, hechos todos que tuvieron tan honda repercusión en nuestra península… ¡y también en la vuestra, mis muy queridos Alberto y Mauro! Aquella vida mía concluyó en 1835. Mantuve desavenencias crecientes con Luis Felipe, último rey de los franceses, casi desde el inicio de su reinado, pero sobre todo con su ministro encargado de la economía, Guizot. Juntos intentaron procesarme y decidí desaparecer. Huí a Madrid, y allí conocí a mi próxima esposa y madre, una burguesa madrileña con bastantes pretensiones, cuya familia se había arruinado. Vivían aún en un hermoso piso donde morí y nací de nuevo situado en la calle Barquillo. Mi esposa lo aceptó todo, pues lo que más temía aquella mujer era verse obligada a refugiarse en alguna buhardilla del barrio de Lavapiés. Pero Madrid, la capital pobre de una España humillada, pronto fue, una vez muerto Fernando VII, una fiesta, al menos para un pequeño grupo de personas… En 1854, a mis dieciocho años, me introduje en la corte, no ya la de la siempre insatisfecha reina Isabel, sino la del rey Francisco, y esto me procuró placeres sin cuento. Los sótanos de vuestro espléndido palacio real, ¡pero no más espléndido que Caserta!, presenciaron ciertos actos que debieron haber hecho sonrojarse a las piedras, aunque rojas sí se tornaron alguna vez, con el salpicado de la sangre de ciertos voluntarios… y de otros, que, en un principio, fueron obligados a ello. Flagelar me seguía entreteniendo y también excitando. La sensación de dominio sobre el flagelado llega a ser total. Para éste, en cambio, el dolor del látigo no es otra cosa que un reconstituyente, una inyección de energía para una potencia sexual titubeante… Pero llegó la revuelta de 1868, llamada luego la Revolución Gloriosa… ¿Por qué esa nefasta tendencia de las revoluciones llamadas purificadoras en poner coto, límites e impedimentos a la libre expresión de los placeres humanos? España, después de aquello, se convirtió en un país confuso, errático y mezquino. Tuve que dejar Madrid y marché a la única capital donde entonces se podía vivir, es decir París, ciudad que ya conocía demasiado bien. Aunque no elegí un buen momento para ese cambio de residencia: el desastre de Sedán, el asedio prusiano y la Comuna fueron los episodios que me tocó presenciar; y los dos últimos muy de cerca. Pero si todo aquello constituyó para Francia un año trágico, aquellos meses de miedo y privaciones, mezclado con momentos de salvaje libertad, fueron una ocasión magnífica para ensanchar las posibilidades más extremas de los sentidos… Unos años después, me dejé seducir por las ideas y sobre todo por la personalidad del general Boulanger… ¡Si su carrera, en sus años de popularidad, resultó rutilante, terminó, después, de un modo tan triste! ¡Bruselas es buen lugar para llenarse el estómago, pero harto insuficiente si la eliges como escenario para un suicidio!…

»La *belle époque*, en cambio, resultó ser para mí una época deliciosa para nacer de nuevo. El mundo, por fin, parecía arreglarse, al menos visto desde una perspectiva europea, y el siglo recién estrenado comenzaba su andadura en medio de una insólita floración de sorprendentes logros estéticos. El *art nouveau* proclamaba la necesidad de una nueva visión transformadora del arte que llegaba, además, acompañado de un nuevo concepto de felicidad. Tenía yo veintidós años cuando estalló la Primera Guerra Mundial. Mi madre, en aquella renovada vida mía, fue una condesa rusa algo neurasténica, que se suicidó en 1918, cuando se encontraron, ella y lo que aún quedaba de su familia, completamente arruinados. Pero aunque tener una madre rusa blanca no era, en aquel momento, el mejor de los negocios, negocios hice, y espléndidos, en la Italia del primer fascismo. Porque al principio no estuvo mal, esa Italia montada en torno a Benito Mussolini; pero después de la victoria de Hitler en Alemania, los asuntos también se estropearon en este país nuestro. Durante la guerra, asistí a los bombardeos sobre Nápoles, y al contemplar mi ciudad semidestruida, quise dejarme morir. Mis hermanos de la logia, compañeros que nunca dejaron de ayudarme a través de mis distintas vidas, se preocuparon de que aquel ser deprimido, roto y sin ilusión alguna tuviese al menos el ánimo de engendrar un nuevo hijo… Eligieron como madre a… ¡pero qué importa quién fue esta vez mi madre! Murió a las dos semanas de nacer yo… He conocido a pocas madres… éstas o se suicidan o se marchan, o mueren al poco de parir… Tú que tienes madre todavía, querido Mauro, me tendrás que contar un día lo que es eso…

»Volviendo a esta última vida, que es mi vida actual, observé con curiosidad el renacer económico de Italia, que fue, sin lugar a dudas, espectacular en el norte del país y considerable en el centro. Pero el sur seguía hundido en el marasmo y en el atraso. Las causas de esta situación se me figuran varias: un fallo en el espíritu de iniciativa, un fondo de resignación falsamente cristiana, una cierta necesidad por buscar abrigo bajo una autoridad paternalista, aunque ésta sea de conducta criminal, además de ese convencimiento, tan típico del catolicismo del sur, de que esta tierra es tan sólo un valle de lágrimas, que desembocará en la otra vida en un paraíso mejor, conceptos todos ellos difíciles de arrancar de la mente de estos conformes y humillados hijos del *Mezzogiorno*. ¡Muy distinta sería nuestra situación si pudiésemos absorber ciertas dosis de eficacia calvinista! Pero lo que más me alarmó no fue el estancamiento del *Mezzogiorno*, sino la decadencia vertiginosa de Nápoles. Esta metrópolis, que fue, durante siglos la tercera ciudad de Europa, se convirtió en la vergüenza de Italia, y quizá todavía lo siga siendo. Resolví echarle una mano a esta antiquísima urbe, sembrada de incontables obras de arte. Yo también, como Lorenzo el Magnífico, tengo hambre de belleza, y esa belleza la encuentras por doquier en esta ciudad, con tal de limpiarle un poco la cara, para así poder admirar lo que hay debajo de tanto abandono y tanta mugre.

Miralles creyó tener que poner un interrogante final a todo ello:

—¿Y creéis que con esa labor de… mecenazgo, vais a borrar, señor príncipe de San Severo, todos los crímenes cometidos?

—¡Ahí va! —murmuró Beltrán por lo bajo.

—¿Crímenes? ¿De qué crímenes hablas, que otros no hayan cometido antes? Además, si los he cometido, en mi haber creo que existen otras cosas y cosas positivas. ¿Si no las recuerdas, por qué no haces memoria? —Había enfado, mucho enfado, en la mirada de Fontanarosa, aunque también una difícil contención en la voz.

—¡No creo que esas muertes horrendas, provocadas por el placer de arrancar el alma a esas desgraciadas criaturas, sean crímenes que hayan cometido otros!

—Si los provoqué, no fue por placer, sino por necesidad. Todo experimento genera víctimas…

—¿Víctimas tan innecesarias como ese joven, cuya descripción nos habéis servido de modo tan exacto? ¿Sabéis lo que sois, señor príncipe de San Severo, o don Álvaro Fontanarosa o como quiera que os llaméis? ¡Sois un perfecto monstruo!

—¡Alberto, te ruego!…

—¡Sí, un ser horrible, un monstruo horrendo y repugnante! ¡Me dais asco, auténtico asco!

En aquel momento, el onorévole se acercó aun más a Miralles, y con gesto rápido, le arreó la bofetada más imponente que Mauro jamás presenciara. La mano del napolitano quedó estampada en rojo, sobre la mejilla de Alberto.

—*Estic fart de tu!* —gritó Fontanarosa, y aquella frase en catalán detuvo por un instante la ira de Miralles, que a punto estaba de devolverle el golpe a su interlocutor—. Sí, Alberto, te lo repito: *Estic fart de tu!* Y por si no recuerdas tu idioma materno, te lo digo en castellano, estoy harto de ti. *Oui, non fils, j'en ai mare de toi! I'm fed up with you!* Si quieres, puedo intentar decírtelo en alemán, incluso en polaco. Pero una cosa te advierto: ¡No vuelvas a hablar así a tu padre!

—¿Mi padre? ¡Pero cómo podéis, ahora mismo, decir…! —El onorévole no le dejó concluir.

—¡Sí, tu padre! —La voz de Fontanarosa sonaba glacial, pero la ira de hacía unos instantes parecía haberle abandonado—. ¡No me mires así, que no te estoy mintiendo! ¡Anda, tranquilicémonos todos! Si accedes a escucharme, te explicaré no sólo la verdad de los hechos, sino también cómo sucedieron...

Capítulo
XII

LOS FRAGMENTOS DEL DÍA

Mauro, al recordar días después aquellos ásperos momentos, no sabía decir si fue la lluvia repentina que azotó los cristales del salón, lluvia apretada, azuzada por un viento de galerna, o la actitud firme pero a la vez serena de Fontanarosa lo que de forma casi repentina, puso paz en aquel ambiente caldeado. También contribuyeron a ello ciertos rasgos de cariño y de ternura, característicos de aquel napolitano singular, y que otorgaron a la escena que habría de desarrollarse ese carácter íntimo y dolido que a Mauro tanto le satisfizo.

—Sí —volvió a repetir Fontanarosa—, tenemos que procurar no alterarnos, *anche questo lo dico, Alberto, sopratutto per te e per me... Mauro sembra navigare a traverso un altro planeta... Ma non ti copri la faccia con le tue mani, non voglio ferirti con il mio sguardo! Non sono il tuo nemico, Alberto, so-no saltanto il tuo padre!...* Y un padre que supo perfectamente lo que hacía cuando mantuvo relaciones con tu madre. Hace unos instantes te mostraste incrédulo; ¿por qué? ¿Acaso no sabes que mantengo negocios en Cataluña, y que aún poseo allí ciertos terrenos, que por cierto han subido considerablemente de valor? ¿Y que voy a visitar, con alguna regularidad, estos terrenos que te dejaré en herencia? Algunas de esas parcelas están situadas cerca de Montblanch... Después de visitar por primera vez Poblet, quise echar una ojeada a aquellas tierras, a las que aún eran mías, y las que un día lo fueron... Esto sucedía, recuerdo muy bien lo ocurrido entonces, a finales del verano del año 1974. Yo acababa de cumplir los veintitrés años, en aquella nueva vida mía y me entró curiosidad por ver cómo seguía esa familia Miralles que descendía directamente de mí. Ya había realizado una visita parecida en 1865, durante la etapa que viví en España. Cuando llegué a tu casa, observé unas niñas que jugaban debajo de una gran higuera que se levantaba delante de la masía. Me imaginé que aquellas adolescentes lo hacían así, para protegerse del sol de septiembre... Tú también, Alberto, jugarías, algunos años después, bajo esa higuera... Luego divisé a Aurelia, tu madre, que sentada en el quicio de la puerta, procuraba tomar el poco fresco que por ahí corría. Aquella mujer me pareció hermosa; poseía esa mirada vaga y ausente, típico de las hembras que no han recibido de la vida lo poco que de ella esperaban. Esa forma de melancolía las embellece, les da un aire pensativo, que nos hace suponer que esa sorprendente intuición que las caracteriza se ha transformado, al menos por un tiempo, en desapasionado raciocinio... Después de que me presentara, tu madre y yo nos pusimos a charlar un rato: Algo le conté de mi vida presente, y ella se sorprendió de que un hombre tan joven supiese gestionar tantos negocios y tan variados intereses. Nos caímos bien, sí, nos encontramos a gusto el uno con el otro... demasiado a gusto, dirían los puritanos... Pregunté por su marido, por ese que quizá aún pienses que es tu padre. Aurelia me dijo, sin demasiada convicción, que había tenido que marchar a Tarragona, a buscar no sé qué permisos... Luego me enteré de que lo que iba a buscar allí no eran determinadas autorizaciones, sino los pegajosos arrumacos de una amiguita que solía visitar con asiduidad, una criatura vistosa y vulgar, aunque sin duda, de cama experimentada. ¿Ah, acaso ignorabas esto? ¡Pues hijo mío, ya lo sabes! He de subrayar que la ausencia del marido de tu madre fue determinante para lo que allí ocurrió, apenas una hora después de habernos conocido. Subimos los dos a la habitación, mientras las niñas seguían jugando, no quiero entrar en detalles, pero si algún día vuelves a la masía, quiero que sepas que fue en aquel dormitorio que se encuentra a la derecha, nada más subir la escalera, donde fuiste felizmente concebido…

—¡Pero si ese fue mi cuarto… mi madre insistió en ello! —murmuró Alberto, con voz apagada.

—Cuando supe que Aurelia había quedado en estado, volví a Montblanch. Allí, en la caja postal del pueblo, ¿o era la caja rural? ¡Ya no me acuerdo!, deposité a tu nombre una suma bastante considerable, que cobraste, ¡acuérdate!, junto con los intereses acumulados, al cumplir tu mayoría de edad. Tu madre me dijo que si yo no tenía inconveniente, te llamarías Alberto, como lo exigía la tradición familiar. Accedí al nombre, ya que me recordaba muchas cosas… Te seguí de lejos, mientras crecías. Estuve dos veces más con tu madre. También ella, como pretexto, dijo tener que ir a Tarragona para unos asuntos…, ¡el asunto era yo!, aunque ambos tuvimos buen cuidado de no traer más hijos a este mundo, ¡a pesar de que su marido nunca sospechara de ese varón tardío que llegó después de tres hijas!… ¿Acaso, Alberto, dudas todavía? ¡Bien!… ¿Ves aquel bargueño florentino? ¡No, ése no, ése es flamenco! ¿Qué, no los distingues? ¡El de las piedras duras, hombre! ¿Qué esperas? ¡Ve hacia él y abre el panel central! ¡Ten cuidado, ábrelo con precaución! Bien. Ahora, mira hacia el interior. Verás una cabeza de querubín en el medio del arco… Empújala ¡Así! ¿No ves cómo se abre un cajón secreto en la parte superior? Bueno, tira de él ahora… ¡pero ábrelo, Alberto, ábrelo de una vez!

Y Alberto, nervioso, se sintió, por un momento, asaltado por la duda, al descubrir, en el fondo del cajón, una pequeña carpeta algo gastada. Seguro estaba de que, en caso de abrirla, todo lo que fuera su niñez y adolescencia daría un giro inesperado, y aunque por un lado temía hacerlo, al mismo tiempo deseaba, con todas sus fuerzas, descubrir lo que allí había escondido.

—¿Pero hijo, qué haces ahí, de pie? ¡Pareces una estatua! Anda, ven, coloca la carpeta sobre este sofá. ¿No la vas a abrir? ¡Te juro que ahí no hay ningún bicho escondido, que te pueda morder!

—¡Hay cosas que muerden, que no son bichos!

—¡Sí, pero si muerden, lo suelen hacer para curar!

Y Alberto, por fin, abrió la carpeta, y unas viejas fotografías salieron de su interior.

—¡Mira, Alberto, aquí tienes a tu madre! Así era, cuando la conocí. Y aquí verás a tus tres hermanastras, las fotografié de lejos, cuando jugaban… Tu madre otra vez, después de… apoyada en la ventana del dormitorio… —Fontanarosa pasaba las fotos, y las comentaba, como si se tratase de la cosa más normal del mundo… ¿pero acaso no lo era?, ¡qué guapa era tu madre!, ¿eh? ¡Cuánto me gustaban, por aquellos años, las mujeres!… Apenas me acordaba, entonces, de unos ojos color violeta. La verdad es que después, mi afición por las mozas decayó notablemente…, ¡aunque nunca hay que olvidarlas del todo! ¿Has escuchado lo que acabo de decir, Mauro? —La observación de Fontanarosa llegaba cargada de intención…

Mauro sonrió, pero prefirió no decir nada. No quería, en modo alguno, introducir una voz nueva, y sobre todo ajena, en aquel diálogo paterno-filial.

—¡Fíjate en ésta, Alberto! Esta foto, algo borrosa, te la tomé seis o siete años después, durante un recreo en tu colegio. ¡No te quejarás del colegio al que tu madre y yo te enviamos! Éste, me aseguraron que era el mejor de Tarragona. Aquí estás con tu primera camioneta. No me pareció mal que no fueras a la universidad…, ¡si lo que te divertía era ir de un lugar para otro!… ¡Hay que hacer lo que uno desea, no lo que desean para ti los demás! Aunque traté de oponerme a aquella temprana boda tuya. Lo que no comprendo es por qué no has querido nunca que te regale una camioneta buena de verdad. ¡La mejor camioneta del mercado! ¡Has sido, hijo mío, tan arisco conmigo! Pero en fin, cada uno es como es… *He cercato sempre di farmi amare per te, ma non credo avere riuscito!*… ¡Ah, ya no recordaba este momento, aquí estabas hasta guapo! ¡Y en esta otra también! Cuando tu madre me envió esta foto tuya, me encariñé contigo. Y comencé a pensar de qué manera podía hacerte venir a Nápoles. No podía decirte que eras mi hijo; en modo alguno quería yo provocar una crisis entre tu madre y su marido. ¡Sentía por ella demasiado cariño… y también, demasiado amor por mí mismo!

»De todos modos, Alberto, haz memoria. Te dije, cuando nos vimos aquella noche en las termas subterráneas, que había dado tu nombre a los organizadores de aquella exposición, para que fueses tú, sobre todo tú, el que trajera desde España las piezas más valiosas que habían de figurar en la *mostra* que se organizaba, aquí, en torno a los Borbones napolitanos, y te expliqué que lo había hecho por ser tú un directo descendiente del príncipe de San Severo. Allí te mentí, aunque sólo un poco, *questa era una mezza bugía!*… Es evidente que desciendes de don Raimundo di Sangro, pero no por la línea de los Miralles o Miraglio, ya que no eres hijo de tu padre legal: desciendes directamente del príncipe de San Severo, porque yo, que soy don Álvaro Fontanarosa, pero también don Raimundo di Sangro, soy tu padre.

El onorévole se detuvo un momento. Deseaba que estas palabras suyas penetrasen en la mente de Alberto, y se asentasen allí, ya que de momento, este hijo suyo presentaba un aspecto consternado y aturdido...

—¡Joder, si a mí me informan de una cosa así, hubieran tenido que internarme durante un tiempo en un psiquiátrico! —comentó, mitad en broma, mitad en serio, un Mauro que no salía de su asombro. Éste se sentía fascinado por los continuos rebotes de aquella fantástica saga familiar, de tan enrevesado e irreal barroquismo... «Es ésta», pensó, «una de las historias más pasmosas y sorprendentes que oídos humanos hayan podido escuchar!».

—Otra cosa, Alberto —continuó Fontanarosa—. Cuando llegaste a Nápoles te encontré, por qué no decirlo, un tanto canijo; te faltaban kilos y musculatura. La verdad, hubiese sido difícil calificarte como atractivo, a pesar de tener en tu rostro ciertos rasgos míos. Pero en serio, me alarmaste un poco; tenías un aspecto no demasiado saludable, ni tampoco demasiado fuerte... Menos mal que Renzo aún no había aparecido por los alrededores, la comparación entre él y tú hubiese resultado desoladora. Pero un día, sí, un día que te afanaste en transportar tú mismo determinados libros que habían pertenecido a la biblioteca del palacio de Caserta, y que habrías de llevar desde el archivo municipal de Nápoles hasta su lugar de origen, sufriste un desmayo. ¿Falta de tono vital? ¡Quién sabe!... ¿Recuerdas aquel incidente, verdad? ¿Y no recuerdas también, cuando te falló la respiración, cómo me abalancé enseguida sobre ti, para intentar socorrerte? ¿Dime, lo recuerdas o no?

—¡Sí! —respondió Miralles con dificultad—, ¡lo recuerdo!

—Pues bien, escucha lo que ahora te voy a decir, aunque creo que te va a ser difícil entenderlo. Mira, hijo, esta forma mía de morir y renacer, para luego morir y renacer de nuevo, experiencia por la que ya he pasado varias veces, me ha ido dotando de una extraña fuerza interior, una energía inexplicable, un empuje que no recuerdo haber poseído en mi primera vida, ni siquiera durante mis años mozos. En ocasiones, he intentado transmitirla a otras personas, sobre todo a aquellas que... por una u otra razón, me han resultado más próximas... Y ese día, cuando sufriste aquel desvanecimiento, intenté contigo algo parecido a un boca a boca, y creo que en aquella ocasión, logré lo que pretendía: transmitirte algo de esa energía que llevo dentro, para que la guardaras en tu cuerpo. ¿Acaso no te ha sorprendido la fuerza que te asiste en determinadas ocasiones?

—¡Alberto —interrumpió Mauro—, yo también he sido testigo de ese fenómeno! Recuerdo haberlo presenciado el primer día que me llevaste a la capilla; lograste entonces, al concentrar todas tus energías, levantar unos centímetros la base de aquella estatua...

—¡Sí, la muy pesada estatua de mi padre! Su base había pillado los extremos de una gruesa tela que protegía la escultura. Tú conseguiste moverla cuando nadie lo creía posible. Lo recuerdo perfectamente..., ¡como también me fijé en la mirada que tú, mi querido Mauro, lanzaste sobre mi hijo!

—¡Príncipe, fue sólo una mirada apreciativa! —replicó Mauro, guiñando un ojo. Y al punto volvió a su memoria el ímpetu sorprendente, el empuje furioso, la pujanza desbordada y hasta el vigor insolente que Alberto demostró durante aquel primer encuentro sexual, en aquella inesperada noche lluviosa que Beltrán jamás olvidaría...

Miralles, ante la cuantía de la evidencia acumulada, tanto la guardada en los relatos como la depositada en los recuerdos, se sintió no sólo agobiado, sino cada vez más arrepentido. Por fin, tomó una determinación: se levantó del sofá que le cobijaba, se inclinó ante Fontanarosa, y después de dudarlo un momento, le abrazó las rodillas, repitiendo, de forma inconsciente, un gesto que ya esbozara algún tiempo antes, bajo las húmedas bóvedas de las termas subterráneas. El onorévole no pudo menos que mostrar, ante aquel gesto, un cierto asombro. No se esperaba una reacción semejante por parte de una persona que le había demostrado en repetidas ocasiones una evidente hostilidad...

—Pero querido príncipe, ¿por qué poner ahora esa expresión de extrañeza? —La voz de Mauro, impostada y cargada de ironía, llenó el amplio salón—. Es cosa sabida por todos lo mucho que a pesar suyo os ha querido este hijo vuestro, tanto es así que esta pobre criatura se desesperaba, al intentar esconder, sin demasiado éxito, cuánto era ese amor suyo por vos. Ahora, despejadas las incógnitas, admirado don Raimundo, o don Álvaro, que no es a mí a quien toca decidir cuál es vuestro nombre definitivo, este vuestro hijo va a poder, por fin, quereros a la vista de todos, sin falsos pudores, sin remordimientos de conciencia, y sobre todo, sin escrúpulos de clase. ¡Y espectáculo conmovedor, el poderoso señor y el humilde transportista no sólo se dan la mano, sino que se abrazan, emocionados, y hasta les asalta las ganas de llorar! *O Fortuna, velut luna!* ¿Alguno de nosotros podrá bañarse otra vez en el mismo río? Pero dejando a un lado a Heráclito el oscuro, me dirijo ahora a vos, divinidades varias del Olimpo. ¡Puesto que os deslizáis o voláis por las distintas bóvedas afrescadas de este palacio, dejad ahora vuestros tronos, abandonad vuestros cielos y acudid con presteza! ¡Ved y contemplad esta tierna escena de amor entre un padre y un hijo! No sólo ambos corazones laten más deprisa, sino que, poco a poco, sus respectivos ojos se van llenando de lágrimas. ¡Y todos sabemos, tanto los menos sabios como los más ilustrados, que una familia que llora unida permanece unida!...

Mauro, después de aquella parrafada burlesca y teatral, que tuvo buen cuidado de recitar de pie, se dejó caer de nuevo sobre la butaca que ocupaba, con la cabeza echada hacia atrás y la mirada fija en el pintado cielo nocturno de la bóveda, lleno de ingenuas estrellas, que, colocadas en lugares inverosímiles, aparecían colgadas de las oscuras nubes...

* * *

—¡Alberto no debía de haberse marchado, desabrigado como estaba! Con esta lluvia repentina, se va a enfriar.

—Andar bajo la lluvia no le vendrá mal —replicó Mauro—. ¡Necesitaba estar solo!

—¿Y tú, también necesitas estar solo?

—¿Y por qué lo necesitaría? ¡Que yo sepa, nada ni nadie en estas últimas horas me ha descubierto un nuevo padre!

—¡Entonces, Mauro, quédate conmigo; sí, quédate! ¿O quieres seguir alojándote en la pensión Aurora, pudiendo vivir aquí? Te necesito a mi lado para un trabajo. Sí, me refiero a la capilla situada en un alto, cerca de Amalfi... Y no protestes, porque me la vas a restaurar de todos modos. Además, hace 250 años me enamoré de unos ojos violetas, y aún no me he cansado de contemplarlos.

* * *

La reinauguración de la capilla San Severo fue un asunto menos pomposo y oficial que lo que Fontanarosa había pensado en un principio. El acto se desarrolló de forma sencilla, incluso modesta. La noticia de un determinado percance ocurrido a la estatua del Cristo velado, y la muerte del profesor Médard, de tan insatisfactoria explicación, habrían convertido a aquellos dos sucesos en noticia de primera plana, si no hubiera sido porque una serie de crímenes, algunos revestidos de características sádicas, cometidos por la Camorra, tanto en el mismo Nápoles como en sus inmediatos alrededores, desplazaron a un segundo plano de la actualidad cualquier otro suceso...

Algunas autoridades estuvieron presentes en aquel acto organizado y presidido por don Álvaro Fontanarosa, pero sólo acudieron las imprescindibles, lo que implicaba que sólo participasen las de menor rango. La sombra del cadáver del profesor Médard resultó ser más alargada de lo previsto... Aun así, los asistentes, que no consiguieron llenar del todo la capilla de los Sangro, se deshicieron en elogios al contemplar la restauración de la bóveda efectuada por don Mauro Beltrán. *«Il ristauro non si fa notare»*, exclamaban unos. *«E una meraviglia!»*, comentaban otros. *«Tutto il ridipinto si é fatto con una delicatezza straordinaria!»*, observó la subdelegada de Cultura del ayuntamiento; *«miei complimenti, professore Beltrán, questo é una vera riuscita!...»*. Sí, aquella tarde, incontables elogios llovieron sobre la cabeza —y aún más, sobre las manos— de Mauro, un Mauro que el onorévole contemplaba, desde una discreta distancia, con no poco orgullo...

Pero en toda aquella ceremonia, hubo un detalle que sorprendió a Beltrán más que cualquier otro. Apenas comenzados los discursos de rigor, apareció, cerca del portón de entrada, la silueta imponente de un Renzo elegantemente vestido y aun mejor encorbatado, que se mantuvo, en aquellos primeros minutos del acto, inmóvil y vigilante, como si fuese el guardián, protector y a la vez inexorable, de aquel grupo de supuestos expertos y de modestos artistas. Poco después, entre aquel conjunto, Mauro descubrió, como mancha poderosa y a la vez desubicada, al taxista que le trajo desde el aeropuerto y que éste descubriera, días atrás, practicando un sexo hambriento y desinhibido con doña Lucía. Ésta, que también se encontraba presente en la capilla, contempló la llegada de aquel individuo con no poco nerviosismo. No presentaba el taxista, en esta ocasión, un aspecto mejor aseado que en ocasiones anteriores. Una cierta suciedad repartida por todo su cuerpo macizo, y un evidente descuido en el vestir parecían ser parte integrante de su sello identificativo... Renzo, al verlo, y después de dudarlo unos instantes, se dirigió hacia él, sujetó por los hombros a aquel individuo de ancha silueta y aspecto fornido, y lo levantó del suelo, como si de una pluma se tratase, para, acto seguido, expulsarlo del templo sin contemplaciones, a pesar de las resignadas protestas del individuo... Y cuando Mauro, luego de concluida la ceremonia, se atrevió a preguntarle a Renzo el porqué de aquella acción, éste respondió, un tanto misterioso: «¡No es éste su sitio, ni lo será por bastante tiempo! *Il suo posto non è cui!*». ¿Pero cuál era el verdadero sitio de aquel individuo que se prodigaba de modo tan inesperado? En cualquier caso nada más decir aquello, Renzo rodeó a Mauro con sus brazos colosales, en un gesto que el supuesto guardaespaldas intentó pareciera protector y que Mauro quiso imaginarse afectuoso y tierno...

* * *

—*Abilio ha realizato il suo lavoro di un modo quasi perfetto! Alle volte il ragazzo si comporta come un artista stupendo!* Sólo acercándose mucho a los pies de la estatua, y fijándose atentamente en ellos, se puede adivinar la rotura de los dedos... *Mais Ahmed, du calme, mon petit!* —exclamó Fontanarosa, volviéndose hacia el joven mauritano—. *Si tu continues à me mordre les pieds et les chevilles, tu vas finir par me faire du mal* (¡Ahmed, cálmate, mi pequeño, si continúas mordiéndome los pies y los tobillos, terminarás por hacerme daño!).

Fontanarosa, acompañado de Mauro, después de abandonar la capilla, el día de su reinauguración, se había dirigido a Amalfi, morada que en lo más íntimo, prefería a la de los Dos Virreyes. Mauro se abstuvo de comentar la ceremonia, ya que resultaba obvio que ésta no había tenido ni la brillantez, ni la repercusión deseada por el onorévole. Aquél le parecía un tema espinoso, que por delicadeza, no deseaba tocar…

Nada más llegar a la casa, con la tarde ya anochecida, un Ahmed expectante se había subido, literalmente, a la cuidada barba de Fontanarosa. Barba que se puso de inmediato a acariciar…

—¡Menos mal que la llevo muy recortada y que no puede tirar de ella! —comentó el napolitano…

—Ahmed se comporta como una mascota cariñosa —sonrió Mauro.

A los pocos segundos llegó Gabrielle, la amplia y rolliza marsellesa, que cubrió a los recién llegados de toda suerte de parabienes. Un ama de casa oriental no se hubiese comportado mejor. Muy pronto aquellos parabienes fueron seguidos de una serie de pequeños platos: con distintos manjares, todos exquisitos, que se exhibieron para adornar, con su estética presentación, los dos aparadores del comedor; y Beltrán, una vez que los hubo probado, no tuvo más remedio que darle la razón a Álvaro, en cuanto a la calidad y sabor de las propuestas culinarias ofrecidas por la voluminosa cocinera…

Ahora, dos días después, sentados en la principal terraza de la mansión, Mauro y Fontanarosa disfrutaban de un escogido desayuno, mientras contemplaban cómo la luz matinal encendía, para luego matizar, los vertiginosos acantilados que rodean a Amalfi, al mismo tiempo que acentuaba los intensos azules del golfo salernitano, que las estelas de las numerosas embarcaciones que lo surcaban estriaban de rayas blancas.

Ahmed, mientras Mauro y su señor desayunaban, intentaba disimular unas mejillas en forma de globo, donde había escondido varios pasteles robados a la despensa de Gabrielle. Al muchacho le divertía mucho más sustraer golosinas que comerlas, una a una, sentado en una mesa.

—¡Le divierte escamotear alimentos, como si yo no le diera lo que me pide! —se quejó Fontanarosa—, ¡y ahora se divertirá de nuevo mordiéndome los pies, los tobillos y las pantorrillas! ¡Parece que eso le entretiene!…

—¡Siempre que sean los pies, los tobillos y las pantorrillas de su amo; igual que haría un cachorro!…, ¡y es que es un cachorro, Álvaro, y no otra cosa!

—¡Pues un día tendrá que aprender a comportarse como los demás niños!

—¡Ni es él un niño como los demás, ni eres tú un… un padre adoptivo como los demás! —Mauro pensó que a buen entendedor…

—Sí, pero… Ahmed. *Non je te dis! Maintenant tu veux me mordre les genoux? Ah, non mon enfant! Ahmed, assez! Veux tu que t'attache de nouveau les chevilles* (¡Ahmed, te digo que no! ¿Qué quieres ahora, morderme las rodillas? ¡Basta, Ahmed! ¿Te apetece que vuelva a atarte los tobillos?).

Ante esta amenaza, Ahmed se tranquilizó, y se fue a sentar, en el suelo, al costado de su dueño, de ese dueño que, a pesar de sus regaños, ahora mostraba tan sólo cariño y dulzura hacia él…

—¿Has terminado, Mauro? Bien, dentro de diez minutos, te espero en el zaguán. Ya te puedes imaginar adónde te voy a llevar.

—¿A la capilla que se encuentra allí, en lo alto?

—¡Exactamente! A esa capilla que quiero se convierta en tu capilla…

* * *

Renzo dejó el coche al final de una estrecha carretera de tierra. Lo había conducido, a través de aquel último tramo serpenteante, con sumo cuidado para que ninguna piedra rebotada pudiese golpear la carrocería del Hispano-Suiza, arañando la pintura. Habían sido no sólo el empeño personal, como también la decisión imprudente de don Álvaro los responsables de que coche tan poco apropiado se encontrase allí…

A partir del lugar donde Renzo lo había aparcado, un estrecho trillo, que zigzagueaba suavemente entre las altas hierbas, conducía hasta la puerta de la ermita. Una vez frente a ella, Fontanarosa extrajo de su chaqueta una vieja y larga llave, e hizo girar la cerradura, que, algo más reciente que el edificio, debía datar de mediados del siglo XIX…

Pero a pesar de que la cerradura se abriera, la puerta no cedía.

—¡Renzo! —gritó el onorévole, y el guardaespaldas, después de quitarle las llaves al coche, y de bloquear el volante, acudió con su habitual rapidez a la llamada de aquél—. ¡La porta, Renzo, la porta si é ingorgata!

—*Non c'e problema, signore Fontanarosa.* —Y Renzo, como era de esperar, desatrancó la puerta con sólo un leve golpe…

Una bocanada de aire húmedo, denso y cargado de olores y reminiscencias, se escapó del interior del pequeño santuario. Álvaro prefirió que Mauro entrase el primero, y éste se encontró con un tramo de nave inicial cubierto por una sencilla bóveda de arista, privada de toda decoración. En la pared derecha de ese primer tramo, un nicho albergaba un fresco algo deteriorado, que representaba a santa Cecilia. La pintura exhibía pocas de las cualidades, y casi todos los defectos, de la imaginaria devocional del siglo XVIII. «Es obra —pensó Mauro— de escaso interés artístico, blanda y sin nervio». Colocado en la pared opuesta, podía verse e incluso admirarse, un gran sarcófago también de época barroca, esculpido en un hermoso mármol gris, con una inscripción latina grabada en su centro, a base de letras doradas sobre bronce empavonado. El nombre allí inscrito era el de una tal Cecilia Augusta, cuyo título, ilustre y sonoro, era el de condesa Buriello d'Aragona…

—Creo recordar que fue una mujer de cierta importancia en su época. Murió a principios del siglo XVIII, un poco antes de nacer yo…

—¡De cierta importancia en su época, y hoy caída en un total olvido! —apostilló Mauro, que acarició la polvorienta y ondulante superficie del sepulcro, tentado, como en tantas otras ocasiones, por ciertas curvas sugerentes, típicas del barroco tardío…

Pasaron después al presbiterio de la ermita, de mayor tamaño que el espacio anterior, y que constituía el núcleo original del santuario, espacio caracterizado por una sobria y elegante arquitectura renacentista, poco abundante en la región de Campania. El altar, aceptable añadido de época posterior, aparecía expoliado de su lienzo central. La tela, sin duda de grandes proporciones, había sido arrancada de ahí hacía tiempo…

—Si no consigo un cuadro para este lugar, habrá que cubrir esa herida estética con una tela de color neutro. ¡Cuánto vandalismo, Dios mío! Pero ahora, Mauro, observa bien estos dos frescos en las paredes laterales del altar. Fíjate en ese nacimiento de Cristo, y luego, justo enfrente, esa preciosa Adoración de los Reyes… Estas dos pinturas fueron las que me sedujeron y me impulsaron a adquirir esta capilla. ¿Que te parecen?

Mauro observó, callado en un primer momento, las dos pinturas murales que, muy deterioradas en su parte inferior, pertenecían al inicio del manierismo, y presentaban una atrevida composición, organizada a base de posturas y ángulos violentos, con figuras agrupadas de manera caprichosa, siguiendo la moda impuesta a mediados del siglo XVI por ciertos pintores florentinos como el Pontormo.

Mauro se pronunció por fin:

—¡Son buenas, francamente buenas, y además, interesantes! Pero están en pésimo estado…

—¡Algunas partes sí se encuentran en mal estado, pero otras no tanto! Su conservación podría haber sido aún peor, dado el abandono en el que ha estado sumida esta ermita. Y todavía más dañino que el abandono ha sido la humedad. ¡De todos modos, a pesar de encontrarse en mal estado, no hay en estos frescos desperfecto o herida que no puedas arreglar!

—¿Arreglar, tal vez, pero cuánto tendré que inventar? Existen zonas, ahí abajo, completamente borradas, aunque —y Mauro se acercó a la pared, para rozarla con los dedos—, aunque por fortuna, el punteado del dibujo preparatorio subsiste. Sí, Álvaro, tienes razón, mucho es lo que se puede rehacer. Cuando lo veas terminado de restaurar, te llevarás una buena sorpresa.

—Como dirían los ingleses: *That's my boy!* Pero te dejo un rato a solas con el fresco. Esta humedad me mata…

* * *

Cuando Mauro salió por fin de la ermita, buscó con los ojos a Fontanarosa. Lo encontró, de pie, sobre una pequeña altura desde la que se dominaba un esplendido paisaje que abarcaba una amplia porción de la costa amalfitana.

—¡Qué hermoso es todo esto, verdad! Cuando te acostumbras a contemplar panoramas de tan grandiosa belleza, ¡casi todos los demás te resultan indiferentes!… Bien… Pero hemos llegado hasta aquí para ver unos frescos. ¿Te han interesado realmente?

—Sí, me han interesado y mucho, ya te lo dije.

—Pues ahí tienes trabajo para los próximos meses. Mañana, o a lo sumo pasado, acordaré contigo y mis administradores la cantidad que tenga que pagarte.

—¡No hay prisa, Álvaro! ¡Confío en ti!

—¿Dices que no hay prisa? ¡Pues te equivocas! Comienzo a sentir prisa por todo, porque tiempo es lo que empieza a faltarme. Al menos un tiempo que sea del todo mío… —Fontanarosa hablaba con una cierta desesperanza—. ¡Tengo el tiempo tan medido, Mauro, sí, tan medido… y tan escaso!

—No… no acabo de entender lo que dices…

—¡Mauro, me marcho!

—¿Adónde?

—No te sorprendas demasiado por lo que digo: me marcho a otro ser…

—¿A otro ser? ¿Significa eso que…?

—Mauro, hace ya unos días que he engendrado a una nueva criatura, sí, no pongas esa cara de asombro, un ser que en el momento de su concepción privé de la capacidad para desarrollar un alma, mediante esa compleja ceremonia que aprendí en el libro adquirido en Praga. Cuando nazca esto que hoy apenas es un feto, mi cuerpo morirá, pero mi alma, o mi espíritu vital, como prefieras llamarlo, completo y sin fisuras, se introducirá en el interior del cuerpo vacío del recién nacido, para yo vivir dentro de él una nueva vida…

—Álvaro, esto que me cuentas, ¿no será una broma pesada? No juegues con…

—¡No, Mauro, no se trata de una broma! Esto que te he contado sucederá dentro de siete u ocho meses. El tiempo de gestación, en estos casos, es algo más corto. En cuanto a la portadora de ese ser, aún no deseo revelarte su nombre. Ya lo sabrás a su debido tiempo…

Mauro notó de pronto que las piernas le temblaban y tuvo que sentarse en el suelo, entre las hierbas. Mientras movía la cabeza, no dejaba de repetir: «¡No lo comprendo, no lo comprendo!». Y Álvaro notó en la voz de su amigo confusión y también desamparo.

—Pues entiéndelo y créetelo, porque lo que te he dicho sucederá. *Ma, mio caro, perché questa espressione di tristezza?* ¡Ánimo, Mauro, ánimo! Tenemos ante nosotros ocho meses para pasarlo bien. Te llevaré a visitar, si lo deseas, lugares bellísimos que aún desconoces. Te llevaré esta misma tarde a visitar Ravello, ese pueblo delicioso que todavía no has visto a pesar de lo cerca que lo tenemos. La catedral, ya lo verás, es preciosa. Han restaurado de forma espléndida su interior. Yo, ahí, sólo contribuí con dinero y lo han devuelto a su aspecto original. Allí podrás admirar uno de los púlpitos más hermosos del mundo…

—Perdona, Álvaro, pero en estos instantes me interesa mucho más tú y tu futuro que cualquier púlpito o ambón que pueda contemplar en Ravello.

—¡Te repito que quiero llevarte a una infinidad de lugares, todos hermosísimos!

—¡Al cuerno con todos esos lugares! Perdona, no quería ofenderte… Pero quiero saber, es más, necesito saber por qué has tomado esta decisión. ¿Qué te ha hecho hacer esto?

—¿Hacer qué?

—¿Pero de qué crees que hablo? Me refiero al soma ese, o como quiera que se llame lo que has engendrado...

—Mauro, esto te lo digo muy en serio: si me quedo aquí, si permanezco con la forma que ahora tengo, lo más probable es que vaya a prisión... *Finiró in galera, e per molti anni!*

Mauro frunció el ceño.

—Explícate, te lo ruego.

—¿Pero acaso no sabes que fui yo quien mató a... a ese gilipollas del profesor Médard? ¿O te creíste la historia del falso ligue que nos sacamos de la manga?

Mauro sonrió, por fin sereno y relajado.

—¡Pues claro que sabía que fuiste tú quien mató a Médard! ¡Todavía soy capaz de sumar dos y dos! ¿Pero qué sucede, que la policía no se ha creído la versión oficial?

—Mauro, en aquellos momentos de profunda irritación y, por qué no decirlo, de rabia, fui torpe y descuidado. Dejé el apartamento de Médard lleno de huellas. Y ya sabes que hoy, con el ADN...

—¡Oh sí, el dichoso ADN, el desvelador de todos los secretos!... Ya no hacen falta ni un Hércules Poirot ni un Sherlock Holmes... ¡La técnica arrincona, inexorablemente, a los seres humanos!...

—Por desgracia, no arrincona al inspector que me persigue, un florentino impertinente, llamado Giulio Brancacci. Durante las veces que me ha interrogado, nunca he observado ojos más acusadores que los suyos...

—¿Y cuántas veces te ha interrogado?

—¡Por ahora, sólo dos! Pero me ha ordenado que permanezca continuamente localizable... aunque no quisiera hablar más de ese desagradable individuo... ¿Por qué no cambiamos de tema y de lugar, y nos marchamos a admirar el Duomo de Ravello, y la espléndida restauración que han llevado allí a cabo? Por cierto, ¿cuándo podrás comenzar a restaurar los frescos que acabas de ver?

—No sé —respondió Mauro, dubitativo—. Debo antes adquirir diversos materiales. Abilio guarda algunos en un armario en la sacristía de San Severo…

—¿Quieres tener a Abilio como ayudante? ¡Lo tendrás! Además, también habrá que restaurar ciertos estucos que se degradan y algunos capiteles que se encuentran en bastante mal estado. ¿No te parecería bien dorarlos? El color general de la capilla es bastante monótono. Ah, y se me había olvidado decírtelo: ¡También quiero que restaures esa Santa Cecilia empalagosa, situada frente a la tumba de la condesa…! ¿Pero dónde está Renzo, que no lo veo? ¡No habrá desaparecido, como hace a veces, dejándonos abandonados aquí!…

—¡No creo a Renzo capaz de abandonarnos! Quizá se haya refugiado en el interior de la capilla. ¡Voy a ver!

Mauro, al volver a la ermita, empujó la puerta, lo que le costó algún esfuerzo, y penetró en el primer tramo de la nave, espacio que le pareció más gris y vetusto que cuando lo viera por primera vez, hacía menos de una hora. Miró hacia un lado, y no encontró a nadie, miró luego hacia el otro lado, y allí descubrió, disimulado por el panzudo sarcófago de la condesa Buriello d'Aragona, a un Renzo que descansaba con los ojos cerrados y la cabeza apoyada sobre el mármol pulido de la tumba. Su cuerpo, grandioso y excesivo, parecía prolongar las abultadas y generosas curvas del monumento sepulcral, de tal modo que aquél semejaba la escultura majestuosa que completase el conjunto funerario…

* * *

Beltrán llegó de la visita a Ravello, emocionado por la pura belleza, no exenta de suntuosidad, de su Duomo.

—¡Ya te lo había advertido! Si se olvida uno del mediocre altar mayor, de un barroco bastante anémico, encontrarte con la hermosura contenida de un interior paleocristiano resulta un alivio —comentaba Fontanarosa, que al entrar en su casa se encontró, en el zaguán, de pie junto a una de las columnas jónicas del *impluvium,* a su hijo Alberto Miralles.

—¡Hijo, qué alegría verte!… pero ¿qué haces aquí? No se te ve por Amalfi a menudo…

—Ahora me verás más, ya que tendré que cuidarte… ¡No todos los días tienes un padre de doscientos cincuenta años!… Pero a lo que iba: quiero que sepas que te he estado llamando toda la tarde…

—Mauro y yo hemos ido a ver la capilla que he adquirido. ¡Nuestro artista se ha comprometido a restaurar los frescos!

—¡Y por supuesto, no llevabas el móvil! —La actitud que mantenía Miralles era cortés, pero parecía contrariado…

—¡Yo nunca llevo móvil cuando realizo algún paseo cultural! —respondió Fontanarosa, tajante—. En esos ratos, me interesa más la obra de arte que estoy contemplando, que cualquier otra cosa.

Alberto se aclaró la garganta:

—Pues en este caso no creo que sea así, ya que te traigo una estupenda noticia. ¡Ya no tienes por qué preocuparte, padre!

—¿No preocuparme de qué?

—El inspector que te persigue, Brancacci creo que se llama, ese que habla con acento toscano, te llamó al palacio de los Dos Virreyes, y al no encontrarte allí, llamó a tu despacho y habló con uno de tus agentes o directivos, o como quiera que se llamen… Parecía, según me han contado, inquieto y excitado. Al ser urgente el mensaje, los del despacho intentaron dar contigo, y al no lograrlo, me llamaron a mí, después de dudarlo un poco…

Fontanarosa, al escuchar las palabras de Alberto, comenzó a mostrarse curioso, incluso expectante, mientras éste continuaba.

—Por fin logré hablar con el inspector Brancacci, que me comunicó algo parecido a esto: «Que el onorévole Fontanarosa no se preocupe, porque el ADN que hemos encontrado en el apartamento del profesor Médard no puede ser el suyo, ya que no responde al de ningún ser humano». Es un ADN… irreal.

—¡Qué! —exclamó Mauro, incrédulo.

—Sí, insistió Alberto, parece que ese ADN presenta ciertas características que ningún ADN humano posee. Existen en el apartamento del profesor huellas digitales de mi padre por todas partes, pero amigo Mauro, eso es cosa admitida por él, ya que nunca ha negado haber visitado a Médard en repetidas ocasiones… sin embargo, las huellas de ADN halladas encima del cadáver de Médard son… ¡son sencillamente imposibles! Aunque parece que la policía no va a poner en conocimiento del público este último descubrimiento. ¡No quiere verse obligada a lanzar una orden de busca y captura contra un extraterrestre asesino! ¡Bastante tiene con enfrentarse a los terrícolas!… Por cierto, padre, hoy me apetece quedarme a dormir aquí. Deberías asignarme un dormitorio. Espero que tengas un pijama que prestarme, si es posible sin restos de extraños ADN, aunque eso último, a decir verdad, me resulta, a estas alturas, del todo indiferente…

* * *

Y de este modo Miralles desplazó a Mauro como personaje principal en el interés afectivo de Fontanarosa, ya que el onorévole, ansioso por mirarse en los ojos de su hijo, dejó de vivir obsesionado por el reflejo de otros ojos de color violeta. Alberto comenzó a acompañar a su progenitor allí donde éste se dirigiera, y éste a introducirle en la complejidad, y también en la complicidad, de sus variados y prósperos negocios. Aquello no sucedió de un día para otro, pero transcurrido algún tiempo, establecidos quedaron los lazos y consumados quedaron los pactos, aunque tanto el padre como el hijo procuraron que la relación mantenida con Mauro y Ahmed continuase lo más fluida y agradable posible. El nuevo tándem familiar hacía gala, en todo momento, de una exquisita educación. A Mauro se le siguió cubriendo de elogios, y se le alabó como restaurador imprescindible, y a Ahmed se le rodeó de todo el aparatoso cariño con el que los dueños suelen rodear a su mascota preferida, con independencia de que determinadas visitas nocturnas, rodeadas, eso sí, de ejemplar discreción, se repitiesen con cierta periodicidad. Otra actitud hubiese hundido a Ahmed en la desolación… Aun así, y tomados todos los cuidados, padre e hijo alzaron, frente a todos los demás, una barrera, discreta, casi imperceptible pero barrera al fin, hecha no sólo de compartidos afectos, sino también de mezclados intereses…

Mauro se concentró en su trabajo, ya que la restauración de los frescos de la capilla resultó una labor apasionante. Renzo, y si no era Renzo, cualquier otro servidor, lo llevaba todas las mañanas en coche hasta la ermita, aunque el vehículo utilizado fuese uno menos rimbombante que el célebre Hispano-Suiza. Las veces que Renzo venía a buscarlo, éste se bajaba del coche, entraba en el templo y comentaba con Mauro los progresos que observaba en la restauración. Una pudorosa amistad se inició entre los dos hombres, que se hizo más firme cuando Renzo sorprendió a Mauro con atinadísimas reflexiones, no sólo sobre aquellos murales, sino sobre toda la pintura en general. El enorme guardaespaldas jamás hablaba sobre sí mismo, pero le confesó a su admirado restaurador que su época preferida, en pintura como en otros campos, era la tardo-medieval, y que las *totentanzen,* o danzas de la muerte, tan frecuentes en las paredes de las iglesias góticas alemanas, le producían cierta fascinación. Mauro se admiró de que individuo de tan pletórica energía y musculatura se interesase por la representación de tan macabras postrimerías… ¿Atracción entre extremos opuestos? En todo caso, no dejó Beltrán de sorprenderse de que chóferes, gimnastas y guardaespaldas fuesen tan cultos en ese Nápoles siempre desconcertante.

Pero Renzo no era napolitano, y aunque pareciese italiano, un italiano germanizado, oriundo tal vez de la zona norte del país, dejaba a veces entrever que no pertenecía a lugar alguno en particular. La vida anterior a su aparición en el entorno de don Álvaro Fontanarosa permanecía sumida en la sombra, sombra que nadie se atrevió a pedirle que desvelase…

Un día, al salir los dos amigos de la capilla, tomó Renzo a Mauro en brazos y así lo llevó hasta el coche. La sorpresa le impidió a Beltrán reaccionar, pero una vez sentado en él le preguntó a aquel forzudo el porqué de aquel gesto.

—No quiero, don Mauro, que le ocurra como a Eurídice, que a mí me tienen prohibido hacer de Orfeo…

—¿Eurídice? ¿Qué tengo yo que ver con Eurídice? —preguntó Mauro, algo molesto.

—¿Pero acaso no ha oído, mi amigo y señor, que ha surgido una plaga de víboras por estos lugares? Y las sandalias que lleva no le protegerán de una picadura…

—Ah —respondió Mauro, desconcertado. ¡Y sólo entonces cayó en la cuenta!

—¡Renzo, me estás hablando en español; en realidad me has hablado en un castellano correctísimo! ¿Cómo no me habías dicho que sabías mi idioma?

—¿Acaso me lo habéis preguntado?

—Nnnooo…, ¿pero hacía falta preguntártelo? ¿Cómo lo has aprendido?

—Conozco España, don Mauro, ya que es el área que se me asignó en una época… Además, escuchando hablar a don Álvaro ¿cómo no se le va a pegar a uno algo de la lengua si habla de modo tan perfecto!… A mí, a veces, se me atascan las palabras.

—Entonces ¿me hablarás siempre en español?

—No se si me conviene hacerlo, don Mauro. ¡Al onorévole le gusta creer que es él único que lo habla bien!…

Mauro se acercó a Renzo, colocó sus labios sobre el rotundo hombro del chófer y allí le depositó un beso.

—¡Gracias por todo! —le dijo emocionado.

* * *

Mientras tanto, Angioina, la hembra elegida para ser fecundada, engordaba a ojos vista. Y engordaba rodeada de los cuidados de dos enfermeras germánicas, cuyos nombres, Grunda y Ungrunda, eran por sí toda una definición, y que tenían como misión turnarse día y noche, para que nada le faltase a la gestante. Atenciones tal vez innecesarias, ya que Angioina iba recorriendo los meses de su gravidez en óptimo estado de salud. Su evidente embarazo no le impedía moverse con total agilidad por el enorme palacio de los Dos Virreyes, donde Fontanarosa la había instalado, palacio que si la deslumbró en un principio, ahora comenzaba a pesarle un poco, aunque los fastos que la rodeaban por doquier hubiesen dejado estupefactas a las amigas que Angioina había tenido el cuidado de invitar. Éstas debían atestiguar, allende los muros del palacio, del reciente esplendor que rodeaba a la antigua sirvienta del Albergo Aurora. También asistió, muda acompañante de Fontanarosa, a dos recepciones oficiales, de las que volvió, ocioso es decirlo, del todo deslumbrada...

Pero el onorévole procuraba espaciar el trato con Angioina, ya que ésta le aburría intensamente. Apenas cruzadas dos frases con ella, la conversación se estancaba. Para evitar aquel aburrimiento, Álvaro intentó volver a sus antiguas aficiones sexuales. Cuando llegaba de Amalfi, que es donde Fontanarosa habitualmente residía, después de cruzar un breve saludo con la que fue joven sirvienta y ahora portadora del que sería el nuevo Fontanarosa, éste solía ordenar a Angioina desabrochar su blusa, que le exigía llevar siempre ajustada, y una vez arrodillado ante la muchacha, le urgía acercar a su boca aquellos pechos, que tentadores, oscilaban frente a él. Ahí, luego de restregar su barba recortada contra los pezones de su obediente pareja, comenzaba a lamer y mordisquear aquellos dos redondos volúmenes, a los que a veces terminaba por dañar, sin permitirle a Angioina que los resguardase o protegiese con sus manos... ¿Era quizá la ausencia de una verdadera madre en sus primeros meses de lactancia lo que determinaba en Fontanarosa aquel comportamiento? ¿O era todo aquello el resultado de esos perversos instintos sexuales que el marqués de Sade despertara en él, durante los años crepusculares de aquel fastuoso siglo XVIII, cuyo final se transformó en sangrienta pesadilla para un considerable número de seres humanos?

Pero un día, cuando volvía de visitar a la dócil Angioina, don Álvaro le confió a su hijo ciertos detalles de lo que hacía con la indefensa jovencita.

—Esa niña se queja porque le mortifico en exceso sus pechos. ¡Pues que no se lamente! Le he pagado por adelantado y con harta generosidad los diversos servicios que accedió a prestarme. ¡Que aguante ahora determinadas molestias es lo menos que le puedo exigir!... Sabes, Alberto, esta tarde, además de ordenarle que se quitara la blusa, le dije que se subiera la falda a la altura de los muslos. ¡Quise ofrecerme, al mismo tiempo, el placer de manosear unos pechos que la maternidad va hinchando poco a poco, y el gusto de contemplar ese punto oscuro, de donde, en pocos meses, ha de salir alguien que no es otro que yo! La cosa tiene gracia, ¿no te parece?

»Sin embargo —prosiguió el onorévole—, me voy cansando de ese jueguecito que mantengo con Angioina. Es cierto que aún puedo interpretar, con convicción y eficacia, el papel de impaciente degustador del sexo opuesto, pero hace ya tiempo, mucho tiempo, que prefiero el áspero contacto de un cuerpo de hombre a la blanda propuesta que me ofrecen las carnes de una mujer. El reto que todo varón representa me estimula más que la siempre expectante aceptación de la hembra... Si te digo todo esto es porque deseo hacerte el siguiente ofrecimiento: ¿querrías sustituirme en la, para mí, cada vez más aburrida tarea de entretener a Angioina? Todos los que conozco me han asegurado que eres experto en satisfacer los apetitos de una dama, sobre todo si es de baja cuna, como ocurre con ésta. ¡Quizá debería haberte insuflado menos vigor y energía, el día en el que te hice aquel boca a boca!... Yo, te seré sincero, me siento con demasiada edad para gozar consumiendo carnes femeninas de tan barata calidad; ¡en cambio, las que me esperan en mi casa de Amalfi son carnes tiernas y exóticas, de exquisita degustación!...

Acatando la invitación de Fontanarosa, Miralles fue a examinar a aquella Angioina que su padre le ofreciera.

—Utilízala como quieras, pero procura no causarle excesivos daños. Acuérdate de que es la portadora de una criatura que está destinado a ser yo mismo —le había repetido el onorévole...

La muchacha que encontró en el palacio de los Dos Virreyes le pareció a Miralles una criatura digna de ser deseada. Ésta miraba, distraída, la televisión, como esperando que algo sucediese. Y sucedió que Alberto la contempló con detenimiento, y luego se acercó a ella, y sin casi dirigirle la palabra, colocó a la ex sirvienta en una posición parecida a aquella en la que Fontanarosa le había colocado en días anteriores. Los labios y los dedos de Alberto eran, sin duda, hábiles, incluso expertos, y Angioina, aún con los pechos doloridos por el intenso manoseo de días anteriores, se sintió excitada y llena de apetencia por aquel hombre, un ser casi desconocido, que tenía ante sí. Abrió sus muslos, para mostrarle al hijo el lugar donde el padre, en una noche de ritos y profanación, había plantado su semilla, y Alberto, ante la invitación de la muchacha, comenzó a hociquear, con glotonería, en la zona que su padre había utilizado. Aquel esfuerzo olfativo, que duró un rato considerable, terminó por saciar a Miralles, que se dejó caer hacia atrás, sobre una gruesa alfombra de minucioso diseño, y allí reposó unos minutos, hasta que espoleado otra vez por la mirada de Angioina, se levantó del suelo con la intención de colocar en la boca de la chica aquel pene suyo, agresivamente hinchado. Pero, a pesar de encontrarse próximo a la eyaculación, Alberto cambió de idea. Agarró a la sorprendida Angioina por las axilas, la puso de pie y le dio la vuelta, sin pedirle, por supuesto, permiso alguno. La joven comprendió las intenciones del hombre, pretendió resistirse, pero éste, con considerable rudeza, le agarró un brazo, y se lo retorció. La joven emitió un primer grito. *«Fai cuccia, o sto per farti ancora piu male!»*. Entonces, con la mano que le quedaba libre, Miralles, que ya se había quitado los zapatos al arrodillarse frente a Angioina, se arrancó esta vez los pantalones, que tiró sobre la alfombra, e inmediatamente después, le subió las faldas a la chica, le bajó las bragas, y una vez encontrado el punto que buscaba, desgarró el esfínter de la muchacha. Angioina lanzó entonces un segundo grito, mucho más dolido y agudo que el primero, y que se escuchó en varias de las estancias del palacio. Despertada de su sopor por aquellos sonidos, la enfermera que hasta allí había acudido, se detuvo en el umbral de la puerta, estupefacta ante aquel espectáculo. La mujer, que ya había sido presentada al hijo de don Álvaro, dudó, por un momento, qué acción tomar, y cuando por fin se decidía a socorrer a la quejumbrosa Angioina, la mirada, furiosa e imperativa, del joven Fontanarosa la detuvo en seco. ¿O tal vez fue la contemplación de las espléndidas piernas de Alberto, que se movían al ritmo de los empellones de su dueño, lo que le hizo mantenerse apartada de aquel acto? Pocos segundos después, Miralles, luego de un largo y exultante rugido, dio por concluido aquel interludio que en modo alguno podría llamarse amoroso...

* * *

El hijo del gran Fontanarosa bajaba despacio, sereno y satisfecho las grandiosas escaleras del palacio. Si se había sentido impresionado por aquella espléndida arquitectura la primera vez que la había contemplado, ahora, ésta le impresionaba aún más, sabiendo que tan suntuoso conjunto era ya, en sentido estricto, también suyo. Mientras admiraba tanta magnificencia, le resultaba difícil, después de transcurrido unos días, recordar los motivos y las razones que le habían hecho dudar en aceptar el ofrecimiento, que como padre, le hizo el príncipe de San Severo respecto a Angioina. Inconvenientes de haber heredado los chatos prejuicios de una moral canija, plagada de limitaciones sin base firme, arrastrados de generación en generación y propios, en definitiva, del gerente de una modesta explotación agrícola como era aquel que se creía su progenitor. Moral ca-

421

nija, sí, pero que no había impedido a ese mismo gerente mantener relaciones con una señorita de vulgares maneras, aunque de acrobáticas habilidades en la cama…

«¡La cama! ¿Por qué atribuirle —se preguntaba Alberto— a ese confortable adminículo los variadísimos actos que se realizan fuera de ella, las más de las veces de pie?». El sexo encamado resulta siempre algo pasivo, rutinario, y de horizonte limitado. El dormitorio es un ámbito que la cama convierte en reducto y donde el lecho restringe las posturas al mismo tiempo que pone cortapisas a la moral… En cuanto a la ordalía sexual a la que Alberto sometiera a Angioina, ordalía que osciló, para la joven, en un placer intenso, aunque confuso y avergonzado, a la vez que un dolor desgarrado, pero breve, ¿de qué debía arrepentirse Miralles? El trabajo realizado en los pechos de la muchacha no había sido más que rutina, aunque eso sí, practicada con cierta intensidad, y ese lento vagabundear por las partes bajas de la muchacha no había pasado de ser un *cunilinctus* embriagador, que le había producido la sensación de estar en otra parte, refugiado en la paradójica oscuridad de un mundo diáfano pero secreto, rico y también protector. Pura ontología, siguió pensando Alberto. «¿Sí —volvió a preguntarse—, de qué debo arrepentirme?». Y en cuanto a los desgarros violentos del esfínter de Angioina, todo instinto del hombre es, al final, triturador y destructivo. Tenía razón su padre cuando afirmaba que, despojado el sexo de sus acicates de violencia y ferocidad, no se convertía su aplicación en algo más placentero, sino tan sólo en un esfuerzo un tanto estéril y aburrido…

* * *

—Hijo, ¿por qué no me acompañas a la notaría y después al juez? ¿No desearías cambiar de nombre y llamarte Fontanarosa en vez de Miralles? Miralles resulta, en tu caso, *un nome abastanza posticcio, inoltre, per la tua ereditá e per le nostri affari, sara molto meglio chiamarsi Fontanarosa che non il nome que hai utilizzato fino ad oggi.*

—Estoy de acuerdo, padre.

—¡Bien! ¡Debemos arreglar algunas cosas, antes de que yo... asuma un final aparente!... Y sospecho que este paso de mí mismo hacia otro yo podría adelantarse. Fui a visitar a Angioina ayer por la tarde, para observar cómo transcurría su embarazo, y noté que su vientre había crecido mucho.

—Yo también la visité hace una semana, y no le noté un vientre tan abultado...

—Sí, pero en estos últimos días ha cambiado. Por cierto, me habló de ti, para quejarse. Parece que la has tratado con considerable brutalidad... ¡Te dije que no la maltrataras en exceso!

—¿En exceso? ¡Padre, si hubieras presenciado esa escena, te hubieras dado cuenta de que todo lo que hice fue porque ella me incitaba a hacerlo!

—¿También lo que hiciste al final? Aunque te comunico que el asunto no me inquieta demasiado. Un poco de erotismo anal no creo que perjudique al soma que en ella se está gestando. Lo que me preocupa es el parto. La criatura que está en camino parece que va a ser pesada y voluminosa.

—¡Pues si la criatura adquiere un volumen excesivo, se le practica a Angioina la cesárea, y en paz!

—¡No, eso nunca, Alberto! Resulta imprescindible, para que el tránsito se realice de manera efectiva, que la criatura nazca de manera natural. Para las antiguas magias, cualquier otra alternativa no constituye un verdadero nacimiento. Los seres que salían del vientre materno por medio de una cesárea, algo que constituía una rareza, ya que los cirujanos, por lo general, no se atrevían a practicarla, debido a los peligros que entonces entrañaba aquello, eran consideradas personas «no nacidas», aunque esa circunstancia no les privara de los escasos derechos que, como seres humanos, asistían a los individuos de entonces. Hubo casos curiosos, como el de Andrea Doria, el gran almirante genovés que con tan sorprendente eficacia colaboró con las fuerzas navales de España. Este marino excepcional se creyó, durante un tiempo, inmortal, ya que, al haber nacido mediante cesárea, se consideraba no nacido, y alguien que no ha nacido, argüía él, tampoco podía morir. Un abdomen seccionado por un bisturí no es una vagina, querido Alberto, y los grandes ritos del pasado deben ser practicados de tal modo que obedezcan, de forma estricta, al espíritu de ese pasado. No existen otros métodos, ni otros atajos. Por fortuna, un doctor llegará, ¡al menos eso espero!, que sabrá ordenar y poner a punto todos los elementos imprescindibles para el éxito del acontecimiento…

—¿Y quién es ese doctor?

—¡Un hombre excepcional! Se llama Afrodisio Boncompagni, nombre que sin duda te resultará familiar. Lo he mencionado ante ti repetidas veces. Se trata de un magnífico hombre de ciencia, inteligente y de mente abierta. ¡Pero lo más importante de este gran doctor estriba en el hecho de que cuando lo he necesitado, nunca ha faltado a la cita!

—Padre, ¿ese Boncompagni no fue el que, a finales del siglo XVIII, te ayudó a…?

—Sí, Alberto, ese mismo. Pero, hijo, ¿después de todo lo que has escuchado, todavía te asombran esos mínimos detalles?

* * *

El invierno resultó, teniendo en cuenta los usuales parámetros meteorológicos napolitanos, crudo y desapacible. Y, sobre todo, ventoso. Aquella mañana, mientras daba los últimos toques al fresco del Nacimiento de Cristo —el otro mural, el de la Adoración de los Reyes, necesitaba aún de ciertos cuidados—, echó Mauro un vistazo a las escasas vidrieras de la iglesia. El emplomado que unía los distintos trozos de cristal temblaba bajo el empuje de las ráfagas de aire, que soplaban con fuerza en aquel lugar alto y poco protegido. Un ligero escalofrío recorrió el cuerpo de Beltrán, que empezaba a sentir destemplanza en aquel húmedo y sombrío presbiterio, difícil de calentar, a pesar de dos grandes estufas que Fontanarosa había ordenado colocar allí. Y fue quizá en aquel momento, cuando Mauro comenzó a sentirse aburrido y quizá también harto de aquel trabajo emprendido a comienzos del otoño. Había logrado solucionar las diversas y apasionantes dificultades que aquellos murales presentaban, y ahora sólo quedaba la rutina…

Mauro, en esta última fase, trabajaba sin acompañante alguno. Abilio lo había dejado solo, un Abilio que, antes de abandonar la ermita, se había comportado como un ayudante solícito, además de un agradable compañero, aunque a Mauro le pusiese un poco nervioso esa tensa espera en la mirada del chico, que aún confiaba en encontrar una mínima manifestación de interés, por parte de Fontanarosa, cuando éste se dignaba visitarlos… Por fin, definitivamente desengañado, el escayolista había abandonado su trabajo en la ermita, cuyos estucos restaurara con suma pericia, y ahora, lejos de allí, distraía su frustrada soledad rehaciendo y completando las yeserías de una pequeña capilla neoclásica situada en pleno corazón histórico de Nápoles, cuyas autoridades deseaban abrirla al público, como aula para conciertos de cámara…

Acentuaba Mauro sobre el mural ciertos rasgos semiborrados en el rostro de uno de los pastores arrodillados en torno al recién nacido, cuando alguien tocó a la puerta, después de intentar empujarla. Mauro corrió a abrirla, ya que la madera, al haberse hinchado aún más de lo que estaba a causa de las lluvias del invierno, necesitaba de un considerable esfuerzo para mover al menos, uno de sus batientes.

—¡Don Alberto Miralles, pero qué alegría!

—¡Alberto Fontanarosa, si no te parece mal! ¡Que he subido de categoría! —replicó éste, con una amplia sonrisa, acompañada de una reverencia burlesca.

Hacía varias semanas que Alberto y Mauro no se veían. La dedicación de éste a las restauraciones prometidas, y las diversas y nuevas ocupaciones de aquél los habían mantenido físicamente alejados. ¿Alejados también en el cariño? Quizá, aunque sólo quizá, ya que al contemplarse mutuamente, ambos notaron de nuevo que determinados vínculos, latentes aunque silenciosos, todavía enlazaban el uno con el otro…

Pero Alberto no quería que esa turbación inicial se notase en exceso, y brusco, exigió:

—¡A ver, Mauro, a ver qué has estado haciendo durante este tiempo! ¡Muéstrame esos murales!… ¿Son éstos? ¿En serio? Recuerdo haberlos visto antes de que te ocuparas de ellos, una tarde que padre me trajera hasta aquí… No, si siempre lo he dicho: *aquest noi es un portent!* ¡Sí, querido amigo, tienes algo de mago! Tomando en cuenta las magníficas restauraciones que estás llevando a cabo, te deberían hacer ciudadano honorario de Campania.

—No exageres, Alberto.

—¡No exagero! Otros tan sólo conservan, tú restauras y creas.

—Crear, lo que se dice crear, sólo lo hago en casos extremos, cuando el valor decorativo de lo restaurado supera sus estrictas cualidades artísticas... ¡aunque si me dejara llevar, cuántos errores no corregiría!

—¡No hay nada como la humildad! —exclamó Alberto, riendo.

—¡No te rías, hablo en serio!

—¡Ya sé que hablas en serio! —Y de pronto Alberto, que se encontraba casi hombro con hombro con su amigo, atrajo a Mauro hacia sí, lo apretó y lo envolvió en un abrazo, y lo besó, mordiéndole de nuevo los labios.

—¡Pero otra vez! —gritó Mauro, que se separó, con energía, del abrazo de Alberto—. ¿Qué te ocurre, que no sabes hacer otra cosa?

—¡Sé hacer muchísimas más cosas, mi querido Mauro! ¿O acaso no las recuerdas?

—¿Y qué es lo que tengo que recordar? —respondió el restaurador, con evidente irritación.

—¡Todo! Sí, todo, y no me mires con esos ojos. En otros momentos, me has mirado de forma muy distinta... y para que me vuelvas a mirar así, esta noche, y las noches siguientes, también vamos a ensayar de nuevo todos esos momentos pasados...

—¿Y si yo no quisiera recordarlos?

—¡Pero cómo no vas a querer, con lo guapo que me estoy poniendo! ¡Empresa que creí, en un principio, harto difícil! Mi padre fue el que me animó en el empeño. «¡Un Fontanarosa tiene que ser rico, poderoso y guapo, las tres cosas!», me aseguró. ¡Y sin duda tiene razón! Voy regularmente al gimnasio, me corto el pelo en el mejor estilista, ahora los pijos y los que aspiramos a serlo ya no decimos «peluquero», las manicuras se afanan con mis manos, ¡fíjate qué uñas tan perfectas!, y los pedicuros hacen los mismo con mis pies. Los míos no son, ni de lejos, tan hermosos como los tuyos, pero no han quedado mal después de tanto arreglo... ¡Incluso me los podrías besar, como yo me acostumbré a besar los tuyos!... Y lo que es más, te dejaré morder mis pantorrillas, que era algo que te solía abrir el apetito...

—¿Alberto, y quién te ha dicho que yo piense hacer todo eso? —El tono de voz de Mauro pretendía parecer serio.

—¡Poco me importa que lo pienses o no, lo que me importa es que lo hagas! ¡Y lo vas a hacer Mauro! —La voz de Alberto también se había vuelto seria, además de imperativa—. Sí, lo vas a hacer, porque lo deseo y porque tú lo deseas tanto como yo, ¿si no, por qué tienes, de pronto, la entrepierna tan alborotada? ¡Te recomiendo pantalones más gruesos, si pretendes engañar a tus admiradores!

Mauro se sonrojó, un tanto avergonzado, pero al fin, decidió dejarse llevar. Era la actitud —y la solución— que siempre tomaba con Alberto...

Éste se sentó en una de las pocas sillas que había regadas por el interior del santuario.

—¡Ven aquí, perversa tentación, ven! ¡Nunca sabrás las ganas que tenía de abrazarte! ¡Cuánto te he añorado!

—¿Ah sí, y tu Bianca?...

—¿Bianca? No admite mi nueva situación. ¡La muy tonta no quiere ser rica! ¡Ay, esa izquierda de raíz sesentaiochista! ¡Lo que no le ocurre a mi hija!

—¡Esto te pasa por ligar con hembras de corazón incierto!

Alberto sonrió, aunque de un modo quizá algo triste:

—¡El corazón —replicó—, lo hemos tenido incierto tú y yo...! Te confieso, Mauro, que no resulta fácil cambiar bruscamente de estatus de un día para otro... ¡Los enormes ajustes mentales que hay que hacer causan no poco vértigo!... Por cierto, hablando de ajustes, ¡esa sorprendente maquinaria que es mi padre comienza a desajustarse!

—¿Te refieres a Fontanarosa? ¡No puedo creerlo! La última vez que lo vi lo encontré igual que siempre. Hará tan sólo unos diez días de eso…

—Precisamente, hará unos diez días que empezó su deterioro. Lo encuentro bajo de tono; se pasa estas tardes últimas sentado en un sillón, quieto y pensativo, perdido en sus recuerdos… que deben ser muchos… Y él, que tenía un físico de hombre de cuarenta años bien conservado, se ha puesto a envejecer de forma repentina…

—Siento lo que me dices, sí, lo siento de verdad. Pero piensa, Alberto, que si lo que él nos anunciaba por fin se cumple, le quedarían ya pocas semanas de vida…

—¡Exacto! Y si lo predicho por mi padre ocurre, yo de nuevo me encontraría completamente solo ante esa formidable red de empresas que él capitanea. ¡Tengo tanto que aprender; aprendizaje que no viene en un libro de instrucciones, sino en la experiencia del día a día! Mi padre podrá tener, desde un punto de vista moral, todos los defectos del mundo, pero a pesar de esto, ese hombre es un genio, un verdadero genio. ¡Y yo no lo soy, de eso puedes estar seguro!

—Calma, Alberto, calma. Tu padre, que no dudo que sea lo que tú afirmas, te ha marcado un itinerario, que algunos llamarían destino, y que tú, un día, quizá llames deber. Sigue, mientras tengas fuerzas, el camino señalado. No creo que eso te vaya a… ¡Pero… pero quieres dejar de tocarme el culo! ¡Cielo santo, cómo son estos Fontanarosa, no respetan nada!

Alberto se echó a reír.

—¡No te enfades, querido Mauro! Te confieso que además de comentarte lo de mi padre, venía a informarte de una cosa que creo importante. ¡Escúchame bien! ¿Sabes que desde el día en que te vi por primera vez, he estado pensando en ti demasiado a menudo? Sé que esto ya te lo he dicho antes, pero entonces no me lo creía del todo… Ahora te lo digo de una manera clara y rotunda. Ya sé que esto que acabo de confesarte suena a final de película rosa, o a serial televisivo de sobremesa, pero no sé decírtelo de otro modo. Además, dicho de hombre a hombre, suena como más progre y arriesgado… —Y Alberto volvió a sonreír, aunque su sonrisa traslucía, esta vez, cierta ansiedad. Esperaba una respuesta de Mauro, pero esa respuesta no venía. Decidió, entonces, seguir explicándose—. No te tomes a mal si estos últimos meses he actuado de forma tan dubitativa y sobre todo, tan errática. ¡Pero a lo largo de este periodo me he sentido tan confundido! ¡Creo que esto sí que sabrás comprenderlo! ¡Primero esta vida mía, que ha cambiado de forma tan súbita, tan brusca!… ¡Y después, tú, sí, tú! Mauro, yo era antes un tío normal, con aficiones normales, con gustos normales… ¡Y ahora resulta que me he vuelto del otro bando! ¡No te jode!… ¿Qué, no me dices nada?

En efecto, Mauro nada decía. No quería, esta vez, eludir una respuesta difícil, mediante una réplica chistosa. Al final, decidió no incluir, dentro de la conversación, un problema que, sin duda, tenía para Alberto dimensiones existenciales. Intentó, por ello, convertirlo en un mero asunto sentimental…

—Me acabas de decir que me quieres… cosa que me aseguraste hace ya tiempo, y yo, Alberto, te creo. Sí, creo que en este momento preciso, me quieres. El inconveniente de todo esto radica en que los Fontanarosa, según he podido constatar, exhiben y disfrutan de una sensualidad que me atrevería a llamar oscilante. Tu padre, a lo largo de sus varias vidas, es obvio que ha mantenido contactos físicos con numerosas mujeres, pero también es obvio que ha preferido a los hombres, ¡algo que debió resultar un fastidio para las señoras que llegaron a amarle!… Y tú, que según me aseguras, has deseado siempre a las hembras, ahora afirmas que estás enamorado de un hombre, que resulto ser yo… Yo también te quiero, Alberto, pero tu sexualidad pendular me puede causar mucho daño…

—Mauro, claro que a veces me apetece mantener ciertos contactos físicos con una mujer, pero por ti siento algo más fuerte, y sobre todo, diferente. —Nada dijo Alberto de su experiencia sexual con Angioina, experiencia que se había repetido algunas veces más, y no precisamente por simple inercia. Pero Mauro no tenía por qué enterarse de aquella anécdota…—. Sabes —continuó—, ¡eres para mí una agradable pesadilla de la que no quisiera despertar!

—¡Gracias por lo de pesadilla! —contestó Mauro—. Bien Alberto, ¡has ganado la partida, te felicito! ¡Voy a dejar que me quieras, y a la vez, voy a permitirme quererte! Antes, si he de serte sincero, lo que sentía era, ante todo, deseo. ¡Además, no voy a despreciarte ahora, cuando por fin te estás poniendo guapo! Sólo te ruego una cosa: cuando sientas que el péndulo empieza a moverse hacia el lado opuesto, por favor, avísame con tiempo. ¡No desearía sorprenderte, revolcándote de nuevo con Angioina!…

* * *

Desde una de las terrazas de la mansión de Amalfi, Mauro contemplaba, con la mirada ausente y quizá también ausente el pensamiento, la superficie, levemente agitada, del mar, cuyas aguas hoy grises, monótonas y frías se perdían en el horizonte, tragadas por la niebla. Hacía un tiempo que Álvaro y Alberto habían regresado a Nápoles para instalarse en el palacio de los Dos Virreyes. Allí resultaba más fácil atender a Fontanarosa, que además, necesitaba estar junto a Angioina, caso de adelantarse el parto. Se decidió que Beltrán permaneciera en Amalfi, junto a Ahmed, atendidos por la servidumbre. Alberto acudía allá algunas noches para visitar a su amigo, y allí se quedaba hasta el alba... De pronto, en aquel balcón colgado sobre el vacío, a Mauro le sorprendió un relámpago y luego otro, que estallaron allí, justo delante de la lejana barrera de bruma. Aquella franja de nubes corría el riesgo de agrietarse, ante la continua repetición del fenómeno luminoso, y aquel muro distante, hecho de niebla compacta, amenazaba con romperse en fragmentos que acabarían cayendo dentro del mar, ese mar sobre cuya opaca inmensidad se iba poco a poco deshaciendo el día...

Aquel temprano atardecer de febrero, el joven restaurador se sentía cansado. A primera hora de la mañana subió hasta la ermita, para darle los toques definitivos al mural de la Adoración de los Reyes. Esos detalles finales eran siempre los más exigentes, y los que mayor tensión provocaban. Referente al primer mural, el del Nacimiento, el onorévole se había pronunciado: «Esto no es una restauración, sino una resurrección», había proclamado lleno de entusiasmo. En cuanto al pequeño fresco que representaba a santa Cecilia, lo único que Mauro hizo fue consolidarlo y limpiarlo. No convenía otorgarle excesiva importancia a una pintura tan mediocre...

Una voz vino a interrumpir aquella paz, vecina del sueño, que Beltrán disfrutaba.

—*Signore, signore!* —voceaba, ruidoso y urgente, uno de los criados de la casa—. *Abbiamo ricevuto una telefonata da Napoli. Bisogna che lei parta subito verso il palazzo...*

Mauro observó a aquel guapo criado croata, de lánguida mirada, y lo encontró sinceramente alarmado.

—*Ma perché? Aveva la intenzione di andare a Napoli domani.*

—*Signore, dovete assolutamente partire adesso!*

—*Adesso? Sono appena arrivato da...*

—*Ma signore* —interrumpió el criado—, *Angioina, la signorina Angioina!...* —Y el joven insinuó un gesto que Mauro enseguida comprendió. ¡Lo que sucedía era!...

«¡Dios mío —pensó—, ha llegado la hora!».

Mauro corrió a su cuarto, se arrancó la ropa lo más rápido posible, y se situó unos segundos bajo la ducha. La noche iba a ser larga y deseaba sentirse limpio, sin aquellos restos molestos de pintura en las manos y en la frente. Se secó a medias, se vistió con lo primero que encontró, y subió hasta el garaje. Un coche, en marcha, lo esperaba fuera.

En Nápoles ya anochecía, cuando entraron, el chófer y él, en el patio del palacio de los Dos Virreyes.

—*Scusate, ma ci abbiamo messo cuasi un'ora ad arrivare. Il traffico!*

Al llegar al salón, Mauro se encontró con los dos Fontanarosa; vio a un Alberto nervioso y tenso, y a un don Álvaro, notablemente envejecido, que, echado sobre un sofá, estratégicamente colocado junto a la entrada del dormitorio de Angioina, agotaba poco a poco, con los ojos cerrados, sus últimas horas de vida.

—A Angioina ya le han comenzado los dolores —explicó Alberto—. Se iniciaron hace unas tres horas. Las dos enfermeras le atienden, pero el doctor aún no ha llegado...

—*Non te preoccupi, Alberto, Boncompagni arrivera subito. Beltrán, sei tu, vicino a me?*

—*Sí, mio signore, sono io, Mauro!*

—¡Beltrán! —repitió don Álvaro, y girando la cabeza, abrió los ojos, para contemplar al joven que se había arrodillado junto a él—. *Les plus beaux yeux du monde!* (¡Los ojos más bonitos del mundo!) —murmuró en francés, y cerró de nuevo los párpados, para caer en un letargo que le sirvió de refugio.

—¡Ese doctor no llega! —exclamó Alberto, retorciéndose las manos. Y volvió a mirar, una enésima vez, por la ventana—. ¡Fuera no se puede ver nada! —comentó—. Fíjate, Mauro, qué niebla tan extraña se ha formado de repente... Dios mío, mi padre va a morir, y no podrá...

De pronto, el seco chasquido de los cascos de un caballo y el girar, duro y ruidoso, de las ruedas de un carruaje se escucharon en la calle, que, extraña circunstancia, no mostraba tráfico alguno en aquel momento...

—*E arrivato, Alberto! Ha stato lunga la attesa, ma é già cui!* —murmuró don Álvaro, aliviado.

Luego de bajarse del carruaje, un hombre todavía joven, de hermoso aspecto, pero vestido de una extraña y antigua manera, subió las escaleras del palacio. El mayordomo, que le esperaba, le indicó el camino.

—*Mio caro, mio carissimo e ammirato amico!* —Y el recién llegado fue a abrazar a su entrañable socio y compañero, don Raimundo di Sangro, príncipe de San Severo—. *Sono un po in ritardo, ma, a certo punto, mi sono cozzato con una donna, una donna preziosa!...* —Y el bueno de Boncompagni ponía los ojos en blanco, al evocar a aquella mujer que le había retenido durante un rato. Luego, volviéndose hacia Alberto, preguntó—: *Dove si trova la portatrice d'il nasciturus?*

—*Nella camera vicina* —murmuró otra vez el príncipe.

—*Benissimo! Ma c'e ancora tempo! Abbiami una mezzoreta, fino a la nascita di questo magico bambino... Forse mettiamoci in movimento! Ma perché tutti questi visi cosi preoccupati? Io non vedo nessun problema!... Scusatemi, voglio salutare a Grunda e Ungrunda... Queste due sorelle sono vechie amice, e hanno collaborato con me tante, tante volte!...*

Después de unos minutos, comenzaron a escucharse extrañas salmodias, monótonas letanías, viejas preces encaminadas a la definitiva liberación de aquel ser, que, hundido todavía en las oscuras viscosidades de la placenta, deseaba, instintivamente, acceder a la luz, ansioso por recibir el alma que le faltaba. Desde el salón, los gemidos de Angioina se oían cada vez más intensos y más angustiados, con acentos cada vez más quejumbrosos, más sollozantes... El parto parecía complicarse, aunque el doctor Boncompagni, siempre optimista, saliese dos veces del dormitorio para manifestar que todo marchaba a la perfección.

Mauro, curioso, se acercó a los umbrales del cuarto de la parturienta. El rostro de la chica, del color de la cera, aparecía cubierto de sudor. A cada lado de la cama, Grunda y Ungrunda, las dos enfermeras oficiantes, recitaban, de pie, las sílabas requeridas, las fórmulas codificadas, necesarias para la efectividad del ritual. Entre tanto, un cierto olor a azufre iba llenando la habitación...

Mauro retornó al salón, y ahí se encontró, erguido ante él, y con expresión que anunciaba un cierto desafío, al gran Renzo, vestido de negro riguroso. El joven restaurador, de pronto desconfiado, quiso saber qué hacía Renzo allí y pretendió retarlo con la mirada, pero a aquel ser colosal no le interesaba entretenerse con tan inútil desafío, sino que se situó, altivo y solemne, junto al sofá donde reposaba Fontanarosa, sobre el que abrió sus poderosos brazos, en actitud en apariencia protectora.

—*C'e una ombra sopra di me, e non è un'ombra buona!* —se quejó, con voz angustiada, el príncipe de San Severo.

—*Non avete paura, mio signore, sono io, sono Renzo!*
La voz de éste intentaba sonar tranquilizadora...

—¡No! —exclamó don Álvaro—, *tu non sei Renzo, sei un'altra cosa!, una cosa che non ho capito ancora, ma negativa, ma malvagia, ma terribile!*...

En el dormitorio de Angioina se escuchó un chillido y luego otro. ¡Al fin se producía el parto! Al percibir aquellos gritos, don Álvaro Fontanarosa abrió los ojos, unos ojos asombrados, ojos de loco. Con manos que le temblaban, intentó protegerse el pecho, como si algo inquieto y doliente se agitase dentro de él. Al escuchar el segundo grito de Angioina, también él gritó, y realizando un último esfuerzo, logró ponerse de pie. En aquel instante, antes de que pudiera hacerlo Alberto, antes de que pudiese intentarlo Mauro, Renzo sujetó a un moribundo Fontanarosa, aunque no para sostenerlo, sino para mantenerlo cautivo.

De la habitación contigua surgió un último grito, penetrante, desgarrador. Renzo, nada más escucharlo, procuró cerrarle la boca al que llamara su señor, esa boca por la que el alma se escaparía. Pero en un supremo desafío Fontanarosa logró abrirla, y proferir una última exclamación: «O Tánatos, o Tánatos*!», se le oyó decir, mientras contemplaba a Renzo con asombro. Acto seguido, el príncipe de San Severo cayó, inerme, sobre el sofá, mientras algo veloz, turbio y que olía a flores muertas pareció revolotear, durante una fracción de segundo, por la habitación, para huir, tal un relámpago oscuro, hacia el dormitorio de Angioina…

Al comprender que la esencia de Fontanarosa había logrado volar hacia su nueva morada, Renzo se desplomó sobre una de las butacas, vencido otra vez, y burlado. Después de unos instantes de perplejidad, aquel individuo enorme lanzó un rugido hueco y rabioso, y desapareció de la habitación, en busca de una salida.

Se hizo, más que un silencio, un vacío, y durante unos segundos, Alberto y Mauro permanecieron, no tanto inmóviles,

---

* «La muerte, la muerte», palabra que en griego es de género masculino.

como inmovilizados. Luego de aquella brevísima brecha en el tiempo, ambos se precipitaron hacia el sofá donde reposaba el cuerpo de Fontanarosa. Parecía de pronto, como si el onorévole se hubiese dormido, ya que su rostro mostraba esa extraña tranquilidad, propia de la materia que se ha liberado al fin de la siempre conflictiva carga del alma...

Un sonido, estridente y familiar, les hizo a los dos amigos volver la cabeza. Era el potente llanto de un niño que, pletórico y rozagante, apenas parecía haber nacido tan sólo unos minutos antes. Aquel pequeño ser agitaba las piernas como si ya quisiese andar, hacía gestos con las manos como si ya intentase dar órdenes. El doctor Boncompagni lo traía, orgulloso, entre sus brazos.

—¡Pero qué belleza de criatura! —exclamó Alberto.

—Sí —comentó Mauro, contento y aliviado...— ¡y fijaos lo grande que tiene aquello!

—¡Marca familiar registrada y orgullo de la estirpe! —respondió Alberto, que apenas cabía en sí de júbilo—. ¡Vamos a felicitar a la madre!

—No —advirtió Boncompagni, cambiando de semblante—. ¡A la madre no! *Angioina non è piu! Sí, caro Alberto, sí, Mauro gentile, la povera Angioina è morta. Alcuna cosa si é troncata al suo interno. Non ha potuto sopravvivere a lo sforzo!*

Epílogo

MIÉRCOLES DE CENIZA

No, Alberto, te lo ruego, no me obligues a aceptar esa donación de tu padre! Él ha sido extraordinariamente generoso conmigo, y lo que he recibido, tanto por la restauración de la bóveda de San Severo, como por los murales de la ermita de Santa Cecilia, ha sido más, mucho más de lo que yo le hubiese pedido. Esta colección de cuadros que me ha dejado debe permanecer aquí, en Nápoles, en el palacio de los Dos Virreyes. ¡Éste es su sitio!

—¡Mauro, no seas tonto! El sitio de un cuadro es aquel donde esté colgado…

—¡Pues si es así, yo, afortunada o desgraciadamente, no poseo ningún palacio barroco donde pueda colgarlos! Por otra parte, si esos cuadros fuesen míos no quisiera, no podría venderlos… ¡No, Alberto, quédatelos tú!

—Lo siento, Mauro. La voluntad de mi padre era que fuesen tuyo, y tuyos son. ¡Y así quedará registrado! Ahora bien, si quieres dejarlos aquí en depósito, eso ya es otra cosa. Así podrás reclamarlos cuando desees… ¡Pero no te olvides que dentro de diez años el palacio de los Dos Virreyes se convertirá en propiedad municipal! Tendrás que reclamarlos antes…

Cambiando de tema, ¿por fin cuando te marchas para Madrid?

—Salgo pasado mañana en el vuelo del mediodía. He comprado tan sólo un billete de ida, porque no tengo ni idea de cuándo podré volver. Todo depende de la salud de mi madre. Tía Saturnina, ¡vaya nombres que le ponían antes a la gente!, dice que los médicos no ven otro remedio que operar...

—¿Y si la cosa se complica? No quiero ser ave de mal agüero, pero hay que estar preparado...

—Pues si la cosa se complica, me quedaré en Madrid el tiempo que haga falta... Nápoles, que yo sepa, no va a cambiar de lugar.

—¡Sí, pero en Nápoles hay gente que te espera! Además, en Madrid tienes a tus hermanas, ellas pueden...

—Mis hermanas tienen su propia vida y sus propios problemas. No puedo echarles encima la entera responsabilidad de cuidar de mi madre, aunque ellas sin duda también me ayudarán... Además, Alberto, me apetece... es más, necesito pasar al menos una corta temporada en Madrid... Deseo, por un tiempo, alejarme de aquí. ¡No, no de ti!, pero sí de todo lo que ha sucedido por estos pagos, durante los últimos meses. ¡Y mira que han ocurrido cosas!... Las tengo todas agolpadas en la mente, y algunas hasta mezcladas y confundidas... ¡Todavía no he logrado digerir bien ese cúmulo de acontecimientos que se han ido desarrollando ante mí!

—¿Y crees que los he digerido yo?

—Supongo que no, pero los hechos ocurren, independientemente de que los humanos podamos asimilarlos, aunque pocos aconteceres habrán sido más sorprendentes que los que han ido encadenándose en torno a tu padre. ¡Vaya personaje!

—¡Pero Mauro, yo soy un poco menos raro que él!

—¡Por ahora! —respondió Beltrán, que acarició levemente las mejillas de su amigo, en un gesto cargado de ternura—. Por cierto, ¿cómo va tu padre?

—¡Bien, incluso demasiado bien! ¿No has ido a verlo a Amalfi en estos últimos días? ¡Tiene apenas seis semanas y ya empieza a hablar! Dios mío Mauro ¿será todo esto una realidad, o estaremos los dos soñando despiertos? ¡Ese niño, amigo mío, es… es como un monstruito! No sé cómo tratarlo ni cómo dirigirme a él. Menos mal que Ahmed le ha tomado muchísimo cariño y se pasa con él horas y horas. ¡Pero te insisto, a mí, esa criatura me da como repelús!

—¡Alberto, no digas eso, que es tu padre!

Una risa nerviosa sacudió a los dos amigos. De pronto, Alberto se puso serio:

—¡Te voy a echar muchísimo de menos, Mauro! Aparte del… del cariño, y de todo lo demás, eres el único ser verdaderamente real que tengo junto a mí. ¡Sin ti me voy a sentir perdido! —Y Alberto contempló con no poca emoción, a aquel joven que con desenvuelta elegancia había saltado, repetidas veces, de la cama de un padre a la de un hijo, sin apenas necesitar ofrecer explicaciones por ello…

—¡No te preocupes, procuraré volver pronto! —se le oyó decir—. Por cierto —advirtió—, no te portes demasiado mal cuando esté yo ausente. ¿De acuerdo?

—¡Eso depende del tiempo que me dejes solo! La compañía de eso que es mi padre, y de las dos siniestras enfermeras germánicas que lo cuidan, no es lo que más me puede apetecer. ¡Joder, Mauro, si las dos tías esas, la Grunda y la Ungrunda, parecen salidas de una película de terror! ¡Cuando están serias, son de susto, y cuando sonríen, peor! ¿De dónde las habrá sacado este increíble padre mío?

—¡Más vale no averiguarlo! En cambio, el doctor Boncompagni me pareció bastante guapete. ¡Y puestos a fantasear, hacer el amor con un zombi o con un fantasma puede tener su gracia!

—¡Pero qué puto eres, cabroncete!… Ay, Mauro, cuánto te voy a echar de menos. ¿Sabes ya cuándo te marchas?

—¡Ya te lo dije! He reservado el billete para pasado mañana. El único avión que vuela directo a Madrid lo hace poco después de las doce del mediodía. Pero tengo un capricho que no sé si vas a comprender… Desearía pasar mi última noche en Nápoles, esto es, la noche de mañana en el Albergo Aurora, allí donde transcurrieron mis primeros días en esta ciudad… Te parecerá raro, pero me apetece mantener una larga charla de despedida con doña Lucía. Me tranquiliza hablar con ella…

—¿Despedirte de Lucía? ¿Por qué, si vas a volver dentro de pocas semanas?

—A veces, Alberto, conviene rodear la vida de ciertos rituales, y uno de esos rituales consiste en regresar, cuando concluye un episodio, al punto donde éste se iniciara…

* * *

Antes de subir a la pensión, Mauro se detuvo unos instantes ante la fuente romana; quería escuchar el goteo de aquel hilo de agua que se vertía en ella. Volvió a contemplar los bajorrelieves del sarcófago: «¡Mis queridos dioses menores, y no por menores, menos entrañables, también a vosotros os echaré de menos!». Y Beltrán pensó que todo patio que se preciara debería tener un sarcófago romano convertido en fuente, para, de ese modo, soñar ante él…

—¡Felices los ojos, querido Mauro! ¡Gracias por querer pasar esta última noche tuya en esta humilde pensión! ¿Cómo te encuentras? ¡Te veo algo cansado, lo que no me sorprende!…

Mauro notó que doña Lucía aprovechaba esta postrer visita para tutearle, lo que le agradó.

—¡Me encuentro bien, Lucía, o al menos, todo lo bien que puede sentirse uno cuando se marcha de Nápoles!…

—¡Así es! Nápoles es un veneno al que te acostumbras. Pero volverás pronto, ¿o me equivoco?

—Procuraré volver lo antes posible, aunque todo depende del estado de salud de mi madre.

—*Ah, la mamma, la mamma!* Se mejorará, estoy segura. ¡Además, tú ya perteneces a Nápoles! Has demostrado tener el estómago suficiente como para digerirlo.

—¡Lo que he demostrado es estar completamente loco al no haberme vuelto majara con todo lo ocurrido!…

—Ya te advertí respecto a la capilla, ¿no lo recuerdas?

—¡Pues claro que lo recuerdo! ¡Pero no me advertiste de todo lo demás…! ¡Y no me digas que no lo sabías, porque tú, Lucía, lo has sabido siempre todo!…

Lucía contempló a Mauro con esos ojos suyos, de mirada envolvente…, y de pronto habló, y al hablar su voz sonaba distinta, más ronca, más lejana…

—¡No soy Lucina, la diosa de los partos difíciles, ni soy esa vieja Atropos, la parca que corta el hilo de la vida! ¡Eso, que lo hagan otras!

Aquella frase, oscura e inesperada, cogió a Mauro por sorpresa, aunque la patrona, al cambiar bruscamente de tema, procuró difuminar su efecto.

—¿Te quedarás a cenar, supongo? ¡Acabo de cocinar unos tortellini que me han quedado… indescriptibles! A propósito, nunca te confesé cuál era mi secreto en esto de preparar mis platos: al final, cuando ya han terminado de hacerse, les echo una cucharada de mayonesa. Eso les da ese gusto tan especial, ¡y que conste que esto último no se lo he dicho a nadie! Hoy vamos a comer solos tú y yo, ya que esta noche, además de ti, sólo tengo dos huéspedes: una pareja de viejecitos adorables…, sí, una pareja… bueno, ya sabes, de dos hombres… sí, dos hombres que se han querido durante más de cincuenta años! Ambos se han recluido, temprano, en su habitación. Les di un cuarto amplio, para que se sintiesen cómodos. Hace un rato, les llevé la comida. ¡Iré ahora a retirarles las bandejas!… Con estos últimos líos de la Camorra, por desgracia, son pocos los huéspedes que llegan, y muchos los que se van… Por cierto, Mauro, fíjate en el calendario: ¡hoy es Miércoles de Ceniza! ¡No, si con tanto modernismo, ya no nos acordamos ni de la cuaresma!

* * *

Mauro se reencontró, emocionado, con su habitación, y sobre todo con el delirante, discutible, pero glorioso dosel neobarroco de su cama. ¡Cuántas veces lo habría acariciado, ya sea con la mano o con los pies, procurando adivinar, con el tacto, guirnaldas, hojarascas, volutas y demás aditamentos decorativos! «¡Viva el exceso!», exclamó para sí, y en aquel momento se sintió intensamente napolitano… Se dirigió, a continuación, al cuarto de baño, para cumplir con las ineludibles exigencias fisiológicas, y sobre todo, para lavarse los dientes. La excelente educación higiénica que le impartiera su madre le había condicionado de tal modo que jamás consentía en dormirse si antes no se había, al menos, enjuagado la boca con algún producto específico…

Allí se encontró con la enorme bañera, que aguardaba, honda y vacía, a que una presencia humana viniese a ocuparla. «¿Y por qué no darme un baño? —pensó—. ¡Hundirme un rato en el agua caliente y relajante…». Y comenzó a quitarse la ropa, pero mientras lo hacía, sintió un mareo, ligero al principio, pero pronto tan fuerte que le obligó a sujetarse al borde del lavabo. Por fortuna, había una banqueta allí, en la que se sentó. «¡No —reflexionó—, me temo que el baño tendrá que esperar!… ¡Mañana sin duda…, sí, lo dejaré para mañana, ahora sólo quiero dormir! ¡Estas últimas semanas me han agotado!…».

Haciendo un gran esfuerzo, logró levantarse del asiento y agarrarse al marco de la puerta, para llegar, por fin, titubeante, hasta el borde de la cama. Allí se agarró al colchón, y sobre él se desplomó, aunque todavía pudo notar cómo una densa y oscura paz le invadía, seguida de un completo olvido…

* * *

Mauro sintió que se despertaba, o al menos, tuvo la sensación de que lo hacía, aunque el simple hecho de abrir los párpados constituyó, para él, un difícil intento, tanto, que en un principio, creyó tenerlos pegados. Cuando al fin logró abrirlos, miró, despacio, a su alrededor…

Lo primero que le sorprendió fue aquella extraña luz que se filtraba, con dificultad, a través de las varillas de la persiana, una luz gris, débil y cansada, distinta a la luz habitual de Nápoles, y que apenas lograba iluminar la habitación. ¿Era aquél su dormitorio, ese que doña Lucía procuraba mantener desocupado, en caso de que Mauro volviese allí alguna noche? Éste identificó unos pocos muebles, a más de algún objeto que le resultaba familiar; pero otros se le antojaron del todo desconocidos. «¡Debe de ser este terrible mareo mío, que aún me sigue!…». Y decidió cerrar de nuevo los ojos, para permanecer echado en la cama un rato más…

Cuando despertó de nuevo, Mauro se dirigió, con cierta dificultad, hacia el baño. Una vez allí, lo primero que acostumbraba a hacer era acercarse al retrete, para eliminar de su vejiga el líquido depositado en ella durante el sueño. Pero esta vez le resultó imposible orinar. Mauro se alarmó.

—¡Lo único que me falta en estos momentos, es sufrir una retención de orina! —Aunque al volver a la habitación, y observar su mesa de noche, creyó comprender la causa: el vaso de agua que solía beber durante las interrupciones del sueño, y que doña Lucía nunca se olvidaba de traerle, no se encontraba allí—. ¡Con lo mareado que me he sentido, y me sigo sintiendo, cómo iba a querer despertarme para beber agua!

Se tocó la piel. La tenía fría, como destemplado sentía también su cuerpo.

—¡No quiero ducharme, no quiero… ya me ducharé cuando llegue a Madrid…! —Incluso la idea de lavarse la cara y de hundir sus manos en el agua era algo que no le apetecía en absoluto…

Decidió vestirse, sentándose en la cama para hacerlo. Al ponerse los calcetines, observó que sus pies estaban aún más fríos que su cuerpo, y su piel aún más seca. «Tienen el color de la cera», observó Mauro, preocupado…

Por fin, con la cabeza ya más firme, atravesó el cuarto y abrió las contraventanas. La luz, mate, avara y raquítica, le volvió a sorprender, e iba a retirarse de allí, cuando se fijó en el muro de la casa que se encontraba al otro lado del callejón. Mauro lo había visto ya cuidadosamente restaurado, y ahora aparecía lleno de grietas, sucio, de un color impreciso, y con el revoco de yeso desprendido en determinadas áreas… A la contraventana, con la pintura descascarillada, le faltaban varias tablillas… «¡No puede ser posible —pensó Mauro— un deterioro tan súbito! Le tengo que preguntar a Lucía qué ha sucedido ahí…».

Abrió la puerta, y salió al pasillo. ¿Por qué faltaban de ahí aquella colección de grabados de estilo imperio, de la que tan orgullosa se mostraba la patrona?... ¿Y aquellos desconchados en la pared?... Una sombra oscura se acercó a él. Se trataba de una mujer vieja, ya que viejo era su rostro, viejo su aspecto, vieja su ropa y viejos sus zapatos...

—*Signora... signora!, mi puó dire...?*

Pero aquella mujer vieja pasó de largo, ensimismada, quizá sin advertir la presencia de Mauro o tal vez ignorando aquella pregunta...

—¡Esa está más sorda que una tapia! —concluyó Mauro, después de verla desaparecer por el pasillo.

Siguió ésta hacia el saloncito dedicado a la *prima colazione,* pero... pero advirtió, con un asombro creciente, que ese saloncito no existía. Había, en su lugar, una especie de cuarto trastero... Vio salir de la cocina a una joven, más bien fea, y sobre todo, desaliñada. ¿Sería ésta la nueva asistenta que contratara doña Lucía? Pero no, doña Lucía nunca hubiese tolerado a alguien con aquella pinta y aquellos pelos.

—*Signorina, dove si trova donna Lucía? La sto cercando, ma...* —Aquella desagradable criatura ni siquiera le miró—. ¿Por qué no me hace caso? —se interrogó Mauro. ¡Qué distinta era esta nueva contratada a la dulce y desgraciada Angioina, esa Angioina divertida, encantadora, incluso irritante, que no conseguía evitar lanzarle a Mauro miradas llenas de apetencias...!

Decidió salir de allí, decidió buscar la calle, una calle con personas que mirasen, que hablasen... ¡que viviesen! ¡Sí, sobre todo que viviesen, y no como en esta horrible y sofocante pensión, donde huéspedes y sirvientas parecían estar muertos!

En el patio, detalle tranquilizador, la fuente romana permanecía tal como la había contemplado la noche anterior, rodeada por las mismas o parecidas plantas indiferentes, que, sin embargo, no conseguían ocultar del todo la belleza de aquel sarcófago pagano...

Alcanzó Mauro, por fin, la calle. La luz, plana y monótona, que allí reinaba, le volvió a sorprender. Las tiendas ya habían abierto; esfuerzo inútil, ya que nadie entraba en ellas. Los escasos transeúntes se movían lentos, silenciosos, reservados, como abstractos figurantes que un tramoyista caprichoso hubiese colocado allí. Mauro se acercó a la vitrina de un negocio, que vendía objetos viejos y piezas arqueológicas de dudosa autenticidad, y que alguna vez había visitado. Los precios, para su asombro, aparecían expresados en liras. En otra vitrina, cerca de aquella, y que exhibía ropas de mujer escandalosamente pasadas de moda, sucedía lo mismo. ¡Y así ocurría en otra tienda más, así ocurría en todas!

Mauro se alarmó, incluso sintió miedo, aunque intentó tranquilizarse.

—¿Será este mareo? —se preguntó—. ¡Sí, debe de ser este maldito mareo! Me sentaré en ese café, al aire libre, o no... mejor iré al que se encuentra en la plaza del Gesù Nuovo. Ahí sirven un magnífico capuchino, que me despejará.

Encontró la plaza del Gesù Nuevo, normalmente tan animada, casi vacía. Cierto era que aquella luz desabrida se había ido, poco a poco, transformando en niebla... ¡No era ése el mejor día para dar un paseo por la ciudad...!

—Per favore, un capuccio —le pidió al camarero, que tampoco le vio—. ¿Pero qué ocurre aquí? —se preguntó—. ¿Acaso todos los napolitanos se han vuelto estúpidos?

Un parroquiano, sentado en una mesa cercana, llamó al mismo camarero, pagó, y pagó en liras...

—¡No voy a seguir asistiendo a esta mascarada! Me voy de aquí, me voy... ¡a echar una última ojeada a mi querida capilla, y a despedirme de mi poco recomendable antepasado! Allí, por lo menos, todo seguirá igual.

Y nada más pensarlo, se encontró ante la modesta fachada de la capilla. ¡Nunca a Mauro le había parecido tan corto el trayecto!...

El portón estaba abierto, o mejor dicho, entornado. Se deslizó hacia el interior, que aunque iluminado por la luz eléctrica, parecía algo sucio y empercudido. Miró hacia la bóveda: ¡allí no había trazas de restauración alguna! Y, casi sin desearlo, su mirada se posó en el Cristo yacente, ese turbio antecesor suyo convertido en venerada efigie marmórea. Y aquella estatua, que tanto le había conmovido cuando la viera por primera vez, parecía querer informarle que Tomeu, el antepasado, y Mauro, el descendiente, estaban ahora situados en un mismo plano, prisioneros de un mismo círculo...

¿Pero por qué hacerle caso a aquel montón de falso mármol? ¡Éste no era un sitio para estar! ¿No le había advertido doña Lucía que tuviese cuidado con aquella capilla? Quiso salir, lo antes posible de allí, y casi choca con un gran mostrador, situado cerca de la puerta, con la tapa llena de folletos y postales, unas en blanco y negro, otras en color; 100 liras las primeras, 200 liras las otras. Una mujer de aire distinguido ordenaba unos papeles y anotaba cifras en un bloc, utilizando una vieja estilográfica...

—¡Para qué preguntarle nada, si no me va a responder! *Eh, signora, signora* —insistió, mientras pasaba y repasaba su mano delante de los ojos de la mujer, que ni siquiera pestañeaba...

—¡Nápoles ha sido ocupada por zombis! —concluyó. Y harto, se encogió de hombros.

Pero recordó, ¿cómo podía haberlo pasado por alto?, que el palacio de los Dos Virreyes se hallaba cerca. Tan cerca, que ya lo veía, que ya se encontraba frente a él... Allí estaba la magnífica verja barroca..., magnífica, sí, pero ahora enmohecida, despintada y rota. Mauro miró hacia el interior, y no pudo menos que proferir un grito que más parecía un lamento, triste sonido desgarrado que nadie alcanzó a escuchar. Ahí estaba el palacio de los Dos Virreyes, enorme caserón despanzurrado por las bombas, ruina lamentable que esperaba, o bien a un acaudalado salvador, o bien la crueldad de una piqueta demoledora...

Sobre la gravilla de patio exterior, llena de hierbajos, algo se movía. ¿Eran acaso unas pisadas, cuyas levísimas huellas hacían crujir aquellos desperdigados guijarros?

—¡Mauro, Mauro! —la voz susurrante, casi imperceptible, le llamaba. Y el rostro de una joven, con la piel pálida, aún más traslúcida que la de Mauro, le sonrió desde el otro lado de la verja.

—*Ma chi sei tu? Sei... Sei per caso Angioina? Angioina, mia cara! Ma...*

—*Sí, Mauro, sono ío. Ti voleva dire arrivederci, perche non lo ho potuto fare la su!* —dijo, apuntando con una mano temblorosa hacia lo que quedaba del palacio...—. *Adesso, forse ci vedremo piú spesso... Mio caro, mio gentile Mauro, c'era una cosa mágica negli ochi tuoi!* —Y Angioina se desvaneció tal como llegó, liviana, casi transparente, dejando tras ella una estela de apaciguada melancolía...

Y Mauro volvió a encontrarse solo, frente a aquella ruina desolada, que tanto le costaba reconocer...

Un transeúnte, mitad sombra, mitad frío, salió de la niebla, pasó junto a Mauro, miro de soslayo, y se perdió calle abajo...

—¡Sí, Mauro, éste es el palacio de los Dos Virreyes! Así no lo has conocido tú, ¡ya que lo estás viendo tal como quedó después del bombardeo! Me han dicho que lo va a adquirir un tal Fontanarosa, un tipo tramposo, un pillo, un ser escurridizo que de continuo se me escapa, cosa que jamás me había sucedido… Creo que pretende restaurar el edificio…

—¡Oh, Renzo, Renzo, qué alivio encontrarte! Dime, ¿qué es lo que está pasando? Acabo de venir de la capilla, de nuestra capilla, Renzo, y en ella me topé con un mostrador que nunca ha estado allí; vi sobre él unas postales y unos folletos, todos marcados en liras. ¿Por qué esa broma? Y antes, en la pensión…

—Shshsh —murmuró Renzo, con suavidad, colocando su dedo índice sobre los labios, para indicar silencio—. ¡Cálmate, Mauro, cálmate! Siempre te has agitado demasiado, salvo cuando te ponías delante de tu trabajo… Entonces te enfrascabas en él y parecías feliz…

—¿Pero Renzo, por qué todo lo que veo está tan cambiado, todo tan extraño y tan ajeno? ¿Por qué?

—No te asustes, Mauro, cuando te lo explique: ¡Has entrado en un sueño, un sueño profundo al que te acostumbrarás y en él estás viendo las cosas tal como eran cuando naciste, hace ya casi treinta años!… La pensión donde has vivido era entonces así, y la capilla también estaba así… y el palacio se encontraba en el estado en que ahora lo ves…

—¡Pero eso no es posible, Renzo! —Y Mauro estalló en sollozos, aunque se sorprendió al comprobar que sus ojos eran incapaces de verter una sola lágrima… Y en aquel momento, a Mauro le fallaron las fuerzas y se sintió desmayar, aunque Renzo, rápido como siempre en sus gestos, le sostuvo entre sus brazos, grandes y poderosos, que sirvieron de amparo a su joven amigo…

—¡Renzo, Renzo —musitaba Mauro—, ayer ya me sentí desfallecer, y ahora, de nuevo… Ayúdame, tú que puedes, a superar estos momentos… Renzo, ¿qué me ocurre?

—Renzo no es mi verdadero nombre, muchacho, aunque puedes seguir llamándome así. Pero no te preocupes ahora ni por eso, ni por otras cosas. Sobre todo, Mauro, no tengas miedo. Esto que te acontece no es peor que la vida, aunque muchos piensen lo contrario. ¡Nada te va a ocurrir, que lo que te ocurrió ya ha sucedido! Sabía que pronto tendría que venir a buscarte, pero hasta el último momento, ignoraba el día exacto. ¡Yo no quería hacerlo; porque hoy mismo, y mañana, y el otro, y dentro de un mes, y pasado un año, tantas cosas tenías aún por hacer, tantas ocasiones para disfrutar de eso que en la tierra llamáis felicidad! Y ves, ahora, en cambio, ¡ay, ese aneurisma traidor!, has de venir conmigo, sí conmigo, porque yo te quiero, Mauro, y si pasé tantos ratos a tu lado, fue porque me encariñé contigo, y porque no me resignaba a que, llegado el momento, mi presencia te fuera odiosa, o al menos, temida y hostil. ¡Bromas del destino: vigilaba yo a ese Fontanarosa escurridizo, para que no se me volviera a escapar y me encontré contigo!

—¡Pero Renzo, si yo también te quiero… sobre todo en estos últimos meses te he querido mucho!, ¿pero los meses, en realidad, qué son, que ya los confundo con los días y con los años? Recuerdo cuando me llevabas hasta la ermita, y te quedabas, hablando, junto a mí…

—¡Sí, en mis escasos ratos libres! Incluso alguna vez descuidé mis obligaciones, y llegué, con retraso, a alguna cita. ¡Somos pocos los escogidos para buscar a aquellos a los que ya no les toca vivir; y no debemos fallar, que en eso, las reglas son estrictas!… ¿Pero me escuchas, Mauro? Quizá te sorprenda oírme hablar, de forma tan fluida, esa hermosa lengua tuya, pero no te quiero engañar. ¡Yo no te estoy hablando en ninguna de las lenguas del mundo! ¡Te hablo en un idioma que, por desgracia o por fortuna, todos comprendéis de inmediato, aunque utilice las mismas palabras para gentes de pueblos muy distintos!…

—Renzo, yo te escucho, pero no comprendo muy bien lo que dices… ¡y es que tengo tanto, tanto sueño, que lo único que deseo es poder dormir!…, sí, dormirme, acurrucado en tus brazos ¿Por qué, dime, los tienes tan fuertes?

Renzo acarició, con suavidad, el cabello de Mauro.

—¿Sabes por qué? No sé si conoces la historia, pero hace muchos, muchos años, si los cuento utilizando el tiempo vuestro, un forzudo prepotente conocido como Hércules me ganó la partida en Grecia. Luchamos durante toda una noche, y él al fin me venció, al llegar el alba*… ¡juré entonces que no me volvería a suceder! Pero Mauro, mi niño, si te sientes tan cansado, duérmete, ¿no es lo que querías?, a partir de ahora no te preocupes de nada. Reposa tu cabeza en mi hombro, así… ¿te encuentras cómodo? Duérmete ahora, que yo seré quien te lleve, seré yo quien te proteja de los temores del camino, que aún queda un cierto trecho hasta alcanzar los límites primeros… —Y Renzo pasó sus dedos, fuertes, sí, pero también dúctiles y sabios, por encima de los párpados de Mauro, y los cerró con toda delicadeza, para después acercar su rostro a ellos y rozarlos con los labios…

—Duerme, muchacho, duerme —repitió Renzo por última vez—. ¡Ese intervalo doliente y afanoso que os empeñais en llamar vida, incluso cuando breve, produce tales cansancios! Duerme, que ese último umbral conviene atravesarlo con los ojos cerrados… Ya tendrás tiempo de abrirlos, cuando alcancemos, los dos, esa inconcreta inmensidad que se extiende al otro lado…

---

* Alusión al mito de Alcestes.

Últimos títulos publicados:

La huella de un beso
Daniel Glattauer

Sables y utopías
Mario Vargas Llosa

Un lugar incierto
Fred Vargas

El secreto de sus ojos
Eduardo Sacheri

La luz crepuscular
Joaquín Leguina

Tu nombre envenena mis sueños
Joaquín Leguina

El cielo llora por mí
Sergio Ramírez